ullstein

Das Buch

Nach dem Tod seines Bruders hat Jan Grall, Profiler beim LKA, der Heimat den Rücken gekehrt. Doch dann führt ihn ein brisanter Fall zurück in den Westerwald: In einem Wisentgehege wurde eine blutverschmierte Leiche gefunden. Kurz darauf stoßen Jan Grall und seine Assistentin Rabea Wyler auf zwei weitere Opfer, beide aufs Grausamste verstümmelt. Die einzige Verbindung zwischen den Toten: Der Mörder hat ihnen Buchstaben unter die Haut tätowiert – ein A, ein B, ein C. Der Druck auf die Ermittler wächst, als sie einen blutverkrusteten Hautfetzen mit einem weiteren Buchstaben erhalten. Ist das Opfer am Leben? Als Gralls Hotelzimmer dann auch noch mit einem Z markiert wird, beginnt endgültig ein Wettlauf gegen die Zeit …

Der Autor

Lars Schütz wurde 1992 geboren. Er arbeitet als Texter für eine große Düsseldorfer Werbeagentur. *Der Alphabetmörder* ist sein Thrillerdebüt und der erste Teil der Serie um Profiler Jan Grall.

Lars Schütz

Der Alphabetmörder

Thriller

Ullstein

Besuchen Sie uns im Internet:
www.ullstein-buchverlage.de

Originalausgabe im Ullstein Taschenbuch
1. Auflage Juni 2018
3. Auflage 2019

Umschlaggestaltung: zero-media.net, München
Titelabbildung: © FinePic, München
Satz: KompetenzCenter, Mönchengladbach
Gesetzt aus der Scala
Druck und Bindearbeiten: CPI books GmbH, Leck
ISBN 978-3-548-28930-4

Für meinen Vater

A

»A, der edelste, ursprünglichste aller laute, aus brust und kehle voll erschallend, den das kind zuerst und am leichtesten hervor bringen lernt, den mit recht die alphabete der meisten sprachen an ihre spitze stellen.«

Grimmsches Wörterbuch

1

2. Dezember, Morgen

Surren.

Ein brennender Schmerz lief über Tugbas Rücken.

Sie kannte dieses Stechen. Vor zwei Jahren hatte sie sich ihre Lebensphilosophie auf den linken Oberarm tätowieren lassen: Etwas nicht zu wissen, ist keine Schande, etwas nicht zu lernen, ist eine.

Auf Türkisch. Als Erinnerung an ihren Vater.

Aber der Mann im Studio war ausgebildet gewesen.

Er hatte gewusst, was er tat.

Anders als ihr Peiniger.

Wieder rutschte er mit dem Tätowiergerät ab. Die Nadel schrammte über ihre Haut. Das Surren verklang, und etwas Warmes lief ihre Rippen hinab.

Sie zerrte an dem Kabelbinder, mit dem sie an das Heizungsrohr gefesselt war. Zwecklos. Das Nylon schnitt nur noch tiefer in ihre Handgelenke.

Der Mann in ihrem Rücken schnaubte und versetzte ihr einen Tritt in die Nieren. Sie schrie in ihren Knebel hinein; ihr eigener Slip, den er ihr in den Mund gestopft hatte. Verschluckte sich. Hustete. Würgte.

Unvermittelt rammte er direkt vor ihren Augen ein Jagdmesser in den Fußboden.

Er würde es zu Ende bringen.

Mit dieser Gewissheit flohen ihre Gedanken in die Vergangenheit zu ihrem Vater.

Nicht zu dem abgemagerten Gespenst, in das ihn der Krebs zuletzt verwandelt hatte. Sondern zu dem Mann, den sie immer vergöttert hatte.

Er hatte sie damals dazu überredet, Lehrerin zu werden.

Wie stolz er gewesen wäre, wenn er noch erlebt hätte, wie sie ihr Examen mit Bestnote abgeschlossen und eine Stelle in Montabaur bekommen hatte.

Sie reckte sich und legte den Kopf in den Nacken, um aus dem Fenster über der Heizung zu spähen. Das erste Morgenlicht fiel durch die Jalousien ihrer Wohnung. Wie viele Stunden hielt er sie schon fest?

Wieder das Surren.

Tugba schloss die Augen. Der Freitagabend hatte friedlich begonnen. Sie hatte die Korrektur der Klassenarbeiten auf den nächsten Tag verschoben, Nudeln gekocht und es sich vor dem Fernseher gemütlich gemacht. Die Romanze Wie ein einziger Tag *lag jetzt gerade mal einen Meter von ihr entfernt auf dem Wohnzimmertisch. In der Luft hing noch immer der Geruch nach Spaghetti Bolognese. Unschuldige Erinnerungen an die Normalität, aus der sie der Unbekannte so jäh gerissen hatte.*

Das Surren erstarb. Ihr Rücken brannte. Übelkeit stieg in ihr auf. Mit aller Willenskraft hielt sie an sich. Wenn sie jetzt in ihren geknebelten Mund erbrach, würde sie wahrscheinlich ersticken.

Warum war sie nicht vorsichtiger gewesen? Warum hatte sie die Tür geöffnet?

Die ganze Nacht lang stellte sie sich schon diese Fragen. Während er ihr die Kleider vom Körper riss. Während er sie wieder und wieder schlug. Während er das Tätowiergerät über ihren Rücken führte.

Ihre Haut kribbelte, als würde der Schmerz wie Schweiß aus jeder Pore dringen. Sie biss auf ihren Knebel, der sich längst mit Speichel vollgesogen hatte.

Ihr Peiniger zog das Jagdmesser mit einem Ruck aus dem Laminat. Riss ihren Kopf so heftig an den Haaren zurück, als wolle er sie skalpieren.

Tugbas Atem ging stoßweise. Sie erwartete den Kehlenschnitt. Den Schmerz. Die Dunkelheit.

Doch nichts dergleichen.

Er führte das Messer nicht an ihren bloßliegenden Hals, sondern zwischen ihre Hände. Zerschnitt den Kabelbinder.

Was hatte er vor?

Sie wollte den Kopf drehen, um ihn anzuschauen. Ihm ins Gesicht sehen. Aber er bohrte seine Finger in ihren Nacken, presste sie auf den Boden.

Er kam mit dem Mund an ihr Ohr. Sein schwerer Atem roch nach Pfefferminzkaugummi und noch nach etwas anderem. Etwas kaum Wahrnehmbaren. Es ließ sie an Friedhöfe denken. An Verwesung.

»Das Alphabet ist noch nicht bei dir angekommen.«

Seine raue Stimme. Zitternd vor Erregung.

Was für ein Alphabet?

Sie schrie in ihren Knebel. Brachte nur unartikulierte Laute hervor. Krümmte sich.

Etwas Hartes traf sie am Hinterkopf. Der Schmerz fraß sich in ihre Hirnwindungen.

»A!«

Der nächste Hieb.

»B!«

Er klang wie ein besessener Prediger. Die Buchstaben wie

sein Gebet. Zusammen mit dem Schmerz hallten sie noch für Sekunden in Tugbas Kopf nach.

»C!«

Dumpfes Pochen umhüllte ihre Gedanken.

Kurz blitzten noch die Worte ihres Vaters auf: Etwas nicht zu wissen, ist keine Schande, etwas nicht zu lernen, ist eine.

2

3. Dezember, Morgen

»Die Wisente drehen durch!« Der Ranger rannte zum Seitenfenster von Enno Bucks Jeep, bevor der überhaupt den Motor abstellen konnte.

»Beruhig dich erst mal, Mirco.« Buck schlürfte den letzten Schluck schwarzen Tee aus seinem Thermobecher.

Als er ausstieg, versanken seine Gummistiefel bis zu den Knöcheln im Neuschnee. Der eisige Wind trieb ihm dicke Flocken ins Gesicht, die auf seinen Wangen schmolzen.

Bei so einer Witterung kam er nie pünktlich in den Wildpark. Arbeitsbeginn war sieben Uhr dreißig. Zu dieser Zeit hatte der Winterdienst gerade mal einen Bruchteil der Westerwälder Straßen geräumt.

Er nahm seinen breitkrempigen Lederhut vom Armaturenbrett und zog ihn tief in die Stirn. Ein Andenken aus seinem Jahr in Canberra. Das einzige Modestück, aus dem er sich wirklich etwas machte.

»Na, dann wollen wir uns die Sache mal ansehen. Ist dir irgendetwas aufgefallen?«

Der junge Ranger schüttelte den Kopf.

Sie schalteten ihre Taschenlampen ein und stapften in Richtung des Wisentgeheges, das gleich in der Nähe des

Parkplatzes lag. Die Dunkelheit wich nur langsam zurück, schleppte sich durch die Wälder wie ein verendendes Tier.

Schon von Weitem drang das Knören und Trampeln der Wisente an sie heran. Die Lichtkegel der Taschenlampen huschten über fahlbraunes Fell, ließen die kleinen Augen der Tiere funkeln. Der Großteil der Herde scharte sich um eine Stelle im hinteren Bereich des Geheges.

Bucks Herzschlag beschleunigte sich. Trotz der Minusgrade begann er zu schwitzen. Die bis zu einer Tonne schweren, mannshohen Wisente, Verwandte des amerikanischen Bisons, flößten ihm jedes Mal wieder Respekt ein. Keine Angst, Respekt. Da machte er einen klaren Unterschied.

»Kannst du irgendetwas erkennen?«, fragte Mirco.

»Nein.« Buck lehnte sich gegen einen der Zaunpfeiler. »Schließ auf, wir gehen zusammen rein. Ich zuerst.«

»Sollten wir nicht warten, bis sie sich beruhigt haben?«

Buck fuhr sich mit beiden Händen durch seinen Vollbart, der von Jahr zu Jahr grauer wurde. »Keine Zeit. Ich will jetzt auf der Stelle wissen, was da drin los ist.«

Seinen Beruf als Wildhüter nahm er wörtlich. Seine Aufgabe bestand darin, die Tiere zu behüten. Vor Krankheit und Witterung. Vor Profitgier. Vor Besuchern. Manchmal sogar vor einander.

Und auch vor dem, was gerade in diesem Gehege geschah.

Mirco klemmte sich die Taschenlampe zwischen die Zähne und schloss das Gatter auf. Es quietschte, als er es einen Spaltbreit öffnete.

»Dann mal nach dir, Chef!«

Buck klopfte ihm auf die Schulter und betrat das Gehege. Bei jedem Schritt knirschte der Schnee unter seinen Absätzen.

Er streckte die Arme so weit aus, wie er konnte. Die Taschenlampe hielt er starr auf die Gruppe der Wisente gerichtet.

»Groß machen! Keine hektischen Bewegungen!«, rief er Mirco hinter sich zu.

Einer der Wisentbüffel trabte in ihre Richtung und baute sich vor der Herde auf. Er verströmte einen starken Moschusgeruch und stank nach Dung. Mehrmals stampfte er mit den Hufen auf. Senkte den Kopf. Schnaubte. Dicke Atemwolken stoben aus seinen Nüstern.

»Ruuuhig!«

Besänftigend hob Buck die Hände und umrundete den Büffel ganz langsam, wie in Zeitlupe.

»Chef, dahinten!«

Mit der Taschenlampe strahlte Mirco den Zaun links von ihnen an. Buck spähte hinüber.

»Verdammte Scheiße!«

Ein hüfthohes, halbkreisförmiges Loch. Wahrscheinlich das Werk eines Bolzenschneiders. Jemand war hier drin gewesen. War vielleicht sogar immer noch hier.

Der Büffel behielt sie weiter im Auge, ließ sie aber an sich vorbeiziehen. Als sie sich der Herde näherten, liefen die Tiere auseinander. Flohen in die Ecken des Geheges.

Etwas lag inmitten der zertrampelten Stelle, um die sich die europäischen Bisons geschart hatten. Ihre Taschenlampen tauchten es in weißes Licht.

»Ist das eine Fehlgeburt?«, stammelte Mirco.

Das Bündel aus blut- und dreckbesprenkelten Hautfetzen, offenliegendem Fleisch und Organen rief in Buck den gleichen Gedanken hervor.

Bis er genauer hinsah.

Bis der metallische, leicht süßliche Geruch nach frischem Blut selbst den Moschusgestank der Wisente überlagerte.

Sein Magen rumorte. Der schwarze Tee von vorhin schoss seine Speiseröhre hoch. Würgend schluckte er ihn wieder herunter. Er war Wildhüter; er kannte die Wechselspiele von Leben und Tod. Die stinkende, blutige Realität der Existenz. Aber so etwas hatte er noch nicht gesehen.

Das, was da lag, war einmal ein Mensch gewesen.

3

3. Dezember, Nachmittag

»Wo bist du?«, drang Miriams Stimme aus dem Handy. »Ich warte schon eine halbe Stunde vor deiner Haustür!«

»Sitze im Auto.« Jan seufzte. »Die Arbeit ruft.«

»An einem Sonntag?«

Er antwortete nicht gleich, sondern konzentrierte sich darauf, auf die linke Spur zu wechseln. In einer halben Stunde erwartete ihn der Hauptkommissar der Polizeidirektion Montabaur am Leichenfundort. Zum Glück war die A3 heute so leer.

»Bitte vielmals um Verzeihung, dass ich mich nicht bei dir abgemeldet habe«, sagte er ironisch. »Ich hatte mir den heutigen Tag eigentlich auch anderes vorgestellt.«

»Geht es um einen Mord?« So euphorisch klang die Sechzehnjährige nicht oft.

Jan erwiderte nichts.

»Stimmt also«, stellte Miriam fest. »Aber was wollen die von *dir*?«

»Das, liebe Chaotin, wüsste ich selber gern.«

»Hör auf, mich Chaotin zu nennen.«

»Dann hör du damit auf, dich immer wie eine zu verhalten.«

Er verengte die Augen. Es schien ihm, als könne er am Horizont schon die Silhouetten des Montabaurer Schlosses ausmachen. Die Ausfahrt war nicht mehr weit.

»Was bringt mir eigentlich die Ehre deines erfolglosen Besuchs ein?«, fragte er.

»Ich hab Ärger«, sagte sie, für ihre Verhältnisse äußerst kleinlaut.

»Im Grunde habe ich nichts anderes erwartet.«

Miriam war eine Ausreißerin, die sich seit zwei Jahren auf den Straßen von Mainz durchschlug. Er hatte sie damals als Zeugin in einem Vermisstenfall vernommen. In seiner Laufbahn als operativer Fallanalytiker – oder Profiler, wie die meisten Leute seine Tätigkeit nannten – wurde er bislang nur zu wenigen Mordermittlungen hinzugezogen. Zumindest bis heute.

Erst wollte er dafür sorgen, dass Miriam zu ihren Eltern zurückkehrte. Aber sie hatte ihm sehr plausible Gründe dafür genannt, dass das – vor allem wegen ihres Vaters – unmöglich war. Gegen ein Jugendheim oder eine Pflegefamilie sträubte sie sich noch heute.

Immerhin hatte Jan damals ihr Vertrauen gewonnen. Seitdem kam sie ab und an bei ihm vorbei, um auf seiner Couch zu schlafen, sich in seiner Filmsammlung vorzuarbeiten, den Kühlschrank zu leeren und sich dabei über seine vegane Ernährung zu beklagen.

Er war kein Vaterersatz, das wollte er auch gar nicht sein. Er war einfach nur ein Freund, der auf sie achtgab.

Beim Telefonieren nahm er den Fuß leicht vom Gas; keine gute Idee auf der linken Spur. Ein Audi-Fahrer hing in seinem Nacken und gab ihm per Lichthupe zu verstehen, dass er für sein Verständnis zu langsam fuhr.

Jan verdrehte die Augen und zog wieder nach rechts. Bei der nächsten Ausfahrt musste er ohnehin raus.

»Was ist diesmal passiert?«, fragte er.

»Da sind diese zwei Typen, denen ich Geld schulde«, sagte sie und hielt inne. Anscheinend wartete sie seinen bösen Kommentar ab.

Schweigen allein reichte schon aus. Sie wusste gut genug, was er davon hielt.

»Ich kann's nächsten Monat zurückzahlen, nur halt noch nicht jetzt. Ich hab's auch für was Anständiges ausgegeben ...«

»Ich will nicht wissen, wofür du es ausgegeben hast, okay?«

Vor einem Jahr hatte er ein Tütchen Magic Mushrooms in ihrer Lederjacke gefunden. Er war noch nie so wütend auf sie gewesen wie in jenem Moment. So wütend und so enttäuscht. Dabei hatte er nicht einmal sagen können, ob er mehr von ihr oder von seinen Fähigkeiten als Psychologe enttäuscht gewesen war.

»Auf jeden Fall sind die hinter mir her«, fuhr Miriam fort. »Die wissen nicht, dass ich bei dir unterkomme. Ich muss einfach ein paar Tage bei dir bleiben. Bitte!«

Er kurvte durch den Kreisverkehr am Bahnhof. Als er das letzte Mal hier gewesen ist, hat es den noch nicht gegeben. Er wollte gar nicht wissen, wie viel sich auch im restlichen Westerwald getan hatte.

Immer dachte man, die Heimat würde sich nie verändern. Würde so bleiben wie in der Erinnerung. Dabei veränderte sie sich manchmal mehr als man selbst.

»Also, wie sieht's aus?«, holte Miriam ihn aus seinen Gedanken zurück.

Jan zuckte zusammen und verriss dabei beinahe das Lenkrad. Autofahren machte ihn immer müde. Kaffee besorgen!, setzte er ganz oben auf seine gedankliche To-do-Liste. »Klar doch«, sagte er. »Der Schlüssel klebt unter einem der großen weißen Steine rechts vom Weg.«

»Einbruchsicher ist auch was anderes«, entgegnete Miriam. Im Hintergrund klackerten Steine aneinander. »Ah, hab ihn!«

»Beschwer dich nicht, ohne ihn könntest du nicht rein.« Er hatte ohnehin vorgehabt, sie über Weihnachten einzuladen – mit wem sollte er die Festtage auch sonst verbringen? Er mochte es, wenn sie bei ihm war. Sie vertrieb die Stille. »Aber lad niemanden ein. Lass nachts die Rollladen runter. Und dreh nicht wieder die Stereoanlage so auf! Die Nachbarn ...«

»Oh, die Verbindung wird schlecht«, wimmelte sie ihn ab. »Melde mich später wieder. Tschüüüss!«

»Miri ...«

Nur das Freizeichen war zu hören. Aufgelegt. Er lächelte und zog das Handy zwischen Schulter und Ohr hervor. »Du kleines Biest ...«

Als er wieder beide Hände ums Lenkrad geschlossen hatte, steuerte er den Parkplatz des Bahnhofs an. Von der Größe her konnte dieser auch problemlos zum Stadion eines Zweitliga-Fußballvereins gehören. Unter der Woche sammelten sich auf ihm die Wagen der Pendler, die von hier aus mit dem ICE nach Frankfurt oder Mainz zur Arbeit fuhren. Jetzt herrschte gähnende Leere.

Seufzend sah Jan auf die Radio-Uhr. Fünfzehn Uhr sechsundzwanzig.

Rabea musste schon vor zwölf Minuten mit dem ICE aus Basel angekommen sein.

Wenn er bedachte, wie schlecht gelaunt sie sein musste, waren das definitiv zwölf Minuten Wartezeit zu viel.

4

Verspätung. Natürlich.

Gopferdammi, was hatte sie auch anderes erwartet?

Seit einer halben Stunde stand der ICE jetzt schon im Tunnel.

Rabea blies die Luft aus ihren Wangen und fläzte sich tiefer in ihren Sitz. Zum wiederholten Mal blätterte sie ihre FAZ durch, so gelangweilt, dass sie jetzt sogar die Börsenmeldungen las.

An diesem Adventswochenende hatte sie zum ersten Mal seit einem halben Jahr ihre Familie in der Schweiz wiedergesehen.

Als wolle irgendeine höhere Macht ihr einen Streich spielen, hatte das LKA Rheinland-Pfalz Jan und sie ausgerechnet jetzt in den Westerwald beordert.

Dementsprechend zerknirscht hatte Jan geklungen, als

er sie diesen Morgen aus dem Bett geklingelt hatte. »Ich würde das ja alleine machen«, hatte er gemurmelt, »aber auf deine Beobachtungsgabe kann ich einfach nicht verzichten. Du bist die beste Assistentin, die es gibt.«

Seine Schmeicheleien hatten sie trotzdem nicht daran gehindert, ihr Handy erst mal in die nächste Ecke zu feuern.

Vielleicht hätte sie Jan und dem LKA den Vogel zeigen und ihr verlängertes Wochenende im Emmental bis zum Ende durchziehen sollen. Aber etwas an diesem Fall weckte ihre Aufmerksamkeit. Etwas, das sie nicht einmal ihrer Mutter erklären konnte, als sie fluchtartig aus ihrem Elternhaus stürmte.

Ein Ruck. Der Zug setzte sich wieder in Bewegung. In ihrem Zweite-Klasse-Abteil kam erstauntes Gemurmel auf. Der kahlköpfige Mann im Nadelstreifenanzug, der seit Freiburg schlief und aus dessen Mundwinkel ein Speichelfaden hing, gab ein entrüstetes Schnarchen von sich.

»Das wurde auch langsam Zeit«, murmelte Rabea und legte die Zeitung beiseite.

Sie brauchte endlich ein eigenes Auto.

Rabea zog sich aus ihrem Sitz hoch, mit dem sie nach der langen Fahrt schon halb verwachsen war. Auf den Zehenspitzen balancierend, griff sie nach ihrem Trolley in der Ablage.

Ein drahtiger Kerl, Marke Möchtegern-Alphatier, kam ihr zuvor und stellte ihn vor ihr ab. »Eine so hübsche Frau wie Sie muss das doch nicht allein machen«, krähte er.

Rabea bedankte sich, zog den Griff des Trolley aus und floh in Richtung Ausgang.

Seit Anfang des Jahres machte sie Diät – was bei ihr

hauptsächlich bedeutete, dass sie ihren Schokoladenkonsum drastisch reduziert hatte. In letzter Zeit geschah es immer öfter, dass Männer sie ansprachen. Auch wenn sie auf solche wie ihn, der locker zwanzig Jahre älter war als sie, gut hätte verzichten können.

Mit quietschenden Bremsen fuhr der ICE in den Bahnhof ein.

Montabaur. Vor diesem Fall hatte Rabea den Ort nur von Autobahnschildern gekannt.

Der Wind peitschte ihr Schneeflocken ins Gesicht, als sie auf den vereisten Bahnsteig trat. Nur wenige stiegen hier ein und aus. Sie brauchte den Blick nur kurz schweifen lassen, um Jan Grall auszumachen. Er lehnte sichtlich frierend an einer Anzeigentafel, die Hände in die Taschen seines schwarzen Kurzmantels gesteckt und das halbe Gesicht im Kragen verborgen.

Als sie auf ihn zulief, fiel ihr wieder mal auf, wie groß er war. Deutlich über zwei Meter, vielleicht sogar der größte Mann, den sie kannte. Gleichzeitig so hager, dass sein Körperbau an eine Stabheuschrecke erinnerte. Mit seinen achtunddreißig war er sieben Jahre älter als sie, vom Aussehen her hätten es aber auch Jahrzehnte sein können. Auf seinem scharf geschnittenen Gesicht lag die übliche Blässe, die ihn stets etwas kränklich wirken ließ.

»Freut mich, dass du gekommen bist«, sagte er zur Begrüßung. »Das ist alles andere als selbstverständlich.«

»Das will ich doch hoffen. Erst mal brauche ich einen Kaffee.«

»Der wartet im Wagen auf dich. Ich habe vorgesorgt.« Er lächelte vorsichtig.

Sie schüttelten sich die Hand. Zu mehr hatten sie sich nie durchringen können.

»Du kannst deinen Urlaub nachholen, sobald wir hier fertig sind. Ich werde das abklären.« Ohne zu fragen, nahm er ihren Trolley und trug ihn die Treppe zur Bahnhofshalle hinab.

In Rabeas Gedächtnis rührte sich etwas. Die Erinnerung an eine flüchtige Bemerkung, die er mal gemacht hatte. »Der Westerwald. Du stammst aus der Gegend, oder?«

»Jep.« Sein Blick machte unmissverständlich klar, dass er nicht darüber sprechen wollte.

So leicht ließ sie sich nicht abwimmeln. »Ist das der Grund, warum sie ausgerechnet uns hier haben wollen?«

Jan schwieg. Ihre Schritte hallten durch das Bahnhofsgewölbe, das mit seiner modernen Architektur nicht so recht in die schroffe Landschaft passen wollte.

»Eine Sache habe ich in der Schweiz übrigens nicht vermisst«, sagte Rabea. Mit mehr Heftigkeit als nötig zerrte sie den Trolley hinter sich her. »Dass man dir jede Information aus der Nase ziehen muss.«

»Also gut«, seufzte Jan. Kurz vor den Schwingtüren zum Parkplatz blieb er stehen. »Ein Mann ist auf sadistische Weise umgebracht worden. Es gibt eine Anomalie. Deshalb braucht die Polizei ein Team für operative Fallanalyse.«

»Das ›A‹ auf der Brust«, sagte Rabea tonlos.

Jan nickte. »Und das Team sind wir. Das sind die Fakten. Mehr ist da nicht, glaub mir.«

Er rauschte zur Tür.

Rabea schüttelte den Kopf und lächelte müde. Jan war zwar ein Menschenkenner, aber schon immer ein schlechter Lügner gewesen.

Sie folgte ihm hinaus in die Kälte. Wenige Meter weiter

war er stehen geblieben. Auf den Trolley gestützt, hing er an seinem vorsintflutlichen Handy.

»Ja, verstehe. Wir sind gleich da.« Er legte auf und wandte sich zu Rabea. Jeglicher Glanz war aus seinen dunklen Augen gewichen.

»Das war Kriminalhauptkommissar Stüter«, sagte er. »Es gibt eine zweite Leiche, das ›B‹.«

5

Wenn Jan Grall sagen müsste, was er am Westerwald am meisten vermisste, wäre das die Weite. Mainz bot dem Auge zwar viel, aber nicht diese kilometerweite Sicht auf nebelverhangene Hügelketten.

Rabea riss ihn aus der Betrachtung des Tals. »Kannst du mal aufhören, immer aus dem Seitenfenster zu starren, während du am Steuer sitzt!?«

»Keine Sorge, ich bin hier schon tausend Mal lang gefahren«, sagte Jan. Er leistete ihrer Aufforderung aber Folge und richtete seinen Blick wieder auf die Landstraße Richtung Marienberg.

»Auch schon bei dieser Eisesglätte?« Rabea Wyler war stets darauf bedacht, ihren berndeutschen Akzent zu unterdrücken. Wenn sie jedoch so aufgeregt wie in diesem Moment war, konnte Jan ihn deutlich heraushören.

»Gerade bei dieser Eisesglätte«, entgegnete er und setzte ein Grinsen auf. »Das hat immer den meisten Spaß gemacht ... Aber lass uns doch noch mal kurz sammeln, was wir bisher wissen. Vielleicht ergibt das Ganze mehr Sinn, wenn wir drüber sprechen.«

Dabei war das nicht der eigentliche Grund. Er musste sich nur ablenken.

»Das sind nur die wenigen Informationen vom K11 in Koblenz, die ich sowieso schon im Zug durchgewälzt habe.«

»Egal.« Er schaltete das Radio aus. Lief ohnehin nur irgendein Plastik-Pop von Lady Gaga.

Rabea nahm ihre Umhängetasche vom Rücksitz, kramte darin herum und zog ihr iPad hervor. »Das ›A‹«, sagte sie. »Es scheint eintätowiert zu sein. Bisher ist noch nicht klar, ob das post mortem passiert ist. Und jetzt gibt es auch noch einen Toten mit einem ›B‹. Ein Serientäter?«

»Es kann sich auch um einen Doppelmord mit zwei verschiedenen Ablageplätzen handeln«, wandte Jan ein.

Trotzdem hatte er sich genau dieselbe Frage gestellt. Zusammen mit vielen anderen: Warum musste das hier geschehen? Warum ausgerechnet in seiner Heimat, in die er nie wieder hatte zurückkehren wollen?

Während er nachdachte, fand er sich blindlings zurecht. Obwohl er seit Jahren nicht mehr hier gewesen war, kannte er noch jede Abzweigung und jedes Schlagloch.

Rabea fuhr sich durch ihr blondes, kurz geschnittenes Haar und nahm einen großen Schluck Kaffee. Zufrieden registrierte Jan ihr genüssliches Lächeln. Zwei Stück Zucker und viel zu viel Milch; die Dosierung beherrschte er perfekt.

»Der Leichenfundort ist ungewöhnlich. Ein Wildtiergehege. Warum dieser Aufwand und dieses Risiko? Dann der Buchstabe«, sagte Jan. »Aber schauen wir uns erst mal den Fundort an. Du weißt ja, für uns ist nicht das interessant, was der Täter tun musste …«

»… sondern das, was er nicht hätte tun müssen«, vollendete sie eine seiner Fallanalyse-Weisheiten.

»Bist du nicht froh, endlich mal wieder in der Heimat zu sein?«, brachte Rabea das Gespräch wieder auf ihr neues Lieblingsthema.

Jan brummte. Er kniff die Augen zusammen, damit es so aussah, als würde er sich voll und ganz auf die Fahrt durch Bad Marienberg konzentrieren.

»Willst immer noch nicht drüber reden, was?«

»Stell dir vor.«

Rabea zuckte mit den Schultern und warf sich einen Energie-Riegel ein, die seit einiger Zeit ihre einzige Nahrungsquelle zu sein schienen. Im Gegensatz zu ihr hatte Jan nie besonders auf seine Ernährung achten müssen. Seit er noch dazu Veganer geworden war, sah er fast schon magersüchtig aus.

Über die Langenbacher Straße fuhren sie in das Städtchen. Rechts von ihnen erstreckte sich der Bad Marienberger Friedhof an den Hängen des Schorrbergs. Die Gräber thronten über dem Tal, als wären sie nur dafür geschaffen worden, damit die Toten von dort aus das Tun der Lebenden überblicken konnten.

Jans Hände schlossen sich krampfhaft um das Lenkrad. Er kannte einige der Namen, die dort oben in Grabsteine graviert waren. Namen, die er seit Jahren zu vergessen versuchte.

Über schmale Seitenstraßen fuhren sie aus der Talsenke empor. Je höher sie kamen, desto mehr legte sich der Nebel. Einfamilienhäuser mit gepflegten Vorgärten reihten sich dicht an dicht. Der einzige Mensch, den Jan erspähte, war eine bucklige Alte, die sich willenlos von ihrem Labrador über den Gehweg zerren ließ.

»Ist hier sonst auch immer so viel los?«, fragte Rabea.

»Es ist Sonntag, da tobt in Mainz auch nicht gerade der Bär.«

Auf der Westendstraße warf Jan einen kurzen Blick zurück auf das Tal. Nur die evangelische Pfarrkirche ragte wie ein Leuchtturm aus dem Nebelmeer hervor.

Sie fuhren dem Wildpark entgegen. Schon von Weitem erkannte Jan die Silhouette des Wildpark-Hotels, das wie der Sitz eines Landherrn majestätisch über die umliegenden Wiesen und Waldstücke wachte.

»Ist das nicht der Schuppen, in dem sie uns einquartiert haben?« Rabea drückte sich die Nase an der Scheibe platt.

»Richtig, das erste Haus am Platz.«

»Ich fühle mich geehrt – Moment, hat das da oben sogar ein Panoramarestaurant?«

Wieder stimmte Jan zu. Er wusste jedoch schon jetzt, dass er in dem Restaurant nur widerstrebend Platz nehmen würde. Die idyllische Aussicht würde nur Erinnerungen wecken, die er vor vielen Jahren schlafen geschickt hatte.

Gleich hinter dem Hotelkomplex bogen sie auf die Parkfläche des Wildparks ab. Auf dem Schotterplatz standen bereits mehrere Polizeiwagen und ein Transporter der kriminaltechnischen Untersuchung.

Als Jan noch ein Kind gewesen war, waren seine Eltern oft mit ihm hier gewesen. Beim Aussteigen drang ihm auch gleich der altvertraute Geruch nach nassem Fell und Dung in die Nase, unterlegt vom frischen Duft des nahen Waldes.

»Kalt hier«, bibberte Rabea und zog den Reißverschluss ihrer Softshelljacke bis zum Kinn hoch.

Jan nickte nicht einmal, um ihr zuzustimmen, sondern klappte nur den Mantelkragen hoch. Auch das polare Klima hatte er nach all den Jahren nicht vergessen.

Sie machten sich auf den Weg zum Gehege, schweigend, nur begleitet vom Knirschen ihrer Schritte auf dem verschneiten Schotterweg.

Das weitläufige Gelände der Wisente schloss unmittelbar an den Parkplatz an. Hinter dem Drahtzaun stapfte mindestens ein Dutzend Männer der KTU in weißen Overalls durch den Schneematsch. Über einen Bereich im hinteren Teil des Geheges stand ein großes, weißes Kunststoffzelt. Es schützte den Fundort vor Witterungseinflüssen, vor allem aber vor neugierigen Blicken.

Erst jetzt bemerkte Jan die Wisente, die von drei Rangern im Zaum gehalten wurden. Hoffentlich wussten die Männer, was sie taten. Er hatte wenig Lust darauf, Bekanntschaft mit den Hörnern dieser Viecher zu machen.

Vor dem Zaun hatte sich bereits eine Menschentraube gebildet, zum Großteil Rentner mit ihren Hunden und kleine Familien. Das übliche Publikum hier im Park. Einige waren wohl auch Gäste der Steigalm, dem Café gleich gegenüber dem Gehege.

Bei all den Schaulustigen würde es nicht lange dauern, bis die Medien Wind von der Sache bekamen.

Gerade als sie das Gehege erreichten, trat ein beleibter Beamter der Schutzpolizei aus einer kleinen Tür im Zaun.

»Hier gibt's nichts für Sie zu sehen«, verkündete er den Gaffern und wedelte mit den Armen. »Bitte gehen Sie weiter!«

»Das ist ein freies Land! Ich darf stehen, wo ich will!«,

erhielt er prompt die krächzende Antwort eines der Silberhaar-Senioren.

Das Gesicht des Polizisten lief puterrot an. Bevor er jedoch zu einer Erwiderung ansetzen konnte, sah er Jan und Rabea näher kommen. »Sie sind die Profiler, oder!?«, rief er. Seine Miene hellte sich auf. »Jetzt kann bald endlich der Bestatter anrücken. Die Wisente werden schon unruhig.«

Jan schluckte. Das klang ja großartig. Er vergaß dabei sogar, dem Schutzpolizisten zu sagen, dass sie Fallanalytiker und nicht Profiler genannt wurden. Der Begriff weckte falsche Erwartungen in den Leuten.

Sobald sie im Gehege standen, schob der Polizist den Türriegel vor und befestigte wieder das Vorhängeschloss. »Sicher ist sicher«, grunzte er. »Woll'n ja nicht, dass die Journaille hier drin aufkreuzt.«

Sie marschierten in Richtung Fundort. Je näher sie ihm kamen, desto mehr beschlich Jan ein Gefühl der Beklemmung. Die Männer der KTU, die in ihren Overalls wie Geister aussahen, sprachen nur im Flüsterton miteinander.

Der Eingang des Zeltes teilte sich. Ein hochgewachsener Mann trat heraus und kam mit großen Schritten auf sie zu. Als er den Reißverschluss seines Einmal-Overalls aufzog, kam darunter ein maßgeschneiderter, schwarzer Anzug zum Vorschein.

»Da sind also die beiden Psycho-Experten«, sagte der Glatzkopf. Er schüttelte ihnen nacheinander die Hand. »Stüter. Wir haben schon miteinander telefoniert.«

Sein Händedruck war so fest, dass sich Jans Finger danach wie gebrochen anfühlten.

So haarlos sah Stüter fast aus, als wäre er schwer krank.

Nicht ein einziges Haar spross aus seinem Schädel. Dazu die runde Kopfform, die Stüter vollends wie eine weiße Billardkugel aussehen ließ.

Jan kannte Polizisten wie Stüter zur Genüge. Erfahrene Beamte jenseits der fünfzig, die neue Ermittlungsmethoden kritisch beäugten. Vor allem Leute wie Jan, die ein psychologisches Profil des Täters erstellten, statt dem nachzugehen, was sie für handfeste Beweise hielten.

»Es war die Idee von Frau Ichigawa vom KII Koblenz, Sie beide anzuheuern«, erklärte Stüter, als müsste man sich dafür entschuldigen. »Bei dem ganzen Medienrummel, der auf uns zukommt, glaubt sie wohl, wir würden ohne fremde Hilfe einen schlechten Eindruck machen.«

»Ichigawa?« Jans Puls raste. »Anita Ichigawa?«

»Genau die. So viele mit dem Nachnamen haben wir hier nicht. Kennen Sie sich?«, fragte Stüter. »Die Gute ist in Lichtgeschwindigkeit zur Ersten Hauptkommissarin bei den Kapitaldelikten aufgestiegen. Natürlich hat man sie deshalb zur Leiterin der SOKO erklärt.«

»Über gekränktes Ehrgefühl können wir später streiten«, erwiderte Jan. »Wir sind hier, um Sie und Ihre Leute zu beraten und zu unterstützen. Ich habe nicht vor, Ihnen in Ihre Ermittlungen zu pfuschen.«

Stüter hob die grauen Augenbrauen in die Höhe, die einzig verbliebenen Haare auf seinem Kopf. »Sie haben mir nicht darauf geantwortet, ob Sie Frau Ichigawa kennen.«

Auch Rabea warf ihm einen höchst interessierten Seitenblick zu, eine Augenbraue in die Höhe gereckt.

»Wir kennen uns flüchtig. Erzählen Sie mir lieber etwas über die Leiche.« Jan stöhnte. Anita hatte ihm gerade noch gefehlt.

Stüter fuhr sich über den glänzenden Schädel. »Zu unserem ersten Toten gibt es bisher erstaunlich wenig zu sagen. Wir haben keine Ahnung, wer der Kerl ist.«

Der Hauptkommissar wandte sich um und stapfte zum Zelt. Vor dem Eingang reichte er ihnen zwei eingeschweißte Overalls, Handschuhe und Plastikstulpen. »Sie kennen das Prozedere. Erst mal schön einpacken.«

Mit vor der Brust verschränkten Armen sah der Hauptkommissar ihnen dabei zu, wie sie sich umständlich in die weißen Anzüge wanden. Rabea war längst fertig, als sich Jan noch bückte, um seine Stulpen überzuziehen. Dabei knackte seine Wirbelsäule bedenklich.

»Immer wieder ein entwürdigendes Schauspiel«, sagte Stüter, nachdem sie fertig waren, und hielt die Plane zur Seite. »Nach Ihnen.«

Bisher hatte Jan nur wenige Leichen zu Gesicht bekommen. Er war nicht unglücklich darüber. Egal wie sehr man sich innerlich abschottete, die Konfrontation mit der blutigen Sterblichkeit ging nie spurlos an einem vorbei. Sein letzter Besuch eines Mordschauplatzes war ein Raubmord in einer Tankstelle gewesen. Glatter Brustdurchschuss aus nächster Nähe. Viel Blut, aber keine Schweinerei.

Das hier, das hier war anders.

Der nackte Mann lag auf dem Rücken, Arme und Beine in abstrusem Winkel von sich gestreckt. Getrocknetes Blut und Matsch klebten auf seinem blassen, behaarten Körper, in solchen Mengen, dass Jan das eintätowierte ›A‹ auf dem Brustbein erst nach einigen Momenten erkannte.

»Die Leiche hat vermutlich mehrere Stunden im Gehege gelegen«, sagte Stüter. »So lange, dass die Wisente mehrmals über sie getrampelt sind.«

Rabea unterdrückte lautstark ein Würgen. Auch in Jans Magengrube bildete sich ein flaues Gefühl. Ihm fiel es schwer, in der stickigen, verbrauchten Zeltluft zu atmen.

Blutige Hufabdrücke überzogen den Körper des Mannes, seine Genitalien waren zerquetscht, Dutzende Knochen zertrümmert, der Bauch von einem scharfkantigen Huf oder Gegenstand aufgeschlitzt worden. All die Kopfverletzungen und der Dreck erschwerten es, das Alter zu schätzen.

»Etwa fünfzig«, schloss er. »Vorsichtige Vermutung.«

»Die Todesursache«, sagte Rabea und schluckte, »die Todesursache ist die Wunde am Kopf, oder?«

Stüter, der neben der Leiche im Matsch kniete, pflichtete ihr bei. »Davon gehen wir zumindest im Moment aus. Hundertprozentig werden es erst die Rechtsmediziner sagen können. Ichigawa kümmert sich gerade um eine Sofort-Obduktion.«

Stüter sah zu ihnen empor. Sein Teint glich dem Toten neben ihm. »Stumpfe Gewalteinwirkung. Vielleicht ein Hammer. Jemand hat so lange auf den Kopf eingeschlagen, bis die Schädeldecke gesplittert ist.«

»Das kann nicht ohne Kampf vonstattengegangen sein«, stellte Jan fest. »Haben Sie irgendwas gefunden? Hautpartikel unter den Fingernägeln? Kratzspuren?«

Behutsam hob Stüter die rechte Hand des Toten vor seine Augen. »Das kann ich im Moment noch nicht sagen. Aber es stimmt, die Möglichkeit besteht.« Er wandte sich wieder Jan zu. »Meine Leute überprüfen zurzeit die Vermisstenanzeigen und hören sich im Ort um. Ich denke mal, wir werden schnell wissen, wer das Opfer ist.«

»Definitiv. Hier wissen die Nachbarn noch übereinander Bescheid.« Jan kannte das nur zu gut. Er war sicherlich über Jahre hinweg Thema der geflüsterten Gespräche am Kaffeetisch gewesen.

Stüter nahm das zum Anlass, ihn auf seine Herkunft anzusprechen. »Ihre Art zu sprechen. Sie kommen von hier. Aus welchem Ort stammen Sie?«

Jans Herz verkrampfte sich noch mehr. Das Zelt um ihn herum schien von Minute zu Minute kleiner zu werden. Er hatte seinen Wäller Dialekt so gut verborgen, wie es ihm möglich gewesen war. Wie hatte Stüter das herausgehört?

»Ich komme aus Hardt«, antwortete er.

»Das ist ja gleich in der Nähe!« Die Miene des Hauptkommissars hellte sich zum ersten Mal auf. »Was für ein Zufall, dass Sie hierher beordert worden sind.«

Ja, dachte Jan. Was für ein Zufall. Er ging neben dem Toten in die Hocke. Er bemerkte verblasste, weißliche Leichenflecken an den Knien, dem Unterbauch und den Handgelenken. Das Opfer hatte also nach seinem Tod zunächst auf dem Bauch gelegen. »Er war schon tot, als er ins Gehege gezogen wurde.«

Stüter nickte. »Er ist definitiv bewegt worden. Keine Überraschung. Die Ranger haben ein Loch im Zaun des Geheges entdeckt. Außerdem haben wir Schleifspuren von dort bis zum Fundort gesichert.«

»Auch die Spuren von Schritten?«, fragte Jan.

»Sind verwischt worden, womit auch immer, und wurden wieder von Neuschnee bedeckt. So leicht wollte er es uns nicht machen.«

»Trotzdem, wir müssen alles sehen. Fundort und Tatort stehen im Zentrum unserer Fallanalyse«, ergänzte Rabea. »Alles, was der Täter hier getan hat, jede Handelsentscheidung, sagt etwas über ihn aus. Über seine Impulse.

Seine Planung. Ob seine Gewalt funktionell oder bedürfnisorientiert ist.«

»Erklären Sie mir nicht Ihren Job, machen Sie ihn«, grunzte Stüter.

Rabea ignorierte ihn und besah eingehend das eintätowierte A. Jan folgte ihrem Blick. Er hatte noch nie ein Tattoostudio von innen gesehen und auch nie mit dem Gedanken gespielt, sich eines stechen zu lassen. Dementsprechend wenig kannte er sich mit dieser Form der Körperkunst aus. Trotzdem erkannte selbst er, dass das Tattoo dilettantisch gestochen war. Die Linien zittrig und verwackelt, die Tinte an manchen Stellen schon stark verblasst.

»Sieht nach einem Amateur aus«, sagte er.

Rabea schaute auf. »Oder er will es nur so aussehen lassen.«

»Guter Einwand.« Er lächelte ihr zu.

»So eine Tätowierung ist wie tausend kleine Stichverletzungen«, meinte Rabea. »Diese hier ist noch feucht, keinerlei Wundheilung. Warten wir die Obduktion ab, aber das sieht nach post mortem aus.«

»Bei einem Toten ist es auch viel einfacher zu bewerkstelligen«, sagte Jan und überlegte weiter. War das der einzige Grund? Oder war die Tätowierung der finale Akt seines Tötungsprozesses? Eine Art Signatur?

Aus dem hinteren Teil des Geheges drangen Rufe. Rabea schob die Plane beiseite. Einer der Wisente trabte schnaubend auf einen Ranger zu und bremste erst im letzten Augenblick ab.

Es wurde wirklich Zeit, dass sie hier rauskamen.

Stüter kratzte an seinem krummen Nasenrücken herum, als läge darunter die Lösung des Falls. »Wie gesagt, der Fundort gibt nicht viel her. Bei den Biestern dahinten stehen auch der Wildhüter und der Ranger, die die Leiche gefunden haben. Vielleicht haben wir mit ihnen mehr Glück. Sie sind ja Psychologen, vielleicht können Sie ein paar Ihrer Tricks anwenden. Wenn Sie mir bitte folgen!«

»Solange wir nicht totgetrampelt werden«, murmelte Rabea und warf einen Blick auf die Wisente. Dann flüsterte sie Jan zu: »Was für Tricks meint der? Wir sind keine Zirkusmagier!«

»Einfach ignorieren.«

Mit jedem Schritt, den sie den Tieren näher kamen, wurde der Gestank nach nassem Fell und Dung stärker. Einer der Wisente bemerkte sie, schnaufte und scharrte mit den Hufen.

Die Ranger, die mit den Rücken zu ihnen gewandt standen, breiteten die Arme aus und riefen besänftigende Worte.

Das Herz sackte Jan wie ein Bleigewicht in die Magengrube.

»Enno Buck?«, fragte Stüter.

Der Mann, der ihnen am nächsten war, wandte sich um. Über seinem karierten Hemd trug er eine dreckverkrustete dunkelblaue Latzhose. Jan schätzte ihn auf etwa fünfundfünfzig. Seine Haare durchzogen graue Strähnen, sein wettergegerbtes Gesicht war ein feines Gewirr aus Falten. Die breite Krempe seines Lederhutes warf einen Schatten bis zur Nasenspitze. Aus dem Halbdunkel blitzten intelligente Augen hervor.

»Die Herren, die Dame. Was gibt's?« Sein Wäller Platt klang eine Spur nasal.

»Stüter, Hauptkommissar. Ein Beamter hatte Sie gebeten, auf mich zu warten. Das hier sind die Kollegen Grall und … und …« Mit den Fingern schnipsend, versuchte er sich an Rabeas Namen zu erinnern.

»Wyler«, half ihm die Schweizerin auf die Sprünge.

»Richtig, Kollegin Wyler – wir wollten Ihnen ein paar Fragen stellen. Herr Grall, wenn Sie mögen?«

Stüter wollte ihn anscheinend auf die Probe stellen. Aber bei so einer Routinebefragung gab es nicht viele Möglichkeiten, die Psychologie sinnvoll einzusetzen. Also orientierte Jan sich am klassischen Gesprächsleitfaden: »Wann haben Sie die Leiche gefunden?«

Buck zuckte mit den Schultern. »Heute Morgen. So um halb acht. Mein Mitarbeiter Mirco hat die Gehege kontrolliert und gemerkt, dass die Wisente sehr unruhig waren. Dazu braucht es bei ihnen schon einiges. Sind eigentlich ruhige Genossen. Deshalb sind wir auch direkt nachschauen gegangen – und sind dann auf die Leiche gestoßen.«

»Ist Ihnen heute Morgen irgendetwas Merkwürdiges aufgefallen? Haben Sie jemanden gesehen? Versuchen Sie sich auch an scheinbar unbedeutende Details zu erinnern.«

»Nein, nein!« Er schüttelte den Kopf. »Alles ist so wie immer gewesen. Eigentlich …« Er hielt inne und legte den Kopf schief. »Moment, ich erinnere mich. Aber das liegt schon zwei, drei Wochen zurück.«

Jan horchte auf.

»Im Gehege der Damhirsche – ein Jungtier, es lag etwas abseits, versteckt unter Ästen und Blättern. Jemand hatte ihm die Kehle durchtrennt. Und einen Kreis auf den Bauch tätowiert.«

Jan wechselte einen Blick mit Rabea. Derselbe Täter.

Sie hatten es mit jemandem zu tun, der mit dem Töten nicht vertraut war. Der es erst an Tieren erprobt hatte.

»Wer hat außer den Wildhütern noch Zutritt zu den Gehegen?« Stüter besaß die Eigenheit, immer den rechten Mundwinkel hochzuziehen, nachdem er eine Frage gestellt hatte.

»Im Grunde jeder. In der Nacht wird der Park nur von einem Wärter geschützt. Und der hat nichts mitgekriegt. Außerdem muss man kein besonderer Athlet sein, um über die Zäune zu klettern.«

Das konnte Jan bestätigen. Voller Scham dachte er an die Nacht, in der er mit ein paar Schulfreunden betrunken über die Zäune geklettert war und einen armen Geißbock wie im Rodeo geritten hatte. »Haben Sie die Tierleiche irgendwie dokumentiert?« Stüter zog einen Notizblock aus der Innentasche seines Jacketts. Wenigstens war er noch nicht wie Rabea auf irgendwelche Tablets umgestiegen.

»Wir haben Fotos gemacht. Hätten uns auch bei Ihnen gemeldet, wenn das noch häufiger vorgekommen wäre.«

»Sie wirken überhaupt nicht betroffen«, bemerkte Rabea auf einmal.

Es lag kein Vorwurf in der Stimme der Schweizerin, trotzdem lief Bucks Gesicht rot an. »Was denken Sie eigentlich, was wir hier den ganzen Tag machen? Wir arbeiten hier mit Tieren. Natürlich war ich schockiert ... aber Blut und Tod sehe ich nicht zum ersten Mal.«

Rabea nickte und murmelte eine Entschuldigung, stellte aber noch eine Frage: »Damwild ist doch scheu. Wie kann es der Täter überhaupt geschafft haben, so nah an eines der Tiere heranzukommen? Ohne dass sie ihn ...«

»... dass sie ihn kennen?«, beendete Buck den Satz für

sie. Sein Gesicht leuchtete in tiefstem Dunkelrot. »Sie wollen den Verdacht wirklich auf die Wildhüter richten, was? Da kann ich Ihnen auch noch mal was sagen: Wir finanzieren uns hier zum Großteil mit Futter, das die Besucher in Boxen kaufen können, um die Tiere anzulocken.«

»Es könnte also jeder gewesen sein«, stellte Jan fest.

6

Sie verließen das Gehege und traten zurück auf den Weg, wo die Gruppe der Schaulustigen weiter angewachsen war. Ein Mann mit Bürstenhaarschnitt trug sogar seine kleine Tochter auf den Schultern, damit sie besser sehen konnte.

Während sie sich einen Weg durch die Menge der Gaffer bahnten, drängte sich eine junge Frau in Jeansjacke und schwarzer Stoffhose zu ihnen durch. Von ihrem Hals baumelte eine Digitalkamera.

»Auch das noch«, seufzte Stüter. »Nora Schneill von der Wäller Zeitung.«

Die Reporterin steuerte geradewegs auf den Hauptkommissar zu, ihr Handy mit aktivierter Diktierfunktion gezückt. »Kannst du bereits etwas über die Leichenfunde sagen?«

»Nein, kann ich nicht«, blaffte Stüter, lief an ihr vorbei und kämpfte sich durch die Menge. »Heute Abend gibt es eine Pressekonferenz. Da kannst du Fragen stellen. Wenn du mich nun bitte entschuldigen würdest – die Ermittlungen warten auf mich!«

Nora Schneill zog einen Schmollmund, was ihr ovales, hübsch geschnittenes Gesicht noch anziehender erscheinen ließ. Ehe Jan sich weitere Gedanken darüber machen konnte, warum sie und Stüter sich duzten, hielt sie auch ihm das Handy unter die Nase. »Handelt es sich bei Ihnen und Ihrer Kollegin um die Fallanalytiker aus Mainz?«

»Auf die Frage gebe ich Ihnen ein Ja, aber auf Ihre nächste, nämlich die, ob ich Ihnen etwas über die Leichenfunde verrate, ein Nein, wobei ich gern selbst die Frage nachschieben würde, woher Sie wissen, dass wir hier sind.«

Diesmal zog sie keinen Schmollmund, sondern weitete nur ihre Augen. Jan hingegen grinste. Er mochte es, in seine Antworten so viele Nebensätze einzubauen, dass sein Gegenüber zunächst einmal sprachlos war.

»Trotzdem – falls Sie Ihre Meinung ändern, sollten Sie wissen, wie Sie mich erreichen.« Sie zückte eine Visitenkarte und drückte sie ihm in die Hand, natürlich wieder mit einem breiten Lächeln.

»Ich komme drauf zurück«, sagte er und steckte ihre Karte in die Jackentasche. Dann hängte er sich wieder hinter Stüter, der sich wie ein Berserker einen Weg durch die Gaffer bahnte.

»Wundert mich, dass der Lünner vom Marienberger Blättchen noch nicht aufgetaucht ist«, grunzte der Hauptkommissar, als sie es endlich aus dem Gewühl geschafft hatten. »Der ist normalerweise immer der Erste, der so was spitzkriegt. Und noch unerträglicher als die Schneill.«

»Ich fand sie ganz nett«, gestand Jan.

Ein Beamter der Schutzpolizei stieß zu ihnen. »Sollen

wir jetzt zum nächsten Tatort?«, fragte er mit wippendem Schnauzer. »Man läuft nur zehn Minuten bis zum Basaltpark, aber bei diesem Schnee wagt sich kaum jemand hier runter. Wohl auch der Grund dafür, warum die Leiche erst so spät entdeckt wurde.«

Sie überquerten den Parkplatz, auf dem gerade der Leichenwagen vorfuhr, und stiegen die Kurallee hinunter. Rechts der Straße ragte ein Stahlgerüstturm in den Himmel, der Rabeas Aufmerksamkeit auf sich zog. »Was ist denn das? Ein Wachturm?«

Stüter stieß ein heiseres Lachen aus. »Nein, nur ein Aussichtsturm. Der Hedwigsturm. Bei diesem Nebel sieht man allerdings nicht allzu viel.«

Viel hatte sich verändert, während Jan nicht da gewesen war. »Seit wann gibt es den Turm schon?«, fragte er.

»Fünf, sechs Jahre«, antwortete Stüter. »Wohl lange nicht mehr hier gewesen, was?«

»Die Zeit bleibt nirgendwo stehen«, kommentierte Jan knapp.

Es schien ihm, als würde Nebel nicht nur über den Höhen des Westerwalds liegen, sondern auch über seinem Denken. Zu viele Erinnerungen, zu viele Eindrücke prasselten auf ihn ein, um auch nur einen klaren Gedanken zu fassen.

Hypersensibilität. Fluch und Segen zugleich. Der immerwährende Stressfaktor seines Lebens. Er brauchte dringend Ruhe.

Zum Glück unterbrach Rabea seine Gedanken: »Wir wissen schon einiges.«

»Was haben wir denn bisher?« Stüter ließ beim Ausatmen die Lippen vibrieren. »Ein abgeschlachtetes Tier im Wildpark und die Leiche eines Unbekannten!«

»Wir haben schon jede Menge«, widersprach Rabea. »Mit allem, was unser Mörder tut, verrät er uns etwas über sich. Und aus diesen Puzzleteilchen können wir ein Bild zusammensetzen.«

»So?« Stüter hatte sich den Overall bis zur Hüfte hinuntergerollt, knöpfte sein Jackett zu und schlenderte neben ihnen her, die Hände in die Hosentaschen gesteckt. »Dann erzählen Sie mal von Ihren Puzzleteilchen!«

»Er ist kein Tätowierer. Sonst hätte er nicht an Tieren üben müssen.«

»Wir werden trotzdem einen Tätowierer befragen müssen«, sagte Stüter. »Wegen des Fachwissens. Wir müssen herausfinden, ob man anhand einer Tätowierung sagen kann, was für ein Gerät benutzt worden ist. Vielleicht können wir so ermitteln, wo der Täter es gekauft hat. Was haben Sie noch?«

Sie wichen einem Lieferwagen aus, der zum Hotel hinauffuhr. Rabea hustete die Abgase aus ihren Lungen und machte weiter: »Höchstwahrscheinlich stammt er aus einem unauffälligen und stabilen Umfeld. Gewalt ist ihm nicht vertraut. Deshalb die Tötungsübungen an Tieren. Vielleicht gab es einen Auslöser, einen Trigger, in der jüngeren Vergangenheit des Täters, der in ihm die Bereitschaft zum Morden geweckt hat. Der ihn all das hier hat planen lassen.«

In jedem Menschen steckte eine Bestie, dachte Jan. Es kam nur darauf an, ob sie geweckt wurde oder nicht.

»Das ist eine große Menge an ›Vielleicht‹ und ›Wahrscheinlich‹, die Sie da benennen«, erwiderte Stüter.

Jan verdrehte die Augen und sagte: »Was wir hier machen, ist keine Kaffeesatzleserei, sondern professionelle Polizeiarbeit. Wir versuchen zu verstehen, warum der Täter so handelt, wie er nun einmal handelt. Wenn wir seine Beweggründe, sein Tatmotiv, seine Bedürfnisse kennen, kennen wir auch seine Herkunft, sein Alter, sein Geschlecht, seinen Bildungsgrad.«

Die Kurallee mündete in die Westendstraße, auf deren anderen Seite sich der Basaltpark ausbreitete.

»Der Nordeingang ist etwas zugewachsen«, sagte Stüter. »Und passen Sie auf, es geht steil bergab.«

Sie machten sich an den Abstieg. Wie ein Meteoritenkrater prangte der einstige Basaltsteinbruch inmitten des Fichtenwaldes. Auf dem Grund der trichterförmigen Grube hatte sich über die Jahrzehnte ein See gebildet, den jetzt eine brüchige Eisdecke überspannte. Ein Lehrpfad, der mit weißen Schneeflecken besprenkelt war, führte spiralförmig hinab bis an sein Ufer.

Flatterband spannte sich zwischen zwei Fichten am Beginn des Weges. An der rechten lehnte ein schlaksiger Polizist und hing an seinem Smartphone.

Stüter grunzte. »Denken Sie, der Weg bewacht sich von allein, Oberkommissar Köllner?«

Der junge Mann zuckte zusammen und steckte das Handy weg. Seine Sommersprossen und die wirr abstehenden, pechschwarzen Locken erinnerten eher an einen verpeilten Philosophiestudenten.

»So... sorry, nur was nachgeschaut.«

Der besagte Oberkommissar. Stüter schien ihn auf dem Kieker zu haben.

Jan wandte sich an den sommersprossigen Köllner. »Können Sie uns etwas über den Fundort der Leiche sagen? Wo hat sie gelegen?«

»Da fängt es schon an. Sie liegt nicht. Sie hängt.«

B

»B nimmt in allen dem phönicischgriechischen entstammenden alphabeten gleich hinter dem A seine bedeutsame stelle ein. denn das auf A, den grund aller vocale, unmittelbar die drei mediae als grund und boden aller stummen consonanten folgen, muss ein grosses gewicht haben.«

Grimmsches Wörterbuch

7

3. Dezember, später Nachmittag

Wie ein Mensch auf einen Leichenfund reagierte, hing von zwei Faktoren ab: dem Zustand seiner Psyche und dem Zustand des Toten.

Es gab Leute mit gefestigten Persönlichkeiten, die zusammenbrachen, wenn sie einen friedlich Entschlummerten betrachteten, so wie es labile Nervenbündel gab, die ohne Probleme eine Wasserleiche betrachten konnten.

Jan hatte sich immer zu denen gezählt, die nicht so schnell weiche Knie bekamen. Aber beim Anblick des Erhängten, der von einem der Dachpfeiler des Förderhauses am Seeufer baumelte, musste er schlucken.

Weil der Mann über und über mit Blut beschmiert war, erkannte er erst auf den zweiten Blick, dass er nackt war. Und es brauchte sogar einen dritten, um das B auszumachen, das auf seine Brust tätowiert worden war.

Sanft wiegte sich der Körper im Wind hin und her. Dadurch glitt der Blick der ins Weiße verdrehten Augen wachsam über das Treiben unter ihnen.

Leute des Erkennungsdienstes mit Folien auf den Schuhsohlen durchstreiften die Umgebung. Unterhalb des Erhängten kniete eine Frau im weißen Overall und machte mit einer Digitalkamera Bilder.

Stüter blieb unvermittelt stehen und starrte den Toten mit offenem Mund an. »Jetzt ist klar, warum der Lünner vom Marienberger Blättchen noch nicht aufgetaucht ist«, sagte er. Seine Stimme klang wie brechendes Eis. »Er konnte gar nicht.«

»Das da ist der Journalist?«, fragte Rabea nach. Sie betrachtete die Leiche. »Dann hätten wir wenigstens schon mal ein Opfer identifiziert«, seufzte sie, als sie keine Antwort erhielt.

Der Redakteur einer Regionalzeitung und der Unbekannte aus dem Wildpark. Jan vergrub die Hände in den Manteltaschen. Vermutlich also kein sexuell motiviertes Verbrechen. Nach allen ihm bekannten Typologien wurden Männer selten Opfer von Sexualverbrechen. Welche Verbindung bestand zwischen den beiden Männern? Hatten sie den Mörder gekannt? Hatten sie mit ihm in Kontakt gestanden? Womöglich existierte eine Verbindung zwischen ihnen auch nur im Kopf des Täters. Das FBI sprach dabei von *Unspecific Motive Killing* – Morde, deren Bedeutung nur der Mörder kannte. Einem Serientäter genügten zumeist schon winzigste Details dafür; dieselbe Herkunft, derselbe Kleidungsstil, dieselbe Augenfarbe. Das würden sie alles nachprüfen müssen.

Die Overall-Frau war unterdessen zu ihnen getreten. Aus dem Kragen des blütenweißen Überzugs lugte ein *Doctor-Who*-Fanshirt hervor. Von ihren Ohrläppchen baumelten kleine R2D2-Figuren, ihre mahagoniroten Locken trug sie zu einem Pferdeschwanz gebunden.

Ihre ernste Miene passte nicht recht zu den Grübchen neben ihrem Mund. »Dr. Diana Harreiter, Gerichtsmedizin«, stellte sie sich vor. »Sie sind die Fallanalytiker, richtig?«

Sie war die Erste, die ihre Berufsbezeichnung ohne eine Spur der Verachtung aussprach. Damit sammelte sie schon einmal Sympathiepunkte.

»Richtig, Jan Grall. Können Sie bereits ...?«

Stüter schnitt ihm das Wort ab. »Nur damit wir uns richtig verstehen. Sie sind beratend hier. Das heißt, Sie teilen sich nur mit, wenn Sie meinen, etwas über den Geisteszustand des Täters zu wissen.«

»Selbstverständlich.« Eine passende Erwiderung sparte er sich lieber. Ein Kleinkrieg mit dem Hauptkommissar führte erfahrungsgemäß nirgendwohin.

»Also«, brummte Stüter, wieder sichtlich mit sich und der Welt zufrieden, »können Sie schon irgendetwas sagen? Wo kommt all das Blut her?«

Harreiter schüttelte den Kopf. »Um den Todeszeitpunkt zu bestimmen, muss ich Leichenstarre und -flecken untersuchen. Dafür müssen wir ihn erst runterholen. Wir warten hier noch darauf, dass der Erkennungsdienst fertig wird. Und die Fallanalytiker sollten den Fundort auch in seinem Urzustand sehen.«

»Hilft es Ihnen irgendwie weiter, den armen Mann noch länger da oben baumeln zu sehen?«, wandte sich Stüter an sie beide.

»Nackt und gehenkt«, sagte Rabea. »Das hat eher etwas von einer Hinrichtung als einem Mord. Von einer öffentlichen Demütigung. Besonders wenn die tatsächliche Todesursache nicht der Strick war.«

»Dem habe ich nichts hinzuzufügen. Es passt sogar zu dem Fundort im Gehege. Da war der Tote von Tieren zertrampelt worden. Ein ähnlich demütigendes Ende«, sagte Jan. »Kappen Sie das Seil.«

Stüter nickte einem der Leute von der KTU zu, der sogleich eine Klappleiter heranschob. Zwei weitere breiteten eine weiße Leichenabdeckfolie unter dem Erhängten auf.

Der Mann erklomm die Leiter, zückte ein Taschenmesser und sägte an dem dicken Hanfseil herum.

Um sich warm zu halten, trat Jan vom einen Bein auf das andere. Gab es für so etwas keine professionelle Gerätschaft? Bis der Kollege mit seinem Messerchen fertig war, dauerte es noch endlose Minuten.

»Was wissen Sie über Herrn Lünner?«, fragte Rabea den Hauptkommissar. »Als Redakteur macht man sich sicherlich nicht nur Freunde.«

Stüter legte den Kopf in den Nacken und betrachtete den Toten. »Er ist das Paradebeispiel eines investigativen Journalisten. So engagiert, wie man es nur sein kann, aber irgendwie hat er's nie aus der Provinz herausgeschafft.«

»Was meinen Sie genau mit investigativ? Hat er aufgedeckt, dass das Bier bei der Dorfkirmes gepanscht wurde?«

Jan warf seiner Assistentin einen strafenden Blick zu, obwohl er sich selbst das Grinsen verkneifen musste.

»Lassen wir die Spielereien, Heidi.« Stüters Mundwinkel zuckten wie die Lefzen eines Wolfes. Rabeas Akzent hatte er also auch herausgehört. »Vor einigen Wochen hat Lünner eine Artikelreihe darüber gebracht, dass einige Stadträte beim Bau einer Umgehungsstraße Geld in die eigenen Taschen abgezweigt haben.«

Jan blickte zu dem Toten hinauf und schnalzte mit der Zunge. Der Beamte hatte das Seil beinahe durchtrennt. Unter Ächzen rissen einzelne Fasern, bis die Leiche nur noch an einem einzigen Strang hing.

»Damit hat er bestimmt jede Menge Wut auf sich gezogen. Vielleicht ...«

Rabea wollte weiterreden, aber Jan legte ihr die Hand auf die Schulter und schüttelte den Kopf. Er wusste genau, worauf sie hinauswollte: dass jemand es allein auf den Journalisten abgesehen gehabt und den anderen Mord nur begangen hatte, um eine falsche Fährte zu legen. Die Hypothese sollte sie lieber erst mal für sich behalten.

Die Schweizerin verstand und biss sich auf die Unterlippe. Schmunzelnd sah die rotlockige Gerichtsmedizinerin zwischen ihnen hin und her, bis hinter ihnen jemand rief: »Herr Stüter! Das sollten Sie sich ansehen!«

Ein Erkennungsdienstler in weißem Overall trat aus dem Eingang des Förderhauses. Seine behandschuhten Finger hielten ein zerknittertes Blatt Papier, so groß wie ein Plakat.

»Wo haben Sie das gefunden?« Behutsam nahm Stüter es entgegen. Köllner, Rabea und Jan scharten sich um ihn. In der Mitte stand etwas. Es waren einzelne Druckbuchstaben in unterschiedlichen Schriftarten, dem verschiedenfarbigen Papier nach anscheinend aus mehreren Büchern ausgeschnitten. So klein, dass Jan sie nicht entziffern konnte.

»Was steht da?«, fragte auch Stüter. »Hätte der nicht Zeitungsschnipsel nehmen können? Für die braucht man wenigstens keine Lupe.«

Köllner las vor: »Alle glücklichen Familien ähneln einander; jede unglückliche aber ist auf ihre eigene Art unglücklich.«

»Klingt wie ein Spruch aus einem Poesiealbum.« Stüter kratzte sich am Kinn.

»Ich kenne das!«, sagte Köllner triumphierend. »Das ist der erste Satz aus *Anna Karenina* von Tolstoi. Einer der berühmtesten Anfänge der Weltliteratur.«

»Für so einen Blödsinn bin ich zu beschäftigt«, entgegnete Stüter. Er wandte sich an den blonden Erkennungsdienstler, der das Blatt gefunden hatte. »Wo haben Sie das entdeckt?«

»Es war gleich links an die Wand genagelt, wenn man das Förderhaus betritt«, sagte der Mann mit einer Stimme, so hoch, dass sie nicht zu seinem vierschrötigen Aussehen passen wollte. »Schauen Sie sich das Papier an. Es ist weder vergilbt, noch weist es größere Wasserflecken oder Verschmutzungen auf. Ich würde behaupten, es hat gerade einmal einige Stunden dort gehangen.«

»Dann stammt es aller Wahrscheinlichkeit nach vom Täter«, schloss Stüter. Er drehte sich wieder zu Jan um. »Ein belesener Serienmörder also. Damit sollten Sie doch etwas anfangen können, oder?«

»Wir müssen überprüfen, ob er so eine Botschaft auch an dem anderen Fundort hinterlegt hat. Daraus lässt sich dann vielleicht ein Muster ableiten.«

Seit seiner Diplomarbeit über die Beweggründe von Tätern wie Jeffrey Dahmer oder dem mindestens 218-fachen Mörder Harold Shipman hatte sich Jan die Täterprofile von Hunderten von Serienmördern eingeprägt, unabhängig von Nationalität und Epoche. Als er dieses Archiv in seinem Kopf durchging, fand er nichts, was sich mit diesem Hang zur literarischen Symbolik vergleichen ließ.

Viele Serientäter stammten aus bildungsfernen Kreisen, von Ausnahmen wie dem Co-Ed-Killer Ed Kemper, der einen IQ von 145 besaß, einmal abgesehen. Aber das musste nichts bedeuten. Außerdem stand nicht einmal fest, ob es sich um einen Serientäter handelte. Vielleicht hatten sie es auch mit einem Doppelmörder zu tun, der sich für zwei unterschiedliche Ablageorte entschieden hatte. Warum dann die Buchstaben?

»Unser Täter ist in dieser Nacht auf jeden Fall fleißig gewesen«, meinte Jan. »Die beiden Fundorte liegen nah beieinander, ja, trotzdem muss es ein riesiger Kraftakt und ein großes Risiko gewesen sein, sie beide in dieser Nacht getötet und so inszeniert zu haben. Was auch immer er vorhat, er setzt sein Ziel über alles.«

»Sein Ziel?«, fragte Köllner. »Er ist noch nicht fertig?«

»A, B ... und was kommt dann?«

Die Stimme des Oberkommissars war tonlos. »C.«

Das Seil riss. Unter einem dumpfen Aufprall schlug der Leichnam auf die Plane. In Jan löste das Geräusch einen Würgereiz aus, den er durch heftiges Schlucken unterdrückte.

Aber die Übelkeit war schon vorher da gewesen.

Erst jetzt bemerkte er, wie stark er zitterte. Der Overall drückte ihm die Luft ab. Die Welt um ihn herum prasselte auf ihn ein. Ein Regen aus Zeichen. Aus Symbolen und Fragen. Kleine Nuancen, die ihn nicht losließen. Die Art und Weise, wie jemand ein Wort betont hatte. Der bedrückende Rhythmus, in dem der Erhängte hin und her gebaumelt hatte. Das Knacken der Äste. Die geflüsterten Anweisungen der KTU-Männer.

All die Rätsel. Das Labyrinth aus Hypothesen.

Er versuchte seinen Atem unter Kontrolle zu bekommen. Nicht jetzt, nicht jetzt.

Jahrelang hatte er sich gefragt, woher seine Empfindsamkeit kam. Warum er mehr wahrnahm als andere. Erst sein Mentor an der Uni Bochum hatte bei ihm Hypersensibilität diagnostiziert. Ein psychisches Phänomen, das bei ihm zu ständiger Reizüberflutung führte.

Es hatte ihn seine ganzen Studienjahre und noch viel mehr Kraft gekostet, sie zu kontrollieren. Inzwischen war sie zu seinem wichtigsten Werkzeug geworden.

»Alles in Ordnung? Du bist ganz bleich.« Vorsichtig strich Rabea ihm über den Rücken. Die anderen starrten ihn an.

»Ich erklär's dir später«, flüsterte er nur ihr zu und sagte dem Rest: »Geht schon. Ist nur wegen der Leiche.«

Wieder eine Lüge.

8

»Wollen Sie wissen, warum ich kahlgeschoren bin?«

Sie fuhren an der moosüberwucherten Mauer des Burggartens vorbei, gleich am Eingang von Hachenburg, als Stüter diese Frage stellte. Er saß neben Jan auf dem Beifahrersitz des Mercedes, während Rabea auf der Rückbank Informationen in ihr iPad tippte.

»Dafür werden Sie schon Ihre Gründe haben.«

Jan runzelte die Stirn. Warum kam der Kommissar auf einmal mit diesem Thema?

Er bog auf den Alexanderring ein, der unterhalb des Hachenburger Schlosses entlang verlief. So umging er die engen Straßen der Altstadt, in denen er noch nie gerne gefahren war.

Obwohl Jan und Rabea noch länger am Fundort bleiben wollten, hatte Stüter sie zu den Wagen kommandiert.

Anita Ichigawa hatte ein Meeting für die SOKO in der Polizeiinspektion Hachenburg angesetzt.

Und man tat gut daran, Termine mit ihr einzuhalten. Das wusste Jan noch zu gut.

»Mein Vater leidet an Demenz. In so einem fortgeschrittenen Stadium, dass er mich nur noch an guten Tagen erkennt«, beantwortete Stüter seine eigene Frage. Er kauerte sich in seinen Sitz und stemmte die Knie gegen das Handschuhfach.

»Hören Sie, das ist doch etwas intim dafür, dass ...«

»Nein, nein!« Stüter wedelte mit den Händen herum. »Das möchte ich so. Ich spiele gerne mit offenen Karten. Ich habe nichts zu verheimlichen. Wenn man in so einer Sache zusammenarbeitet, muss man sich vertrauen. Und das hier, das gehört dazu.«

Sie fuhren in die Saynstraße. Jetzt waren es nur noch wenige Meter bis zum Polizeipräsidium. Allmählich wusste Jan kein Urteil mehr über Stüter zu fällen. Worauf legte es dieser Mann an? In solchen Fällen war es am ratsamsten, erst einmal nur zuzuhören.

»Die Krankheit, die Demenz, setzte in derselben Zeit ein, als sich bei meinem Vater die ersten grauen Haare zeigten. Es kam mir so vor, als wären sie das Zeichen für seinen geistigen Verfall.«

Stüter schwieg und knetete seine Hände.

»Deshalb haben Sie es getan, was? Sie haben Angst vor Ihrem eigenen Verfall.«

»Ja. Ich fürchte mich vor dem Alter, dem schleichenden Verfall. Davor, nicht mehr Herr über mein Hirn oder, mein Gott, über meine Blase zu sein. Ich sage Ihnen das so offen, damit Sie gar nicht erst damit anfangen, mich irgendwie analysieren zu wollen.«

Angst vor Kontrollverlust. Das passte absolut zu dem Hauptkommissar. Selbst jetzt wollte er das Bild kontrollieren, das sich Jan von ihm machte. Da erschien es nur als logisch, dass ihn alles störte, was von außen in sein System drang.

So zum Beispiel die SOKO.

»Wir haben noch gar keinen Namen für unsere Truppe«, brummte er. »Obwohl, Ichigawa wird schon was PR-wirksames einfallen. *SOKO Buchstabenmorde, SOKO Alphabetmörder, SOKO ABC*, irgendwas in der Richtung.«

Sie stiegen aus und überquerten den Parkplatz. Die zweigeschossige, hellgelb gestrichene Polizeiinspektion duckte sich in den Schatten einiger Tannen. Ein völlig unscheinbares Amtsgebäude.

»Haben Sie schon mal etwas von der Black-Swan-Theorie gehört?«, fragte Stüter auf einmal. »Völlig unvorhersehbare Großereignisse werden als ›Schwarze Schwäne‹ bezeichnet. Beispielsweise die Nuklearkatastrophe in Fukushima, die Entdeckung von Penizillin oder der elfte September. Im Nachhinein finden wir oft Erklärungen für solche Ereignisse. Aber wir können sie nicht voraussagen. Niemals. Obwohl sie so großen Einfluss haben können. Der Alphabetmörder ist so ein Schwarzer Schwan. So jemand wie er lässt sich nicht vorhersehen. Nicht entschlüsseln. Wir können nur reagieren, niemals agieren.«

Mit diesen Worten ließ Stüter ihn stehen und schloss zu Rabea auf, die schon in Richtung Präsidium gelaufen war.

»Deshalb halten Sie also nichts von Fallanalyse, oder?« Jan holte ihn mit wenigen großen Schritten ein.

»Wenn Sie mir sagen könnten, welche Menschen

irgendwann einmal zu Schwarzen Schwänen werden, wäre meine Achtung vielleicht höher.« Stüter hielt inne und drehte sich ihm zu, die Augen zu Schlitzen verengt. »Irgendwoher kenne ich den Namen Grall. Da ist irgendetwas gewesen, vor vielen Jahren.«

Jan spürte ein Ziehen im rechten Oberschenkel, das in ein warmes Pulsieren überging. Er presste die Lippen zusammen. Die alte Verletzung. Manchmal meldete sie sich zurück wie ein unliebsamer alter Bekannter, der einem zufällig auf der Straße entgegenkommt und hämisch grinsend grüßt.

»Sie müssen mich verwechseln. Ich wüsste nicht, was hier Besonderes passiert sein sollte.« Er umfasste den Türgriff zum Präsidium. »Kommen Sie, lassen wir Anita nicht warten.«

Jan öffnete die Tür, aber Stüter hielt ihn an der Schulter zurück.

»Oh, Sie nennen Ichigawa sogar beim Vornamen. Wissen Sie, für jemanden, der sich täglich mit dem menschlichen Verhalten auseinandersetzt, sind Sie ein verdammt schlechter Lügner«, sagte Stüter.

Als der Hauptkommissar seine Schulter losließ, spürte Jan weiterhin den unnachgiebigen Druck seiner Finger auf der Haut.

9

Anita Ichigawa.

Japanischer Vater, deutsche Mutter. Eiserner Wille.

Vorzeige-Ermittlerin des K11 Koblenz und Vorzeige-Mensch im Allgemeinen. Hoher IQ, Olympiateilnehmerin im Judo, Expertin für fernöstliche Lyrik.

Wenn sie keine Laufbahn bei der Kriminalpolizei eingeschlagen hätte, wäre sie sicherlich bei CERN oder als Professorin an einer Elite-Uni gelandet.

Selbst jetzt konnte Jan es nicht fassen. Er war nicht nur zurück in seiner alten Heimat, sondern musste sich auch noch mit ihr herumschlagen. Es konnte alles nur ein grotesker Albtraum sein. Ein besonders waghalsiges Folterinstrument seines Unterbewusstseins.

»Sie sehen's selbst«, sagte der Hauptkommissar, während sie durch die Polizeiinspektion gingen. »Wir sind hier in Hachenburg sehr klein und zweckdienlich ausgestattet.«

Das war noch diplomatisch ausgedrückt. In dem schmalen Empfangsraum, durch den sie sich quetschten, gab es gerade einmal eine Besuchertheke und einige Yucca-Palmen mit staubbedeckten Blättern. Die üblichen Poster zur Drogenprävention und Verkehrssicherheit pflasterten die eidottergelben Wände.

»Koblenz ist nur ein paar Kilometer weiter«, brummte

Stüter, die Hände in den Hosentaschen vergraben. »Da hätten wir deutlich mehr Möglichkeiten, kriminaltechnische Abteilungen direkt vor Ort, das ganze Programm. Aber Ichigawa will die SOKO unbedingt hier haben. So nah wie möglich an den Fundorten. Also, hereinspaziert in unser kleines Reich.«

Er führte sie in einen Konferenzraum, der behelfsmäßig in eine Einsatzzentrale umgewandelt worden war. An der Tür klebte ein DIN-A4-Blatt, auf dem *SOKO ALPHABETMÖRDER* stand. »Blöder Name«, kommentierte Stüter im Vorbeigehen. Mehrere Schreibtische verteilten sich in dem Raum ohne erkennbare Ordnung. Ein Gewirr aus Kabeln, das wie Wurzelgeflecht quer über den Teppichboden führte, verband die Computer miteinander. Neben einer Karte des Westerwaldkreises hingen an den Wänden ein Whiteboard und eine große Tafel, auf die man mit dem bereitstehenden Beamer projizieren konnte.

Zweckdienlich, kam Jan das Wort in den Sinn, das Stüter gewählt hatte. Eigentlich ein Witz, dass die Ermittlungen zu einem Fall von solcher Tragweite in so einem Provisorium koordiniert werden sollten.

Obwohl sich in dem schlauchförmig geschnittenen Raum mehr als ein Dutzend Beamte tummelten, brauchte Jan nicht lange nach Anita Ichigawa Ausschau halten. Wie üblich schien die ganze Gravitation im Umkreis von ihr auszugehen. Eine Quelle steter Anziehungskraft.

Sie unterhielt sich gerade mit einem Beamten des K11. Obwohl sie einen Kopf kleiner und mindestens fünfzehn Jahre jünger als dieser war, schien sie das Gespräch mühelos zu dominieren. Männer in Grund und Boden reden, das hatte sie immer am besten gekonnt.

Wie stets trug Anita einen schwarzen Hosenanzug.

Maximale Professionalität. Die Farbe Schwarz zog sich wie ein modisches Leitmotiv durch ihren Kleiderschrank. Ihre Disziplin in Sachen Kleidung galt auch für alles andere in ihrem Leben: Keine Partys, kein Filminteresse, keine Ablenkungen. Musik nur von klassischen Komponisten.

Als sie Jan, Rabea und Stüter auf sich zukommen sah, verstummte sie abrupt. Anitas feingeschnittenes Gesicht wirkte um keinen Tag gealtert. Wie damals umgab sie der Duft nach Chanel und Zitronen-Shampoo. Ihre Augen funkelten ihn auf undeutbare Weise an.

»Jan. Ich bin froh, dich zu sehen.«

Die Begrüßung erwischte ihn eiskalt. Anitas Worte klangen kein bisschen wie eine Höflichkeitsformel, sondern absolut aufrichtig. Er hatte mit allem gerechnet, aber nicht mit Wiedersehensfreude.

»Sobald ich heute Morgen von dem seltsamen Leichenfund erfahren hatte, wusste ich, dass wir Fallanalytiker brauchen. Herausragende Fallanalytiker. Einen wie dich. Ich bin froh, dass ich euren Einsatz so schnell bei der Staatsanwaltschaft durchdrücken konnte.«

Anitas Blick wanderte zu Rabea. »Sie ist neu, oder? Deine Assistentin?«

»Eher Einsatzpartnerin.«

Rabea bemerkte ihre Blicke und trat zu ihnen. Sie und Anita stellten sich einander vor, ein Schlagabtausch aus kurzangebundenen Grußworten und abwägenden Blicken.

»Jan ist ein … sehr interessanter Partner«, sagte Anita mit kaum zu ignorierendem Unterton.

Vernehmlich verkniff sich Rabea ein Lachen.

»Wie willst du vorgehen?«, fragte Jan, um das Gespräch wieder in andere Gefilde zu lenken.

»Vor allem eins ist wichtig: Sollte der Täter weiter auf die Jagd gehen, will ich nicht die ganze Zeit auf ihn reagieren müssen. Ich will agieren. Ausgehend von dem Täterprofil, das ihr erstellt, werden wir in der ganzen Region eine Großfahndung einleiten, die Deutschland so noch nicht gesehen hat. Ein Netz, das wir immer enger ziehen werden – bis unser Mann irgendwann darin zappelt.«

Einer seiner Mundwinkel hob sich. Anita wollte tatsächlich ihre Fallanalyse als Ausgangspunkt nehmen.

Rabea und er setzten sich an ihre Schreibtische, die sich genau gegenüberstanden. Rabea schaltete ihren Computer an und starrte in ihren Röhrenmonitor, als hätte sie ein Relikt aus der Bronzezeit vor sich. »Gott sei Dank habe ich mein iPad dabei.«

Unterdessen war Anita auf einen Schwingstuhl geklettert, um den hoffnungslos überfüllten Raum zu überblicken. Über die durcheinandergewürfelte Gruppe aus Beamten aller Dienstgrade, Kriminaltechnikern und Leuten der Staatsanwaltschaft legte sich Ruhe. Nur Stüter streunte vor dem Whiteboard hin und her wie ein Tiger in seinem Käfig.

»Worauf warten ...«

Rabea konnte ihre Frage nicht zu Ende bringen. Die Tür schwang auf, und Daniel Köllner stürmte herein, völlig außer Atem.

»Auf ihn warten wir.« Stüters Blick fixierte den Oberkommissar, bis sich dieser an seinen Arbeitsplatz gesetzt hatte.

»Entschuldigung«, murmelte der Schlaks. »Aber ich ...

»Seien Sie das nächste Mal pünktlich, wenn Sie zu

einer Besprechung kommen«, unterbrach ihn Stüter unwirsch.

Jan verdrehte die Augen. Der junge Polizist musste ein dickes Fell haben, wenn er tagtäglich diese Tortur ertrug.

»Lassen Sie den Mann doch reden!«, rief Anita dazwischen, die Arme vor dem Brustkorb verschränkt.

Stüter machte eine minimale Kopfbewegung, die man vielleicht als Nicken interpretieren konnte, und vollführte eine herrschaftliche Geste in Richtung Köllner.

»Ich weiß, wer der Tote im Wisentgehege ist«, setzte Köllner mit zittriger Stimme an, wurde aber mit jedem Wort sicherer: »Das Gesicht des Toten kam mir bekannt vor, aus der Zeitung. Im Wagen habe ich dann einen Anruf gemacht und meine Vermutung hat sich bestätigt: Es ist Leonard Ziehner. Verleger aus Bad Marienberg. Seine Frau war schon drauf und dran, ihn als vermisst zu melden.« Er fuhr sich über den krummen Nasenrücken. »Als sie ... als sie mich fragte, ob mit ihrem Mann alles in Ordnung ist, konnte ich es ihr nicht sagen. Ich habe einfach nur gesagt, dass wir uns melden werden, und hab dann aufgelegt.«

In der Einsatzzentrale herrschte Schweigen. Selbst Stüter sah nur bedrückt auf den Teppichboden. Schließlich war es Anita, die wieder das Wort erhob: »Das ändert selbstverständlich unsere Pläne. Sehr gute Arbeit, Herr Köllner. Wir wissen jetzt, wer beide Opfer sind. Schon mal etwas, das man auf der Pressekonferenz vorweisen kann.«

»Bis sie heute Abend stattfindet, ist noch etwas Zeit«, sagte Stüter, »warum also nicht bis dahin die Angehörigen befragen? Womöglich führt das zu weiteren Erkenntnissen.«

Anita gab nickend ihr Einverständnis. Das erste Mal,

dass sie und der Hauptkommissar sich auf etwas einigen konnten.

»Ich würde zur Familie von Herrn Ziehner fahren.« Rabea hob die Hand. »Allerdings kenne ich mich kein bisschen hier aus.«

Anita lehnte sich vor. »Kein Problem. Ich begleite Sie.«

»Dann übernehme ich die Familie von Marek Lünner«, sagte Jan. »Wenn Sie nichts dagegen haben, Herr Stüter, würde ich gern Herrn Köllner mitnehmen.«

»Schaffen Sie das nicht allein?«

»Irgendwo da draußen läuft ein Typ rum, der zwei Menschen brutal ermordet hat«, schaltete sich Anita ein. »Wer sagt uns, dass der Mörder nicht aus den Familien kommt? Es wäre leichtsinnig, nur einen Einzelnen zu ihnen zu schicken.«

»Außerdem bin ich nur beratend hier«, erinnerte Jan den Hauptkommissar an seine eigenen Worte und fügte sarkastisch hinzu: »Die richtigen Ermittlungen sollen Ihre Männer übernehmen.«

Stüter grummelte etwas, das sich nach Zustimmung anhörte.

»Also.« Anita klatschte in die Hände. »Die SOKO sitzt nicht einmal zehn Minuten zusammen, schon haben wir erste Ergebnisse. Hervorragend!«

Rabea blinzelte Jan über ihre Tische hinweg zu. »Fällt dir was auf?«

Er dachte kurz nach und schüttelte den Kopf. »Worauf willst du hinaus?«

»Die Berufe der Opfer: Redakteur und Verleger.«

»Und dann das Literaturzitat ...« Jan hing dem Gedanken für einige Sekunden nach. »Vielleicht ist da was dran, aber das ist zu vor...«

»Zu was? Vorschnell?« Sie zog ihre Softshelljacke an. »Unser Mörder hat innerhalb einer Nacht zwei Menschen getötet, soweit wir wissen. Das ist verdammt schnell. Wenn auch noch deine Vermutung stimmt, hat er gerade erst angefangen. Vielleicht bleibt uns gar nichts anderes übrig, als schnelle Schlüsse zu ziehen, wenn wir mit ihm mithalten wollen.«

10

»Sie sind Schweizerin, oder?«

Ichigawas erste Worte, seit sie aus Hachenburg losgefahren waren. Angespannt lenkte sie den Audi über die glatten Landstraßen. In der Nachmittagssonne glänzten sie wie vereiste Flussläufe.

»Was hat mich verraten? Der Name oder der Akzent?«

Rabea war das Schweigen ganz gelegen gekommen. Ihr Körper schrie nach Schlaf. Die Arme vor der Brust verschränkt, hatte sie vor sich hin gedöst und mit halbem Ohr einem SWR3-Bericht über die Leichenfunde gelauscht.

Kurz hinter der Ortseinfahrt von Bad Marienberg setzte Ichigawa ein Lächeln auf. »Der Name. Klingt schon sehr nach Alpenstaat.«

»Dann ist mein Hochdeutsch vielleicht doch zu etwas zu gebrauchen.« Rabea setzte sich gerade hin. »Woher kennen Sie und Jan sich? Als er Ihren Namen gehört hat, hat er kurz die Beherrschung verloren. Das ist …«

»… überhaupt nicht seine Art, ich weiß. Ich kenne ihn gut. Wir waren zusammen. Sehr kurz. Nicht einmal drei Monate. Hatten uns kennengelernt, als er noch Polizeipsychologe in Mainz war und uns in Koblenz bei den Verhandlungen in einer Geiselnahme unterstützen sollte. Aber ich erzähle schon viel zu viel. Wir wollen es nicht an die große Glocke hängen.«

»Verständlich.« Jan Grall und Anita Ichigawa. Der empfindsame Psychologe und die knallharte Ermittlerin. Rabea versuchte sich vorzustellen, wie das ausgesehen haben musste. Wie sollte diese Konstellation jemals funktioniert haben?

»Jan hat gerade schon genug damit zu kämpfen, wieder hier zu sein.« Ichigawa fuhr sich durch das kinnlange Haar.

»Was meinen Sie?«

Ichigawa lachte in sich hinein. »Egal was jemand mal hier getan hat, er kann sich sicher sein, dass man sich hier noch für Jahrzehnte daran erinnern wird.«

»Ich glaube, genau das ist es, was mich immer an der Schweiz gestört hat.«

»Seit wann sind Sie denn überhaupt hier in Deutschland?«

Ichigawa hielt an einer Ampelkreuzung. Rechts tat sich eine Fußgängerzone auf, rechts und links reihten sich restaurierte Fachwerkhäuser. Wie große Brüder stierten sie auf ein Dutzend Holzhütten herab, die sich zu einem kleinen Weihnachtsmarkt formiert hatten. Rabea meinte sogar, den Geruch von Glühwein und gebrannten Mandeln in der Nase zu haben. Manchmal vergaß man bei der Jagd fast, was die Welt an Schönem zu bieten hatte.

»Fast ein halbes Jahr. Vieles hier erinnert mich an die

Schweiz«, sagte sie. »Jeder kennt hier jeden. Das kann toll sein, keine Frage. Aber ich bin gern für mich. Und dort, wo ich herkomme – dem Emmental –, hatte ich ständig das Gefühl, unter Beobachtung zu stehen.«

»Das hat man in einer Stadt wie Mainz natürlich nicht.« Die Ampel schaltete auf Grün, und der Audi erklomm die Straße, die aus dem Tal herausführte. »Im Moment reicht mir auch Koblenz. Aber ewig werde ich da auch nicht bleiben. Warum sind Sie nach Deutschland gekommen?«

»Jan hat mich hergeholt. Er hat sich um den Papierkram gekümmert. Sich für mich starkgemacht.«

»Nicht schlecht«, Ichigawa blies Luft durch ihre Schneidezahnlücke. »Er muss wirklich etwas in Ihnen sehen. Wie ist er auf Sie gestoßen?«

»Ich steckte mitten in der Ausbildung am Berner ViCLAS-Centre, als ich seinen Anruf bekam. Er suchte eine Assistentin und war über einen Kontakt beim BKA auf mich gestoßen. Dort absolvieren wir immer ein paar aufbauende Module.« Sie strich sich eine Strähne hinters Ohr. »Ich vermute, sein Interesse an mir kommt durch meine Biographie.«

»Ihre Biographie?«

Rabea schluckte trocken. Ihr Kopfkino sprang an. Spielte einen alten, schaurigen Klassiker. Ein Horrorstreifen, der vor knapp zwanzig Jahren Premiere gefeiert hatte und seitdem ständig in ihren Albträumen wiederholt wurde.

Du musst jetzt stark sein, Kleines. Die Worte ihrer Eltern, immer kurz vor dem Abspann. Kurz vor dem schweißgetränkten Aufwachen.

»Mein Weg ist vorgezeichnet gewesen, wenn man es so ausdrücken will«, sagte sie knapp.

Ichigawa merkte, dass sie damit alles dazu gesagt hatte. Sie schüttelte fast unmerklich den Kopf. »Ein Serientäter. Wir hatten hier auch schon unsere Schweinereien, so ist das nicht. Mütter, die ihre kleinen Kinder erdrosselt haben; Ehemänner, die ihrer Frau eine Axt zwischen die Schultern treiben. Aber so was, von so was hört man nur aus amerikanischen Krimis.«

»Nicht ohne Grund. Serienmorde sind ein extrem seltenes Phänomen, hier in Deutschland noch viel seltener als in den USA. Es ist wahrscheinlicher, Opfer von einem Flugzeugabsturz oder Blitzschlag als von einem Serienmörder zu werden.«

»Erzählen Sie das einmal den Familien der Opfer …«

Sie lehnte den Kopf an die Scheibe. »Das ist das Perfide an Wahrscheinlichkeiten. So verschwindend gering sie auch sein mögen, sie sind immer noch möglich.«

Ichigawa bog in eine Seitenstraße ab. Sie parkte vor einem riesigen Grundstück. Der Vorgarten war so verwildert, dass es wirkte, als würde sich das eingeschossige Anwesen hinter ihm verstecken.

»Eine Sache noch, Frau Wyler.« Als Ichigawa den Zündschlüssel herauszog, erstarb das Plärren des Radios, was ihrer eintönigen Stimme noch zusätzliche Ernsthaftigkeit verlieh: »Ich kenne Jan besser als Sie. Er ist ein brillanter Fallanalytiker. Aber er ist genauso gefährlich wie die Menschen, die er jagt.«

11

Jan atmete tief die kalte, klare Luft ein.

Die Abendsonne schimmerte bereits scharlachrot auf den schneebedeckten Dächern. Lünners Blockhaus lag in einem Neubaugebiet von Fehl-Ritzhausen. Einem Ort etwa fünfzehn Autominuten von Bad Marienberg entfernt. Zumindest im Sommer. Bei all den Schneeverwehungen auf den Straßen hatten Köllner und er fast doppelt so lang gebraucht. Oft war er bislang nicht hier gewesen. Nur an ein paar Fußballspiele als Linksaußen gegen die Jugendmannschaft der SG Fehl-Ritzhausen konnte er sich erinnern. Allesamt Niederlagen.

»Warum wollten Sie, dass ausgerechnet ich Sie begleite?«, fragte Köllner.

Sein grob geschnittenes Gesicht ließ ihn plump wirken. Erst ein Blick in seine aufmerksamen grauen Augen zeigte seine Achtsamkeit. Eine Achtsamkeit, die ihn Fragen wie diese stellen ließ.

»Um mit Ihnen über etwas Persönliches zu sprechen«, entgegnete Jan. Sie standen bereits vor der Haustür, beide einander zugewandt.

»Die da wäre?«

»Wie halten Sie Stüter aus?«

Der Oberkommissar lachte verhalten; fast so, als glaubte er, dass Stüter auch jetzt jedes seiner Worte überwachte.

»Sie und er haben sich wohl in den paar Stunden schon richtig gut angefreundet«, meinte er ironisch.

»Damit können Sie auch davon ausgehen, dass das hier unter uns bleibt.«

»Stüter ist kein schlechter Mensch.« Köllner zuckte mit den Schultern. »Er ist Polizist durch und durch. Einer von der alten Schule. Wenn es nach ihm ginge, dann würde er am liebsten alles selbst entscheiden. Was ihn zu einem schwierigen Chef macht.«

»Das haben Sie gut beobachtet. Trotzdem: Mein Respekt dafür, dass Sie ihn mit so stoischer Ruhe ertragen.«

»Er ist ein alter Freund meines Vaters«, erklärte Köllner. »Mein Vater ist Polizeiinspektionsleiter in Wiesbaden. Ich glaube, es geht Stüter einfach darum, meinen Vater nicht zu enttäuschen. Er will mich zu einem guten Polizisten machen. Sie haben Psychologie studiert, für Sie sollte es doch eigentlich kein Problem sein, ihn auszuhalten.«

»Ich bin vielleicht ein Menschenkenner, aber nicht unbedingt ein Menschenfreund.« Jan nickte in Richtung Tür. »Wollen wir?«

Köllner nickte und blies seine Wangen mit Luft auf. »Übernehmen Sie das Reden?«

»In diesem Beruf werden Sie leider nicht immer darum herumkommen, solche Botschaften zu übermitteln.«

»Ich weiß, es ist nur ...«

»Alles gut, ich verstehe schon«, erwiderte Jan gutmütig und klingelte. Er stellte sich darauf ein, es bei Lünners Freundin Viola Backes mit einer akuten Belastungsreaktion zu tun zu bekommen. Bewusstseinseinengung. Desorientiertheit. Herzrasen, Übelkeit, Schwitzen. Das hatte er nicht nur in irgendwelchen Fachbüchern gelesen. Er kannte es aus erster Hand.

Die Haustür wurde mit solcher Wucht aufgerissen, dass der halb verwelkte Türkranz hin und her schwankte.

»Er ist tot, oder?« Aus funkelnden Augen starrte ihn die Blondine an, gertenschlank und genauso groß wie er selbst. Verlaufene Wimperntusche zog sich wie Kriegsbemalung über ihre Wangen.

Jan geriet ins Stammeln. »Nun. Ich … ich wollte es Ihnen anders überbringen, aber ja.«

Sie schlug ihn mitten ins Gesicht.

Keine Ohrfeige, sondern ein formvollendeter rechter Haken.

Er schrie auf und taumelte zurück. Hielt sich die Nase, die sich wie zerquetscht anfühlte.

Viola Backes warf schluchzend die Hände vors Gesicht. Machte auf dem Absatz kehrt und marschierte zurück durch den Flur.

»He, bleiben Sie stehen!«, brüllte Köllner. Energischer, als es Jan bei ihm erwartet hätte.

Die Frau lief unbeirrt weiter. »Und ich weiß, wer der verfluchte Mörder ist!«

Köllner umfasste Jans Schultern. »Alles in Ordnung?«

Er nahm die Hand von der Nase. Sie war blutüberströmt. Leider bei Weitem nicht das erste Mal, dass ihm jemand eine verpasst hatte.

Der Oberkommissar reichte ihm ein Taschentuch. Dankbar nahm er es entgegen, riss es entzwei und stopfte sich die Hälften in die Nasenlöcher. »Haben Sie gehört, was sie da gerade gesagt hat?«

»Sie weiß, wer der Mörder ist …«

12

»Meine Schwester wird bald da sein.« Frau Ziehner legte das Telefon zurück auf den Kacheltisch. Fahrig tupfte sie ihre Augenwinkel mit einem Taschentuch ab.

»Es wird das Beste sein, wenn jemand da ist, der sich um Sie kümmert. Wenn Sie wollen, können wir auch einen Seelsorger hierherschicken«, sagte Rabea und umfasste ihre faltigen Hände. Sie konnte besser mitfühlen, als es sich Adelheid Ziehner wohl vorstellen mochte.

»Danke – danke für Ihre Hilfe. Aber meine Schwester ist im Moment die einzige Seelsorgerin, die ich hier haben will.« Die hochgewachsene Frau strich sich eine blondierte Strähne aus dem Gesicht. »Ich hatte schon so eine Vorahnung. Weil Leonard gestern Abend nicht nach Hause gekommen ist. Und ich heute Morgen von den beiden Leichen gehört habe. Erst dachte ich, dass er vielleicht in der Kneipe übernachtet hat. Die haben auch eine kleine Pension und manchmal, wenn er zu viel getrunken hat ... Aber das ist ja jetzt auch nicht mehr wichtig.«

»Können Sie uns sagen, wo er an dem Abend hinwollte?« Ichigawa drückte ihren Rücken durch. Ihre Körpersprache erzählte ganze Romane davon, wie unwohl sie sich gerade in ihrer Haut fühlte. Rabea meinte fast, ihre Fassade aus Professionalität bröckeln zu hören.

»Er war in der Druckerei. Wollte dort nur nach dem

Rechten sehen.« Die Mittfünfzigerin nestelte an der bronzenen Brosche herum, die am Kragen ihrer Bluse saß. »Ich habe vorhin beim Druckmeister angerufen. Sein Wagen steht noch immer da.«

Ichigawa und Rabea warfen sich einen kurzen Blick zu. Dort hatte der Mörder ihn also überwältigt.

»Bitte, nehmen Sie doch ein paar Plätzchen.« Frau Ziehner deutete auf den Kacheltisch, auf dem eine Kanne Tee und Spritzgebäck bereitstanden. Ihr Lächeln glich einer Grimasse.

Ein gigantischer Kachelofen dominierte das Wohnzimmer. Die Wärme, die er ausstrahlte, überhitzte den vollgestellten Raum so sehr, dass Rabea Schweißperlen auf die Stirn traten. Die Möbel stammten alle vom Beginn des letzten Jahrhunderts. Ungetüme, klobig und dunkel. In den Regalen stapelten sich Bücher in allen Stadien des Zerfalls. Ihr staubiger, leicht süßlicher Geruch brannte in ihrer Nase. Sie kam sich vor wie in einem Antiquariat.

Ab und an erstaunte es Rabea selbst, wie wenig Gesten und Informationen ihr reichten, um einen Menschen zu entschlüsseln. Kein Wunder, dass sie so viele Dates gehabt hatte, in denen sie den Typen schon nach einer Viertelstunde abgewimmelt hatte.

Frau Ziehner flüchtete sich in Routinen. Der Zusammenbruch würde noch kommen. Er kam immer. Aber bis dahin würde sie versuchen, ihren Verlust wegzulächeln, wie sie in ihrem Leben wohl schon so viel weggelächelt hatte.

Zumindest konnte Rabea Frau Ziehners Gefasstheit nutzen, um sie in Ruhe zu befragen.

Ichigawa räusperte sich. »Hat Ihr Mann Feinde gehabt? Gab es irgendjemanden, der ihn in letzter Zeit bedroht hat?«

Diese Frage war wie ein Drei-Punkte-Wurf im Basketball, den Rabea seit ihrer Schulzeit spielte: In neun von zehn Fällen ertraglos, aber landete man mit ihr tatsächlich einen Treffer, war das ein wichtiger Schritt zum Erfolg. Sie war gespannt, wie die Frau auf Ichigawas Frage reagierte, erwartete sich aber nicht zu viel.

Adelheid Ziehner nippte mit zittrigen Fingern an ihrer Teetasse. Es passte nicht in das Profil eines Mörders mit so einem Modus Operandi, dass er zu einem seiner Opfer bereits eine offene Feindschaft gepflegt hatte. Aber sie nickte und stellte die Tasse zurück auf den Tisch. »Mein Mann ist Verleger – gewesen – das wissen Sie ja«, sagte sie. »Eine besondere Art von Verleger. In der Branche bezeichnet man sein Geschäftsmodell als Zuschussverlag. Er besaß kein Lektorat, keine Eingangskontrolle. Er hat alles veröffentlicht, was ihm Autoren auf ihrer verzweifelten Verlagssuche zugeschickt haben. Selbstverständlich nur gegen entsprechende Summen.«

»Und einer dieser Autoren ist nicht gut auf ihn zu sprechen?«

»Einer? Dutzende!« Frau Ziehner gab einen Laut von sich, der auf groteske Weise gleichwohl ein Schluchzen oder ein Lacher sein konnte. »Leonard hat sie mit falschen Versprechungen dazu gebracht, den Autorenvertrag zu unterschreiben. Hat ihnen von der großen literarischen Karriere und Besprechungen im Feuilleton vorgeschwärmt. In Wirklichkeit verstauben ihre Machwerke in unserem Keller. Die meisten von ihnen sind erst aus ihrem Traum erwacht, als sie die Rechnung für Druck- und Lagerkosten gesehen haben.«

Ichigawa zog die Augenbrauen zusammen. »Da muss ziemlich viel Wut in einem stecken, wenn der große Traum wie eine Seifenblase zerplatzt.«

»Selbstverständlich hat es Klagen gegeben, böse Mails, manchmal auch Drohungen.« Ihr Zeigefinger glitt über den Rand ihrer Keramiktasse und verharrte abrupt. »Aber die haben mir alle keine Angst gemacht. Richtig unheimlich war nur einer von ihnen.«

13

»Tut mir leid wegen der Nase.« Frau Backes rutschte auf ihrem Stuhl herum. »Ist sie gebrochen?«

Jan zog eines der Taschentuchknäuel heraus und strich sich über den Nasenrücken. »Ich glaube nicht«, sagte er, obwohl es sich genauso anfühlte.

Die junge Frau umklammerte ihr Wasserglas, als hinge ihr Leben davon ab. »Marek ist öfter mal länger weggeblieben. Aber er hat immer Bescheid gesagt. Immer angerufen. Als ich dann in den Nachrichten von den beiden Opfern gehört habe, habe ich eins und eins zusammengezählt.«

Sie hob ihre Hand, als wolle sie sich durchs Haar streichen, ließ sie aber mitten in der Bewegung wieder sinken. Sie fuhr fort: »Das gerade ist einfach so passiert. Ich war wütend. Wusste nicht einmal auf wen. Wahrscheinlich am meisten auf mich selbst. Weil ich es hätte ahnen müssen.«

»Schon in Ordnung.« Jan stützte die Unterarme auf den Esstisch, der sich quer durch das Wohnzimmer des toten Redakteurs zog.

Hätte er nicht schon gewusst, dass Marek Lünner Journalist gewesen war, hätte er es spätestens jetzt vermutet. Überquellende Bücherregale, ein halbes Archiv aus Tageszeitungen, der Schreibtisch überhäuft mit Papieren, dazu jede Menge Landkarten an den Wänden.

»Sie machen sich Vorwürfe, weil Sie jemanden kennen, der Marek bedroht hat?«

»Einen Moment.« Frau Backes stand auf, wobei sie sich zitternd an Tisch und Stuhl abstützte. Sie lief zum Schreibtisch, blätterte in einigen Papierstößen herum, zog schließlich ein Blatt hervor und kehrte zurück.

Sie knallte es auf die Tischplatte. »Wenn das hier keine Drohung ist, dann weiß ich auch nicht.«

Jan zog das Blatt zu sich und Köllner heran. Jemand hatte es mit einem schwarzen Kugelschreiber vollgekritzelt. Es bereitete ihm Mühe, die schwungvolle, ausladende Handschrift zu entziffern:

Herr Lünner,
ich lasse mich nicht unterdrücken! Die Wahrheit lässt sich nicht unterdrücken!
Wenn Sie diesen Betrug nicht aufdecken, wird das Folgen haben. Sollten Sie mich noch länger ignorieren, dann sind Sie auch nicht besser als der Verbrecher Leonard Ziehner ...

Jan brauchte gar nicht weiterzulesen.

Als er aufsah, kreuzte sich sein Blick mit dem von Köllner. Seine Augen waren weit aufgerissen. Der junge Mann hatte ebenfalls direkt geschaltet.

Die Unterschrift am Ende des Briefs konnte Jan nicht entziffern. »Wie heißt der Typ, der das geschrieben hat?«

Viola Backes zog die Augenlider zusammen. »Francesco Zanetti. Er wollte unbedingt, dass Marek eine Story über irgendeinen Verleger bringt. Der soll im großen Stil Autoren betrogen haben.«

Sie legte beide Hände flach auf den Tisch. Straffte ihre Haltung. »Dieser Kerl hat eines seiner Bücher mitgeschickt. Ich habe einmal reingeschaut. Völlig wirres Zeug.«

Köllner konnte seine Aufregung nur schwer verbergen. Immer wieder atmete er tief durch und wrang die Hände. »Haben Sie ihn jemals persönlich kennengelernt?«

Die junge Frau schüttelte den Kopf.

Das machte nichts. Jan zückte sein Handy und rief seine Kontakte auf. Rabea musste das sofort wissen.

Ein Mann, der eines der Opfer bedroht und einen Streit mit dem anderen hatte. Konnte das schon ein Volltreffer sein?

14

Der Keller widersprach völlig Rabeas Erwartungen. Er war weder schummrig oder verstaubt, noch roch es muffig. Auf einem Dutzend Paletten stapelten sich eingeschweißte Taschenbücher bis in Brusthöhe. Drei Neonröhren erhellten den Raum. Eine flackerte und warf diffuse Schattenspiele an die Wände.

»Geben Sie mir einen Moment.« Frau Ziehner schlug einen Aktenordner auf und blätterte darin herum.

Rabea verschränkte die Arme vor der Brust. Die Müdigkeit, die sie noch im Auto verspürt hatte, war verflogen. Ihr Herz schlug aufgeregt. Konnte es sein, dass sie hier schon auf eine Goldader gestoßen waren? Aber war es wirklich so einfach – ein Serientäter aus dem näheren Umfeld von einem der Opfer?

»Hier ist es!« Frau Ziehner tippte auf eine Seite. »Francesco Zanetti. Auflage von tausend Exemplaren. Sie sind auf der Palette ganz vorne links.«

Ichigawa nickte und ging voraus. Wahllos griff sie eines der Bücher heraus. Mit zusammengekniffenen Augenbrauen las sie den Titel laut vor: *Buchstaben des Todes*?

Rabeas Herzschlag beschleunigte sich. Sie durchmaß den Keller und nahm eines der Taschenbücher in die Hand. In silberner Serifenschrift auf schwarzem Grund standen die Worte, die Ichigawa gerade vorgelesen hatte. Aufgeregt riss sie die Schutzfolie ab und schlug das Buch auf.

Die Schrift war so winzig, dass die Zeilen beinahe wie dünne durchgezogene Striche aussahen. Weder gab es Absätze noch Satzzeichen oder Groß- und Kleinschreibung. Nur scheinbar wirr aneinandergereihte Gedankenfetzen.

Sie überflog eine der Zeilen: »*... blutrot die angst der tod die liebe tiefschwarz der gedanke das böse die trauer ...*«

Vollkommen wirr. Kein Wunder, dass der Autor tief in die Tasche greifen musste, um dieses Geschreibsel zu veröffentlichen.

»Haben Sie diesen Herrn Zanetti jemals kennengelernt?«, fragte Ichigawa, die immer noch beklommen in ihr Buchexemplar starrte.

»Nein, Gott sei Dank nicht.« Sie sah auf die Schreibtischplatte, doch ihr Blick schien geradewegs durch sie hindurchzudringen. »Aber mein Mann hat ihn einmal dort besucht, weil er mit seinen Rechnungen im Rückstand war. Zanetti wollte nicht zahlen, hat meinen Mann als Betrüger und Verschwörer beschimpft. Er meinte, er würde mit irgendeinem Journalisten in Kontakt treten, um die Wahrheit über ihn ans Licht zu bringen.«

Die alte Frau stützte sich auf die Lehne des Bürosessels. Ihre Selbstbeherrschung war zerbröckelt. Sie zitterte am ganzen Körper. »Der Kerl ist wahnsinnig.«

Rabea hatte einen Verdacht. »Hieß dieser Journalist, mit dem Zanetti sprechen wollte, zufällig Marek Lünner?«

»Woher wissen Sie das?« Frau Ziehner fuhr herum.

Statt ihr zu antworten, wandte sich Rabea an Anita: »Wir müssen sofort Stüter anrufen!«

Sie steckte gerade das Buch in die Innentasche ihrer Jacke, als ihr Smartphone vibrierte.

Ein Blick aufs Display. Jan.

»Wir haben einen Verdächtigen«, sagten sie beide unisono.

»Francesco Zanetti …«, sagte Rabea.

»Habt ihr seine Adresse?«

»Ja.«

»Dann sag Anita und Stüter Bescheid. Sie soll sich beim Staatsanwalt einen Durchsuchungsbefehl abholen, diese verdammte Pressekonferenz verschieben und das SEK hierher beordern. Wir treffen uns in zwanzig Minuten in Hachenburg.«

»Alles klar, bis dahin.«

»Bis dahin – und Rabea: Gute Arbeit!«

Ihr Herz machte einen Sprung. Als Jan das SEK erwähnt hatte, war ihr erst bewusst geworden, welche Tragweite diese Entdeckung hatte. Höchstwahrscheinlich hatten sie nicht nur einen Verdächtigen, sondern tatsächlich den Täter!

Sie steckte ihr Handy zurück in die Hosentasche. Ichigawa tippte bereits eine Nummer in ihr Handy. Unschlüssig blickte Frau Ziehner zwischen ihnen beiden hin und her.

A und B.

Buchstaben des Todes.

Anscheinend hatte Zanetti den Titel seines Machwerks zur Realität gemacht.

Hoffentlich blieb es bei diesen beiden Toten.

15

»A, B, C, D, E, F, G
H, I, J, K, L, M, N, O, P ...«

Jemand sang leise vor sich hin. Eine raue Stimme irgendwo in der Dunkelheit.

»Q, R, S, T, U, V, W
X, Ypsilon, Z, juchhe.«

Tugba versuchte sich zu rühren, aber alle ihre Muskeln zogen sich zusammen. Ihr Hinterkopf pochte. Kälte schloss sich um ihre nackten Schultern. Wo war sie? Warum war sie nicht mehr in ihrer Wohnung?

Die letzten Stunden – oder Tage, sie wusste es nicht mehr – fühlten sich an wie ein einziger schwarzer Korridor.

Ihr Herz pochte. Wer war da draußen? Wer sang?

»Ha... hallo?« Die Worte kamen kaum aus ihrem trockenen Mund. »Hilfe, ich brauche Hilfe!«

Jemand musste ihr erklären, was vor sich ging. Alles um sie herum war dunkel. Irgendein Gestank lag in der Luft. Sie konnte ihn nicht zuordnen, aber er jagte ihr einen Schauer über den Rücken.

»Wer sind Sie?«

Wieder keine Antwort.

»ABC, die Katze liegt im Schnee.«

Schritte. Die Stimme kam näher.

»DEF, der Affe ist der Chef.«

Jetzt war sie direkt vor ihr.

»Du musst noch warten.«

Die Schritte entfernten sich wieder.

Tugba schloss die Augen. Ihr Kopf. Ihre Erinnerung. Alles fühlte sich leer an. Sie spürte nichts.

Fiel zurück ins Nichts.

16

»Verdammt, was haben die hier zu suchen?« Hauptkommissar Rolf Stüter schäumte vor Wut, als sein Blick auf den Ü-Wagen fiel.

Rabea zuckte bei seinem Fauchen zusammen.

Allerdings verstand sie Stüter. Es konnte nur einen Grund haben, wenn einer der größten Nachrichtensender Deutschlands ein Kamerateam ins verschlafene Langenbach schickte: Jemand aus der SOKO hatte ihnen etwas gesteckt.

Ihre beiden Mannschaftswagen stoppten auf einer Wiese im Herzen von Langenbach, gleich in der Nähe von Zanettis Haus. Natürlich ohne Blaulicht. Im einen saß die Einsatzgruppe des SEK zusammen mit Ichigawa, im anderen die restlichen Mitglieder der SOKO.

»Köllner, halten Sie uns die Fernseh-Fuzzis vom Leib«, knurrte Stüter, als er eine der Schiebetüren aufriss. »Mit Ichigawa werde ich ein ernstes Wort reden müssen.«

»Das fängt ja gut an«, murmelte Jan, der gleich neben Rabea saß.

Sie stiegen aus. Die Abendluft roch auf eine seltsame Weise nach Gefahr. Als würde ein Botenstoff in der Luft hängen, den ihr Hirn in eine simple Nachricht übersetzte: Etwas stimmt nicht.

Routiniert und lautlos schwärmten die SEK-Beamten

aus ihrem Mannschaftswagen. In ihren Kampfanzügen sahen sie aus, als wären sie geradewegs einem dystopischen Sci-Fi-Film entsprungen.

Einer von ihnen zog seinen Schutzhelm vom Kopf und trat zu ihnen heran. Noch immer verdeckte die schwarze Sturmhaube fast sein ganzes Gesicht. Aus dem Sichtschlitz blitzten wachsame blaue Augen hervor, überdacht von schwarzen Brauen.

»Eller mein Name, Einsatzleiter.«

Trotz seines zackigen Tonfalls ließ er es sich nicht nehmen, jedem von ihnen die Hand zu schütteln. Als er bei Rabea angelangt war, spürte sie selbst durch die dicken Kampfhandschuhe den Druck seiner Muskeln.

»Wir hatten schon miteinander telefoniert«, sagte Stüter. »Tut mir leid, dass die Journalisten hier sind. Jemand muss geredet haben.«

»Kann man jetzt nicht mehr ändern«, winkte Eller ab, »solange die Leute auf Distanz bleiben, ist mir das egal. Haben Sie den Grundriss vom Haus der Zielperson beschaffen können?«

Der SEK-Einsatzleiter war in ihrer Gruppe wie ein Ruhepol.

Stüter schüttelte den Kopf. »So schnell konnte die Verbandsgemeinde auf unsere Anfrage nicht reagieren. Wir sind hier eben immer noch in der Provinz.«

»Seien Sie nicht so abschätzig gegenüber Ihrer Heimat«, erwiderte Eller beiläufig, nur um gleich wieder zum Thema zurückzukommen: »Dann werden wir blind vorgehen müssen. Es gibt einen Hintereingang, richtig?«

»Öh, ja …«, entgegnete der immer noch verdutzte Stüter.

»Gut, das wäre erst mal alles. Eine Sache noch: Ihre

Leute betreten das Grundstück der Zielperson erst, wenn der Zugriff erfolgt und das Gelände gesichert ist, alles klar?« Der stechende Blick seiner blauen Augen glitt über sie hinweg.

Sie nickten stumm.

»Also dann ...«, murmelte Eller, als er wieder seinen Helm aufsetzte. Seine Stimme klang furchtbar müde. Ein erschöpfter Kämpfer, der schon viel zu viel gesehen hatte.

Während Köllner und sein Kollege die Kamerateams daran hinderten, ihre Scheinwerfer einzuschalten, rückten die sechs SEK-Beamten vor.

Zanettis Haus lag etwas abseits, gleich am Lauf der Nister. Wie bei einem Bühnenbild schmiegten sich die zackigen, tiefschwarzen Umrisse der Tannen an seine Rückseite.

Bröckelnder Putz überzog die einstmals weiße Fassade. Verwaschene Teppiche und Laken hingen in den Fenstern und versperrten den Blick ins Innere. Aus den beiden Blumenkübeln, die die Vordertür flankierten, ragte nur totes Strauchwerk.

Kurz vor dem Haus teilte sich das SEK-Team auf. Vier von ihnen steuerten weiter auf die Haustür zu, zwei andere huschten um das Gebäude herum.

Rabea konnte längst nicht mehr ausmachen, welcher von ihnen Eller war.

Einer der vier an der Vorderfront holte Schwung mit einer Türramme. Die übrigen hielten ihre HK MP7 im Anschlag.

Nur das Rauschen der Tannen erfüllte die Nacht. Rabea schluckte trocken.

»Zugriff!«, gellte mit einem Mal Ellers Stimme.

Polternd krachte die Ramme auf ihr Ziel. Die Tür flog auf.

Das SEK stürmte ins Innere.

»Polizei!«

»Auf den Boden!«

Die Scheinwerfer, die auf ihre Waffen montiert waren, erzeugten groteske Schattenwürfe.

Der plötzliche Lautstärkepegel und das grelle Licht mussten bei Zanetti für maximale Verwirrung sorgen – genau das, was die Beamten erreichen wollten.

Für scheinbar endlose Momente sahen sie nur die Scheinwerferkegel, die durch die verhangenen Fenster schienen. Rabea hätte vor Nervosität am liebsten die Augen geschlossen und sich die Ohren zugehalten.

»Gesichert!«, ertönte es mehrmals aus verschiedenen Teilen des Hauses.

»Eller, kommen Sie her!«, schrie schließlich einer der Beamten. Seine Stimme besaß nicht einmal mehr einen Bruchteil der Abgebrühtheit, die die anderen ausgestrahlt hatten. »Wir haben ihn gefunden.«

Kein Schusswechsel, kein Geschrei. Nur diese Feststellung. Rabea warf einen Seitenblick auf Jan, der nachdenklich mit Daumen und Zeigefinger über seine Nasenwurzel rieb.

Ein Schatten löste sich vom Haus.

Allesamt zuckten sie zusammen. Köllners Hand rutschte schon zu seinem Pistolenholster.

Auf den zweiten Blick entpuppte er sich als einer der SEK-Beamten. Er riss sich die Sturmhaube vom Kopf, ging in die Knie und übergab sich ins Gras. Außer dem aufgeregten Geplapper der TV-Reporterin hinter ihnen waren sein Husten und Würgen die einzigen Laute.

»Was hat er da drin gesehen?«, murmelte Jan neben ihr, ohne seine Frage an irgendwen zu adressieren.

In dem Zimmer rechts von der Haustür ging das Licht an. Kurz darauf riss einer der Beamten die Decke vom Fenster weg.

Das Funkgerät an Stüters Gürtel rauschte. Nach einem kurzen Knacken die Stimme von Eller: »Kommen Sie rein, und bringen Sie die Fallanalytiker mit. Zanetti ist nicht der Täter. Er ist eines der Opfer.«

C

»Da wir, gleich den Griechen und Slaven, die tenuis des gutturallauts mit K ausdrücken, so ist dafür das aus dem lateinischen alphabet entnommene C ganz überflüssig, fehlt darum auch der gothischen und altnordischen schrift, die Slaven verwenden es für S, die Polen und Böhmen für Z.«

Grimmsches Wörterbuch

17

Im Haus stank es nach Einsamkeit.

Nach ungeleertem Katzenklo, kaltem Zigarettenrauch und verrotteten Lebensmitteln.

Rabea zog sich den Kragen ihrer Bluse über die Nase, während sie Ichigawa, Jan und Stüter durch den dunklen Flur folgte.

Zu beiden Seiten stapelten sich Zeitungen und Magazine – die älteste Ausgabe, die Rabea entdeckte, stammte von 2007. Dazwischen reihten sich Einkaufstüten, die bis oben hin mit leeren Schachteln von Mikrowellengerichten gefüllt waren.

Anscheinend hatte Zanetti nichts mehr wegwerfen können.

Sie runzelte die Stirn. Deutete das auf Verlustängste nach der Scheidung von seiner Frau hin? Oder zog sie wieder einmal voreilige Schlüsse?

Sie traten ins Wohnzimmer oder besser gesagt in den Raum, der es einmal gewesen war. Von Behaglichkeit war dort nichts mehr übrig geblieben.

»Wenn das hier ein Abbild von seinem Oberstübchen ist, dann war der Kerl echt wahnsinnig«, flüsterte Stüter.

Das einzige Möbelstück war ein durchgesessenes, von Brandlöchern und Zigarettenstummeln übersätes Ledersofa. Überall ragten Büchertürme wie Stalagmiten in die

Höhe. Rabea las Titel wie *Geschichte der Kabbala*, *Das Uralphabet* und *Lexikon der Numerologie*. Dazwischen waren auch immer wieder Ausgaben von *Buchstaben des Todes*.

»Was ist Numerologie?«, fragte sie Jan.

»Zahlensymbolik«, entgegnete er. »Der Versuch, die Buchstaben des Alphabets in Zahlen umzudeuten, um damit eine versteckte Botschaft zu entschlüsseln. Beispielsweise in der Thora. Die Suche nach Gottes Geheimcode. Aleph, also A, ist eins, Bet – B – ist zwei und so weiter.«

Wirre Buchstaben- und Zahlenfolgen waren mit schwarzem Filzstift auf die Tapeten geschrieben worden. Herausgerissene Buchseiten hingen dazwischen, mit Heftzwecken an die Wand gepinnt.

Der SEK-Beamte, der den Raum sicherte, deutete mit einer knappen Geste auf die Tür rechts von ihnen. »Er ist dahinten.«

Als sie sich näherten, überdeckte ein anderer, weitaus bedrohlicherer Geruch den Gestank der Verwahrlosung.

Rabea kannte ihn noch von einer Obduktion, der sie kurz nach ihrem Studium beigewohnt hatte. Damals hatte sie allerdings vorher Pfefferminzöl unter ihre Nase gerieben, was den Leichengestank etwas gelindert hatte.

Ihr Magen zog sich zusammen. Sie hustete würgend.

»Geht's?«, fragte Jan, der selbst aschfahl war.

Der Raum, der einmal Zanettis Arbeitszimmer gewesen war, glich einem Schlachthaus.

Auf der Récamière lag etwas, das mehr an Schlachtereiabfälle als den Körper eines Menschen erinnerte. Die einstmalige Farbe des Sofabezugs war nicht mehr auszumachen, dafür war er zu blutverschmiert.

Rabea schaute nur kurz darauf, bevor sie den Blick abwandte.

Ihre Beine zitterten so stark, dass sie sich so wacklig wie auf Stelzen fühlte.

Erst als sie sich vom Bann dieses blutrünstigen Anblicks gelöst hatte, fielen ihr die Wände auf. Der Buchstabe »C« stierte ihnen dutzendfach entgegen.

Geschrieben mit Blut.

Jan ging vor der Récamière in die Hocke. »Overkill. Er hat ihn völlig ausgeweidet. Ist in einen Blutrausch verfallen. Übertöten.«

»Schauen Sie mal!« Ichigawa zog einen Plastikhandschuh über ihre rechte Hand und hob einen Zettel vom Beistelltisch auf.

»Wieder ein Zitat?« Rabea trat zu ihr.

Die SOKO-Leiterin nickte und reichte ihr den Papierfetzen.

Sie brauchte einen Moment, um die winzigen Buchstaben zu entziffern: *Als Gregor Samsa eines Morgens aus unruhigen Träumen erwachte, fand er sich in seinem Bett zu einem ungeheuren Ungeziefer verwandelt.*

Die Zeilen kannte sie nur zu gut. Das Buch hatte sie damals im Deutschunterricht gelesen. »Das ist Kafka. Der erste Satz von *Die Verwandlung*.«

»Die Worte sind treffend, auf eine sehr makabre Weise«, sagte Stüter. »Unser Täter hat Zanetti tatsächlich in etwas verwandelt, das kaum noch an einen Menschen denken lässt.«

»Dieser Mord stellt einen Wendepunkt dar«, ächzte Jan, als er aus der Hocke aufstand. Sein Gesicht war völlig verzerrt, auseinandergerissen von Schmerz und Konzentration.

»Das können Sie laut sagen«, pflichtete ihm Stüter sarkastisch bei. »Der Wendepunkt, an dem die Beschissenheit der Lage sich zur absoluten Beschissenheit gesteigert hat.«

»Darauf wollte ich nicht hinaus, auch wenn das natürlich sehr poetisch formuliert war«, entgegnete Jan.

»Dann lassen Sie mich doch an Ihrem Wissen teilhaben.«

Jan streckte den Zeigefinger aus. »Okay, erste Beobachtung: Er spielt mit uns. Ihm war klar, dass wir Zanetti für den Täter halten und sein Haus stürmen würden. Vielleicht will er damit ausdrücken, dass er uns überlegen ist. Einen Schritt voraus. Oder es geht um weit mehr, was zur zweiten Beobachtung führt.«

Nun folgte sein Mittelfinger dem Beispiel des Zeigefingers. »Der Täter hat ein Motiv aus Zanettis Denkweise übernommen: die Buchstabensymbolik. A, B, C und so weiter. Die Frage ist, ob er das nur deswegen getan hat, um unsere Aufmerksamkeit auf Zanetti zu lenken, oder ob er dieses Thema für sich selbst übernommen hat.«

Jan ließ den Ringfinger in die Höhe schnellen. »Kommen wir noch zur dritten Beobachtung: Der Täter hat Gefallen am Morden gefunden.«

»Erzählen Sie mir was Neues«, spöttelte Stüter.

»Das würde ich ja, wenn Sie mich ausreden ließen«, fuhr ihn Jan an. »Bei den letzten beiden Opfern war der Akt des Tötens für den Täter noch ein Mittel zum Zweck. Wahrscheinlich hatte er genauso viel Angst wie seine Opfer. Hier allerdings, hier hat er es wirklich genossen. Wie ich schon sagte, er ist in einen Blutrausch verfallen.«

»Dann können wir also annehmen, dass Zanetti auch zeitlich betrachtet das dritte Opfer ist.«

Jan nickte. »Ich denke, die Obduktion wird das bestätigen.«

»Zumindest schon mal ein Anhaltspunkt.«

Rabea zwang sich noch einmal dazu, auf die Leiche zu blicken. Dabei fiel ihr etwas an den Handgelenken auf.

Sie trat näher, holte ihr Handy hervor und schaltete die Taschenlampen-Funktion ein.

Richtig gesehen.

Beide Handgelenke überzogen rote Druckstellen.

»Zanetti war gefesselt. Das Haus liegt ziemlich abgelegen. Der Täter hätte ihn hier problemlos für mehrere Tage festhalten können.«

»Ergibt Sinn«, meinte Ichigawa. »So hat er nicht seine Reihenfolge des Tötens durchbrochen und konnte gleichzeitig dafür sorgen, dass Zanetti ihm nicht dazwischenfunkt, während er die ersten beiden Morde begeht.«

Der Hauptkommissar nickte, zum ersten Mal sichtlich beeindruckt.

Jan zwinkerte ihr zu und ergänzte: »Unser Täter geht planvoll vor. Ich glaube, dass er bereits jetzt jedes seiner Opfer kennt. Von A bis Z, wenn man das so ausdrücken will. Und von diesem Plan wird er unter keinen Umständen abweichen.«

»Das wird ihn berechenbar machen – vielleicht hilft uns das weiter.« Stüter musterte sie beide zum ersten Mal mit einer Spur von Anerkennung.

Das Klingeln seines Handys versetzte seine Miene wieder in ihren grimmigen Normalzustand. »Unsere Pressesprecherin.« Er ging ran. »Ja, was ist? Die Pressekonferenz ist schon in einer Stunde?«

»Das kann nicht sein! Wir brauchen mehr Zeit hier am Tatort«, sagte Jan geistesabwesend. Er drehte sich um die eigene Achse und suchte das Zimmer ab.

»Nach der PK können Sie hier so viel Zeit verbringen,

wie Sie wollen«, entgegnete Stüter, der sich bereits abgewandt hatte. Seine Stimme klang belegt. »In der Nummer stecken wir alle zusammen drin.«

Statt mit einer heißen Spur konnten sie jetzt auf der PK nur mit einer neuen Hiobsbotschaft aufwarten. Ohne dem Täter auch nur einen Schritt näher zu sein.

18

Blitzlichtgewitter. Jan schirmte seine Augen mit der Hand ab, als er das Podium betrat. Irritiert blieb er einen Moment stehen.

»Hier drüben!« Mit der einen Hand winkte Anita ihm zu, mit der anderen deutete sie auf den Klappstuhl zu ihrer Rechten.

Dankbar warf Jan ihr ein schwaches Lächeln zu, schritt hinter dem Konferenztisch entlang und nahm Platz.

»Willkommen in der Hölle«, raunte Stüter, der zu seiner anderen Seite saß.

Jan nippte an der Wasserflasche, die vor ihm auf dem Tisch stand. Erst bei ihrem Anblick war ihm bewusst geworden, dass er schon seit Stunden weder etwas getrunken noch gegessen hatte. Vielleicht ein Grund für seine hämmernden Kopfschmerzen.

Sein Blick glitt über die Meute der Pressevertreter. Die Fotografen in den vorderen Reihen waren damit beschäftigt, sie alle abzulichten, während die Kameramänner noch ihr Equipment aufbauten. Die hinteren Reihen schrieben emsig in ihre Notizblöcke oder hackten etwas in ihre Notebooks.

Jans Herzschlag beschleunigte sich. Im Grunde war er es gewohnt, vor Gruppen aufzutreten. Er hatte schon Vorlesungen an der Uni gehalten, Fortbildungen geleitet, hatte sich im Griff.

Aber das hier war noch mal eine andere Herausforderung.

Alles, was er hier sagte, könnte sofort in den Spätausgaben der Nachrichten laufen. Noch dazu hatte das unerwünschte Kamerateam vor Zanettis Haus ihr Versagen live auf Band.

Sie waren in die Ecke gedrängt.

Nächste Leiche im Westerwald – Ermittler tappen weiter im Dunkeln, hieß es bereits im Online-Portal eines großen Nachrichtenmagazins.

Wer hatte beim Fernsehen angerufen?

Außer dem Ermittlerteam, Frau Ziehner und Marek Lünners Freundin hatte niemand etwas von der Sache gewusst.

Obwohl – so ganz stimmte das nicht.

Der Täter wusste davon.

Hatte er dem Kamerateam den Tipp gegeben?

In diesem Moment signalisierte ein penetranter Piepston, dass die Mikrofone eingeschaltet wurden. Das Gemurmel in dem holzvertäfelten Sitzungsraum im Bad Marienberger Europahaus legte sich.

Die rotgelockte Pressesprecherin stützte sich auf ihre Ellenbogen und erhob die Stimme: »Meine Damen und Herren, ich möchte Sie ganz herzlich zu der Pressekonferenz der SOKO Alphabetmörder begrüßen. Frau Ichigawa wird sie über die jüngsten Geschehnisse in der Mordserie unterrichten. Anschließend werden Sie die Möglichkeit haben, Fragen zu stellen.«

Anita fasste die Situation zusammen. Heute schien sie das Rampenlicht überhaupt nicht zu genießen. Anscheinend nagte die Anspannung auch an ihr.

Dann prasselten die Fragen auf sie herab.

Die erste galt Anita: »Sind Sie mit diesem Fall überfordert?«

Der Blick, den sie dem glatzköpfigen Journalisten zuwarf, ließ Jan einen Moment befürchten, sie würde über den Tisch und dem Mann an den Hals springen.

»Der erste Tote wurde gerade einmal heute Morgen gefunden«, grätschte Stüter dazwischen, bevor sie selbst antworten konnte. »Glauben Sie ernsthaft, dass wir in dieser kurzen Zeit schon den Täter gefasst haben? Wir haben sehr gute Spuren und Anhaltspunkte, aber Sie müssen nun einmal begreifen, dass wir hier bodenständige Polizeiarbeit betreiben und nicht bei *Polizeiruf 110* sind.«

In diesem Moment war Jan dankbar für Stüters ruppige Art.

»War das Erstürmen der Wohnung des dritten Opfers durch das SEK zu überhastet?«, warf eine Journalistin in der ersten Reihe ein.

Allmählich näherte sich Stüters Gesichtsfarbe dem Rot seiner Krawatte an, die er sich noch schnell vor der Pressekonferenz umgebunden hatte. »Wie ich bereits sagte«, knurrte er, »wir leisten hier grundsolide Polizeiarbeit, und wir lassen es nur zu so einem Schritt kommen, wenn die Hinweise zwingend und …«

Weiter kam er nicht.

Eine kräftige Frauenstimme, die Jan nur allzu bekannt

vorkam, schnitt dem Kommissar das Wort ab: »Aus vertraulicher Quelle liegen mir Informationen vor, dass innerhalb der SOKO tiefe Gräben verlaufen, vor allem zwischen den Fallanalytikern und den Ermittlern.«

Nora Schneill – die Redakteurin der Wäller Zeitung, die Jan am Morgen noch ihre Visitenkarte zugesteckt hatte – stand triumphierend von ihrem Stuhl auf. »Wie kann das schon nach einer so kurzen Zeit der Fall sein? Herr Stüter, Herr Grall – möchte jemand von Ihnen dazu Stellung beziehen?«

In dem Saal brach aufgeregtes Gemurmel aus. Wieder flackerte ein Blitzlichtgewitter auf.

Jan warf einen Seitenblick auf den Hauptkommissar, in dessen Kopf es heftig arbeiten musste. Seine Kiefer aufeinander malmend, fixierte er die Journalistin aus verengten Augen.

»Das ist ... Ich ...«, murrte er.

Bevor Stüters Antwort wieder in einem Wutausbruch mündete, ergriff Jan das Wort: »Es gibt keinerlei Grundlagen für diese Unterstellungen.«

Er nahm einen großen Schluck Wasser. In diesem Moment sprang Stüter auf.

»Weißt du was, Nora?«, brüllte er, den Finger auf sie gerichtet. »Du bist nicht besser als dieser Irre, der da draußen rumrennt und alphabetisch Leute abschlachtet. In deiner Sensationsgeilheit bist du genauso blutgierig und ...«

Anita packte ihn an den Schultern und zerrte ihn mit sich. »Seien Sie still!«, zischte sie. »Hören Sie sich überhaupt noch beim Reden zu?«

Das Stimmengewirr in der Halle wurde noch lauter. Die Fotografen knipsten um die Wette.

Für einen Moment vergrub ihre Pressesprecherin das

Gesicht in den Händen, dann sagte sie mit tonloser Stimme in ihr Mikrofon: »Sehr geehrte Damen und Herren, die Pressekonferenz ist beendet.«

Jan kam Anita dabei zu Hilfe, den tobenden Stüter vom Podium zu bugsieren. Bei dem bulligen Hünen kein leichtes Unterfangen. Als sie ihn endlich an beiden Oberarmen gepackt hatten, zerrten sie ihn in das Zimmer hinter der Bühne. Der Raum diente als Ruhebereich, ausstaffiert mit einer Sofaecke und einem Tisch voller Snacks und Getränke.

»Schon gut, schon gut. Lassen Sie mich!« Der Hauptkommissar riss sich los und verkroch sich auf dem Sofa.

Kopfschüttelnd starrte Anita ihn an. »Wenn Sie mich doch einfach meine Arbeit machen ließen.«

Während sie und Rabea durch den Raum tigerten, hatte Jan auf dem Sofa die Beine hochgelegt und seinen Kopf gegen die Fensterscheibe gelehnt. Hin und wieder nippte er an einer Flasche Mineralwasser.

Schneeregen fegte über die Büchtingstraße und trieb die Kamerateams und Reporter in ihre Wagen. Eispartikel schlugen gegen die Scheibe, schmolzen und liefen in stockenden Bahnen an ihr herab.

»Wer auch immer dieser Schneill etwas gesteckt hat, es wird ein Mann sein«, brummte Stüter. »Ich kann mir auch ganz genau vorstellen, was sie ihm als Gegenleistung für seine Informationen geboten hat. Sie hat schon immer gewusst, wie sie Typen um den Finger wickelt.« Er verschränkte die Arme vor der Brust. »Wenn ich rauskriege, wer der Kerl ist, wird er sich wünschen, er wäre nie zur Polizei gekommen.«

Rabea verdrehte die Augen.

»Das Problem war nicht der Informant, sondern dass

Sie sich nicht unter Kontrolle haben«, sagte Anita. »Damit haben Sie es mal eben geschafft, die gesamte Polizei des Westerwaldkreises in ein schlechtes Licht zu rücken, herzlichen Glückwunsch.«

Das genügte, um Stüter vorerst zum Schweigen zu bringen. Düster brütete er weiter vor sich hin.

»Was, wenn der Informant gar nicht in der SOKO ist?«, warf Jan ein.

»Wer soll sonst von dem Tatort gewu...«, wollte Rabea fragen, kam aber schon selbst auf die Antwort: »Natürlich, der Täter.«

»Dafür kann er aber nichts von Ihren Meinungsverschiedenheiten wissen«, gab Anita zu bedenken.

Jan zuckte mit den Schultern. »Vielleicht hört er die Dienststelle ab.«

»Das ist undenkbar!«

»Nur weil etwas undenkbar ist, bedeutet es nicht, dass es auch unmöglich ist.«

Ichigawa zog die Brauen zusammen. »Dann vernehmen Sie die Journalistin. Sie warten doch schon ewig auf die Gelegenheit, Sie mal wieder in die Zange zu nehmen – habe ich recht, Stüter?«

Der Angesprochene sackte noch mehr in seinem Stuhl zusammen.

»Hören Sie mit den Anspielungen auf«, sagte er fast kleinlaut.

»Was für Anspielungen?«, fragte Rabea.

»Sie ist meine Ex-Frau.« Scheinbar in eine flüchtige Erinnerung verfangen, verlor sich Stüters Blick für einen Sekundenbruchteil. »Aber die Scheidung ist schon bald zwei Jahre her.«

Jan hätte am liebsten laut aufgelacht. Alles ergab einen

Sinn: Stüters Wortgefechte mit der Journalistin, sein Wutausbruch auf der PK, selbst die Zerbrechlichkeit, die er zu verbergen versuchte.

»Verdrängung ist ein normaler Abwehrmechanismus der Psyche«, sagte Rabea, »aber so ein regressiver Vorgang wirkt immer nur kurzfristig.«

Stüter winkte ab. »Bleiben Sie mir weg mit Ihrem Freud!«

19

Das Drehrestaurant auf dem Dach des Wildparkhotels schaffte gerade mal eine Umdrehung pro Stunde, aber Jan wurde trotzdem schlecht.

Vielleicht lag es an den heutigen Leichen, deren Anblick er nicht vergessen konnte.

Das Essen konnte jedenfalls nicht der Grund sein. Bei seinem Gang zum Buffet hatte er auch genug Speisen für einen Veganer wie ihn entdeckt. Trotzdem hatte er kaum einen Bissen herunterbekommen.

Er war allein ins Restaurant gekommen. Rabea wollte lieber noch auf dem Zimmer mit ihrer Familie telefonieren.

Wer wollte es ihr verübeln?

Er hätte am liebsten auch jemanden angerufen, um über die Entwicklungen des Tages zu sprechen. Aber so jemanden gab es zurzeit nicht in seinem Leben.

Über die Jahre hatte er immer mal wieder kurze Liebschaften wie die mit Anita gehabt, doch keine hielt lange. Einerseits mochte er diese Ungebundenheit, andererseits wünschte er sich manchmal eine Konstante in seinem Leben.

Er schwenkte sein Wasserglas und beobachtete die Reflektionen in der Flüssigkeit. Alkohol trank er nicht mehr, seit er von hier fortgegangen war. Die einzige Wirkung war ohnehin nur gewesen, dass sich seine Hypersensibilität verschlimmert hatte.

Er ließ den Blick durch das Restaurant schweifen. Außer ihm saßen hier nur noch zwei plappernde alte Ehepaare, eine rothaarige Frau in seinem Alter und ein Geschäftsreisender, der ständig auf sein Smartphone starrte.

Jenseits der Fensterfront drohte die Nacht mit einer so undurchdringlichen Dunkelheit, dass es schien, als hätte jemand die Panoramafenster mit schwarzem Samt abgehängt. Trotzdem brauchte Jan nur die Himmelsrichtung zu wissen, um sagen zu können, welche Dörfer sich dort zu seinen Füßen erstreckten.

Im Westen führte der Lauf der Nister an Unnau vorbei bis nach Hachenburg. Südlich folgte hinter Hahn, Großseifen und Höhn der Wiesensee. Ostwärts erhob sich die Fuchskaute, der höchste Berg des Westerwalds. Davor schmiegten sich Niederroßbach und Fehl-Ritzhausen in die Schwärze. Schließlich erstreckten sich im Norden Kirburg und Neunkhausen.

Jeder dieser Namen rief Erinnerungen in ihm wach. An Fußballnachmittage mit Freunden, den ersten schüchternen Kuss in einem Partykeller, stundenlange Wanderungen mit seinem Vater.

So in seine Gedanken vertieft, bekam er erst gar nicht mit, dass jemand an seinen Tisch herangetreten war.

»Zahlen, bitte«, murmelte Jan in der Annahme, es wäre der Kellner.

»Ich glaube, dafür bin ich die falsche Ansprechpartnerin«, antwortete eine Frauenstimme.

Verdutzt blickte Jan auf.

Die Frau, die zuvor alleine an einem Tisch gesessen hatte, lächelte zu ihm herunter.

Er runzelte die Stirn. »Ähm, was gibt's?«

Ihr Lächeln wurde breiter, was ihrem fein geschnittenen Gesicht ausgezeichnet stand. »Sie und ich sitzen hier als Einzige alleine. Ich weiß nicht, wie es Ihnen geht, aber ich könnte ein wenig Gesellschaft vertragen.«

Unweigerlich kam in Jans Hirn eine Gedankenmaschinerie ins Rollen. In Sekundenbruchteilen analysierte er das Verhalten der Frau. Pathologischer Aufmerksamkeitsdrang?

Fast unmerklich schüttelte er den Kopf. Manchmal neigte er dazu, selbst die harmloseste Alltagssituation zu überinterpretieren. Eine schöne Frau sprach ihn einfach so in einem Restaurant an. So etwas geschah nur alle hundert Jahre. Das sollte der Fallanalytiker in ihm jetzt nicht verderben.

»Ich hätte auch nichts gegen Gesellschaft einzuwenden«, sagte er lächelnd und bot ihr einen Stuhl an.

»Tamara Weiß«, sagte sie, als sie Platz genommen hatte.

»Jan Grall.« Er winkte den Kellner herbei. »Was trinken Sie?«

»Gin Tonic, bitte«, bestellte sie und sagte an Jan gewandt: »Ich bin im Urlaub, da darf man sich auch mal etwas gönnen. Sie bleiben bei Wasser?«

Ihre tiefrote Lockenflut trug Tamara zu einem Zopf zurückgebunden. Er verschwand im Kragen ihres schwarzen Kleids, das sie mit dunklen Strümpfen und kniehohen Lederstiefeln kombiniert hatte. Aus grauen Augen funkelte sie Jan aufmerksam an.

»Ich trinke nicht. Ich habe schon genug andere Süchte, denen ich nachgehe«, antwortete er. »Ah, und von welchem Beruf machen Sie gerade Urlaub?«

»Ich bin freie Übersetzerin in Frankfurt. Hauptsächlich englisch- und französischsprachige Belletristik.«

»Vor Leuten, die kreativ arbeiten, habe ich immer riesigen Respekt.« Jan nippte an seinem Wasser. »Meine Arbeit ist manchmal auch kreativ, aber auf eine völlig andere Weise. Was für Genres übersetzen Sie?«

»Romantik, Thriller ... hauptsächlich Krimis.«

»Na, dann sind Sie hier ja gerade zur richtigen Zeit am richtigen Ort.« Humorlos zog er einen Mundwinkel in die Höhe. »Wenn wir schon dabei sind: Was treibt Sie in Ihrem Urlaub ausgerechnet hierhin? Die Malediven sind es nicht gerade.«

»Sie werden lachen, aber ich habe Flugangst. In meinem Leben bin ich erst einmal in einen Flieger gestiegen – und es war die Hölle.«

Ihr Gin Tonic kam, und sie legte eine kurze Pause ein. Bisher hatte Jan nur wenige Menschen getroffen, die so artikuliert und klar sprachen wie sie. Und eine Situation absolut beherrschten. Als wäre ihr Leben eine Fernsehshow und sie die Moderatorin.

»Außerdem mag ich die Ruhe hier«, fuhr sie fort, »in diesem Hotel fühlt man sich so weitab von allem anderen. Nur umgeben von der Natur.«

»Stimmt«, gab Jan zu.

Sich weitab von allem fühlen. Das war damals einer der Gründe gewesen, warum er als Jugendlicher unbedingt von hier wegwollte.

»Aber ich rede die ganze Zeit nur von mir. Was ist mit Ihnen? Auch im Urlaub?«

Jan sagte: »Beruflich. Wo wir auch wieder bei Krimis wären. Ich gehöre zu der SOKO, die in dem Fall der Alphabetmorde ermittelt.«

Sie riss die Augen auf. Nicht zu sagen, ob aus Neugier oder Schock. »Oh ... sind Sie einer der Kommissare?«

»Nein, nein. Ich komme vom LKA Rheinland-Pfalz in Mainz. Ich erstelle psychologische Täterprofile.«

Eigentlich dürfte er nicht darüber sprechen, sagte der Profi in ihm. Doch die Art, wie Tamara ihn aus ihren monolithgrauen Augen anfunkelte, lockerte seine Zunge.

»Dann sind Sie Profiler?«

Er schüttelte den Kopf. Schon das zweite Mal heute, dass er jemandem den Unterschied zwischen psychologischen Fallanalytikern und Profilern erklären musste.

»Ich könnte das nicht«, sagte sie. »Dieser ganze Wahnsinn. Die Gewalt. Die einzigen Verbrechen, mit denen ich zu tun habe, sind schlechte englische Manuskripte.«

»Dafür könnte ich nicht den ganzen Tag über Texten ...« Er verstummte. Mit einem Mal kam ihm etwas in den Sinn, das Rabea heute gesagt hatte.

Die Berufe der Opfer. Redakteur. Verleger. Buchautor.

Und vor ihm saß eine Übersetzerin.

Sie legte den Kopf schief. »Was ist los?«

»Tamara – ich darf dich doch duzen? –, du solltest sehr vorsichtig sein.«

»Warum das?«

»Alle bisherigen Mordopfer hatten einen Beruf, der

etwas mit Sprache zu tun hat. Genau wie du. Und das könnte das Muster unseres Täters sein.«

»Ich bin ein großes Mädchen«, entgegnete sie mit verschmitztem Lächeln. »Ich kann schon selbst auf mich aufpassen.«

»Das bezweifle ich nicht. Aber trotzdem, danke. Dieses Gespräch hat mir weitergeholfen.«

Sie lachte. »Ich habe doch gar nichts getan!«

»Oh doch, das hast du ... Ich muss direkt noch einmal durch die Unterlagen sehen. Entschuldigung.« Er machte Anstalten, den Kellner herbeizurufen.

Ihr Blick fing seinen ein. »Treffen wir uns morgen Abend wieder hier? Zur selben Zeit?«

»Sehr gern«, kam es prompt über seine Lippen.

20

Rabea klappte ihr MacBook zu und holte tief Luft.

Wenn sie sich richtig die Laune verderben wollte, brauchte sie nur die ViCLAS-Datenbank zu durchforsten.

Sie warf sich auf ihr Bett.

ViCLAS stand für *Violent Crime Linkage Analysis System*. In dieser Verbunddatei wurden mittels eines Erfassungsbogens aus 168 Fragen alle Vermisstenfälle und Delikte aus dem Bereich Straftaten gegen das Leben oder die sexuelle Selbstbestimmung gesammelt. Sinnvoll strukturiert und wiedererkennbar abgebildet.

Für Fallanalytiker ein unverzichtbares Hilfsmittel. Hier waren nicht nur Angaben zu den Straftaten gespeichert, sondern auch zum Sozialverhalten des Täters und Merkmalen des Opfers.

Den ganzen Abend lang hatte sie nach ähnlichen Mustern wie bei den Alphabetmorden gesucht. Literaturzitate an den Tatorten. Eintätowierte Buchstaben. Fündig geworden war sie nicht, selbst als sie die Suche auf das gesamte letzte Jahrzehnt ausgeweitet hatte.

ViCLAS war für sie mehr als nur ein Arbeitsgerät.

Es war Folter.

Eine Datenbank voller Familientragödien, Wahnsinn und Tod. Jedes Mal, wenn sie damit gearbeitet hatte, fühlte sie sich beschmutzt. Für sie waren das alles nicht einfach nur Zahlen, Texte und Bilder, sondern Geschichten, die sich tief in ihr Hirn brannten.

Sie sah auf ihr Handy. 02:11 Uhr.

Ihre Mutter lag sicher längst im Bett. Den Anruf musste sie auf den nächsten Abend verschieben. Vielleicht sollte sie ihre WG-Mitbewohner in Mainz anrufen. Konnte immer sein, dass Asim oder Ricarda gerade erst von einer Party nach Hause gekommen und noch wach waren.

Doch worüber wollte sie mit ihnen sprechen? Der Fall nahm sie so sehr ein, dass sie sich im Moment nicht vorstellen konnte, über irgendetwas anderes zu reden.

Sie schüttelte leicht den Kopf. Nein. Es wurde Zeit, dass sie etwas Schlaf fand. Sie stand vom Schreibtisch auf, zog ihre Bluse aus und ließ sie achtlos auf den Boden gleiten. Rücklings schwang sie sich auf die Tagesdecke. Ihren Koffer hatte sie noch nicht einmal aufgemacht. Wäre nicht der Laptop auf dem Tisch, das Zimmer sähe wie unbewohnt aus.

Sie schloss die Augen, merkte aber sofort, dass an Schlaf noch nicht zu denken war. Das ViCLAS ließ sie einfach nicht los. Irgendwo in seinen Untiefen gab es einen Datensatz, in dem ihre eigene Tragödie gebannt war.

Der Grund, warum Jan unbedingt mit ihr zusammenarbeiten wollte.

Sie hatte die Daten zu diesem Fall so oft gelesen, dass sie sie inzwischen auswendig kannte. Im Leben jedes Menschen gab es den Moment, in dem er aufhörte, Kind zu sein. In dem ihm bewusst wurde, dass die Welt nicht der wohlbehütete und friedliche Ort war, als den seine Eltern sie verkauft hatten.

In Rabeas Leben war es der Augenblick vor zwanzig Jahren gewesen, als ihr Vater mit tränenüberströmtem Gesicht in ihr Zimmer gekommen war und sie so fest gedrückt hatte, dass sie keine Luft mehr bekommen hatte. »Du musst jetzt stark sein, Kleines …«

Erst jetzt fiel ihr auf, dass sich ihre Finger in die Decke gekrallt hatten. Sie richtete sich auf, schnappte sich aus Mangel an Alternativen die Fernbedienung vom Nachttisch und schaltete den Flachbildfernseher an.

Irgendeine Talkshow flimmerte über den Schirm, in der irgendein Schauspieler versuchte, irgendeinen Film mit irgendeiner langweiligen Anekdote zu promoten.

Alles schien endlos weit weg. Wie aus einer Parallelwelt, die noch nicht von Hass und Tod zertrümmert worden war. Der Schauspieler mit seinem seidenen Knitterschal und dem perfekt einstudierten Grinsen. Ihre WG-Kollegen mit ihren Partys und kaputten Träumen. Das verschneite Luzern, aus dem sie erst heute Morgen aufgebrochen war.

Sie fröstelte, obwohl sie die Heizung voll aufgedreht hatte. Seufzend stand sie vom Bett auf. Brachte ja alles nichts. Sie räumte ihren Trolley aus, putzte sich die Zähne und warf sich eines ihrer alten Basketball-Jerseys mit der Aufschrift *24 WYLER* über, die sie immer zum Schlafengehen trug.

Als sie unter die Bettdecke kroch, hatte der Schauspieler seinen Redeanteil aufgebraucht. Jetzt war die Leadsängerin irgendeiner Band an der Reihe, die auch wieder irgendein neues Album in den Startlöchern hatte.

Jan, Stüter, Ichigawa und sie gehörten nicht mehr in diese Welt. Sie machte den Fernseher aus. Seit sie hier angekommen waren, gehörten sie der Welt der Toten an. Der Welt der Buchstaben und Symbole.

Der Welt des Alphabetmörders.

Und sie wusste nicht, ob er sie je wieder daraus entlassen würde.

21

»Alles in Ordnung bei Ihnen?« Der Taxifahrer musterte Jan im Rückspiegel.

Jan hatte den Kopf gegen die Scheibe gelehnt. Die einzigen Lichtquellen auf dem Weg zurück zu Zanettis Haus waren die Reflektoren der Leitpfosten. An den Stellen, an denen Pfosten fehlten, hatten die Leute selbst ausgeholfen und CDs an Holzpflöcken aufgehängt. Ein unentzifferbarer, monotoner Morsecode aus Licht. Eine Flut aus Zeichen.

»Sie kriegen Ihr Trinkgeld auch ohne Smalltalk«, sagte Jan abwesend.

»Wollt ja nur nachfragen.« Der Fahrer rückte seine Schiebermütze zurecht.

Jan merkte, wie ihn schon das Innere des Taxis mit all seinen Eindrücken überforderte. Der Geruch nach kaltem Zigarettenrauch, nach einem Hund, den der Fahrer zweifelsfrei besaß, nach aufdringlichem Rasierwasser. Dann die ranzigen Lammfellbezüge über den Vordersitzen. Der Fahrerausweis mit dem jahrzehntealten Bild und dem Namen Hans-Werner Parigger. Das Passfoto eines kleinen, pausbackigen Jungen am Armaturenbrett, gleich neben einem Vereinswimpel der TuS Koblenz.

Nur ein Griff in den Fluss der Zeichen reichte aus, um das gesamte Leben des Taxifahrers Parigger zu entschlüsseln.

Im Hotelzimmer hatte er keinen Schlaf finden können. War pausenlos umhergetigert. Hatte Musik gehört und sogar versucht, etwas zu lesen. Es half nichts. Wenn er in einem Fall steckte, besaß sein Hirn keinen Stand-by-Modus.

Also hatte er bei der Rezeption angerufen und sich ein Taxi kommen lassen. Die ganze Zeit hatte er schon vorgehabt, noch einmal zu Zanettis Haus zurückzukehren. Warum sollte er seine Schlaflosigkeit nicht sinnvoll nutzen?

»Was ist denn hier los?«, fragte der Fahrer, als sie auf das Heim von Opfer C zufuhren.

Mobile Scheinwerferanlagen umringten das Einfamilienhaus und tauchten es in ein gleißendes, überirdisches

Licht. Transporter der KTU und mehrere Wagen der Schutzpolizei parkten auf der Wiese davor und hatten im Neuschnee ein Gewirr aus Reifenspuren hinterlassen. Spurensicherer in Kunststoffoveralls huschten durch die Zimmer wie Geistererscheinungen.

»Werden Sie morgen alles in der Zeitung lesen«, sagte Jan. »Sie können mich hier rauslassen.«

»Soll ich auf Sie warten?«

»Nicht nötig. Ich werde wahrscheinlich sehr lange hierbleiben.« Er drückte Parigger dreißig Euro in die Hand. Ein opulentes Trinkgeld. »Stimmt so.«

Der untersetzte Mittfünfziger tippte sich an die Schiebermütze. »Passen Sie auf sich auf.«

»Ich gebe mein Bestes.«

Jan stieg aus dem Taxi. Sofort blies ihm der Wind Schneepartikel ins Gesicht. Jetzt, um zwei Uhr nachts, zeigte der Winter seine ganze frostige Erbarmungslosigkeit.

Jan schlang sich den Mantel so eng wie möglich um den Körper. Mit schnellen Schritten hielt er auf Zanettis Haus zu. Er konnte sich nicht daran erinnern, wann ihm das letzte Mal vor Kälte so die Zähne geklappert hatten.

Der Leiter der KTU stand an der zertrümmerten Eingangstür und beriet sich mit einem seiner Kollegen. Er erkannte Jan und nickte ihm zu. Aus seinen tiefliegenden Augen sprach Verwunderung.

»Wir hatten nicht erwartet, dass noch jemand von Ihnen auftaucht«, sagte er. »Wenn Sie schon Ergebnisse hören wollen, sind Sie zu früh. Wir stecken noch mitten in den Untersuchungen.«

»Schon gut. Ich bin nicht Ihretwegen hier. Mir geht es nur darum, Zeit am Tatort zu verbringen.«

»Seien Sie willkommen!« Der KTU-Leiter machte eine einladende Geste. »Stören Sie nur bitte nicht meine Leute bei ihrer Arbeit.«

Jan betrat den Tatort. Den Ort, an dem die Lebensrealität von Opfer und Täter eins geworden war. Ein Ort voller Zeichen und Spuren. Voller Bedeutung.

Jans Aufgabe war es, diese Bedeutung zu finden. Und wenn er sie nicht fand, musste er sie aus dem, was er wusste, erfinden.

Der Tatort war das Zentrum der Fallanalyse. Jan konnte Stunden dort verharren. In einem der OFA-Lehrgänge hatte man ihm laterales Denken nach Edward de Bono beigebracht. Dabei ging es darum, eingefahrene Denkmuster durch assoziative Sprünge, Perspektivwechsel und die Suche nach absichtlich unkonventionellen Lösungen zu überwinden. Gemeinsam mit seiner hypersensiblen Wahrnehmung bildete es eine höchst effektive Waffe.

Er erklomm die Wendeltreppe in den ersten Stock. Im Schlafzimmer bot sich dasselbe Bild wie im Erdgeschoss: Müllberge. Verkratzte, abgenutzte Möbel. Vergilbte Tapeten an den einen Wänden, unverputztes Mauerwerk an den anderen. Obwohl die Erkennungsdienstler alle Fenster aufgerissen hatten, hing der muffige Gestank der Verwahrlosung noch immer in den Räumen.

Jan trat auf das Kingsize-Doppelbett zu. Undefinierbare Flecken in den verschiedensten Farben übersäten es. Er meinte sogar, am Kopfende getrocknetes Blut auszumachen. An den Bettpfosten fielen ihm die Rückstände von Kabelbindern auf, die wie die Glieder einer Kette ineinandergehakt worden waren. Auf dem Nachttisch lagen Tätowiernadeln, besprenkelt mit Tinte und Blut.

Hatte der Alphabetmörder die anderen Opfer auch

hierhergebracht? Sie sofort getötet und sie dann hier tätowiert? Sie mussten noch auf die Obduktion warten, aber Jan ging immer mehr davon aus, dass die Tätowierungen post mortem erfolgt waren. Konnte man hier schon von Mutilationen sprechen, Verstümmelungen nach dem Tod? In Deutschland kam so etwas nur fünf bis sechs Mal im Jahr vor.

Der Täter hatte dieses Versteck bewusst aufgegeben. Er musste bereits einen anderen Ort haben, an dem er seine Opfer festhalten und präparieren würde. Doch was, wenn er seine Opfer doch nicht sofort umbrachte und das nächste womöglich bereits in seiner Gewalt hatte?

Als er aus dem Schlafzimmer trat, winkte er einem der Spurensicherer zu. »Ich will Sie nicht stören, aber legen Sie besonderes Augenmerk auf das Bett, okay?«

Der Mann nickte stirnrunzelnd.

Jan ging in das Kinderzimmer gleich gegenüber. Der einzige Raum im ganzen Haus, der noch intakt war. Clown-Tapete, ein weiß lackiertes Bettchen, Bauklötze auf dem Boden, ein penibel aufgeräumter Wickeltisch.

Es versetzte Jan einen Stich. Plötzlicher Kindstod. Der letzte Trigger. Der Stoß, der Zanettis Verstand endgültig in den Abgrund geschleudert hatte. Er musste schon vorher einen Hang zu Verschwörungstheorien gehabt haben, aber der unerklärliche Verlust seines Kindes musste dafür gesorgt haben, dass er sich vollends in dieser Welt verlor.

Er stützte sich auf die Fensterbank. Schloss für einen Moment die Augen und hielt sein Gesicht in den Nachtwind. Umständlich kramte er sein Handy aus der Manteltasche und wählte Anitas Nummer.

Sie nahm schon nach dem ersten Klingeln ab. »Jan?«

»Ich dachte, du würdest schon schlafen.«

»Wolltest du mich nur wachklingeln? Ich habe noch über dem Zitat gegrübelt, das die Spurensicherung jetzt auch im Wisentgehege gefunden hat. Es war an einem der Zaunpfosten befestigt.«

»Was ist es diesmal?«

»Es war ein strahlender, kalter Tag im April und die Uhren schlugen Dreizehn.«

»Hmmm ... George Orwell, 1984. Mal davon abgesehen, dass alle Zitate Anfangssätze sind, sehe ich keinen Zusammenhang zwischen ihnen. Aber warum ich überhaupt anrufe: Ich bin noch mal zu Zanettis Haus zurückgefahren. Er hat die anderen beiden Opfer womöglich auch hierhergebracht und sie tätowiert. Wahrscheinlich hat er schon längst ein anderes Versteck aufgebaut. Und wahrscheinlich hält er dort schon seine nächsten Opfer fest.«

»Wir sind die Vermisstenfälle im Umkreis durchgegangen. Bisher keine Treffer.«

»Dann weite die Suche aus. Zeitlich und räumlich. Und konzentriert euch dabei vor allem auf Menschen, die im Literaturbetrieb arbeiten oder sonst irgendetwas mit Sprache zu tun haben.«

»Erklärungsbedarf.«

»Geh mal die Berufe der bisherigen Opfer durch.«

»Oh.«

»Ja, genau. Oh.«

»Hast du sonst noch etwas?«, hakte sie nach. »Ach, übrigens. Ich werde auch ins Wildpark-Hotel ziehen. Koblenz ist mir im Moment zu weit vom Geschehen entfernt.«

»Großartig, endlich schlafen wir wieder unter einem Dach«, meinte Jan sarkastisch. »Und nein, sonst habe ich nichts. Ich schaue mich hier noch ein wenig um.«

»Alles klar. Halt mich auf dem Laufenden.«

Er steckte das Handy weg und wanderte weiter durch das Haus. Versuchte, das Leben von Zanetti nachzuempfinden. Die letzten Stunden vor seinem Tod. Hatte er dem Mörder die Inspiration geliefert? Hatten sie sich gekannt? Aber wenn ja, warum hat der Mörder ihm dann nur so wenig Bedeutung beigemessen? Zanetti war nur C, ein Buchstabe von sechsundzwanzig. Nicht A oder Z.

Alle drei Opfer hatten sich gekannt, aber das hieß noch nicht, dass sie auch alle den Täter kannten. Vielleicht hatte er nur einen von ihnen beobachtet und war dabei auf die beiden anderen gestoßen.

Der Mörder plante seine Ablageorte und sein Vorgehen genau, gleichzeitig zeugte die Wahl seiner Tötungsmethoden von impulsivem Handeln. Das ergab kein stimmiges Profil. Hatten sie es mit zwei Tätern zu tun? Einer schizophrenen Persönlichkeit?

Jan seufzte. Er kam nicht weiter. Er setzte sich auf die Stufen vor der Eingangstür. Seine Hand zuckte für einen Augenblick unter seinen Mantel. Dorthin, wo er die Klarsichttüte mit seinem Joint hatte. Kurz spielte er mit dem Gedanken, ein paar Züge zu nehmen, aber das konnte er unmöglich vor all den Kollegen machen. Dabei war es das Einzige, was ihn ruhiger werden ließ. Das Einzige, was dem Fluss der Zeichen für einen Moment Einhalt gebot.

Mit einem Mal wollte er nur noch weg.

Irgendwo da draußen hatte der Alphabetmörder schon sein nächstes Opfer im Visier.

22

Erst kam die Kälte. Dann Hunger und Durst.

»A ... B ... C ... D.«

Das Echo der Männerstimme dröhnte in Tugbas Kopf. Sie wusste nicht, was die Buchstaben bedeuteten.

Überhaupt wusste sie gar nichts. Wo sie war. Warum sie in Finsternis und Kälte lag. Wie viel Zeit vergangen war. Sie wusste nur, dass sie in Gefahr war.

Etwas nicht zu wissen, ist keine Schande, etwas nicht zu lernen, ist eine. *Das alte Sprichwort, das* baba *ihr beigebracht hatte.*

Sie brauchte Informationen. Vielleicht war das ihre einzige Chance. Sie ignorierte den Hunger, der tief in ihr nagte. Den brennenden Durst, der ihre trockene Zunge an ihren Rachen klebte. Die letzten Stunden – oder waren es Tage? – hatte sie im völligen Dämmerzustand verbracht. Das Letzte, woran sie sich erinnerte, war ein Gefühl blinder Panik, wie sie sie noch nie in ihrem Leben gespürt hatte.

Was wusste sie? Die fünf W-Fragen, die sie ihren Schülern für ihre Aufsätze beibrachte.

Sie war entführt worden. Sie wusste nicht von wem und wann. Sie wusste nicht warum. Sie wusste nicht, wo sie war.

Mühsam rappelte sie sich auf. Jeder Muskel in ihrem Körper pochte vor Schmerz. Die Kälte hatte ihre Gelenke versteift. Sie stieß mit der Schulter gegen eine Wand aus morschen

Holzbrettern, die den Keller in zwei Räume teilte. Sie befand sich in einer Art Verschlag. Tastend wanderten ihre Finger umher. An der einen Seite Holz, an der anderen unverputztes Mauerwerk. Über ihr ein Gitter aus dünnem Draht. Abgestandene Luft und der Geruch nach etwas, das sie an verfaulte Kartoffeln erinnerte, erfüllten den Raum. Es gab keine Fenster. Sie war in einem Keller.

Schwere Schritte. Der Boden über ihrem Kopf vibrierte.

Sie hielt den Atem an. Zog ihre Beine an den Körper, bis sie sich in einer Art aufrechter Embryonalstellung befand.

Eine Falltür in der Decke öffnete sich. Tiefblaues Nachtlicht flutete herein.

Durch die handbreiten Spalten zwischen den Holzbalken spähte Tugba aus ihrem Verlies in den Kellerraum.

Ihr Peiniger kletterte eine schmale Stiege herunter. Er schaltete eine nackte Glühbirne ein, die sirrend aufflackerte. Das Licht brannte in Tugbas Pupillen. Sie kniff die Augen zusammen. Blinzelte. Erkannte nur schemenhafte Umrisse.

Er stand mit dem Rücken zu ihr gewandt. Die Kapuze seiner Windjacke tief ins Gesicht gezogen.

Er war hier, um sie zu holen. Um es zu Ende zu bringen.

Sie versuchte, keinen Laut von sich zu geben. Nahm ihre tauben Hände vom Holz, damit ihr Zittern kein Knirschen verursachte. Dabei war es sinnlos. Er wusste, dass sie hier war. Er hatte sie hierhergebracht.

Doch er beachtete sie überhaupt nicht. Seine ganze Aufmerksamkeit schien der gegenüberliegenden Wand zu gelten.

Tugba suchte sich einen neuen Spalt zwischen den Brettern, um eine bessere Sicht auf sie zu haben. Bereits die wenigen Bewegungen lösten Schwindel in ihr aus. Alles drehte sich. Ihre Beine gaben nach.

Aber sie musste ihn beobachten. Informationen sammeln.

Die Wand, die ihren Peiniger so in ihren Bann zog, übersäten Dutzende Kreidezeichen. Buchstaben. Es waren Buchstaben. Das Alphabet. Wie im Klassenraum einer Grundschule. Unter jeden einzelnen Buchstaben war ein Rechteck gemalt.

Ihr Peiniger griff in seine Jackentasche und holte mehrere Papierstücke daraus hervor. Mit bebenden Fingern klebte er die Blätter in die Rechtecke unter A, B und C.

Es waren Fotos. Tugba konnte kaum erkennen, was sie zeigten. Irgendwelche verwackelten Nahaufnahmen nackter Körper. Wenn sie die Augen ein wenig zusammenkniff, meinte sie Buchstaben erkennen zu können. Blutrot und unregelmäßig.

Das waren Leichen. Das waren alles Tote.

Tugba verlor das Gleichgewicht. Landete mit dem Kopf voran auf der harten, fleckigen Matratze. Ihr Atem ging stoßweise.

Sie erinnerte sich wieder. Sie erinnerte sich an den Schmerz. An das Surren. Draußen begann ihr Peiniger zu buchstabieren.

»A … B … C …«

Ihr Rücken. Da war etwas auf ihrem Rücken. Ihre Lippen bebten, als sie mit der Hand ihre Wirbelsäule entlangstrich. Die Verrenkung verlangte ihren geschundenen Knochen das Allerletzte ab.

»D … E … F …«

Sie spürte es. Eine feine Linie aus geschwollener, juckender Haut. Wie ein Sonnenbrand, nur unendlich viel schlimmer. Sie nahm noch die andere Hand hinzu, um die Tätowierung weiter abzutasten. Um ihre Form zu erkennen.

Es war ein –

»G!«

Ihr Herz setzte für einen Schlag aus.

Ihr Peiniger stand direkt vor dem Verschlag, das Gesicht gegen die Bretter gepresst. Beim Untersuchen des Tattoos hatte sie ihn nicht näher kommen gehört.

Seine Miene lag im Schatten. Nur das Funkeln seiner Augen war zu erkennen. Als würde er auf etwas warten.

Tugba zog sich in den hintersten Winkel des Verschlags zurück. Vergrub den Kopf zwischen den Armen. Dieser Blick. Sie wollte ihn nicht mehr auf sich spüren.

Sie war G.

Hunger und Kälte waren verschwunden. Das Einzige, was sie noch spürte, war der brennende Buchstabe auf ihrem Rücken.

Sie wollte Informationen sammeln.

Jetzt wusste sie viel zu viel.

23

4. Dezember, Morgen

»Außer einer durchgearbeiteten Nacht habe ich nicht viel zu bieten. Keine DNA-Spuren, keine Hinweise auf einen Kampf, nichts.«

Im Neonlicht des Sektionssaals traten die Ränder unter den Augen von Gerichtsmedizinerin Dr. Harreiter nur allzu deutlich hervor.

Jan seufzte. »Bei einem Fall wie diesem habe ich das fast erwartet.«

»Allerdings stehen wir nicht mit völlig leeren Händen da«, fügte Harreiter hinzu. »Folgen Sie mir bitte!«

Gemeinsam mit Stüter, Köllner, Rabea und Anita folgte Jan der Gerichtsmedizinerin weiter in den weiß gekachelten Saal.

So schnell war er also wieder in Mainz, dachte er. Das Institut für Rechtsmedizin des Universitätsklinikums bot die nächstgelegene Möglichkeit für eine umfassende Sektion. Sie waren frühmorgens aufgebrochen, und Jan hatte beinahe die ganze Fahrt über gedöst. Die kurze Nacht steckte ihm in den Knochen. Auch der mittlerweile dritte Kaffee hatte nicht für Abhilfe gesorgt. Die Zeitungen, die beim Frühstücksbuffet im Hotel ausgelegen hatten, hatte er allesamt ignoriert. Ihn schüttelte es beim Gedanken an die Schlagzeilen, die sie dort mit ihrer missglückten Pressekonferenz fabriziert hatten.

Ihre Schritte hallten wider, als sie durch den langgestreckten Sektionssaal liefen. Vorbei an den drei Opfern, die auf Seziertischen aufgebahrt lagen, mit weißen, formalingetränkten Tüchern abgedeckt. Auf Pulten daneben Plastikeimer mit den entnommenen Organteilen für feingewebliche Untersuchungen.

Leonard Ziehner. Marek Lünner. Francesco Zanetti.

A. B. C.

Hoffentlich wurden es nicht noch mehr Namen und Buchstaben.

Harreiter und ihr Sektionsgehilfe blieben vor einem Ablagetisch aus Edelstahl stehen. »Bei der Obduktion haben wir in den Mündern aller Opfer Baumrinde gefunden.«

Auf dem Tisch befanden sich drei daumengroße, graubraune Rindenstücke, eingetütet und mit Nummern versehen.

»Irgendeine Ahnung, von was für einem Baum die stammen können?«, fragte Köllner, das Kinn auf die Faust gestützt.

Stüter warf ihm einen Blick zu, der nur eines zu sagen schien: »Ich stelle hier die Fragen.«

»Wenn ich nur nach der Rindenstruktur gehe, würde ich auf eine Linde oder einen Ahornbaum tippen«, antwortete die Rechtsmedizinerin. »Wir haben bereits eines der Stücke an einen Botaniker gegeben, um eine genaue Einschätzung zu bekommen. Das dauert allerdings noch.«

»Ist ja nicht so, als ob wir Zeitdruck hätten.« Stüter übernahm wieder das Ruder. »Aber anscheinend ist es ein Gewächs aus der Gegend, nichts Exotisches.«

»Davon gehe ich zumindest aus.«

»Okay.« Stüter rieb sich über die Nasenwurzel. »Was haben Sie sonst noch für uns?«

»Bei den Tatwaffen handelt es sich mit ziemlicher Wahrscheinlichkeit um Jagdinstrumente. Der Kehlenschnitt beim ersten Opfer und einige der Schnitte beim dritten stammen von einer etwa handlangen, gebogenen Klinge. Typisch für ein Messer aus dem Waidbesteck eines Jägers.«

»Und bei den beiden anderen Opfern?«, fragte Jan.

»Hier begebe ich mich mal in den Bereich der Spekulation«, setzte Harreiter an und sprach das Wort »Spekulation« dabei so aus, als wäre es ein Verbrechen. »Wenn das Messer ein Jagdinstrument ist, könnte das Seil, an dem das zweite Opfer erhängt wurde, vielleicht zu einem Flaschenzug gehören. Einem dieser Geräte, an dem die erlegten Tiere zum Ausbluten aufgehängt werden.«

»Und womit wurde Leonard Ziehner erschlagen?« Jan betonte dabei den Namen des Verlegers. Ihm gefiel es nicht, wie Frau Dr. Harreiter die drei Toten immer nur als Opfer bezeichnete.

Es raubte ihnen die Würde.

Und wenigstens die wollte er ihnen lassen.

Die Gerichtsmedizinerin setzte wieder einen unbeteiligten Gesichtsausdruck auf. Es schien ihre Art zu sein, sich abzugrenzen. Distanz zu schaffen. Dies und das knallbunte Star-Trek-Shirt, das sie unter ihrem Kittel trug.

»Das Hämatom lässt auf einen Gegenstand wie einen Knüppel schließen. Auch nicht unüblich bei der Jagd«, meinte sie.

»Jetzt wissen wir wenigstens schon mal, nach welchen Tatwaffen wir suchen«, sagte Stüter. »Und das mit dieser Baumrinde ... Können Sie sich einen Reim darauf machen, Herrschaften Fallanalytiker?«

»Es ist ein Zeichen«, sagte Jan. »Etwas sehr Intimes, sonst hätte er es nicht in den Mündern versteckt. Die Frage ist, ob es etwas Intimes zwischen ihm und den Opfern ist oder eine Botschaft an uns. Aber es bricht mit seiner bisherigen Symbolsprache. Keine Verbindung zu Buchstaben oder Sprache.«

»Die Opfer sollten sie schlucken, wenn man so will«, fügte Rabea hinzu, die Stirn in leichte Falten gelegt. »Eine sehr dominante Platzierung, fast schon sexuell.«

»Jede Erkenntnis scheint nur für noch mehr Verwirrung zu sorgen.« Anita verschränkte die Arme vor der Brust. Sie war blass. Jan erinnerte sich, dass sie die Besuche bei der Gerichtsmedizin nie gemocht hatte.

»Es gibt da noch etwas«, sagte Harreiter. »Eigentlich zwei Dinge. Zum einen sind die Tattoos wirklich post mortem entstanden, wie Sie schon vermutet hatten. Es ist keinerlei Wundheilung eingetreten, und es gibt keine Rötungen. Die Stellen sind außerdem nicht so trocken, wie sie bei Tätowierungen normalerweise werden sollten.«

»Und die andere Sache?«, fragte Jan.

»Der Täter hat keine Tattootinte verwendet.«

»Sondern?«

»Gewöhnliche Füllertinte. Wie man sie an jeder Schule findet. Womöglich wären die Tätowierungen dadurch noch nicht einmal permanent gewesen. Aber das spielt leider keine Rolle mehr …«

»Klingt eher nach Knasttattoos«, meinte Ichigawa.

»Auf jeden Fall ist es eine weitere Botschaft. Ausgerechnet Füllertinte. Ihm geht es wirklich um das Schreiben.« Jan spürte Druck um seinen Schädel.

»Was meinst du?«, fragte Rabea.

»Ich muss nachdenken.«

Ihre Rechtsmedizinerin deutete eine Verbeugung an. »Das wär's erst mal von unserer Seite. Sie können auch noch mal alles im Sektionsprotokoll nachlesen. Ist bereits beim Hauptsachbearbeiter hinterlegt.«

Sie verabschiedeten sich, entledigten sich ihrer Kittel und verließen das Rechtsmedizinische Institut. Traten zurück ins Reich der Lebenden. Auf dem Parkplatz kamen ihnen zwei lachende Studenten entgegen, im nahe gelegenen Park bewarfen sich Kinder mit Schneebällen. Ein völliger Gegensatz zur weiß gekachelten, hermetischen Stille der Sektionshalle. Jan kam sich wie ein Fremdkörper vor. Eine Geistererscheinung aus einer anderen, dunkleren Welt.

»Die Fahrt hierhin hat sich auf jeden Fall gelohnt«, meinte Stüter auf dem Parkplatz. »Wir wissen schon mal, dass er eine Jagdausrüstung besitzt.«

Jan hasste es, den Miesmacher zu spielen. »Das hilft uns kein Stück weiter.«

»Das sind konkrete Indizien. Was soll uns sonst weiterhelfen?«, blaffte Stüter.

Jan verdrehte die Augen.

»Lassen Sie ihn doch erst mal ausreden«, sagte Anita.

Sie hatte sich bisher zurückgehalten und nur gedankenverloren etwas in ihr Handy getippt.

Er warf ihr kurz einen dankbaren Blick zu und wandte sich wieder an die Gruppe: »Hier im Westerwald gibt es Hunderte von Jägern. Sogar mein Vater und mein Bruder haben einen Jagdschein gehabt. Die Jagdinstrumente sind ein Hinweis, natürlich, aber nur ein winziger.«

»Außerdem hat der Ranger im Wildpark davon erzählt, dass jemand dort das Töten von Tieren geübt hat«, fügte

Rabea hinzu. »Wenn wir annehmen, dass das unser Täter war, wird er kein ausgebildeter Jäger sein.«

Stüter lehnte sich seufzend gegen seinen Wagen. »Sie haben ja beide recht, was das Jagdequipment angeht …«

»Also bleiben uns vorerst nur die merkwürdige Baumrinde und die Füllertinte«, stellte sein Schützling Köllner fest.

Jan schien es, als befände sich die SOKO im freien Fall. Und jeder kleine Ast, an den sie sich klammerten, zerbrach sogleich. Blieb nur die Frage, wie lange ihr Sturz noch andauerte.

»Ja, Ichigawa hier. Was gibt's?« Anita entfernte sich ein paar Schritte von ihnen, ihr Samsung ans Ohr gepresst. Sie verlor einen Moment lang die Kontrolle über ihr sonst so minutiös einstudiertes Mienenspiel und riss die Augen auf. Als sie den Anruf kurze Zeit später beendete, starrte sie nur Jan an. »Du hattest recht.«

Jans Herzschlag nahm Tempo auf. »Was meinst du?«

»In Montabaur ist gerade eine Vermisstenmeldung reingekommen. Passt in dein Raster. Tugba Ekiz, zweiunddreißig. Deutschlehrerin.«

24

In einer Sache war sich die Wissenschaft einig: Bei Zeitreisen handelte es sich um ein Ding der Unmöglichkeit.

Hier musste Jan ihr allerdings widersprechen. Als sein

Mercedes das Ortseinfahrtsschild von Hardt passierte, wurde sein Dienstwagen zu einer lupenreinen Zeitmaschine.

Mit jedem Meter, den ihn das Auto weiter über den Asphalt trug, tat sich die Vergangenheit mehr vor ihm auf.

Sein Heimatdorf.

Der verlorene Sohn kehrte zurück.

Er erinnerte noch den Moment, als er von hier fortgegangen war. Zwei Tage vor der Beerdigung. Zu spät, um all dem Gerede zu entgehen. Viel zu früh, um es zum Schweigen zu bringen.

Es war auch im Dezember gewesen. Der Himmel an diesem Tag war allerdings nicht so bleiern grau wie heute gewesen, sondern klar und blau. Ein totaler Gegensatz zu Jans Gefühlswelt, als er in dem gemieteten VW Polo nach Bochum gefahren war.

Jan tippte mit den Fingerkuppen aufs Lenkrad. Es wäre so einfach umzukehren. Eine Wendung – es war sowieso niemand auf der Straße unterwegs – und wieder zurück nach Hachenburg.

Aber das konnte er nicht. Sein Name geisterte seit gestern durchs Radio und Fernsehen, sein Gesicht zierte sogar die Titelseite mancher Zeitung.

Sie wussten längst, dass er hier war. Nur ein kurzer Familienbesuch. Das war er ihnen schuldig.

Auf der Rückfahrt aus Mainz hatte er Rabea gesagt, dass er mal für eine Stunde wegmusste. Dass sie die Vernehmung derjenigen übernehmen sollte, die die Vermisstenanzeige für Tugba Ekiz aufgegeben hatten.

Natürlich hatte sie nachgehakt, wohin er wollte.

Natürlich hatte er ein Geheimnis daraus gemacht.

Eigentlich hätte er es ihr genauso gut erzählen können.

Es machte keinen Unterschied. Aber er war schon immer ein Eigenbrötler gewesen. Er zog es vor, alles mit sich selbst auszumachen. Vielleicht war er auch einfach nur im Selbstbetrug besser als andere.

Er bog in die Kirchstraße ein. Als Kind hatte er sich immer gefragt, warum sie so hieß, obwohl es dort gar kein Gotteshaus gab.

Bei seinem Fortgang hatte es dort nur fünf Häuser gegeben, eines davon war die Scheune seiner Familie. Jetzt waren es mehr, als er auf den ersten Blick zählen konnte.

Die Straße war Teil eines Neubaugebietes geworden. Herausgeputzte Einfamilienhäuser reihten sich zu beiden Seiten des Asphalts. Häuser, auf deren Klingelschildern *Hier leben, lieben und streiten Papa Dirk, Mama Katja, Finn-Lukas und Ann-Sophie* stand. Die Eigenheime von Familien, die Treuepunkte von allen erdenklichen Firmen sammelten, am Samstagabend gemeinsam DSDS schauten und mit pingeliger Sorgfalt den Müll trennten.

Ein Leben, mit dem er noch nie etwas hatte anfangen können.

Auch das Haus seines Bruders erkannte er nicht wieder. Bei seinem Abschied war ihr einstiges Elternhaus gerade mitten in der Renovierung und komplett eingerüstet gewesen. Sein Bruder hatte es in das Heim seiner kleinen Familie verwandeln wollen. Jetzt erstrahlte es in einem hellen Beige, mit hölzernen Fensterläden und Solarzellen auf dem Dach.

Nur die Scheune, gleich rechts neben dem Haus, war noch immer so heruntergekommen wie in Jans Jugend. In den Fenstern hingen Spinnweben wie Gardinen, an der unverputzten Backsteinmauer klebten der Dreck und die Erinnerungen von Generationen.

Als sie kleine Kinder gewesen waren, hatte sein Bruder ihm immer Gespenstergeschichten über das Gemäuer erzählt. Über einen Geheimraum voller Leichen und geköpfte Jungfrauen.

Sein älterer Bruder war immer ein guter Erzähler gewesen. Jemand, der es intuitiv verstand, sein Publikum zu fesseln. Das sollte sich auch im späteren Verlauf ihres Lebens zeigen.

Alles hatte sich stets um Gero gedreht. Jan war nur der winzige Satellit gewesen, der seine Umlaufbahn um ihn gezogen hatte. In der Schule, wo er in seine viel zu großen Fußstapfen hatte treten müssen. Bei den Mädchen, die immer nur wollten, dass er seinen Bruder auf sie aufmerksam machte.

Er seufzte. Wischte die Erinnerungen weg. Sein Oberschenkel pochte wieder. Der alte Phantomschmerz. Den Mercedes stoppte er direkt vor der Haustür. Im Radio setzten gerade die ersten Akkorde von *Driving Home For Christmas* ein, als er den Motor ausschaltete.

Er folgte dem akkurat von Schnee freigeschaufelten Fliesenweg durch den Vorgarten. Ein Plastikmodell vom Schlitten des Weihnachtsmannes parkte gleich rechts des Weges, angeführt von sechs Rentieren. Im Wettstreit der Weihnachtsdeko, der anscheinend in der Nachbarschaft ausgebrochen war, konnte das einsame Gefährt jedoch nicht mithalten. Er wollte gerade die Stufen zur Haustür erklimmen, als sich mit einem wohlvertrauten Quietschen das Scheunentor öffnete.

Ein schlaksiger junger Mann in Lederjacke und Jeans kam heraus. Ungefähr Anfang zwanzig. Er schob ein Moped mit giftgrüner Lackierung neben sich her. Die Wollmütze trug er tief ins Gesicht gezogen.

»Morgen!« Er hob eine Hand vom Mopedlenker und winkte ihm zu. »Kennen wir uns irgendwoher?«

Jan brauchte nur einen Blick in sein Gesicht werfen, um zu wissen, dass sie sich definitiv kannten. Mit den hohen Wangenknochen und den dunklen Augen wirkte er wie eine jüngere Kopie seines Bruders Gero.

Es war Maik. Sein Neffe. Als er ihn das letzte Mal gesehen hatte, hatte er ihm gerade mal bis zur Hüfte gereicht und noch mit Bauklötzen gespielt.

»Ich glaube, wir kennen uns sogar besser, als du es dir vorstellen kannst.« Jan ging mit ausgestreckter Hand auf ihn zu. »Ich bin dein Onkel.«

Maik schüttelte sie. Ein schwacher Händedruck, der von Unsicherheit zeugte und nicht so recht zu seiner kräftigen Statur passen wollte.

»Ich kann mich nur noch ganz dunkel an dich erinnern.« Auf Maiks Gesicht schlich sich ein zurückhaltendes Lächeln. »Aber dafür habe ich ganz viel von dir gehört.«

Für einen Moment, der sich wie eine Ewigkeit anfühlte, sahen sie sich nur verlegen an. Jans Blick fiel auf das Moped.

»Ich hatte auch mal so ein Ding. In Mattschwarz. Der kleine Tank hat mich immer am meisten genervt. Wie weit kommst du damit?«

»Voll aufgetankt reicht's für einmal Burger King hin und zurück.«

Jan grinste. Hier maßen junge Menschen Entfernungen nicht in Kilometern, sondern in der Distanz bis zum nächsten Grundpfeiler der Zivilisation.

»Ist das immer noch der in Hachenburg?«

Maik nickte grinsend.

Etwas an dem jungen Mann irritierte ihn. Wie ähnlich er seinem Bruder sah. Jan kam es so vor, als würde er gerade ein Gespräch mit der Vergangenheit führen.

»Ich wollt gerade nach Marienberg fahren«, sagte Maik, der versuchte, sein Wäller Platt nicht durchklingen zu lassen. »Ein paar Ersatzteile holen.«

»Oh, ist was an dem Ding kaputt?«

»Nein, nein. Ich schraub nur gerne an Mopeds rum. Hab mir in der Scheune eine kleine Werkstatt eingerichtet. Reparier manchmal was für Freunde.«

»Alles klar, dann lass dich nicht aufhalten.«

Maik schwang sich auf das Gefährt und zog seinen mit Rallye-Streifen beklebten Helm über. Nur seine blauen Augen – genau wie die von Gero – waren zu erkennen. Sie fixierten Jan noch einmal.

»Ich habe dich gesehen. Im Fernsehen«, stellte sein Neffe fest. »Du bist wegen der Morde hier.«

Jan nickte.

»Ich hoffe, ihr kriegt den Bastard. Wir kannten Herrn Lünner, den Reporter. Hat mal meine kleine Schwester über ihre Schule interviewt.«

Mit diesen Worten zog er sein Helmvisier herunter und ließ den Motor des Mopeds aufbrummen. Er gab Gas und jagte an ihm vorbei auf die Straße.

Jan sah ihm blinzelnd nach.

Er hatte eine kleine Schwester?

25

Geros Frau Katharina begrüßte ihn förmlich, aber bei Weitem nicht so, wie er es sich in seinen schlimmsten Vorstellungen ausgemalt hatte.

»Als ich gehört habe, dass du bei den Ermittlungen hilfst, habe ich schon geahnt, dass du hier auftauchen würdest«, sagte sie, als sie ihn durch den Flur führte.

Die Jahre hatten sie etwas in die Breite gehen lassen, die Extra-Kilos standen ihr aber gut.

Gewicht und Haarfarbe mochten sich ändern, Falten entstehen und Haut erblassen, aber manche Merkmale blieben immer gleich. Bei Kathi Grall waren es ihr voller Mund, ihre großen, dunklen Augen und die schwarze Haarmähne, die sie wie eine Spanierin aussehen ließ. Jan verstand nur zu gut, warum sein Bruder sich damals in sie verguckt hatte.

»Du bist dünn geworden«, sagte sie. »Fast schon hager.«

»Ich bin Veganer. Und ich habe noch nie viel gegessen.«

»Veganer …«, wiederholte sie. Aus ihrem Mund klang es so, als würde er irgendeiner Sekte angehören. »Ach, ziehst du bitte deine Schuhe aus?«

»Über Jahre hinweg habe ich mich damit beschäftigt, was sich Menschen gegenseitig antun können. Glaub mir, irgendwann möchte man nichts mehr mit Blut, Tod oder Gefangenschaft zu tun haben.«

Er entledigte sich seiner Sneaker und stellte sie zu den anderen Schuhen im Flur. Unter ihnen entdeckte er ein Paar Männerschuhe, das eindeutig nicht Maik gehörte.

»Du hast wieder einen Mann?«

»Ich habe einen Freund.« Sie zeigte ihm ihre Hand, an der sie immer noch den Ring trug, den ihr Gero damals bei der Hochzeit angesteckt hatte. »Damals habe ich geschworen, nach ihm nie mehr zu heiraten. Und daran habe ich mich gehalten.«

»Das sollte kein Vorwurf…«

»Schon gut.« Sie winkte ab, während sie ihn in die Wohnküche führte. »Du kannst Stefan kennenlernen, er müsste jeden Moment hier sein. Er kommt immer in der Mittagspause vorbei. Eigentlich ist er schon ziemlich spät dran. Ich hatte schon geglaubt, dass er es ist, als es geklingelt hat. Manchmal ist er so vergesslich.« Sie lachte einen Tick zu hysterisch. »Willst du was trinken? Kaffee? Tee?«

»Kaffee, bitte. Schwarz«, sagte Jan abwesend. Er sog die Atmosphäre in sich auf. Obwohl die Küche kaum noch an die aus seiner Kindheit erinnerte, hatte er trotzdem das Gefühl, nach Hause zu kommen. Familienfotos an den Wänden, der obligatorische Teller mit selbst gebackenen Weihnachtskeksen auf dem Tisch, kitschige Dekoartikel.

Kein einziges Foto von Gero oder ihm, wie er bemerkte. Sein Blick blieb an einem Familienporträt hängen, im Studio vor weißgrauem Hintergrund geschossen. Kathi und das kleine, pausbäckige Mädchen grinsten über das ganze Gesicht, als hätte der Fotograf in diesem Moment einen grandiosen Scherz gemacht. Bei Maik, der einen tintenschwarzen Schlabberpullover trug und Jan damit an seine eigene modische Rebellion erinnerte, reichte es immerhin für ein Schmunzeln.

»Emilia, so heißt unsere Tochter. Vier Jahre alt. Clevere, kleine Hexe.« Kathi warf eine Kapsel in die Kaffeemaschine und drückte einen Knopf. Gurgelnd floss die schwarze Brühe in die Tasse.

Jan heftete seine Aufmerksamkeit auf die vierte Person auf dem Foto. Kathis neuer Lebensgefährte. Der bullige Mann war etwa doppelt so breit wie sie. Sein dunkler Anzug ließ nicht erkennen, ob Fettleibigkeit oder Muskelmasse dafür verantwortlich waren. Das schulterlange Haar hatte er ordentlich zu einem Pferdeschwanz gebunden, den Kinnbart gestutzt. In seiner Mundpartie war nicht einmal der Ansatz eines Lächelns zu sehen.

Jan blinzelte. Ihn überkam ein Gefühl wie sonst nur bei einem Déjà-vu. Er stellte sich den Lebensgefährten ohne Bart, Pferdeschwanz und mindestens zwanzig Kilo leichter vor.

Stefan. Ein Allerweltsname. Konnte er es trotzdem sein?

»Ist dein Freund *der* Stefan? Schomars Stefan?«

»Genau!«, sagte Kathi, während sie weiter in der Küche herumfuhrwerkte. »Ich wusste nicht, dass du dich noch an ihn erinnerst.«

»Klar, er war einer der besten Freunde meines Bruders. Die beiden haben zusammen den Jagdschein gemacht«, meinte Jan und hockte sich auf die Eckbank. Kleinlaut fügte er hinzu: »Ich erinnere mich an viel. Zu viel.«

Sie stellte die Kaffeetasse vor ihm auf den Tisch und setzte sich ebenfalls. »Das Leben geht weiter. Stefan ist von Anfang an für mich da gewesen. Mit Trost, mit Halt, mit allem. Und dann haben wir irgendwann beschlossen, zusammen etwas aufzubauen. Er ist Marktbereichsleiter bei der WW Versicherung unten in Bad Marienberg. Sehr fürsorglich. Lieb.« Sie seufzte. »Aber wo Licht ist, ist natürlich auch Schatten.«

Jan lehnte sich vor. »Was meinst du?«

»Maik. Er war damals sechs, als Gero gestorben ist. Es war kurz nach seiner Einschulung. Das hat ihm nicht gutgetan. In der Schule hatte er immer Probleme. Ähnlich wie du. Jan, der Erste, der in der Familie studiert hat. Und in der Schule am Anfang mit seiner Konzentration kämpfen musste. Du hättest ja beinahe eine Klasse wiederholen müssen.« Sie senkte den Blick. »Das lässt mich noch hoffen.«

Jan schloss einen Moment die Augen. In der Schule konnte er sich auf nichts und niemanden konzentrieren. Das Leben mit all seinen Eindrücken war erbarmungslos auf ihn eingeprasselt. Damals hatte er noch nicht gewusst, wie er einen schützenden Schirm über seinen Verstand spannen konnte.

»Ich habe Maik draußen getroffen. Er wirkte ziemlich aufgeweckt.«

»Das ist er auch«, sagte sie mit einem Anflug von Stolz. »Handwerklich macht ihm so schnell keiner etwas vor. Er hat auch immer wieder kleine Aushilfsjobs. Aber es ist nie etwas Dauerhaftes dabei.«

Er sackte in sich zusammen. Die Schuld kroch wie ein Wurm durch Jans Eingeweide und fraß sich bis in seinen Brustkorb, bis tief in sein Herz. »Das hätte alles nicht so kommen müssen.«

Kathi schüttelte den Kopf. »Weißt du, was ich glaube? Du bist der Einzige von uns allen, der nicht von der Vergangenheit loskommt. Für den das Leben nicht weitergeht.« Sie breitete die Arme aus. »Schau dich an! Dürr, nur gehetzt, ständig nur mit Mord und Totschlag beschäftigt. Seit Geros Tod lässt du dich von der Schuld jagen – dabei existiert sie nur in deinem Kopf!«

»Aber ihr wart alle nicht dabei!«, donnerte Jan und sprang auf. Dabei stieß er gegen den Tisch. Die Tasse kippte um, und ihr Inhalt ergoss sich über die Tischdecke. »Ihr habt es nicht gesehen. Nicht erlebt. Ihr … ihr …«

Sie hatten nicht gewusst, was er gewusst hatte. Und sie durften niemals davon erfahren.

Kathi starrte ihn mit weit aufgerissenen Augen an.

»Ich sollte gehen.« Mit zitternden Fingern stellte er die Kaffeetasse wieder auf. Schnellen Schrittes eilte er aus der Küche.

Sie rief ihm nach: »So wirst du niemals mit dir ins Reine kommen!«

Seine Sneaker klemmte er sich unter den Arm. Riss die Haustür auf. Stieß beinahe mit dem Kopf gegen den Brustkorb von Stefan.

»Jan? Ich glaub's ja nicht!«, dröhnte der Bär von einem Mann, dessen Körperbau in der Realität noch einmal deutlich ausladender war.

»Ich bin gerade auf dem Sprung.« Er wollte sich an Stefan vorbeidrängen, aber der Versicherungsleiter verstellte ihm den Weg.

»Lass dich doch mal ansehen! Wie lange ist das jetzt her? Oh Mann, du könntest auch was Ordentliches auf die Rippen gebrauchen.«

Stefans Überschwänglichkeit überforderte ihn vollends. Der Hüne musterte ihn eindringlich, wodurch auch Jan die Gelegenheit nutzte, um ihn zu studieren. Stefan wirkte deutlich abgekämpfter als auf dem Familienfoto.

Die Tränensäcke fast größer als die verquollenen Augen, die Haut kränklich blass.

»Willst du wirklich nicht noch bleiben? Kathi hat noch Linseneintopf von gestern Abend. Mit Fleischwurst. Ein Gedicht.«

»Nein, tut mir echt leid. Ich muss zu einem Meeting. Außerdem bin ich Veganer. Ich esse keine tierischen ...«

»Ach komm, Jan! Du brauchst mir doch nicht erklären, was ein Veganer ist. Wir leben hier ja nicht komplett hinterm Berg.« Stefan streckte die Arme aus, wobei er mit seiner Aktentasche gegen den Türrahmen stieß. »Wie läuft es denn mit den Ermittlungen?«

»Das darf ich dir leider nicht sagen. Verstehst du hoffentlich.«

»Klar doch, aber man darf ja mal neugierig sein.«

Sie drängten sich aneinander vorbei. Nun stand Stefan im Haus und Jan nur mit Socken auf dem eiskalten Weg. Jetzt, wo Jan Stefan zum ersten Mal lächeln sah, konnte er verstehen, warum er es nicht auf dem Familienfoto getan hatte: Es wirkte fürchterlich gequält. Unnatürlich. Wie eine einstudierte Schauspielübung.

Genau wie alles an Stefan. Die Überschwänglichkeit nichts weiter als eine Maskerade für seine Gehetztheit. Jans Blick fixierte Stefans wässrige Augen. Was verbarg er? »Also, wie wär's, wenn du noch mal auf ein Bierchen oder so vorbeikommst?« Stefan zuckte mit den Schultern. »Um der alten Zeiten willen. Ich schaue gerade Geros alte Sachen durch. Vielleicht willst du auch ein Auge drauf werfen.«

Diesmal traf Jan allein die Erwähnung von Geros Namen wie ein Peitschenhieb. Er zuckte merklich zusammen.

»Bestimmt, ich klingle noch mal durch!« Er winkte ihm und Kathi zu, die nun auch in den Hausflur getreten war, dann wandte er sich ab.

Auf durchnässten Socken lief er zu seinem Auto. Heftig pochte sein Herz gegen die Rippen.

»So wirst du niemals mit dir ins Reine kommen!«, schossen ihm Kathis Worte durch den Kopf.

Wie sollte er auch jemals mit sich ins Reine kommen? Er hatte seinen Bruder getötet.

26

»Nihal Ekiz, richtig?« Rabea setzte sich ihr gegenüber an den Plastiktisch. »Mein Name ist Rabea Wyler, Fallanalytikern des LKA Rheinland-Pfalz. Sie sind die Schwester von Tugba?«

Die kleine Frau nickte, den Blick starr auf ihren Schoß gerichtet. Die Hände hatte sie zwischen die Oberschenkel gesteckt.

»Ich verstehe immer noch nicht, warum Ihre Kollegen in Montabaur mich zu Ihnen geschickt haben.« Frau Ekiz' tiefe Raucherstimme passte nicht zu ihrem fragilen Körper. »Sie gehören zu der SOKO, oder?«

»Hören Sie ...«

Ekiz sah auf. In ihren Augen schimmerten Tränen. »Glauben Sie, meiner Schwester ist etwas passiert?«

Beschwichtigend hob Rabea die Hände. »Das hier ist

nur Routine. Im Moment überprüfen wir alle Vermisstenmeldungen, die im Umkreis eingehen. Alles andere ist Spekulation.«

Das entsprach nicht ganz der Wahrheit, aber Rabea brauchte Nihal Ekiz jetzt konzentriert, nicht hysterisch. Die junge Türkin hatte ihre Hände nicht mehr im Schoß, sondern nestelte an ihrem kleinen goldenen Nasenring herum.

»Ich kann gar nicht fassen, dass ich hier sitze. Ich will es nicht glauben.«

»So denkt jeder, der in so einer Situation ist.« Rabea wusste, wovon sie redete. Sie dachte an den Eintrag im ViCLAS. An eine blutbefleckte Regenjacke als letztes Lebenszeichen. An banges Warten, aus dem irgendwann die Taubheit der Gewissheit wurde. »Ich verspreche Ihnen, wir werden alles in unserer Macht Stehende tun, um Ihre Schwester zu finden. Dafür müssen Sie uns aber wirklich alles sagen, was Sie wissen. Alles.«

Ekiz strich sich den blondgefärbten Pony aus der Stirn und nippte an ihrem Plastikbecher mit Wasser. »Ich verstehe. Also, wo soll ich anfangen?«

Ehe Rabea antworten konnte, öffnete sich die Tür des improvisierten Vernehmungsraumes, bei dem es sich um nichts anderes als ein ausgedientes Büro handelte. Anita Ichigawa stürmte herein, stellte sich kurz der verwunderten Ekiz vor und hielt dann den Mund an Rabeas Ohr: »Haben Sie irgendeine Ahnung, wo Jan steckt?«

»Wollte er mir nicht sagen. Und er hätte schon seit einer halben Stunde wieder hier sein sollen.«

»Merkwürdig. Können Sie ihm noch mal schreiben?«

Rabea nickte. Anitas Blick wanderte zu ihrer Gesprächspartnerin. »Ich lasse Sie beide dann mal wieder allein.«

Unpünktlichkeit passte überhaupt nicht zu Jan. War es an der Zeit, sich Sorgen zu machen? Warum hatte er sich ihr gegenüber überhaupt so geheimnistuerisch verhalten?

wo bleibst du? ich könnte dich bei der befragung von ekiz' schwester gebrauchen, schrieb sie ihm.

»Entschuldigen Sie die Unterbrechung«, sagte sie an Nihal Ekiz gewandt und lehnte sich auf dem Tisch vor. »Am besten fangen Sie damit an, wann Sie Ihre Schwester das letzte Mal gesehen haben.«

»Vor zwei Wochen. Ich bin Friseurin in Koblenz und wohne auch dort in der Nähe, sie in Montabaur. Wir versuchen uns jeden zweiten Sonntag zu treffen. Gehen zum Brunch oder backen zusammen.« Sie schluckte trocken. »Aber zwischendurch schreiben wir uns natürlich immer auf Whatsapp und so. Da habe ich ihre letzte Nachricht Freitagabend bekommen. Ich habe mir erst mal nichts dabei gedacht. Wir hatten ja unser Sonntagstreffen schon organisiert.«

Rabea nickte. Absolut nachvollziehbar.

»Als ich dann Sonntagabend in der verabredeten Bar saß, tauchte Tugba nicht auf.« Ekiz knibbelte an ihren pastellfarbenen Acrylnägeln. »Ich habe mehrmals angerufen. Keine Reaktion. Bin dann zu ihrer Wohnung gefahren und habe geklingelt, auch Fehlanzeige.«

»Sie sind um vier Uhr nachts in der Dienststelle in Montabaur eingetroffen. Was haben Sie bis dahin gemacht?«

»Ich bin natürlich nicht sofort vom Schlimmsten ausgegangen, auch wenn ich irgendwie ein mulmiges Bauchgefühl hatte. Ich habe ihre Freundesliste rauf- und runtertelefoniert, meine Familie angerufen. Es passte überhaupt nicht zu Tugba, sich wortlos aus dem Staub zu machen.«

»Irgendwann wussten Sie keinen anderen Ausweg mehr, als zur Polizei zu gehen.«

»Richtig. Und jetzt sitze ich hier.«

Rabea tippte kurze Notizen in ihr iPad. Die Gesprächspause war ihr dabei wichtiger als das Niedergeschriebene. Sie musste ihre Gedanken ordnen. Im schlimmsten Fall befand sich Tugba Ekiz bereits seit Freitag in den Händen des Alphabetmörders. Ihre Überlebenschancen hingen davon ab, welchen Buchstaben er ihr zugeteilt hatte. Vorausgesetzt, er hielt sie fest wie Zanetti.

»Hat Ihre Schwester in den letzten Wochen davon gesprochen, dass sie vor jemandem Angst hatte? Dass ihr jemand nachgestellt hat?«

»Nein, kein Wort. Ich meine, Sie ist Vollblutlehrerin. Bei ihren Kollegen und ihren Eltern ist sie beliebt. Der absolute Sonnenschein.«

»Hat sie einen Freund? Irgendjemanden, den sie gesehen hat?«

Nihal Ekiz verbarg ihre zitternden Hände wieder unter der Tischplatte. »Wenn ja, dann hat sie mir nichts davon erzählt. Aber bei ihrem extremen Engagement weiß ich nicht, ob sie dafür überhaupt Zeit hatte.«

Rabea ging noch den restlichen Fragenkatalog mit der Friseurin durch. Es blieb dabei: keine Auffälligkeiten.

Sie würden Tugbas Wohnung durchsuchen müssen, vielleicht sogar an ihrem Arbeitsplatz vorbeifahren. Irgendwo musste der Täter Spuren hinterlassen haben.

»Sie melden sich, sobald Sie etwas wissen?«, fragte Nihal Ekiz, als Rabea sie auf den Gang geleitete.

»Selbstverständlich, wir …« Sie unterbrach sich, als sie Jan sah. Er hockte auf dem Fußboden, die Knie an die Brust gezogen. Seine Gesichtsfarbe glich der kalkweißen

Wand. Das Hemd hing ihm zur Hälfte aus der Hose. Sein ganzer Körper wirkte, als würde die Schwerkraft ihn stärker als sonst gen Erdboden zerren.

»Was ist denn mit Ihnen passiert?« Köllner, der gerade kam, um Ekiz nach draußen zu bringen, stand der Mund offen.

»Familienangelegenheit«, hauchte Jan kraftlos. Er stützte sich am Schrank hoch. Seine Beine wackelten. »Bist du schon fertig, Rabea? Soll ich noch mal in die Vernehmung gehen?«

Mit zwei Sätzen war Rabea bei ihm und packte seinen Arm. »Du gehst erst mal nirgendwohin.«

»Ich bin okay, glaub's mir«, erwiderte er, ließ sich aber widerstandslos von ihr stützen, während sie Köllner mit Ekiz wegschickte.

Alles an diesem Mann schrie danach, dass er Hilfe brauchte.

»Jetzt schaffe ich dich erst mal irgendwohin, wo du dich ausruhen kannst«, sagte sie, als sie ihn auf den Parkplatz des Polizeireviers schleifte. »Und dann erzählst du mir in aller Ruhe, warum deine Heimat dich so fertigmacht.«

27

Das Café Wäller bildete das Herzstück der Marienberger Bismarckstraße. In dem rundum verglasten Rondell des

Gästeraums ging es hauptsächlich ums Sehen und Gesehenwerden. Nebenbei gab es noch leckeren Kuchen und Kaffee.

Rabea ließ die erste Gabel Schokosahnetorte zwischen ihren Lippen verschwinden und schloss einen Moment lang die Augen. Je stressiger die Situation war, desto mehr Süßkram brauchte sie. Die Torte schmeckte göttlich. Eine Katastrophe für ihre Figur, aber ein kulinarischer Erste-Hilfe-Kasten für ihre Nerven.

Wie üblich beschränkte sich Jan auf einen Espresso, an dem er in winzigen Schlückchen nippte. Noch immer wirkte er zerzaust. Die Augen blutunterlaufen, das Hemd zerknittert.

»Jetzt soll ich mich wohl offenbaren«, flüsterte er seiner Espressotasse entgegen.

»Sag das nicht so dramatisch.«

Es war früher Nachmittag, und die ersten Senioren trudelten zum rituellen Kaffeetrinken ein. Hier kannten sich Serviererinnen und Gäste beim Vornamen, und wenn jemand einmal nicht kam, wurde gleich beim Nachbarn gefragt, ob alles in Ordnung war. Rabea war in der Schweiz auch auf dem Land groß geworden. Sie kannte das soziale Geflecht eines Ortes wie Bad Marienberg nur allzu gut.

»Mein Bruder war ein paar Jahre älter als ich«, begann Jan. Dass er von ihm in der Vergangenheit sprach, ließ nichts Gutes erahnen. »Als ich gerade achtzehn wurde, war er schon bei der Logistikfirma unseres Vaters eingestiegen. Hatte Frau und Kind und gerade begonnen, das Haus unserer Eltern für seine kleine Familie zu renovieren.«

Als er die Tasse zum Mund hob, übertrug sich das Zittern seiner Hand auf das ganze Keramikgefäß.

»Ein Autounfall. Ausgerechnet an meinem Geburtstag.

Gero ist noch vor Ort gestorben. Danach habe ich es nicht mehr hier ausgehalten. Bin nicht einmal zur Beerdigung gegangen. Ich wollte einfach nur weg.« Er presste die Worte zwischen aufeinandergebissenen Zähnen hervor. Wich ihrem Blick aus.

Rabea lehnte sich zurück. Ihre Kuchengabel legte sie beiseite. Sie hatte auf einmal keinen Hunger mehr. »Willst du noch mehr erzählen?«

Sie spürte, dass das noch nicht alles war. Jan mochte gut darin sein, andere Menschen zu lesen. Aber er war auch immer selbst ein offenes Buch gewesen. Das konnte nur ein Teil der Wahrheit sein – wenn überhaupt.

Er wrang die Hände. »Es war Mitte Dezember, die Straßen genauso wie jetzt. Glatt. Unberechenbar.«

Aus seinem Mund klang es, als hätte er selbst am Steuer gesessen.

»Auf jeden Fall verstehe ich dein Verhalten jetzt besser.« Rabea straffte sich. »Es tut mir so leid.«

»Ist okay.« Er winkte ab. »Das Ganze ist lange her. Die Vergangenheit hat nun einmal die unangenehme Eigenschaft, sich erbarmungslos an einem festzuklammern.«

»Wie ist das Verhältnis zu deiner Familie?«

»Nicht vorhanden. Als sie mich am meisten gebraucht hätte, habe ich mich aus dem Staub gemacht.«

Hätten nicht ihre Dienstgrade und Dutzende andere Gründe zwischen ihnen gestanden, Rabea hätte ihn jetzt einfach in den Arm genommen. Diesen großen, zerbrechlichen, so dermaßen traurigen Mann.

»Mein Bruder war immer der Beliebtere von uns beiden. Bei den Mädchen, den Lehrern, überall. Ich hatte sogar das Gefühl, manche hätten sich gewünscht, ich wäre an seiner statt gestorben.«

»Wenn es dich so fertigmacht, dann bitte darum, dass du von dem Fall abgezogen wirst.«

Er schüttelte heftig den Kopf. »Wir sind schon zu tief in der Sache drin. Außerdem würde ich dann schon wieder weglaufen. Ich muss mich dem Ganzen hier stellen.«

»Okay.« Sie streckte ihre Hände ein paar Zentimeter vor. Seinen entgegen. Dann hielt sie aber doch inne und zog sie wieder zurück. »Köllner hat mir eben geschrieben. Sie sind auf dem Weg zu Tugba Ekiz' Wohnung. Wir sollten uns anschließen. Natürlich nur, wenn du dich dazu in der Lage fühlst.«

»Hey, hey, hey, du brauchst mich jetzt nicht wie ein rohes Ei zu behandeln.« Er legte den Kopf in den Nacken und schluckte den Rest seines Espressos herunter. »Ich komme schon klar. Ich bin gut darin, Sachen mit mir selbst auszumachen.«

Das war vermutlich die größte Lüge von allen, dachte Rabea.

28

Bei Einbruch der Dunkelheit kamen Rabea und Jan in Horressen an, dem Wohnort von Tugba Ekiz. Auf der Fahrt hatte Rabea ihm von ihrem Gespräch mit der Schwester erzählt.

Jan war sich sicher. Deutschlehrerin aus Montabaur. Es passte in die Geschichte, die der Alphabetmörder ihnen erzählte. Es passte zu der Art, wie er dachte. Es musste derselbe Täter sein.

»Geht's dir besser?«, hakte Rabea noch mal nach.

»Wir müssen alle funktionieren.«

Seit ihrem Gespräch im Café sah sie ihn anders an. Vorher waren Neugierde und manchmal sogar Bewunderung in ihrem Blick gewesen – zumindest glaubte er, Letztere mal in einem Anfall von Größenwahn entdeckt zu haben. Jetzt sprach aus ihren Augen nur noch Besorgnis. Eigentlich sollte das andersherum sein, schoss es ihm durch den Kopf. Er kam sich bei dem Gedanken furchtbar machohaft vor.

Er hatte ihr gegenüber nur wenig preisgegeben. Aber selbst das schien bereits zu viel gewesen zu sein.

Jan stellte den Mercedes auf dem Anliegerparkplatz des Hauses ab. Als er den Zündschlüssel herausgezogen hatte, nahm er sich noch einen Moment, um in der Isolation des Wagens ein Gefühl für die Umgebung zu bekommen. Stiller Vorort, gehobener Mittelstand, man blieb unter sich.

Einige Nachbarn hatten ihre Fensterbänke mit Kissen ausgepolstert und überwachten das Treiben. Ein paar von ihnen standen sogar in Grüppchen auf den Bürgersteigen. Das hier würde sicher Gesprächsthema des Jahres in dem Montabaurer Vorort werden.

Was ihn manchmal mehr mitnahm als die Tatorte waren die stillen, leeren Wohnräume der Opfer. Vorstellungen von Lebensentwürfen, die es so vielleicht nie mehr geben würde.

Es war nie das Fortgegangene, das einen fertigmachte.

Es war das, was zurückblieb.

Infernalisches Donnern schreckte ihn auf. Stüter stand am Heck des Mercedes und trommelte mit der Faust wild auf das Dach. Mit der anderen Hand winkte er sie heraus.

»Sind bei ihm jetzt endgültig die Sicherungen durchgebrannt?«, stöhnte Jan.

Rabea verdrehte nur die Augen.

»Wir freuen uns auch, Sie zu sehen«, sagte Jan vor dem Auto.

»Sparen Sie sich Ihre schalen Sprüche. Wir sind fündig geworden.«

Rabea legte den Kopf schief. »Was haben Sie?«

»Kommen Sie einfach!« Er marschierte voraus in den Hausflur. Jan und Rabea hatten Mühe, mit ihm Schritt zu halten. Auf dem Weg nickten sie noch Köllner zu, der gerade ein junges Pärchen befragte – wahrscheinlich Nachbarn.

Im Treppenhaus roch es nach Citrusreiniger, Bratenfett und kaltem Zigarettenrauch – der typischen Melange, die wohl jedem deutschen Mehrfamilienhaus zu eigen war.

Nachdem sie sich Plastik-Overalls übergezogen hatten, betraten sie das Leben von Tugba Ekiz.

Zahllose Eindrücke prasselten auf Jan ein. Tänzelten vor seinem Sichtfeld umher wie die ultravioletten Punkte, die man von zu starkem Augenreiben bekam.

Der Geruch nach Bolognese-Soße, der immer noch in der Luft hing, obwohl die Spurensicherer längst alle Fenster und Türen aufgerissen hatten. Die Fotos, die an den Schrank im Flur geklebt waren; von Tugba mit ihrer Schwester und Mutter. Darunter ein paar vergilbte Aufnahmen, die sie als junges Mädchen zusammen mit einem glatzköpfigen Mann zeigten, wahrscheinlich ihrem Vater.

Jan ignorierte Stüter und Rabea, die schon ins Wohnzimmer vorliefen, und trat auf den Schrank zu. Zwischen den Fotos hing ein Papierausdruck, der türkische Worte in verschnörkelter Schrift zeigte – darunter der Name eines Tattoostudios. Hatte Tugba sich den Spruch tätowieren lassen? Konnte es eine Verbindung zu dem Studio geben?

»Grall, wo bleiben Sie?«, drang Stüters Stimme zu ihm heran.

Das Wohnzimmer hielt sich mit der Geschichte, die es zu erzählen hatte, nicht gerade zurück. Es war eine einfache, archetypische Geschichte. Die eines verlorenen Kampfes.

Ein zersplittertes Glas auf dem Laminatboden. Getrockneter Rotwein im Schaffellteppich. Zerrissene Frauenkleider, die sich wie die Elemente eines Ritualkreises um einen zerkratzten, fleckenübersäten Bereich sammelten.

»Das hier sieht fast wie nach einer Vergewaltigung aus«, meinte Anita, die hier auf sie gewartet hatte.

»Nein, nein, nein«, entgegnete Jan. »Er hat sich auf eine andere Art Befriedigung verschafft. Das sind Tintenflecken auf dem Boden, oder?«

Stüter nickte. »Und wahrscheinlich wird es wieder Füllertinte sein.«

Jan ging in die Hocke, deutete auf den Heizkörper gleich unter dem Fenster zum hinteren Garten. Kabelbinderreste. »Er hat sie gefesselt wie schon Zanetti, um sie in Ruhe zu tätowieren. Dann hat er sie mitgenommen.«

»Aber warum hat er ihr ausgerechnet hier den Buchstaben eintätowiert?«, fragte Rabea. »Er lief hier die ganze Zeit Gefahr, entdeckt zu werden.«

»Befriedigung«, wiederholte Jan. »Für ihn stellt das Tätowieren einen Teil seiner Tat dar. Es erregt ihn. Er hat sich enthemmt, konnte sich nicht zurückhalten. Wollte es unbedingt tun. Auf der Stelle.«

»Jetzt kommen wir auch zum interessanten Teil«, meinte Anita und setzte sich seufzend auf die Récamière, die zu Tugbas beigefarbener Sofalandschaft gehörte. Wie immer, wenn sie angespannt war, verzog sie das Gesicht und machte ruckartige Kopfbewegungen. »Weder die Wohnungstür noch die Gartentür oder die Fenster waren aufgebrochen. Wie ist er reingekommen?«

Jans Blick fiel auf die geöffnete DVD-Hülle von *Wie ein einziger Tag*. »Tugbas Schwester hat von keinem Liebhaber oder Freund gesprochen. Das heißt, sie hätte sich den Film nicht mit einem Mann, sondern wohl höchstens allein oder mit einer Freundin angesehen.«

»Du willst sagen, sie hat niemanden mehr erwartet?«

»Richtig.«

»Wenn es keine Einbruchspuren gibt, wird sie ihn wohl reingelassen haben«, sagte Rabea. Sie hatte die Augen geschlossen, aber ihre Lider flackerten. Ihr Verstand raste.

»Er kann ihr etwas vorgespielt haben. Eine simple Lüge«, sagte Stüter.

Jan hockte sich im Schneidersitz zwischen die Gruppe. Mit den Fingern fuhr er die Maserungen des Laminats entlang. »Oder – und das würde alles auf den Kopf stellen – Tugba hat den Täter gekannt.«

29

Ein Plastikbecher mit Leitungswasser und eine Schüssel in saurer Milch aufgeweichter Haferflocken. Mehr hatte Tugbas Peiniger ihr nicht zugestanden.

Ihre erste Mahlzeit seit Tagen. Sie schlang die Haferflocken mit wenigen Bissen herunter. Sogleich rebellierte ihr leerer, zusammengezogener Magen. Sie würgte, konnte aber gerade noch an sich halten.

Sie nippte an ihrem Wasser und lehnte den Kopf gegen die Ziegelwand. Spürte, wie Lebenskraft langsam wieder ihren Körper durchfloss. Bisher waren keine neuen Bilder zu seiner Wand hinzugekommen. Sie hatte noch Zeit. Und Zeit war im Augenblick die einzige Währung, die für sie einen Wert besaß.

Nihal oder jemand von ihren Freunden hätte längst die Polizei verständigt. Sie würden nach ihr suchen. Würden längst auf der Spur ihres Peinigers sein.

Warum ausgerechnet sie? Weil sie Deutschlehrerin war? War das der einzige Grund?

Er war ihr vertraut vorgekommen. Dieses Gesicht, sie kannte es irgendwoher. Sonst hätte sie auch nicht die Tür geöffnet. Aber woher kannte sie ihn? Wer war er?

Sie konnte sich beim besten Willen nicht erinnern.

Mit einem Mal wieder das Poltern seiner Stiefelschritte.

Kam er schon, um das Plastikgeschirr wieder wegzunehmen?

Hastig leerte sie ihren Becher. Ihre zugeschnürte Kehle bereitete ihr Mühe beim Schlucken.

Er trat an ihren Verschlag. Wieder dieser Blick, der genauso auf ihr brannte wie das Tattoo auf ihrem Rücken.

Irgendetwas hielt er in seinen Händen.

Ihre Lippen bebten. Der nächste Buchstabe.

Aber er ging damit nicht zu seiner Wand, sondern schob es zwischen den Holzbrettern hindurch. Mit einem Klatschen landete es auf ihrer Steppdecke. Es war ein Heft, in dem ein roter Kugelschreiber steckte.

»Arbeit!«, hauchte er.

Ehe sie etwas erwidern konnte, lief er zur Stiege zurück.

Diesmal ließ er die Glühbirne brennen.

Verwirrt krabbelte Tugba auf das Heft zu. Es war ein kleinformatiges Schreibheft, wie es normalerweise in Grundschulklassen verwendet wurde. Sie schlug es auf.

Ihr Blick flog über die Zeilen. Immer und immer wieder dieselben Worte, in krakeliger Schrift in die Hilfslinien gepresst: Haus, Haus, Haus, Haus ... Katze, Katze, Katze, Katze ... Auto, Auto, Auto, Auto ...

Das hier musste von einem Kind stammen, das gerade in die erste Klasse ging.

Sie ließ den Kugelschreiber durch ihre Finger gleiten. Sollte sie das Heft durchgehen und korrigieren? Dem Ganzen eine Note geben? Vielleicht hatte ihr Peiniger ein Kind, das er auf diese perverse Weise das Alphabet lehrte.

Tugba legte das Heft beiseite und begann damit, den Kugelschreiber auseinanderzuschrauben.

Sie hatte eine viel bessere Idee, was sie damit anstellen konnte.

30

4. Dezember, Abend

»Ich hab dich im Fernsehen gesehen«, schmatzte Miriam. »Ihr scheint da unten echt Stress zu haben. Geht ja ab wie bei *Sieben* oder *Schweigen der Lämmer.*«

Jan streckte sich im Hotelbett aus und hielt das Handy dabei weiter an sein Ohr. »Alles in Ordnung bei dir? Haben diese Typen noch mal Stress gemacht?«

»Nö, alles ruhig«, entgegnete sie. »Die wissen ja nicht, wo dein Haus liegt.«

»Auch wieder wahr. Was isst du da? Hast du wieder meinen Kühlschrank geplündert?«

»Bin ich bescheuert?«, entrüstete sie sich mampfend. »Da hast du nur irgendein undefinierbares Gemüse und Tofu rumliegen. Ich hab mir 'ne Pizza bestellt.«

Jan verdrehte die Augen. »Das sind Artischocken, Kohlrabi und edler Räuchertofu.«

»Bäh, Tofu bleibt Tofu, egal ob er geräuchert ist oder nicht. Gegen eine ordentliche Salamipizza mit Käse im Rand hat dein ganzes Veggie-Gedöns sowieso keine Chance.«

»Kostverächterin. Wie lange willst du denn bleiben?«

»Ich wollt noch ein paar Tage Gras über die Sache wachsen lassen. Geht das klar?«

»Absolut. Ich hab sowieso keine Ahnung, wie lange ich noch hier bleiben muss.«

Sie gönnte sich lautstark einen weiteren Bissen Pizza. »Also dann, mach dir noch einen schönen Abend – und trink nicht die ganze Minibar leer.«

»Haha. Ich und Minibar.«

Sie stöhnte. »Das war ja der Witz.«

»Ich weiß doch. Gute Nacht, Chaotin.«

»Nenn mich nicht so!«

Grinsend legte er auf und das Handy auf den Nachttisch. Die Gespräche mit Miriam taten ihm gut. Sie erdeten ihn. Eigentlich hatte er noch vorgehabt, ins Restaurant zu gehen, um Tamara wiederzusehen. Aber er war einfach zu ausgelaugt.

Er trank den letzten Schluck der Cola, die er aus der Minibar genommen hatte, und schloss die Augen. Dachte an ihre Hypothese in Tugbas Wohnung. Stammte der Täter aus ihrem …?

Ein sanftes Klopfen an der Tür. Jan blinzelte. Wischte sich einen Speichelfaden weg. Hatte er zehn Minuten oder mehrere Stunden geschlafen?

Er befreite sich aus der Bettdecke. Wer wollte jetzt noch etwas von ihm? War es Rabea? Oder irgendjemand vom Hotel?

»Wer ist da?«

»Ich bin's.«

Tamaras Stimme.

Sein Herz setzte für einen Schlag aus. »Was machst du hier?«

»Mach doch erst mal die Tür auf«, erwiderte sie. »Ich habe schon nicht vor, dich umzubringen.«

Er öffnete ihr. Im Moment hatte er nur Unterhemd

und Jeans an, aber er zog sich nichts über. Wer nachts an die Türen von Hotelzimmern klopfte, musste mit solchen Anblicken rechnen.

Tamara trug einen Hotelbademantel und ihre Haare offen, was ihre rote Lockenflut noch überwältigender erscheinen ließ.

»Du bist nicht ins Restaurant gekommen.« In ihrer Stimme lag keinerlei Vorwurf.

»Ich glaube, meine Augenringe sind schon Begründung genug. Der Tag war hart.«

»Das kann ich von meinem nicht gerade behaupten«, sagte sie. Ohne eine Einladung abzuwarten, trat sie in sein Zimmer. »Ich habe die meiste Zeit im Wellnessbereich zugebracht.«

»Den könnte ich jetzt auch vertragen.«

Sie machte einen Schritt auf ihn zu und beugte sich zu ihm.

»Wie wäre es stattdessen hiermit?«, flüsterte sie.

Ihre Finger glitten über seine Brust, hinab über seinen Bauch und schließlich zu seinen Hüften. Sie duftete nach irgendeinem Aloe-vera-Massageöl, vereint mit dem unterschwelligen Geruch von Zigarettenrauch.

Ihre Berührungen paralysierten ihn. Noch halb vom Schlaf benebelt, versetzten sie ihn in eine Schockstarre. Alles geschah so schnell.

Ohne Gegenwehr ließ er sich von ihr zum Bett drängen.

»Du bist einer von der ordentlichen Sorte, was?«, stellte sie fest, als sie einen Blick über seine penibel gefalteten Kleider und den mit klinischer Perfektion geordneten Schreibtisch geworfen hatte.

»Wenn hier schon alles andere aus dem Ruder läuft, will ich wenigstens die Kontrolle über mein Zimmer behalten.«

»Die wirst du jetzt auch verlieren.« Ihre Hände wanderten unter sein Unterhemd, strichen warm über seine Haut.

»Geht das nicht etwas zu ...«

Mit einem Kuss brachte sie ihn zum Schweigen. Knabberte an seiner Unterlippe und ließ ihre Zunge in seinen Mund gleiten.

Dann drückte sie ihn sanft auf die Matratze.

31

Das Rascheln der Bettwäsche riss Jan aus dem Schlaf.

Tamara hatte sich aufgesetzt und schlüpfte gerade in ihre Schlappen.

Mit dem Zeigefinger streichelte er über ihren Rücken, immer die Wirbelsäule entlang. »Du gehst schon?«

Sie wandte ihm grinsend das Gesicht zu. »Keine Sorge, ich lege dir dein Geld auf den Nachttisch.«

»Jetzt komme ich mir wirklich benutzt vor«, lachte er und zwickte sie in die Seite. »Ich hatte noch nie die Ehre, jemandes Urlaubsflirt zu sein.«

»Eigentlich schade, du machst dich nicht schlecht.« Sie zog sich wieder den Bademantel über.

»Wie lange bleibst du eigentlich noch hier?«, fragte er, den Kopf auf die Faust gestützt.

»Bis Donnerstag. Ich bin nur zwei Zimmer weiter. Nummer 102.« Sie zwinkerte ihm zu. »Falls du also noch mal Lust auf Wellness hast.«

Er rieb sich die Augen. »Das ging alles so schnell. Läuft das immer so bei dir?«

»Nicht immer. Aber ich weiß nun mal, was ich will. Und wie ich es mir hole.«

Sie stand auf, zog den Vorhang einen Spaltbreit zur Seite. Mit aufmerksamen Augen sah sie auf den Wildpark hinunter, während das bleiche Mondlicht auf ihrer Haut glänzte.

»Ich bin kein Mensch für Beziehungen«, sagte sie. »Oft genug versucht, oft genug gescheitert. Aber so was hier, so was macht mir Spaß. Wie ist es bei dir?«

»Ähnlich.«

»Du bist ja auch ein Mann.«

Er schmunzelte. »Nein, ich bin einfach Jan. Manchmal bin ich so vertieft in die menschliche Psyche, so beschäftigt mit all den Querschlägern, die unser Verstand produziert, dass ich das Ganze nicht auch noch zu Hause brauche. Da will ich nur allein sein.«

In ihrer Mimik suchte er nach einer Reaktion. Hatte das jetzt nach innerer Stärke oder einfach nur traurig geklungen?

»Als würdest du mir aus der Seele sprechen«, entgegnete sie und zog den Vorhang wieder zu. »Irgendwie bin ich nie über meinen allerersten Freund hinweggekommen. Hört sich albern an, was? Damals war ich noch ein kleines, naives Mädchen. Vielleicht war das auch der Grund dafür, dass wir uns so intensiv geliebt haben. So sehr, dass ich selbst damals eigentlich schon wusste, wir würden nicht lange bestehen.« Sie ging vor der Minibar in die Hocke und nahm sich ein Fläschchen Glenfiddich.

»Was ist mit ihm passiert?« Jan richtete seinen Oberkörper auf.

»Das ist ein Trauerspiel, das wir uns besser für einen anderen Abend aufheben. Und die hier geht aufs Haus, oder?« Sie wedelte mit der kleinen Whiskyflasche. »Gönnen wir uns beiden etwas Alleinsein.«

Sie verließ das Zimmer, aber allein ließ sie ihn damit nicht. Dafür schwirrten zu viele Fragen in seinem Kopf herum. Das erste Mal, seit er im Westerwald eingetroffen war, rückte der Fall für ihn in den Hintergrund. Die Arme hinter dem Kopf verschränkt, schloss er die Augen. Genoss ihre Wärme, die immer noch unter der Bettdecke hing.

32

5. Dezember, Vormittag

»Beim Frühstück hat die ganze Zeit eine Frau zu dir herübergezwinkert«, stellte Rabea fest. »Läuft da was?«

Amüsiert nahm sie wahr, wie Jan seine Schritte beschleunigte. Unmittelbar schien bei ihm ein unterbewusster Fluchtinstinkt einzusetzen.

»Privatsache, meine Liebe«, murmelte er in sich hinein.

Bei dem Lärm, der auf dem Schulhof des Mons-Tabor-Gymnasiums herrschte, konnte sie ihn kaum verstehen.

Große Pause. Klassischer Anschauungsunterricht für jeden Hobbypsychologen. Die Formierung sozialer Grüppchen, die Annäherungsversuche der Außenseiter, das hektische Gefummel der Pärchen. Eine Sinfonie aus Blicken und Gesten, Tuscheln und Gackern, Lästereien und aufrichtiger Freundschaft.

Man musste in den Strom der Zeichen abtauchen. So hatte Jan es einmal auf seine typische, etwas verworrene Art ausgedrückt. Hier, inmitten des Mikrokosmos Pausenhof, verstand sie die Bedeutung seiner Worte.

Sie sah drei Jungen nach, die Basketball rund um einen einzelnen Korb spielten. Das letzte Mal, dass sie so einen Ball in der Hand gehalten hatte, lag schon mehr als ein halbes Jahr zurück. Nach ihrem Umzug aus der Schweiz hatten ihr Zeit und Gelegenheit gefehlt.

»Viele Eltern haben ihre Kinder heute zu Hause gelassen, als sie von Tugbas Verschwinden erfahren haben«, sagte Köllner, der knapp hinter ihnen lief.

Der Kommissar hatte sie beide hierher nach Montabaur begleitet, während der Rest der SOKO die Reaktionen auf ihren öffentlichen Zeugenaufruf auswertete.

Jan funkelte böse ein paar Teenager an, die seinen zackigen Laufstil imitierten. »Ist doch alles Panikmache.«

»Ich kann die Leute verstehen. Ich würde es mit meiner Tochter genauso machen.«

Rabea horchte auf. »Sie haben ein Kind?«

Sie betrachtete den Oberkommissar mit anderen Augen.

Die Art, wie Stüter seinen Untergebenen ab und an niedermachte, ließ Köllner manchmal jünger wirken, als er eigentlich war.

»Meine Freundin ist im sechsten Monat«, sagte er. »Wir hatten es eigentlich nicht geplant, aber jetzt nehmen wir es so, wie es ist. Wir wollen heiraten, bevor es auf der Welt ist.«

»Wird Stüter zur Feier eingeladen?« Jan zwinkerte ihm zu.

Der Oberkommissar lächelte nur in sich hinein.

»Glückwunsch auf jeden Fall.« Etwas unbeholfen klopfte Rabea ihm auf den Rücken. »Gönnen Sie sich Ihre Elternzeit, wenn das Ganze hier vorüber ist.«

Kinder kriegen. Köllner war nur ein paar Jahre älter. Das Thema betraf auch sie. Aber sollte man wirklich Kinder in diese Welt setzen? Sie dachte an das ViCLAS, die Datenbank der Gewaltverbrechen. Es würde immer die Gefahr bestehen, dass der Name ihres Kindes einmal darin stehen könnte.

Sie betraten das verwaiste Schulgebäude. Nur ein schmächtiger Junge saß im Schneidersitz vor einem der Klassenräume und schrieb so schnell in sein Heft, als hinge sein Leben davon ab.

Hausaufgaben noch schnell vor der Stunde machen. Das Bild rang Rabea ein Lächeln ab. Die Taktik hatte sie selbst immer angewandt, ohne dass ihre Noten darunter gelitten hätten. Die Schule hatte ihr nie irgendwelche Mühen bereitet. Manche ihrer Klassenkameraden hatten sogar vermutet, sie würde heimlich lernen.

»Glaubst du immer noch, dass Tugba den Täter gekannt hat?«, fragte sie Jan, während sie zum Schulsekretariat liefen.

»Ockhams Rasiermesser«, entgegnete er.

»Geht's noch etwas kryptischer?«

»Du weißt doch, was es bedeutet, oder?«

Natürlich wusste sie das! Sie betete das Forschungsprinzip herunter: »Bei mehreren Theorien, die denselben Sachverhalt erklären, ist immer die einfachste vorzuziehen.«

»Wenn wir mit Ockhams Rasiermesser am Fall des Alphabetmörders herumschnippeln, ist die Lage ziemlich klar«, meinte Jan.

»Er hat die Opfer nicht persönlich gekannt«, sagte Rabea. »Das wären zu viele Verstrickungen. Ein zu komplizierter Sachverhalt.«

Jan schnipste mit beiden Händen. »Exakt.«

»Du hast deine Hypothese also wieder verworfen.«

»Das habe ich dir immer gesagt: Niemals in eine Idee verlieben. Du musst sie genauso schnell töten können, wie du sie erschaffen hast.«

Sie hatte immer bewundert, wie leidenschaftslos er selbst riesige, über Stunden erarbeitete Gedankenkonstrukte einfach so zertrümmern konnte. Sie marschierten auf das Lehrerzimmer zu. Köllner klopfte an die Tür.

»Aber falls sie ihn doch gekannt hat, dann aus ihrem Arbeitsumfeld. Ihr Privatleben hat bisher nichts hergegeben. Kaum etwas Nennenswertes außer den Treffen mit ihren Schwestern und ein paar wenigen Freundinnen«, sagte Rabea. »Vielleicht kommt beim Gespräch mit der Schulleiterin ja doch etwas zum Vorschein.«

Jan reckte einen Mundwinkel in die Höhe. »Man muss seine Hypothesen töten können, aber man darf sie nie beerdigen.«

Seit letzter Nacht hatte sich seine Laune deutlich gebessert – Rabea konnte sich denken, warum. Die Frau vom Frühstück.

Ockhams Rasiermesser.

Die einfachste Erklärung war meistens die richtige.

33

Das Leben war ein Maskenball.

Die Worte schossen wieder mal durch Jans Gedanken, so pathetisch sie auch klangen. Jeder Mensch, dem man begegnete, trug eine Maske. Bei Gisela von Esch, der Schulleiterin des Mons-Tabor-Gymnasiums, war es eine Maske der Professionalität. Das Dunkelrot ihrer Kurzhaarfrisur schien sorgsam mit ihrem Rouge und ihrer Lippenstiftfarbe abgestimmt zu sein. Ihren Körper zwängte sie in einen marineblauen Hosenanzug, den sie noch in einer Zeit gekauft haben musste, als sie noch keine zehn Kilo Übergewicht hatte.

»Frau Ekiz ist eine der tragenden Säulen dieser Schule. Fachlich wie menschlich«, sagte sie auf. Ihrer zu hohen Stimme verlieh sie dabei ein Timbre, als würde sie schon die Trauerrede halten. »Sie ist eine von denjenigen, denen man raten muss, lieber mal einen Gang herunterzuschalten. Ich hoffe so sehr, dass wir sie wohlbehalten hier wiedersehen werden.«

Auf ihrem Schreibtisch wachte eine Delegation aus furchtbar geschmacklosen Porzellanvögeln über das Büro.

Während Köllner und Rabea in den Besucherstühlen gegenüber der Schulleiterin saßen, tigerte Jan mit verschränkten Armen durch das Zimmer. Ließ den Blick über Aktenordner und Klassenfotos schweifen, blieb am Terminkalender und eingerahmten Auszeichnungen hängen. Ihm ging es darum, ein Gefühl für diese Schule zu bekommen. Zu verstehen, wie Tugba in diesem System funktioniert hatte.

»Und Sie sind wirklich sicher, dass Frau Ekiz von diesem Alphabetmörder entführt worden ist?«, fragte von Esch.

»Unserem derzeitigen Kenntnisstand nach, ja.« Rabea rutschte auf ihrem Stuhl vor. »Sie passt in sein Opferschema.«

»Ist ... ist auch der Rest unseres Kollegiums bedroht?«

Jan hatte gleich zu Anfang bemerkt, dass von Eschs rot lackierte Fingernägel völlig zerkaut waren. Auch jetzt ging ihre Hand zum Mund. Doch sie schien sich daran zu erinnern, dass sie nicht allein war, und strich sich nur kurz über die Lippen.

Köllner schüttelte den Kopf. »Davon gehen wir zurzeit nicht aus. Er sucht sich gezielt Personen aus, die sich mit der deutschen Sprache beschäftigen. Aber es geht ihm nicht im Speziellen um Lehrer.«

»Verstehe.« Von Esch lehnte sich zurück. Ihr Bürostuhl quietschte erbarmungswürdig. »Sie sind natürlich hier, weil Sie Anhaltspunkte brauchen, richtig?«

Sie alle drei nickten. Rhetorische Fragen – sprach sie gerade mit ihnen wie mit einer Schulklasse?

»Möglicherweise haben Sie es schon bei Ihren Untersuchungen entdeckt, aber es gibt da etwas, das Frau Ekiz womöglich für dieses Monster interessant gemacht hat.«

Jan hätte ihr am liebsten gesagt, dass sie sie nicht so sehr auf die Folter spannen sollte. Das hier war kein Frontalunterricht.

»Und das wäre?« Köllner drückte sich natürlich etwas diplomatischer aus.

»Vielleicht ist es auch zu banal.« Von Eschs kleiner Finger glitt zwischen ihre Lippen. »Frau Ekiz leitet Alphabetisierungskurse. In Kooperation mit einer Stiftung hier in Montabaur. Hauptsächlich für Kinder aus Sinti- und Roma-Familien. Das Ganze tat sie noch zusätzlich zu ihrer Arbeit hier bei uns.«

Jan trat hinter Rabea und Köllner, umfasste die Rückenlehnen ihrer Stühle. »Haben wir davon gewusst?«

Beide verneinten.

»Dann haben Sie uns gerade einen riesigen Dienst erwiesen, Frau von Esch«, sagte er. »Wir brauchen den Namen der Stiftung und die Kontaktdaten.«

Er und Rabea warfen sich einen vielsagenden Blick zu.

Während die beiden anderen noch mit von Esch weiter über Tugba sprachen, beäugte Jan das Foto der 7d – ihrer Klasse. Im Gegensatz zu den anderen Bildern hatten sich die Kinder hier die Arme um die Schultern gelegt wie eine Fußballmannschaft. Tugba stand nicht wie die übrigen Lehrer an der Seite, sondern mitten zwischen ihren Schülern. Ein Mensch, wie es sie nicht häufig gab. Tugba Ekiz' Freundlichkeit und Engagement waren keine Masken. Und das war ihr womöglich zum Verhängnis geworden.

34

5. Dezember, Nachmittag

Zurück in der Polizeidienststelle Hachenburg, verbarrikadierten sich Jan und Rabea in einem unbesetzten Büro.

Jan drehte den Schlüssel zweimal im Schloss herum und lehnte sich seufzend gegen die Tür. »Endlich Ruhe!«

Die Fäuste in die Hüften gestemmt, blickte Rabea sich im Raum um, in dem jeder Quadratmeter mit Aktenschränken und Schreibtischen vollgestellt war. »Machen wir's uns gemütlich!«

Sie schoben die Möbel in einer Ecke des Zimmers zusammen. Dabei fand Jan eine Keksdose voll mit Pfennigen, einen Taschenkalender von 1992 und einen Gameboy mit zerkratztem Bildschirm, in dem noch ein Tetris-Modul steckte. »Funktioniert sogar noch«, rief Rabea, als sie ihn eingeschaltet hatte und die vertraute Melodie aus ihm dudelte. »Den nehme ich auf jeden Fall mit. Ein wenig Zocken nebenbei hilft mir beim Nachdenken.«

Jan schmunzelte. »Ich hab dich selten so begeistert gesehen.«

»Warte bis ich einen neuen Highscore aufgestellt habe.«

Sie legte das Gerät beiseite, und sie machten sich daran, die Wände ihres Refugiums mit ihren Fallunterlagen und Notizen zu tapezieren.

Auf eine Wand schrieb Jan mit einem dicken Filzstift die Buchstaben »A«, »B« und »C«. Unter ihnen sammelten sie die Informationen über die jeweiligen Opfer.

Jan hockte sich in der Mitte des Zimmers im Schneidersitz auf den Boden. Seine Gelenke quittierten es ihm mit einem schmerzhaften Ziehen. Er ächzte. »Hier drin kann ich wenigstens mal einen klaren Gedanken fassen. Kein Stüter und keine Anita, die uns ständig im Nacken sitzen.«

Rabea blieb vor dem Wandbereich stehen, den sie Tugba Ekiz gewidmet hatten. »Glaubst du noch daran, dass wir unseren Mann in den Alphabetisierungskursen finden?«

Die Kopien der Teilnehmerlisten hingen gleich unter dem Porträtfoto von Tugba. Sie enthielten lediglich die Namen von rumänischen Jugendlichen und einigen syrischen Flüchtlingen.

»Uns geht es hier nicht einfach nur um einen Mord, es geht um eine Inszenierung. Um eine ganz besondere Form der Dramaturgie. Keiner der Teilnehmer hätte einen Grund dafür, so vorzugehen wie unser Täter.«

»Das lässt ihn fast wie einen Theaterregisseur klingen.« Rabea wandte sich um und ließ sich auf eine durchgesessene Couch mit grauem Stoffbezug sinken, die unter all den Büromöbeln zum Vorschein gekommen war.

»Aus seiner Sicht ist er das auch. Der Westerwald ist seine Kulisse, die Opfer seine Protagonisten und wir – wir sind bisher nichts weiter als Statisten. Das muss sich ändern.«

»Aber ist es nicht zu früh, jetzt schon ein Täterprofil zu erstellen?«

Jan legte den Kopf in den Nacken und starrte auf die Deckenverkleidung. »Ich weiß, ich weiß. Aber Zeit ist ein

Luxus, den wir uns im Moment leider nicht leisten können.« Sein Blick glitt zum Porträt von Tugba. »Dafür steht zu viel auf dem Spiel.«

Rabea legte sich rücklings auf das Sofa und bettete den Kopf auf die Armlehne, ganz so, als wäre sie beim Psychologen zu Besuch. »Wie willst du vorgehen?«

»Ganz einfach.« Er griff in die Innentasche seines schwarzen Sweat-Sakkos und holte einen gelben, zerpflückten Schaumstoffball hervor. So abgenutzt, dass ein Auge des aufgedruckten Smileys schon nicht mehr zu sehen war. Ein Werbegeschenk von irgendeiner Fachtagung. »Wir erzählen uns Geschichten.«

Jan schmiss den Ball zu ihr herüber. Überrascht zuckte sie zusammen. Er landete auf ihrem Bauch, kullerte herunter und vom Sofa. Gerade noch konnte sie sich nach ihm strecken. »Was soll das werden?«

»Erinnerst du dich noch an die erste Aufgabe, die ich dir je gestellt habe?«

»Klar, wie sollte ich das vergessen!« Sie quetschte den Ball und warf ihn zwischen ihren Händen hin und her. »Eine Kurzgeschichte schreiben. Ich habe mich gefühlt, als wäre ich im Deutschunterricht und nicht beim LKA gelandet.«

»Und erinnerst du dich noch an die Moral der Geschichte?«

»Du klingst wieder so oberlehrerhaft.« Sie verdrehte die Augen. »Aber ja, es ging dir um Kreativität.«

»Mehr noch: ums Geschichten erzählen. Narrative erstellen. Die Lücken, die wir momentan in unserem Wissen haben, mit Hypothesen auffüllen. Genau das werden wir jetzt machen. Schnell den Ball hin und her werfen. Es gibt kein Richtig und kein Falsch. Alles ist erlaubt.«

»Du und deine Brainstorming-Methoden!«

»Nicht meckern, anfangen! Ein, zwei Stichworte!«

Sie seufzte und presste den Ball auf ihrer Stirn flach. »Okay, wir haben es nicht mit einem, sondern mit einer Gruppe von Tätern zu tun. Das würde die hohe Frequenz erklären.«

»Sehr gut! Geht doch!« Jan riss einen Zettel aus seinem Notizbuch und schrieb es auf.

Als er aufsah, knallte der Ball genau gegen seine Nase.

»Oh, sorry!«, rief Rabea, konnte aber ein Glucksen nicht unterdrücken.

»Nichts passiert«, er rieb sich übers Gesicht, »ich mache weiter: Der Täter sieht sich als Künstler. Er will sich mit seinem Alphabet eine eigene Schriftart, eine eigene Typographie erschaffen. Arial, Calibri, Times New Roman, die Schrift des Todes.«

Er schmiss den Ball wieder in Richtung Sofa.

Auf diese Weise fabulierten sie noch über zwei Stunden weiter, bis der ganze Boden rund um Jan mit Zetteln bedeckt war. Immer wieder klopften Stüter oder Köllner an. Anfänglich riefen sie ihnen noch zu, sie in Frieden zu lassen, irgendwann ignorierten sie schlicht ihre SOKO-Kollegen.

Natürlich wusste Jan, dass neunzig Prozent der Hypothesenansätze, die er aufs Papier brachte, haltlos waren. Aber wenn auch nur einer von ihnen zu einem fundierten Täterprofil führte, hätte sich dieses Brainstorming schon gelohnt.

»Das reicht«, sagte er schließlich, als ihre Ballwechsel immer schleppender und ihre Theorien abstruser gerieten. »Morgen werden wir das mit unseren restlichen Notizen für das Täterprofil zusammentragen.«

»Ich kann heute Nacht schon mal mit dem Schreiben anfangen«, bot Rabea an.

Er setzte sich neben sie auf das Sofa und steckte den Schaumstoffball weg. »Das würde enorm helfen. Danke.«

»Vorhin musste ich an unser erstes Aufeinandertreffen denken.« Sie musterte ihn von der Seite.

»Wirklich?« Er zog einen Mundwinkel hoch. »Damals hättest du am liebsten direkt wieder den nächsten Zug zurück in die Schweiz genommen, was?«

»Darf ich noch mal die Fakten aufzählen? Du hast dich vier Stunden mit mir in einen Raum gesperrt, ohne Essen und Trinken, und hast mich im Plauderton mit den schlimmsten Traumata meines Lebens konfrontiert.«

»Du musst mich für einen Psychopathen gehalten haben.«

»Eher für ein Arschloch.«

»Es war ein Test. Ein höchst unkonventioneller, wie ich zugeben muss. Und du hast ihn mit Bravour bestanden. Ich hatte Kandidaten, die einfach zusammengebrochen sind. Du warst aufgeregt, hast mit dir gekämpft, aber du hast dich unter Kontrolle behalten.«

»Es war schwer. Verdammt schwer.« Sie schluckte, deutlich vernehmbar. »Vor allem, als es um meine Schwester ging. Um die Art, wie sie verschwunden ist. Ich verstehe, warum du es gemacht hast, aber ich würde niemandem wünschen, das durchzumachen.«

Er merkte, wie sich seine Eingeweide zusammenzogen. »Ich hätte nicht so weit gehen dürfen. Aber ich musste wissen, ob du es aushalten kannst. Immerzu an den Grenzen der psychischen Belastbarkeit. Es war zu deinem eigenen Schutz.«

Sachte legte sie ihm die Hand auf den Unterarm.

Sie schwiegen. Jan spürte, wie gut es ihm tat, einmal nicht zu reden. Er schloss die Augen, entspannte seine Lider. Als er aus seinem leichten Dämmerschlaf hochschreckte, spürte er ein Gewicht auf seiner Schulter. Rabea war ebenfalls eingeschlafen und hatte ihren Kopf auf seine Schulter gelegt.

Für einen Moment verharrte er in der Position. Lauschte ihrem regelmäßigen Atem. Strich ihr eine Strähne aus der Stirn.

Sie blinzelte.

Blut schoss ihm in die Wangen. Was machte er hier?

»Sorry«, meinte sie und wischte etwas von ihrem Speichel weg, der auf sein Sakko geflossen war. Sie löste sich von ihm und streckte ihre Glieder.

»Ich glaube, wir sollten für heute Schluss machen«, sagte er. »Und es tut mir leid.«

»Was tut dir leid?«

»Unsere erste Begegnung. Alles, was ich getan habe. Und was ich vielleicht noch tun werde.«

35

5. Dezember, Abend

Zimmer 102.

Es war die richtige Nummer, kein Zweifel.

Jan klopfte ein zweites Mal an, aber auch jetzt öffnete

niemand. Tamara war nicht da. Er hatte es schon im Drehrestaurant, in der Lobby und im Wellness-Bereich versucht, sie aber auch dort nirgendwo gefunden.

Er zuckte mit den Schultern und lief zu seiner Suite. Womöglich war sie noch in der Stadt oder machte einen Abendspaziergang. Im Zimmer riss er eine Seite aus seinem Moleskine-Notizbuch, schnappte sich einen der Hotel-Kugelschreiber und kritzelte auf das elfenbeinfarbene Papier: *Klopf einfach an, wenn Du Dich noch einmal aus dem Alleinsein herauswagen willst. – Jan.*

Er faltete das Stück Papier in der Mitte, wanderte noch einmal zu ihrer Suite und schob es unter der Tür durch.

Zurück in seinem eigenen Domizil, nahm er seinen CD-Player und einen Stapel der Silberscheiben aus der Reisetasche. Er brauchte Musik. Rabea hatte ihre gesamte Musiksammlung längst digitalisiert und trug sie immerzu auf ihrem iPhone mit sich. Wahrscheinlich würde sie ihn auslachen, wenn sie sehen könnte, dass er noch immer CDs mit auf Reisen nahm. Er mochte einfach etwas Haptisches beim Musikhören. Die Kopfhörer übergezogen, warf er sich aufs frisch gemachte Bett. Er sah die CDs durch. Depeche Mode. Pink Floyd. Bruce Springsteen. Hier blieb er hängen und steckte *Born to Run* in den Player. Bei den ersten Klängen von *Thunder Road* schloss er die Augen. Auf der Rückfahrt zum Hotel hatte Anita noch mal angerufen und gefragt, was sie die ganze Zeit in ihrem stillen Kämmerlein getrieben hatten.

Sie und Stüter brauchten Ergebnisse. Die Kreisverwaltung und die Staatsanwaltschaft saßen ihnen im Nacken. Aber schnelle Ergebnisse gab es in diesem Fall nicht.

Sie mussten aufhören, ihre Rolle als panische, passive Verfolger so perfekt zu spielen. Wenn sie weiter nur das taten, was man von ihnen erwartete, bliebe der Täter ihnen immer einen Schritt voraus. Sie mussten etwas Unerwartetes tun. Etwas, das selbst er nicht vorausahnen konnte.

Er übersah etwas. Etwas Entscheidendes. Direkt vor seinen Augen.

D

»D vermittelt den dünnen und scharfen laut T mit dem gehauchten TH. Es nimmt in dem griechisch-lateinischen Alphabet den vierten Platz ein zwischen G und E oder C und E: in dem nur aus sechzehn Buchstaben bestehenden altrunischen, das eine eigene sehr verschiedene Ordnung hat, kommt es nicht vor, da ihm Þ und T genügt.«

Grimmsches Wörterbuch

36

Nacht zum 6. Dezember

Ein langgezogener Schrei.

Jan schrak auf. Stürzte zusammen mit CD-Player und Decke aus dem Bett. Seinen schmerzenden Rücken ignorierend, richtete er sich auf. Zog die Kopfhörer ab. Horchte.

War das noch Teil eines Traums gewesen? Ein Tierruf aus dem Wildpark?

»Hiiilfe!«

Erneut. Eine Frauenstimme. Diesmal schon weiter weg.

Er schnappte sein Handy. Im Laufen wählte er Rabeas Nummer. Riss die Tür auf.

Und erstarrte.

Er ließ das Handy sinken.

»Jan? Jan, was ist los?«, drang die Stimme seiner Assistentin leise aus dem Telefon.

Auf der Wand gegenüber von seinem Zimmer prangte ein rotes Z. Drei armdicke, schiefe Linien. Die Farbe glänzte noch – er hoffte inständig, dass es Farbe und kein Blut war. Wer auch immer es dorthin gemalt hatte, die Person musste noch in der Nähe sein.

Er selbst war Z. Er war der letzte Buchstabe.

Er hielt das Handy wieder an sein Ohr. »Rabea, hör mir

zu! Der Mörder ist hier, er ist hier im Hotel! Ruf Stüter und Ichigawa an, und sei extrem vorsichtig.«

Als er aufgelegt hatte, wandte er sich nach rechts.

Die Tür zu Zimmer Nummer 102 stand sperrangelweit offen. Vorsichtigen Schrittes betrat er Tamaras Suite. Sofort schwand seine Hoffnung. Der Spiegel im Flur war zersplittert, der Schreibtisch leergefegt, der Sessel vor ihm umgeworfen, das Bett zerwühlt. Blutspritzer überzogen die weiße Bettdecke.

Jans Kreislauf, gerade erst unsanft aus dem Schlaf gerissen, lief auf Hochtouren. Seine Venen pulsierten so heftig, dass ihm kurz schwindlig wurde.

Er hetzte aus dem Zimmer. Warf einen Blick zur Flurdecke. Verdammt, keine Kameras! Egal, vielleicht konnten sie den Täter noch innerhalb des Hotels stellen.

Die Tür der Nachbarsuite glitt auf.

Jan zuckte zusammen. Aber es war nur eine füllige Frau Mitte sechzig, die den Kopf herausstreckte.

»Wa... was ist denn hier los? Es ist drei Uhr in der Nacht!«, fragte sie und blinzelte ihn an.

»Haben Sie nichts mitgekriegt?«, blaffte Jan sie an. Für Freundlichkeit hatte er jetzt keine Zeit. »Die Frau nebenan ist entführt worden!«

»Oh Gott!« Sie schlug die Hand vor den Mund. »Gescheppert und gerumst hat es schon, aber ich hab mir nichts dabei gedacht, hätte ja auch ein Schäferstündchen sein können ... bis sie um Hilfe gerufen hat.«

»Schon gut.« Jan winkte ab. Er hatte schon genug Zeit verschwendet.

Er rannte den Gang hinunter, Richtung Aufzüge und Treppenhaus.

Wenn der Täter Tamaras leblosen Körper tragen oder

sie vor sich hertreiben musste, hatte er höchstwahrscheinlich den Aufzug genommen. Aber in welche Etage?

Während er das Treppenhaus hinunterstürzte, zwei Stufen auf einmal nehmend, dachte Jan fieberhaft nach. Definitiv würde er nicht einfach an der Rezeption vorbei nach draußen spazieren, das Erdgeschoss konnte er sich also sparen.

Er stolperte beinahe über seine eigenen Füße, konnte sich gerade noch am Geländer festhalten.

Welche Ausgänge gab es noch?

»Jetzt abschalten: Wellness-Bereich 1. UG«, las er aus den Augenwinkeln. Natürlich! Im Schwimmbad gab es eine Tür, die auf die Sonnenterrasse führte. Und um diese Zeit musste der Bereich völlig verwaist sein.

Die letzten Stufen ins Untergeschoss überbrückte er mit einem einzigen Sprung. Er schluckte trocken. In seiner Position als Fallanalytiker führte er keine Dienstwaffe mit sich.

Am schlauesten wäre es, an der Rezeption auf die Polizei zu warten. Aber bis Stüter und seine Kollegen eintrafen, würde es sicherlich noch eine Viertelstunde dauern. Bis dahin wären der Täter und Tamara längst unauffindbar.

Er holte tief Luft und zog die Glastür auf, die in den Wellness-Bereich führte. Ein wohltuender Duft nach Entspannungsölen und Saunaaufgüssen lag in der Luft, der so gar nicht zur aktuellen Situation passte.

Am Massageraum und der Sauna vorbei schlich Jan zum Schwimmbad.

Sein ganzes Leben lang hatte er Mördern gegenübergesessen, blutige Tatorte gesehen, aber das alles hatte in ihm stets nur ein Frösteln ausgelöst, Abscheu.

Doch das hier. Das hier war etwas völlig anderes. Jetzt war er zum ersten Mal selbst in Todesgefahr.

Scharfer Chlorgeruch stieg ihm in die Nase. Das Licht der Mondsichel flutete durch die Panoramafenster des Bads, brach sich im Wasser des Schwimmbeckens und warf diffuses, bläuliches Schimmern an die Decke. Abgesehen vom Gluckern der Pumpen herrschte Stille.

Mit Bedacht setzte er auf den rutschigen Fliesen einen Schritt vor den anderen. Kurz kam er ins Wanken. Starrte hinab auf seine nackten Füße. Dabei fiel sein Blick auf mehrere dunkle Flecken gleich vor ihnen.

Er ging in die Knie und verengte die Augen. Das war Blut. Tamara musste verletzt sein. Die Spur der Flecken ging unregelmäßig weiter, führte bis zu einer der Glastüren zur Terrasse.

Vielleicht wäre ihm die Spur schon vorher in den Hotelfluren aufgefallen, wenn er aufmerksamer gewesen wäre.

Jan bahnte sich seinen Weg zwischen einigen Liegestühlen hindurch zur Tür. Nur angelehnt. Wieder setzte sein Herz einen Moment lang aus.

Eisiger Wind pfiff durch den Spalt und schlüpfte unter sein Shirt. Das Frösteln hatte er aber schon lange vorher verspürt.

Er durfte ihn nicht entkommen lassen. Durfte Tamara nicht in seine Hände fallen lassen. Nicht noch jemanden.

Aber was sollte er alleine ausrichten?

Für Zögern blieb keine Zeit. Er presste die Lippen aufeinander. Stieß die Tür auf.

Jenseits der Terrasse erstreckte sich eine abfallende, freie Fläche. Wandte man sich allerdings nach rechts, gelangte man zum Hotelparkplatz.

Der Alphabetmörder war irgendwo dort in der Dunkelheit.

»Hey! Stehen bleiben!«, hörte er plötzlich eine männliche Stimme.

Irgendwoher kannte er sie.

Ein ohrenbetäubender Knall. In der Finsternis jenseits der Panoramafenster zuckte ein Lichtblitz auf. Jan fuhr zusammen.

Sein Hirn brauchte einige Augenblicke, um die richtige Schlussfolgerung zu ziehen. Ein Schuss. Das war ein Schuss.

Es knallte ein zweites Mal. Das Fenster links von ihm zerbarst in einer Explosion aus Scherben.

Jan taumelte zurück. Deckung – er musste in Deckung! Sein nackter Fuß ertastete gerade noch die Kante. Dann verlor er das Gleichgewicht. Hilflos mit den Armen rudernd, stürzte er ins Becken.

Er schluckte sofort Wasser. Ihm wurde schwarz vor Augen. Panisch strampelte er mit den Beinen und versuchte vergeblich, wieder an die Oberfläche zu kommen.

Plötzlich ein Ruck. Jemand packte ihn am T-Shirt und zog ihn hoch. Sein Kopf brach durch das Wasser. Japsend holte er Luft.

»Jan! Jan, ich bin's, alles gut«, redete Rabea auf ihn ein. Sie sah genauso aus, wie er sich fühlte: Ihr Gesicht aschfahl, die Augen weit aufgerissen vor Angst, die blonde Kurzhaarfrisur zerzaust. Keuchend verließen sie das Becken.

Wenigstens hatte sie es in der Eile noch geschafft, sich eine Jeans und einen schwarzen Pullover überzuwerfen. Selbst in seinem Zustand registrierte er das. Er trug nur seine Boxershorts und das T-Shirt.

»Hier, zieh den über!« Sie reichte ihm einen Hotelbademantel, den irgendjemand auf einem Liegestuhl vergessen hatte.

»Hast du die Schüsse gehört?«, fragte er.

»Waren schwer zu überhören.«

»Ich habe auch jemanden schreien gehört. Jemand hat versucht, ihn aufzuhalten.«

»Dann waren die Kugeln anscheinend nicht für dich bestimmt.«

»Wann wird Stüter hier sein? Was ist mit Anita?«

»Ichigawa war noch in der Polizeidirektion. Stüter und sie brauchen wohl zehn Minuten. Aber er hat mir gesagt, jemand wäre schon vor Ort.«

Jan stutzte. »Wer soll das sein?«

»Keine Ahnung.« Mit zusammengekniffenen Augen stierte Rabea nach draußen. »Sollen wir rausgehen? Oder meinst du, er ist noch da?«

»Mit den Schüssen wollte er sich nur Zeit verschaffen. Er ist sicher weg.« Rabeas Auftauchen und auf eigentümliche Weise auch das Bad hatten ihm gutgetan. Er konnte wieder klar denken.

Seine Assistentin presste die Lippen aufeinander. »Also gut.«

Geduckt huschten sie aus der Tür. Der Nachtwind fegte durch Jans nasses Haar und unter seinen Bademantel. Er zitterte, aber riss sich zusammen.

»Was hast du dir nur dabei gedacht, den Typen allein zu verfolgen? Wolltest du ihn mit deinen Hühnerbeinen erschrecken?«, flüsterte Rabea ihm zu.

Er brummte nur. Wie konnte sie jetzt noch Scherze machen?

Mit nackten Füßen schlich er durch den Schnee. Das

erste Mal in seinem Leben war ihm so kalt, dass seine Zähne klapperten.

Rabea baute einen immer größeren Vorsprung auf.

»Hier!«, rief sie atemlos. »Hier liegt jemand.«

»Wer ist es?«

»Oh nein«, gab ihm Rabea nur als Antwort. »Oh nein, nein, nein ...«

37

Der junge Kommissar lag auf dem Rücken, die Augen auf den Sternenhimmel fixiert – der im Westerwald seinem Namen auch wirklich gerecht wurde. Ein wunderschönes Meer aus Lichtpunkten.

Die Blutlache umgab seinen Kopf wie ein rotes Kissen und ließ dort den Schnee schmelzen. Die Einschusswunde zog sich rechts an seinem Hals entlang. Die Kugel hatte die Halsschlagader voll erwischt – er musste innerhalb weniger Sekunden tot gewesen sein.

»Was hatte er hier zu suchen?« Jan ging vor ihm in die Hocke.

Vorgestern hatte er dem jungen Mann doch noch Ratschläge für die Zukunft gegeben. Gestern hatte er ihnen noch von seinem Kind erzählt.

Noch immer hielt Köllner seine Walther P99 in der Hand. Er war nicht mehr dazu gekommen, seine Dienstwaffe abzufeuern.

Der Brustkorb des schlaksigen Polizisten erregte Jans Aufmerksamkeit. Die Lederjacke war geöffnet, das Hemd aufgerissen. Auf das haarige Brustbein hatte der Täter ein stümperhaftes, rotes *D* gemalt. Dieselbe Farbe wie schon im Hotelflur.

»Er will nicht von seinem Muster abweichen«, murmelte Jan.

In der Ferne jaulten Sirenen auf, die schnell lauter wurden. Über die schmale Hotelzufahrt näherten sich zwei Streifenwagen und Stüters Mercedes, geisterhafte Schemen im Flackern des Blaulichts.

»Die Kavallerie kommt leider zu spät«, stellte Rabea tonlos fest, während sie Köllner durchs Haar strich.

Mit quietschenden Reifen hielt die Wagenkolonne auf dem Parkplatz. Türenschlagen, gefolgt von hektischen Rufen. Die sechs Mann stürmten den Hügel herunter, die Pistolen im Anschlag. Stüter voran, dicht gefolgt von Anita Ichigawa.

Jan winkte ihnen zu. »Ruhig, ruhig! Keine Gefahr mehr im Verzug!«

Die Polizisten ließen die Waffen sinken. Einer von ihnen war sogar mit einer Maschinenpistole bewaffnet. Als Stüter die Leiche entdeckte, beschleunigte er nochmals seine Schritte. Rutschte sogar im knietiefen Schnee aus.

»Ist es ... Ist er es?«, rief er ihnen atemlos zu.

Jan senkte den Blick. »Köllner hat versucht, ihn aufzuhalten.«

Ein unartikulierter Schrei drang aus Stüters Kehle. Irgendwo zwischen Jaulen und Heulen. Er schleuderte die Waffe weg und sank in sich zusammen.

»Rolf!« Das erste Mal, dass ihn jemand mit Vornamen

ansprach. Anita wollte ihm die Hand auf die Schulter legen.

»Nein! Nein!« Stüter stieß sie von sich weg. Robbte durch den Schnee auf Köllners Leichnam zu.

Jan war wie paralysiert. All die Härte und Schroffheit waren von Stüter abgefallen. Kein vernünftig arbeitender Verstand mehr, der die Emotionen filterte. Er bestand nur noch aus rasender Trauer. Nicht mehr als ein zuckender Muskel.

Bei Köllner angekommen, warf er die Arme um ihn. Presste ihn an sich. Schien keinen Gedanken daran zu verschwenden, dass er damit möglicherweise Beweismaterial zerstörte.

»Junge, was hast du nur gemacht«, schluchzte er. »Junge, mein Junge …«

Speichelfäden troffen aus seinem Mund. Die Tränen gefroren bereits auf der Haut und ließen seine Wangen funkeln.

Er weinte um Daniel Köllner, als wäre er nicht einfach nur der Sohn seines alten Freundes, sondern sein eigener gewesen.

»Konntest du sehen, in welche Richtung der Täter geflohen ist?«, fragte Anita an Jan gewandt.

»Zum Parkplatz. Er hat eine Frau bei sich, wird also mit dem Auto geflüchtet sein.«

»Alles klar«, Anita zeigte auf einen der Beamten. »Dahlmann, geben Sie einen Funkspruch durch. Kontrollen an allen Hauptverkehrsstraßen im Umkreis von dreißig Kilometern. Der geht uns nicht durch die Lappen. Und wenn Sie schon mal dran sind, können Sie auch gleich die Spurensicherung und den Bestatter hierherbeordern lassen.«

Der kantige Dahlmann, der auch die Maschinenpistole trug, stutzte. »Sollte das nicht Hauptkommissar Stüter entscheiden?«

»Ich glaube, dazu ist er gerade nicht in der Lage.« Anitas Blick streifte Stüter, der wie von Sinnen über seinem toten Schützling weinte.

Dahlmann nickte einsichtig.

»Kannst du mir eine Beschreibung der Frau geben?«, fragte sie wieder Jan.

»Tamara Weiß, rothaarig, schlank, graue Augen, Ende dreißig. Übersetzerin aus Frankfurt. Mit einem ausgeprägten, herzförmigen Muttermal an der rechten Schläfe.«

»Das ist ... sehr umfassend«, sagte sie, nachdem sich Dahlmann alles notiert hatte.

»Wir haben uns näher kennengelernt ... Aber das spielt jetzt auch keine Rolle. Warum ist Köllner alleine hier gewesen?«

»Er war noch in der Zentrale in Hachenburg, als der Notruf von Frau Wyler einging. Er ist sofort losgefahren, ohne die restlichen Einsatzkräfte abzuwarten. Wir ... wir hatten keine Chance, ihn davon abzuhalten.«

Anita senkte den Blick. Einige Herzschläge lang standen sie nur schweigend da. »Du solltest dir erst mal was anziehen, sonst holst du dir noch den Tod«, meinte sie schließlich.

»Schon gut«, winkte er ab.

»Er geht ein immer größeres Risiko ein«, sagte Anita. »Ich meine, Köllner hat ihn fast gestellt, du hättest ihn beinahe gesehen.«

»Er hat gemerkt, wie viel besser seine Fantasien in der Realität sind.« Jans Lippen zitterten.

»Wie meinst du das?«

Rabea, die zuvor noch versucht hatte, Stüter zu beruhigen, trat zu ihnen. »Vielen Serientätern geht es darum, ihre Fantasie Wirklichkeit werden zu lassen. Sie folgen haarklein dem Leitfaden, den ihre Vorstellung vorgibt. Im Nachhinein durchleben sie die Tat immer wieder, was ihnen für kurze Zeit Befriedigung verschafft.« Rabea schluckte und schloss die Arme um ihren Körper. »Aber Erinnerungen verblassen, wie jeder von uns weiß. Die Ekstase, die der Mord im Täter ausgelöst hat, lässt nach. Er muss ihn wiederholen, um sie sich zurückzuholen. Das führt zu Serienmorden.«

»Aber es gibt auch Täter«, übernahm Jan mit klappernden Zähnen, »deren Fantasie sich über mehr als nur einen Mord spannt. Täter, deren Fantasie erst befriedigt ist, wenn sie eine ganze Reihe von Morden verübt haben.«

Vor seinem inneren Auge flackerte der Buchstabe auf, der an die Wand des Hotelflurs gemalt worden war.

Z.

Der Buchstabe, der für ihn bestimmt war. Warum er? Warum war er derjenige, der das Alphabet vervollständigte?

Anita nickte. »Verstehe. Von A bis Z«, sagte sie. »Komm, gehen wir eben zurück ins Hotel, bevor du mir noch erfrierst.«

Sie stapften den Rest des Hügels hinauf und setzten sich auf die Liegestühle im Schwimmbad. Jan wickelte sich Handtücher um die Waden und Füße, rieb sich die Hände und nutzte den Becher Tee, den ihm eine der Hotelangestellten brachte, als provisorische Wärmequelle.

Rabea setzte ihr Gespräch fort, den Blick gesenkt. »Ich befürchte, unser Täter wird erst befriedigt sein, wenn er das ganze Alphabet durchgegangen ist. Einzeltaten sind für ihn bedeutungslos.«

»Ich hatte erst vermutet, dass die wahnwitzige Frequenz der Morde mit einem Blutrausch zusammenhängt«, meinte Jan. »Aber dann würde er nicht von seinem Muster abweichen. Nein, er setzt eine Geschichte in die Realität um, die er sich selbst schon Tausende Male erzählt hat. Jetzt will er sie endlich zu Ende bringen. Deshalb legt er so ein Tempo vor.«

Anita machte wieder ihre ruckartigen Kopfbewegungen. »Das heißt: Wenn wir ihn nicht stoppen, wird er zweiundzwanzig weitere Menschen töten. Darunter Ekiz und Weiß.«

Jan und Rabea nickten stumm.

Und einer davon war er.

»Großer Gott ...«

»Dass er zum Ende kommen will, zeigt sich auch daran, dass er Daniel Köllner ein D aufgemalt hat«, sagte Jan. »Ich war schon nach dem Zanetti-Desaster davon überzeugt, dass er eine feste Auswahl an Opfern und eine feste Reihenfolge für die Morde hat. Deshalb hat er Tamara auch nur entführt, nicht getötet. Genau wie Tugba. Ich glaube, für sie beide hat er einen späteren Zeitpunkt vorgesehen. Normalerweise würde Köllner für ihn als Opfer völlig ausscheiden, er wäre des Buchstabens nicht würdig. Hätte ihn nicht verdient.«

»Sprich nicht so von ihm!« Anitas Augenbrauen zogen sich zusammen.

Jan hob beschwichtigend die Hände. »Ich spreche nur aus der Sicht des Täters. In sein Opferschema fallen ausschließlich Menschen, die irgendetwas mit dem Schreiben oder Lesen zu tun haben. Deshalb passt auch Tamara perfekt dort hinein. Sie ist Übersetzerin.« Er seufzte und fuhr mit den Fingen durch sein nasses, noch von Eiskristallen durchsetztes Haar. »Aber wie ich in sein Schema passen soll, weiß ich nicht.«

Rabea weitete die Augen. »Jan, wovon redest du?«

»Er hat ein riesiges, blutrotes Z an die Wand gegenüber von meinem Hotelzimmer gepinselt. Dem Ganzen kann man verschiedenste Namen geben: Drohung, Hinweis, Warnung. Die Nachricht bleibt eindeutig. Ich bin sein letztes Opfer.«

Während sie seine Schulter streichelte, blickte Rabea ihn besorgt an. »Aber warum? Was sollte er von dir wollen?«

»Ich weiß es nicht«, sagte Jan.

Die Bilder der Nacht rauschten durch seine Hirnwindungen. Tamaras Schreie. Das Z. Die Jagd durch das Hotel. Das Hämmern der Schüsse. Noch immer ließen sie seinen Schädel dröhnen. Dröhnen. Dröhnen.

Langsam, langsam. Er durfte nicht vergessen, dass es sein Job war, nach dem Warum zu fragen.

Erst jetzt fiel ihm auf, dass er auf seiner Liege zur Seite gekippt war, den Kopf auf den Oberarm gebettet. Er zitterte am ganzen Leib.

Alles vor seinen Augen drehte sich.

38

»Ein Schloss kannst du fast mit allem knacken. Hauptsache, es ist dünn und aus Metall.«

Benny war Tugbas erster Freund gewesen. Ihre Beziehung hatte genau das erste Halbjahr der neunten Klasse überdauert, dann hatte er sich ein Mädchen aus der Parallelklasse geschnappt. Zuerst hatte seine Bad-Boy-Attitüde bei ihr – der Streberin – Neugierde geweckt. Sie hatte auch genauso schnell dazu geführt, dass sie ihn hasste. Die guten Erinnerungen an ihn konnte sie an einer Hand abzählen.

Aber vielleicht würde er ihr jetzt das Leben retten.

Bennys Eltern waren arbeitslos gewesen, weswegen er sich seine Markenklamotten über Fahrraddiebstähle finanziert hatte. Einmal hatte er Tugba auf seiner Tour mitgenommen und ihr seine Technik gezeigt. Sie hatte noch Wochen danach ein schlechtes Gewissen gehabt.

Als sie den Clip des Kugelschreibers wieder in das Vorhängeschloss steckte, versuchte sie sich an seine Bewegungsabläufe zu erinnern. Sie verbog ihn noch etwas mehr, damit er besser in das Schlüsselloch passte. Das hier war kein billiges Fahrradschloss, aber es musste doch trotzdem funktionieren.

Seit Stunden wagte sie ständig neue Anläufe, immer in der Angst, entdeckt zu werden. Aber ihr Peiniger hatte sich seit dem Morgen, an dem er ihr wieder ihr karges Mahl gebracht hatte, nicht mehr gezeigt.

Sie hebelte weiter mit dem Clip herum, mal sanft, mal mit mehr Härte. Nichts tat sich.

»Verdammte Scheiße!« Kraftlos sank sie zurück und zog das Metallstück heraus. Alle ihre Muskeln schmerzten.

Sie würde nicht sein Buchstabe sein. Niemals. Aber das musste sie auch gar nicht. Sie drehte den Clip zwischen Daumen und Zeigefinger.

Es würde wehtun. Aber alles war besser als aufzugeben.

Sie verrenkte den Arm, um mit dem Metallclip an ihren Rücken zu kommen.

An das noch immer entzündete, eintätowierte G.

Sie atmete tief durch. Schloss die Augen. Dann kratzte sie mit dem Metall tief und mit so viel Druck wie möglich über das Tattoo. Der Schmerz verbiss sich in ihrem Fleisch. Reflexartig drückte sie den Rücken durch. Presste die Zähne aufeinander. Spürte, wie eine Mischung aus Blut und halbgetrocknetem Schorf über ihre Haut rann.

Da musste sie jetzt durch. Vielleicht würde ihre Methode das Tattoo nicht ganz verschwinden lassen. Aber es würde ihm zumindest sein Foto ruinieren.

Widerstand. Widerstand mit allen Mitteln.

Sie setzte wieder an. Ließ den Clip über ihren Rücken schrammen. Sog scharf die Luft ein.

Heftiges Gepolter über ihr.

Tugba zuckte zusammen. Das Metallstück glitt ihr aus der Hand und landete – für ihre Ohren unglaublich laut scheppernd – auf dem Boden.

Er war zurück.

Mit angehaltenem Atem lauschte sie.

Von oben drang ein kaum wahrnehmbares Wimmern an sie heran. Die verzweifelten Laute einer Frau.

Er war nicht allein. Noch ein Buchstabe? Noch eine Ent-

führung? Das Klirren von schwerem Metall. Sogleich verstärkte sich das Wimmern.

Was geschah dort oben?

Den Kugelschreiberclip versteckte Tugba wieder unter ihrem Lager. Kauerte sich zusammen.

Dann kamen die Schreie. Erst schrill, schließlich immer erstickter.

Tugba konnte es sich nicht erklären, aber die gequälten Laute der zweiten Entführten sorgten dafür, dass die Situation für sie realer wurde. Greifbarer.

Sie saßen beide im selben Gefängnis aus Schreien und Schmerz. Tugba versenkte den Kopf zwischen den Knien. Erst jetzt, nach all dieser Zeit in der Dunkelheit, kamen die Tränen.

39

6. Dezember, Morgen

Sie waren am Ende.

Dieser Satz geisterte seit der letzten Nacht durch Rabeas Kopf. Auch als sie jetzt den Renault auf dem großzügigen Kiesplatz parkte.

Ein getöteter Polizist. Eine entführte Frau. Ein Hauptkommissar, der kurz vor dem Nervenzusammenbruch stand. Und eine Morddrohung für Jan. Als ob sie nicht schon genug Katastrophen durchgemacht hätten.

Sie stieg aus dem Wagen, den ihr das Präsidium Hachenburg gestellt hatte. Sofort zog sie den Reißverschluss ihrer Softshelljacke bis zum Kinn hoch. Bei jedem Atemstoß entstiegen Dampfwolken aus ihrem Mund. Der Tag begann mit einem strahlend blauen Himmel und klirrender Kälte, die selbst durch die dicke Thermowäsche kroch.

Als in der Nacht die Spurensicherung und, selbstverständlich, auch die Medien eingetroffen waren, waren Jan und sie schon längst wieder auf ihren Zimmern gewesen. Ihrem Chef hatte das Hotel eine neue Suite zugewiesen. Sein ganzer Flurtrakt war als Teil des Tatorts abgesperrt worden.

Viel geschlafen hatte sie nicht mehr. Hatte sich nur

noch hin und her gewälzt und versucht, die Bilder all der Toten aus ihrem Kopf zu vertreiben. Ein hoffnungsloses Unterfangen.

Irgendwann gegen acht Uhr hatte sie dann eine SMS von Jan bekommen: *komme heute erst mal nicht zur soko. bin in meinem alten stadion, falls du mich suchst. muss nachdenken.*

Was für ein altes Stadion?, war ihr als Erstes durch den Kopf geschossen. Denn sie musste tatsächlich mit ihm sprechen. Es gab da etwas, das er dringend erfahren sollte.

Auf ihre Anrufe hatte er auch nicht reagiert, also hatte sie an der Hotelrezeption gefragt.

»Damit kann er eigentlich nur das Hardter Löwenzahnstadion meinen«, hatte ihr die junge Frau dort nach kurzem Überlegen gesagt und ihr eine ausschweifende Wegbeschreibung gegeben.

Nach nur einmal Verfahren hatte sie es gefunden.

Sie überquerte den Parkbereich, vorbei an Jans Mercedes, und trat auf den Bolzplatz. Drohende Tannen umringten ihn und überzogen ihn selbst an diesem hellen Morgen mit Schatten. Auf der anderen Seite des Platzes, dicht an der Außenlinie, stand eine Grillhütte, die dringend mal eine Renovierung nötig hatte. Der Geruch nach Tannennadeln war allgegenwärtig.

Rabea hatte selbst mehrere Jahre Vereinsfußball gespielt. Stürmerin, eine Position wie für sie geschaffen. Parallel zum Basketball. Beim Anblick des schneebedeckten, unebenen Ackers kamen gleich Erinnerungen an Knöchelverletzungen und Schienbeinprellungen auf.

Auf einer der Bänke in der Grillhütte machte sie Jan aus, eine zusammengekauerte, schwarze Gestalt.

Während sie über den Platz auf ihn zustapfte, führte er

in regelmäßigem Abstand die Hand zum Mund. Rauchwolken stiegen von ihm auf.

Sie runzelte die Stirn. Seit wann rauchte er?

Ihr stieg allerdings nicht der Geruch von Zigaretten in die Nase …

»Seit wann kiffst du?«, fragte sie, als sie bei ihm angekommen war. Es passte überhaupt nicht in das Bild, das sie sich von Jan gemacht hatte. Er behielt die Kontrolle in allen Lebenslagen, vertraute auf einen klaren Verstand.

»Dir auch einen schönen Nikolaustag!« Er steckte den Joint zwischen die Lippen und nahm einen tiefen Zug. »Ich habe an der Uni damit angefangen. Es hilft mir, das Unwesentliche auszublenden. Seitdem rauche ich immer wieder mal. Vor allem in Stresssituationen.«

Danach sah er auch aus. Er wirkte – wenn das überhaupt möglich war – noch angeschlagener als gestern. Dicke Augenringe, zerzaustes Haar, bleiches Gesicht.

Er hauchte den Marihuanarauch in die Morgenluft und beobachtete, wie er sich verflüchtigte. »Manchmal hilft es mir auch, weiter zu denken, als ich es sonst könnte.« Er richtete den Blick wieder auf sie. »Aber was machst du überhaupt hier?«

»Das Hotel hat mich auf deine Fährte gebracht.« Sie hockte sich neben ihm auf die morsche Holzbank und starrte einen Moment in die rußgeschwärzte Feuerstelle. »Du musst unbedingt etwas sehen.«

Leider war es nichts, was seinen Stresspegel senken würde. Sie griff nach ihrem Smartphone.

»Willst du auch?« Er bot ihr den Joint an.

»Ich muss noch Auto fahren.«

Er zuckte mit den Schultern und nahm einen weiteren Zug.

Sie öffnete ihre Mails. »Schau dir lieber mal das hier an.«

Im Betreff stand »Termin für Treffen«, unter Absender »Nora Schneill«.

Die Nachricht bestand nur aus zwei Zeilen:

Ich muss mit Ihnen sprechen.

Es geht um Daniel Köllner.

Er schnippte den Joint weg. Riss ihr das Smartphone aus der Hand. Überflog die Zeilen noch einmal, Augen und Mund weit geöffnet.

»Schneill«, stöhnte er. »Und Köllner. Du denkst dasselbe wie ich, oder? Sonst wärst du nicht sofort hierhergefahren.«

»Ja. Ich wollte es auch erst nicht glauben. Köllner ist die undichte Stelle gewesen.«

»Warte mal, warte!« Er gab ihr das Handy zurück und stand auf. Während er an der Seitenlinie hin und her lief, dachte er laut nach: »Was soll er für einen Grund gehabt haben? Verdammt, Stüter hat ihn rund um die Uhr überwacht. Wie soll er das überhaupt hinbekommen haben?«

»Vielleicht konnte er der Schneill nicht widerstehen. Aber das wird sie uns wohl selbst sagen. Sollen wir sie ins Präsidium einladen?«

Jan kratzte sich am Kinn. »Wir sollten sofort mit ihr sprechen. Frag sie, ob sie in einer Stunde in Hachenburg sein kann. Aber sie soll nicht in die Polizeiinspektion kommen.«

»Männer und ihre Frauengeschichten«, seufzte Rabea, während sie die Antwort an Schneill in ihr Handy tippte.

Er blickte sie an. »Verurteilst du mich? Für das mit Tamara?«

»Warum sollte ich? Es ist dein Leben und vor allem

dein Liebesleben. Wie hättest du damit rechnen können, dass sie entführt wird.«

Jan kickte etwas Schnee weg. »Vielleicht hat er sie auch nur entführt, weil sie sich auf mich eingelassen hat. Das Z war ein Statement. Eine Drohung. Womöglich hat der Täter, so krude es auch klingt, sie mir nicht gegönnt.«

»Er hat es auf dich abgesehen ... Warum?« Sie stand ebenfalls auf, steckte die Hände in die Jackentaschen und trat neben ihn.

»Es ist nicht ungewöhnlich, dass sich Täter auf einen der Ermittler fixieren. Dass sie mit ihm spielen, kommunizieren wollen«, sagte Jan. »Er kann es interessant finden, dass ich in seine Psyche eindringen will. Vielleicht hat ihn das angestachelt.«

»Meinst du, Tamara ist noch am Leben?«

Er sog scharf die Luft ein, so als hätte er sich irgendwo geschnitten. »Kommt darauf an, welchen Buchstaben er für sie vorgesehen hat.«

»Es sind schon so viele Menschen gestorben. Und wir tappen hier im Dunkeln, haben noch immer keinen Verdächtigen, nicht mal eine Spur, nur einen Kollegen haben wir verloren ... Wir müssen ihn endlich stoppen.«

»Und das werden wir. Wenn er weiter im Blutrausch ist, wird er früher oder später Fehler machen.« Jan drückte seinen Rücken durch und ließ die Fingerknöchel knacken. »Fahren wir zum Präsidium. Wie geht es eigentlich Stüter?«

»Den werden wir so schnell nicht wiedersehen«, sagte Rabea, als sie zusammen über das Fußballfeld stapften. »Nervenzusammenbruch. Befindet sich in psychiatrischer Behandlung. Danach wird er wohl erst mal nach Hause geschickt.«

Jan fuhr sich über das Gesicht. So sehr und oft sie beide auch mit dem Hauptkommissar gestritten hatten, er war doch ein fähiger Mann gewesen. Und ein Verlust für die SOKO.

»Wenn es so weitergeht, wird er nicht der Einzige bleiben, dem dieser Fall den Verstand rauben wird«, sagte Jan.

40

Als Rabea und Jan die Einsatzzentrale betraten, hatten sich alle von ihren Stühlen erhoben. Mit gesenkten Köpfen und gefalteten Händen standen sie schweigend da.

Einen perplexen Moment lang dachte Jan, die Geste gelte ihnen beiden. Bis ihn wieder die Bilder der letzten Nacht einholten.

»Mit dieser Schweigeminute wollen wir unserem Kollegen Daniel Köllner gedenken«, setzte Anita an. Sie schaffte es mühelos, ihrer Stimme die nötige Betroffenheit zu verleihen. »Er hat sein Leben in dem Versuch gegeben, eine Frau vor der Entführung zu retten. Mit dieser mutigen Tat hat er sich als besserer Polizist erwiesen, als ich und jeder andere in diesem Raum es jemals sein werden.«

Das Gras wirkte noch in Jans Bewusstsein nach, obwohl es eine schwache Sorte war, mit getrockneten Himbeerblättern statt Tabak gemischt. Schließlich musste er immer noch funktionieren. Alles lag unter einem matten Schleier. Die leeren Gesichter der anderen Ermittler schienen noch etwas ausgehöhlter, die Stimmung in dem schlauchartigen Raum noch etwas erdrückender.

Anita fuhr fort: »Daniel war ein wichtiger Bestandteil dieser SOKO und wird in den Ermittlungen fehlen. Was aber viel schwerwiegender ist: Er wird als Sohn fehlen, als Partner, als Familienmitglied. Und nicht zuletzt uns als Freund.«

Die Stille, die sich über den Raum legte, ließ Jan einen Schauer über den Rücken laufen. Er schloss die Augen.

Hätte er es verhindern und Köllner das Leben retten können?

Spätestens seit dem Tod seines Bruders wusste er, dass er sich solche Fragen nicht stellen durfte. Aber was man durfte und was nicht, hatte seinen Verstand noch nie sehr gekümmert. Vielleicht der Grund dafür, warum er Fallanalytiker war.

»Danke«, flüsterte Anita schließlich. »Jetzt lassen Sie uns wieder daran arbeiten, dass wir den Kerl zur Strecke bringen.«

Altbekannte Geschäftigkeit legte sich über die Einsatzzentrale. Tastaturgeklapper, Telefongespräche, Diskussionen. Anita schmiss sich zwei Aspirin in ihr Glas Wasser und kam zu ihnen herüber. Selbst ihr hatte die letzte Nacht zugesetzt.

Hoffentlich roch sie nichts vom Cannabisrauch in seinen Kleidern.

»Das ist einfach eine Tragödie.« Sie schenkte ihnen ein schmerzerfülltes Lächeln. »Du hast wahrscheinlich gekifft, wie ich dich kenne. Du bist nie gut darin gewesen, alte Gewohnheiten abzulegen.«

Jan zuckte zusammen. Nicht ihr Geruchs-, sondern ihr Scharfsinn hatte ihn überführt.

Sein Blick fiel auf die Tabletten, die sich sprudelnd in ihrem Wasser auflösten. »Wir alle haben unsere Betäubungsmittel.«

Aus Anitas Gesichtszügen ließ sich nicht ablesen, ob der Kommentar sie getroffen hatte. Etwas, das ihn früher schon an ihr gestört hatte. Ein Mensch durfte ruhig zeigen, dass er zu Emotionen in der Lage war.

»Wir müssen über die Informationen sprechen, die an die Presse gedrungen sind«, sagte Rabea. »Wir glauben, dass Köllner die Quelle gewesen ist.«

Anita rutschte ihr Glas fast aus der Hand. Reflexartig fing sie es gerade noch mit der anderen auf. Wasser schwappte auf den Boden. Sie setzte zum Reden an.

Doch der Schrei einer Beamtin unterbrach sie. Sie schleuderte einen dicken Umschlag von sich und vergrub das Gesicht in den Händen. Als er auf dem Teppichboden landete, rutschte etwas aus ihm heraus.

Jan brauchte einige Momente, bis er erkannte, was es war.

Dann stieg Übelkeit in ihm auf.

41

L.

Zwei tiefschwarze Linien.

Verbunden zu einem Konsonanten.

Rabea konnte ihren Blick nicht von dem Tattoo losreißen. Es prangte mitten auf dem blassen, blutverkrusteten Hautfetzen, der aus dem Umschlag ragte. Er besaß ungefähr die Größe einer Postkarte. Der Täter hatte ihnen eine grauenvolle Grußkarte geschickt.

Unter würgendem Husten sackte Jan in sich zusammen. Viele andere wandten entsetzt den Blick ab.

Ichigawa bewahrte als eine der wenigen ihre Fassung. Nachdem sie einmal tief durchgeatmet hatte, winkte sie Rabea zu sich. »Frau Wyler, Sie haben grundlegende rechtsmedizinische Kenntnisse, richtig?«

Sie nickte.

»Sagen Sie mir alles, was Ihnen dieses ... Körperteil ... offenbart.«

Sie ließ sich ein Paar Einweghandschuhe bringen und ging vor dem Umschlag in die Knie. Dabei versuchte sie, ausschließlich durch den Mund zu atmen.

Ichigawa wandte sich an die völlig aufgelöste Beamtin, die den Fund gemacht hatte. »Der Umschlag ist mit der normalen Post reingekommen?«

Die Lippen der Beamtin zitterten noch immer. Sie hatte die Arme um ihre Brust geschlungen. »Er lag im Briefkasten, aber er war weder frankiert noch beschrieben.«

»Wird der Kasten auf irgendeine Weise überwacht?«

Kopfschütteln.

»Anfängerfehler.« Die Deutschjapanerin seufzte. »Er muss das Kuvert mitten in der Nacht eingeworfen haben. Bei solchen Mordserien hätte man davon ausgehen können, dass der Täter früher oder später mit uns kommunizieren will.«

Sie schritt auf und ab, die Stirn in Falten gelegt. »Frau Wyler, was meinen Sie? Ich gebe mich mit den kleinsten Informationsfitzeln zufrieden.«

»Eine etwa eineinhalb Zentimeter dicke Schicht aus Haut und Fleisch, mit einem sehr scharfen Werkzeug abgetragen. Womöglich ein Skalpell. Vielleicht wieder ein Jagdinstrument.«

»Von welchem Körperbereich stammt die Haut?«, fragte Jan stockend, der weiterhin halb abgewandt zu dem Umschlag stand.

»Vom Oberschenkel einer Frau, wenn man nach der Hautbeschaffenheit geht. Aber ich kann es noch nicht mit Bestimmtheit sagen.«

»Kann man so etwas überleben?«

»Die Blutungen werden sehr stark gewesen sein.« Rabea sog scharf die Luft ein. »Aber wenn die Verletzung ausreichend behandelt wurde, stehen die Überlebenschancen nicht schlecht.«

»Wir müssen die Haut mit den DNA-Proben aus Frau Weiß' Hotelzimmer abgleichen«, führte sie weiter aus, »aber die Wahrscheinlichkeit ist groß, dass sie von ihr stammt.«

»Danke. Das war aufschlussreich. Er hat ihr ein L aufgedruckt. Von dem Buchstaben ist er zu unserem Glück noch etwas entfernt. Er verfolgt beim Morden streng die alphabetische Reihenfolge. Tamara Weiß ist noch nicht an der Reihe, aber er hat sie sich trotzdem schon vorsorglich geholt. Genau wie er es mit Zanetti und Ekiz getan hat.«

»Was machen wir jetzt?«, fragte einer der Beamten.

»Setzen Sie einige Ihrer Leute darauf an, alle Personen in der Region zu recherchieren, die explizit etwas mit Sprache zu tun haben. Journalisten, Schriftsteller, Lektoren, Kalligraphen, Lehrer, Linguisten ...«

»Das müssen Tausende sein«, meinte Rabea. »Was machen wir dann mit diesen Leuten?«

»Wir rufen sie an. Einen nach dem anderen. Warnen sie, fragen sie, ob sie in letzter Zeit Drohungen erhalten haben oder ungewöhnliche Vorgänge bemerkt haben. Wir kennen das Beuteschema unseres Täters. Nutzen wir dieses Wissen.«

Die SOKO stob auseinander. Jan warf seinen Sessel um und stürmte würgend aus der Einsatzzentrale, eine Hand vor den Mund gehalten. Zurück blieben nur Rabea, Ichigawa und eine Beamtin, die sich daranmachte, den Hautlappen in eine sterile Box zu legen.

»Nora Schneill wird jeden Moment hier sein. Wir treffen uns mit ihr am Schloss. Wollen Sie dabei sein, wenn wir mit ihr reden?«, fragte Rabea. »Ich hoffe, Jan ist nicht allzu ... unpässlich.«

»Ich lasse meine Planung nur ungern durch äußere Faktoren wie diese durcheinanderwerfen. Am wichtigsten ist es, dass wir so schnell wie möglich mit einem Tätowierer sprechen. Etwas über die Kunstfertigkeit unseres Täters zu erfahren.«

Rabea musste an Jans Äußerung über Ichigawa denken. »Sollen Jan und ich dabei sein?«

»Unbedingt. Aber vorher sprechen wir mit dieser Journalistin.« Mit geschürzten Lippen nickte Ichigawa in Richtung Toilettenräume. »Können Sie ihn bitte holen?«

42

Jan spülte sich den Mund ein letztes Mal mit Wasser aus. Der Geschmack des Erbrochenen klebte immer noch auf seiner Zunge, war aber längst nicht mehr so intensiv.

Er stützte sich auf das Waschbecken, ließ den Kopf hängen, schloss die Augen. Wieder das Bild der Haut, die aus dem Kuvert lugte. Dieselbe Haut, die er noch vor so wenigen Stunden geküsst hatte. Er wollte sich gar nicht ihre markerschütternden Schmerzensschreie vorstellen, während der Täter sie aus ihrem Körper geschnitten hatte.

Er riss sich vom Becken los. Blickte in sein Spiegelbild. Auf dieses blasse Etwas mit den blutunterlaufenen Augen.

»Jan, wo bleibst du?« Rabea klopfte zum dritten Mal gegen die Tür der Toilette. »Die Schneill ist gerade eingetroffen.«

»Bin so weit!« Er wischte sich mit einem Papierhandtuch das Gesicht ab, dann trat er auf den Flur.

Rabea begutachtete ihn mit einem Blick, den er noch nie an ihr wahrgenommen hatte: forschend, wachsam, beinahe verstört.

»Warum schaust du mich so an?«

Sie blinzelte ertappt. »Was meinst du?«

»Auch egal. Wo ist Anita?«

»Wartet draußen. Sie will nach dem Treffen noch irgendeinen Tätowierer treffen. Wir beide sollen dabei sein.«

»Und was soll das bringen? Dass unser Täter ein Stümper ist, wenn es ums Tätowieren geht, kann ich dir auch so sagen.«

»Ich glaube, sie will sich einfach nur absichern.« Rabea blickte ihn an. »Sie scheint sehr gewissenhaft zu sein.«

»Weißt du, wer auch gewissenhaft ist? Maschinen.« Er imitierte den mechanischen Gang eines Roboters.

»Du drehst doch nur so auf, um mir zu zeigen, dass du in Ordnung bist.«

Er knirschte mit den Zähnen und lief wieder normal.

Sie traten nach draußen, und Jan sog in tiefen Zügen die klare Winterluft in seine Lungen. Die grausame Post hatte ihn auf einen Schlag nüchtern gemacht.

»Geht's dir besser?«, fragte Anita, die auf dem Parkplatz auf sie beide gewartet hatte. Ihre Stimme klang monoton.

»Frag nur, wenn's dich wirklich interessiert.«

Ihre Miene zeigte eine ihrer seltenen Gefühlsregungen. Diesmal war es ein Ausdruck der Entnervtheit. »Ich meine es ernst, okay? Wenn du glaubst, das alles hier würde mir nicht nahegehen, bist du vielleicht doch nicht der brillante Menschenkenner, für den du dich hältst.«

»Es tut mir leid«, murmelte er betroffen.

Die fünfzehn Minuten Fußweg zum Hachenburger Schloss brachten sie schweigend hinter sich. Gedrungen und mächtig kauerte es über dem Städtchen.

Als Nora Schneill quer über den Innenhof des Prunkbaus stapfte, wirkte sie auf Jan viel verletzlicher als zuvor. Klein und verloren in den Untiefen ihres Burberry-Mantels. Die Augen blutunterlaufen, die Haare ungekämmt und fettig. Köllners Tod hatte ihr die Makellosigkeit geraubt. Sie lief gebeugt und schlurfend, als wäre sie auf dem Weg zu ihrer eigenen Hinrichtung.

»Warum wollten Sie nicht, dass ich aufs Revier komme?«, fragte sie zur Begrüßung.

»Freut mich sehr, dass Sie kommen konnten«, sprang Ichigawa erst mal zu Höflichkeitsfloskeln zurück. »Es war die Idee von Jan Grall. Wir wollen unnötige Fragen unserer Kollegen vermeiden. Außerdem können wir im Moment nicht ausschließen, dass der Täter uns überwacht.«

Schneill nickte vorsichtig. »Verstehe.«

»Also, wozu sind wir hier?«, fragte Jan, die Hände in die Hüften gestemmt. Seine Stimme zitterte, und er war nicht sicher, ob ihn Tamaras Entführung immer noch so aufwühlte oder simple Wut der Grund dafür war. Die Reporterin hatte ihre Ermittlung in Gefahr gebracht – und damit gleichzeitig auch die Entführungsopfer.

»Ich will Ihnen dabei helfen, die Morde zu stoppen«, erklärte die Journalistin. In ihrem ovalen, von feinen Falten durchzogenen Gesicht zeichnete sich ein Lächeln ab. »Was ich mit Daniel ... nun, mit Herrn Köllner getan habe, hat Ihre Ermittlungen behindert. Dafür entschuldige ich mich zutiefst. Ich sehe ein, dass ich damit vielleicht sogar dem Täter geholfen habe.«

Ichigawa verschränkte die Arme vor der Brust. »Hatten Sie ein Verhältnis mit ihm?«

»Nein, auf gar keinen Fall!«, rief sie. »Ich hatte etwas gegen ihn in der Hand.«

»Sie wissen, dass wir Sie wegen Erpressung und Behinderung von Polizeiarbeit anzeigen könnten?« Ichigawa stieß zum dramaturgisch perfekt gewählten Zeitpunkt eine Atemwolke aus. »Es wäre also besser, wenn Sie uns wirklich etwas Handfestes zu bieten hätten.«

Seufzend wandte sich Schneill von ihnen ab. Machte ein paar Schritte über den Innenhof. Blickte in Richtung des Tals. An klaren Tagen wie diesem konnte man vom Schlossberg aus bis zum Siebengebirge sehen. »Ich publiziere alles, was Sie wollen«, sagte sie schließlich. »Falschinformationen, Nachrichten an den Täter, was auch immer. Die anderen Medien vertrauen mir. Wenn ich etwas schreibe, werden alle darauf anspringen und es übernehmen.« Sie drehte sich zu ihnen um. »Verstehen Sie, was ich hier für eine unglaubliche Macht anbiete?«

»Das heißt aber nicht, dass Sie weiterhin irgendeine Sonderbehandlung erhalten«, stellte Ichigawa klar.

Die Journalistin nickte, ohne dabei jemandem von ihnen in die Augen zu blicken.

»Das, womit Sie Köllner erpresst haben …«, setzte Rabea an. »Es spielt keine Rolle mehr, ob Sie schweigen oder nicht. Erzählen Sie es. Dann ist es aus der Welt.«

»Einer meiner Kontakte aus der Drogenszene hat ihn beim Dealen mit Kokain erwischt. Unvorstellbar, nicht wahr? Sie sollten auf jeden Fall mal Ihre Asservatenkammer überprüfen.« Die Journalistin schluckte. »Ich … ich habe ihn einfach ausgenutzt.«

»Schon gut.« Ichigawa hob die Hand. »Für Reue ist jetzt nicht der richtige Zeitpunkt. Überlegen wir uns lieber, wie wir Frau Schneills Angebot zu unserem Vorteil nutzen können.«

»Zieht mich ab«, sagte Jan, erst halb zu sich selbst. »Proaktive Strategie – kann bei unerfahrenen Tätern zu unüberlegten Reaktionen führen. Wir warten noch etwas ab. Dann lassen wir Sie schreiben, dass ich von diesem Fall abgezogen werde.«

Anita zog die Augenbrauen zusammen. »Was soll uns das bringen?«

»Ist doch klar: Ich bin das Z.«

Die anderen musterten ihn weiter ratlos. Er seufzte. Zeit, etwas weiter auszuholen.

»Der Alphabetmörder scheint aus irgendeinem Grund eine Obsession für mich zu hegen. Das Z gegenüber meinem Hotelzimmer war ein klares Zeichen. Ich soll sein letztes Opfer sein.« Er machte eine ausladende Geste. »Wenn wir ihm allerdings mich – sein Z – wegnehmen, könnte seine ganze Welt aus den Fugen geraten.«

»Aber in Wirklichkeit würdest du weiterhin verdeckt für die SOKO arbeiten?« Anita gab sich tatsächlich Mühe, seinem Gedankengang zu folgen.

Jan nickte. »Ich wäre weiterhin hier, würde mich aber nicht mehr in der Öffentlichkeit zeigen.«

»Wie würde die Reaktion des Täters ausfallen?«, fragte Anita.

»Im besten Fall wird er das Morden einstellen. Wenn ich außerhalb seiner Reichweite bin, verliert für ihn möglicherweise das ganze Alphabet seinen Sinn. Im zweitbesten Fall verliert er völlig die Kontrolle über sich, wird panisch, begeht Fehler.«

Schneill schaltete sich ein. »Und im schlimmsten Fall?«

»Im schlimmsten Fall wird er sich davon nicht aus der Ruhe bringen lassen und so weitermachen wie zuvor.«

Ichigawa zuckte mit den Schultern und wandte sich an Nora Schneill. »Hört sich so an, als könnten wir nur gewinnen«, sie schüttelte die Hand der Journalistin, »also, wir haben eine Abmachung.«

43

»Fuchskaute. Was soll das sein?«

»Die höchste Erhebung des Westerwalds«, erklärte Jan seiner Assistentin. »Ein erloschener Vulkan. Gilt von der Höhe her schon als Berg. Und ja, ich weiß, eine Schweizerin lacht über so etwas nur.«

Er und Rabea quetschten sich auf die Rückbank von Anitas Audi. Die Stirn gegen das Seitenfenster gelehnt, sah er auf die schneebedeckten Wipfel des Hohen Westerwalds. »Wie heißt der Typ noch mal?«

»Enno Quester. Tätowierer. Wohnt in Breitscheid, arbeitet in Montabaur«, antwortete ihm Anita.

Ihr Fahrstil war noch immer der alte. Immer über dem Tempolimit, aber unter voller Kontrolle. Sie beschleunigte und bremste so perfekt ab, als würde sie schon ein Leben lang die Strecke pendeln.

»Warum treffen wir uns mit ihm auf der Fuchskaute? Warum nicht in seinem Laden?«, fragte Rabea.

»Am Telefon meinte er, die Fuchskaute liegt auf der Strecke zwischen Hachenburg und Breitscheid. Er wollte uns wohl die Fahrerei ersparen.«

»Klingt verdächtig«, meinte Rabea. »Als ob er zu Hause etwas zu verbergen hätte. Haben Sie da nicht nachgehakt?«

Jan sah im Rückspiegel, dass Anita die Augen verdrehte.

»Halten Sie mich für naiv? Ich habe gleich nach dem Anruf einige seiner Kunden befragt, seine Homepage studiert und Nachbarn des Ladens und bei ihm zu Hause angerufen. Ich mache meinen Job. Der Mann ist sauber. Außerdem geht es hier nicht um ein Verhör, sondern nur um eine normale Unterhaltung.«

»Sorry«, murmelte Rabea kleinlaut.

Jan seufzte. In der Kunst des Einschüchterns war Anita eine Klasse für sich.

»Gibt es etwas Neues zu dem Vorfall im Hotel?«, lenkte er das Gespräch in andere Bahnen.

»Die Tatwaffe war höchstwahrscheinlich wieder Jagdequipment. Die Patronen können aus einem .357 MAG Jagdrevolver stammen. Ich lasse gerade überprüfen, ob so ein Kaliber auf irgendwen im Umkreis gemeldet ist. Merkwürdig ist, dass niemand der Hotelangestellten oder Gäste jemanden bemerkt hat. Die Rezeption war die ganze Zeit über besetzt, dort kann er nicht reingekommen sein. Es gibt keine Einbruchspuren bei den Zuliefer- und Seiteneingängen. Wir haben lediglich Zeugen für die Frauenschreie und Schüsse. Als wäre der Entführer die ganze Zeit über im Hotel gewesen.«

»Was willst du damit andeuten?«

Anita verdrehte erneut die Augen. »Ich will damit nur sagen, dass wir alle Hotelangestellten und Gäste gründlich überprüfen müssen. Dich eingeschlossen. Mehr nicht.«

»Wir machen es ihm zu leicht, viel zu leicht«, stöhnte Jan, wieder friedlich gestimmter. »Er ist nicht nur mit mehrfachem Mord, sondern jetzt auch noch mit der nächsten Entführung durchgekommen. Und unsere einzige Spur ist die Jagdausrüstung.«

»Was wissen wir überhaupt über diese Tamara Weiß?«

»Was mich mit ihr verbindet, kannst du bald im Bericht nachlesen.«

»Ich meine es ernst. Bisher haben sich keine Angehörigen bei uns gemeldet. Nicht einmal einer der Verlage, für die sie gearbeitet hat. Wer war diese Frau?«

Jans Hang zur Deduktion brachte es mit sich, dass er sich ab und an das Leben von Fremden nur anhand von ein paar Anhaltspunkten bis ins Detail ausmalte. So auch bei Tamara.

In seiner Vorstellung wohnte sie in einer kleinen Zweizimmerwohnung in einem der angesagteren Teile Frankfurts. Führte ihren eigenen Blog, in dem sie Bücher rezensierte. Hielt sich eine Katze, die sie nach einer Figur aus der Welt der Literatur benannt hatte; vielleicht Don Quijote oder Samsa. Traf sich an den Wochenenden mit Freundinnen aus ihrem Studium, um mit ihnen über die neuesten Enttäuschungen aus der Männerwelt zu reden.

Ein aufgeräumtes, ein gutes Leben. Und wenn sie nicht schnell genug handelten, wäre es vorbei, dieses Leben.

44

Schwarze Lederkluft, langer Zopf, von oben bis unten tätowiert. So hatte sich Rabea Enno Quester vorgestellt.

Der schmächtige Mann, der an dem Ecktisch im Restaurant auf der Fuchskaute saß, entsprach so gar nicht dem Klischee vom Tätowierer.

Mit der randlosen Brille und dem rot-weiß karierten Hemd, die Haare zum Bürstenschnitt zurechtgestutzt, hätte er auch problemlos Steuerberater sein können. Lediglich an seinem Hals ragten einige Tattoos aus dem Kragen.

Er fügte sich nahtlos in das rustikale Ambiente der Gaststätte ein, als wäre er ein Teil des Mobiliars. Ihre Kellnerin grüßte ihn sogar beim Vornamen, was den Eindruck verstärkte.

»Dieser Typ stellt uns Tätowierer unter Generalverdacht«, seufzte Quester. Seine Stimme war kaum lauter als ein Flüstern, das Wäller Platt ließ sich kaum heraushören. »Ich bin ja froh, dass Sie mich nicht aufs Revier geholt haben.«

»Dazu besteht nun wirklich kein Anlass.« Ichigawa holte eine Mappe aus ihrer Aktentasche und reichte sie Quester. »Wir wollen nur Ihre Fachkenntnisse auf den Prüfstand stellen, nicht den Wahrheitsgehalt Ihrer Worte. In der Mappe sind Bilder von den Opfern.«

Sie legte eine kurze Pause ein. »Ich muss Sie warnen, teilweise sind sie sehr verstörend. Bitte schauen Sie sich die Tätowierungen in aller Ruhe an. Nennen Sie uns alles, was Ihnen auffällt. Jedes Detail, selbst wenn es in Ihren Augen noch so unbedeutend scheint.«

Quester rückte seine Brille zurecht, lehnte sich vor und begutachtete die Leichenbilder. In seinem Gesicht war keine Regung zu erkennen, nur eine Ader zuckte knapp unterhalb seines linken Auges unregelmäßig.

»Druckluftmaschine«, sagte er konzentriert. »Günstiges Modell. Outliner Brush. Arbeiten sehr leise. Die Farbe ist nicht tief in die Haut eingedrungen. Wahrscheinlich wäre das Tattoo nicht einmal permanent.« Er seufzte. »Aber das spielt ja keine Rolle mehr.«

»Sind diese Druckluftmaschinen selten?«, fragte Rabea. »Gibt es nur bestimmte Händler, die sie verkaufen?«

»Leider nicht. Sind ziemlicher Standard. Manche Shops verkaufen nur an Leute mit Gewerbeschein, aber heute – mit Auktionsseiten und Co. – ist das alles kein Problem mehr.«

»Der Täter hat gewöhnliche Füllertinte verwendet. Was halten Sie davon?«, fragte Jan.

»Lässt mich eher an Gefängnistattoos denken. Hat etwas Improvisiertes an sich. Etwas, das Teenager machen, wenn sie es selbst ausprobieren wollen. Aber wenn Sie wissen wollen, warum der Kerl sie benutzt hat, bin ich überfragt.«

Ichigawa hatte die Hoffnung noch nicht aufgegeben. »Fällt Ihnen sonst noch etwas auf?«

»Ja, eine Sache macht mich etwas stutzig.«

Stille legte sich über den Tisch. Nur die Countrymusik war zu hören, die gedämpft aus den Lautsprechern an der Decke drang.

»Seine Linienführung ist stockend. Immer wieder unterbrochen«, führte Quester aus. »Er muss Pausen eingelegt haben.«

Jan zog die Augenbrauen zusammen. »Also ist er wirklich ein Anfänger?«

»Der Grund für die Unterbrechungen kann auch einfach sein, dass das Opfer sich gewehrt hat«, sagte Anita, notierte sich die Beobachtung aber dennoch.

Quester zuckte mit den Schultern. »Kann auch gut sein.«

Rabea speicherte dieses sonderbare Detail erst mal als unwichtig ab. Die Zitate bewiesen zumindest, dass der Täter des Lesens mächtig war.

Ichigawa stand auf und schüttelte dem Tätowierer die Hand. »Danke, Sie waren sehr hilfreich. Falls wir noch weitere Fragen haben sollten, rufen wir Sie an.«

Aus ihrer Stimme ließ sich nicht herauslesen, ob sie über das Ergebnis ihres kurzen Gesprächs enttäuscht war. Alles lief distanziert ab. Reibungslos. So völlig anders als mit Stüter.

Als sie ins Freie traten, vibrierte Rabeas Handy. Die angezeigte Nummer hatte eine Montabaurer Vorwahl. Sie runzelte die Stirn und entfernte sich etwas von den anderen. Im Windschutz eines Funkhauses gleich neben dem Sendeturm blieb sie stehen und nahm ab. »Ja? Wer ist da?«

»Frau Wyler, richtig? Hier ist Hauptkommissar Stüter.«

Seine Stimme klang rau und kratzig. Wie nach stundenlangem Weinen. Was wollte er von ihr? Der plötzliche Anruf brachte sie durcheinander. »Ich dachte, Sie sind im Krankenhaus. Wie geht es Ihnen? Sollten Sie sich nicht eigentlich erholen?«

»Ich habe mich selbst entlassen und bin zu Hause. Nur zur Arbeit lässt man mich noch nicht. Ich nütze niemandem etwas, wenn ich im Krankenhaus rumliege – am wenigsten mir selbst. Ich will ihn kriegen. Für Daniel.«

»Und was wollen Sie jetzt von mir?«

»Hören Sie zu«, seine Stimme ging in ein Flüstern über, »Jan darf von diesem Gespräch nichts erfahren. Erwähnen Sie mich auf gar keinen Fall. Ich bitte Sie nur darum, heute Abend bei mir zu Hause vorbeizukommen.« Er nannte ihr seine Adresse.

Rabea war drauf und dran, sofort zu Jan zu gehen. »Was soll die Geheimnistuerei?«

»Es gibt da Dinge, die Sie über Jan Grall wissen sollten«, entgegnete er tonlos. »Kommen Sie einfach vorbei.«

Ohne ein weiteres Wort legte er auf.

Rabea starrte auf ihr Handy. Ihr Herz pochte. Was ging in dem Hauptkommissar vor sich? Was wollte er?

Jan kam auf sie zu. »Mit wem hast du gesprochen?«

»Nur mit jemandem aus meiner WG.« Die Antwort kam über ihre Lippen, bevor sie überhaupt darüber nachgedacht hatte.

»Alles klar«, sagte er ohne jeden Argwohn. »Ich muss noch kurz etwas Privates erledigen. Ich lasse mir von hier aus ein Taxi kommen. Falls Anita nach mir fragt, dann sag ihr, mir ist schlecht, und ich bin im Hotel.«

Rabea nickte. Sie wollte Stüter nicht glauben. Dennoch ließen Jans private Ausflüge dem misstrauischen Teil ihres Verstandes keine Ruhe. »Geht klar, aber musst du deswegen so eine Show abziehen?«

»Wenn mein Leben durch die Nacht mit Tamara schon umgekrempelt wird, möchte ich wenigstens einen kleinen Teil davon in Dunkelheit wahren.«

Jan ist genauso gefährlich wie die Menschen, die er jagt. Rabea musste wieder an das denken, was Ichigawa ihr am ersten Tag gesagt hatte.

Was verbarg Jan vor ihr?

45

Gero Grall, hieß es auf dem schlichten Grabstein.

Begrenzt ist das Leben, doch unerschöpflich die Erinnerung.

Jan las diesen lapidaren Trauerspruch zum ersten Mal. Worte, die den Schmerz des Verlustes lindern sollten, am Ende aber nicht mehr als die Wirkung eines schlecht klebenden Pflasters besaßen. Wenn überhaupt.

Der Friedhof von Bad Marienberg lag oberhalb der Schwarzen Nister, direkt an der Landstraße Richtung Langenbach.

Inzwischen war es Jahrzehnte her, dass Jan hier gewesen war. Bei der Beerdigung von einer seiner Großtanten. Zu der von seinem Bruder war er nicht gekommen. Da war er schon längst aus dem Westerwald verschwunden gewesen. Die leeren Worte, die leeren Gesichter hätte er nicht ertragen können. Und die Schuld.

Das Gräberfeld lag inmitten von Wiesen und kleinen Hainen. Ein friedlicher Ort, der einen weiten Blick auf die schneebedeckten Täler erlaubte.

Es dämmerte bereits. Jan war völlig allein hier.

Früher hatte er die Besuche hier gehasst. Der Gedanke, über Erde voll von Skeletten und verwesenden Leichen zu wandeln – viele davon sogar Menschen, die er einmal gekannt hatte –, hatte ihm immer einen Schauer über den Rücken gejagt.

Heute genoss er die Stille und Abgeschiedenheit, weitab vom nie endenden Plärren der Medien.

Schon seit seiner Ankunft hatte er dem Friedhof einen Besuch abstatten wollen, bisher allerdings nie die Zeit gefunden. Oder nicht finden wollen.

Unkraut rankte aus dem ungepflegten, verwilderten Stück Beet vor dem Grabstein. Katharina schien sich überhaupt nicht um die Ruhestätte ihres Mannes zu kümmern. Aber konnte er es ihr verübeln, jetzt, wo sie Stefan hatte? Sie hatte die Vergangenheit ruhen lassen.

Bei ihm war es anders. Die Vergangenheit hatte ihn nicht ruhen lassen.

Er hatte noch einen Strauß aus Nelken und Lilien erstanden, den er sacht vor dem Stein niederlegte.

Er presste die Handfläche auf den kalten Stein, schloss die Augen. Sein großer Bruder war sein Idol gewesen. Voller Weisheiten über Mädchen, die angesagtesten Sachen, das Leben an sich. Er hatte ihm Rommé beigebracht und bei den ersten Partien gewinnen lassen, hatte ihm gezeigt, wie man Kieselsteine übers Wasser hüpfen ließ und Bachläufe mit Ästen staute. Jemand, der Jan immer in seinen großen Freundeskreis, sein großes Wissen, sein großes Herz eingeschlossen hatte.

Alles an ihm hatte Größe besessen.

Einmal war er mit Gero und seinen Freunden unterwegs gewesen. Sie waren auf einen Typen getroffen, der Geros damalige Freundin angemacht und bedroht hatte. Die anderen hatten sich auf ihn stürzen, ihn sich richtig zur Brust nehmen wollen. Aber Gero stellte sich zwischen sie und den Kerl. *Das ist feige. Wir alle gegen einen, das ist einfach feige,* hallte seine Stimme durch Jans Kopf. *Das können wir auch anders klären.*

Diese Art von Größe. Gero war ein Vorbild gewesen, aber leider ein unerreichbares. Er hatte nie mit ihm mithalten können.

Flackernd erstrahlten die Laternen über der Landstraße, eine Perlenkette aus Licht. Finsternis schlich über die Täler wie ein lauerndes Raubtier. Zeit zu gehen.

Jan stand auf und schlug den Kragen seines Mantels hoch.

Drei Tage vor dem tödlichen Unfall hatte Gero ihm gezeigt, dass er keineswegs das Vorbild gewesen war, für das er ihn gehalten hatte.

Das Schlimme, das wirklich Schlimme war, dass Jan sich seit Tagen nicht entscheiden konnte, ob er Blumen mitbringen oder einfach nur auf Geros Grab pissen sollte.

46

Die Adresse stimmte. Kein Zweifel.

Rabea steckte ihr Handy weg und trat auf die geschlossene Gaststätte zu. *Heinos Klause* stand in abgeblätterten Buchstaben über der mit Butzenglas versehenen Eingangstür. Die Rollladen waren heruntergelassen, verfärbt wie gelbe Zähne und von Flechtwerk überzogen. Auf der Terrasse stapelten sich rostzerfressene Gartenmöbel.

Eine dieser Kneipen, in der alte, tiefgebeugte Männer das Handwerk des Trinkens in Akkordarbeit betrieben.

Jetzt schrie alles hier nur noch nach Verwahrlosung.

Und hier sollte Stüter leben?

Allmählich bereute Rabea es, seinem Ruf nach Montabaur gefolgt zu sein.

Neben dem Eingang hing ein zerfledderter Zettel, auf dem »Bis auf Weiteres geschlossen« stand. Die Speisekarte im Schaukasten stammte noch von 2009. Nirgendwo gab es eine Klingel oder einen Briefkasten. Sie hielt die Hände an die Butzenglasscheibe und stierte hinein. War da nicht ein schwaches Glimmen in den Untiefen der Kneipe?

Vorsichtig klopfte sie gegen das Glas. »Stüter? Sind Sie da?«

Hinter den Scheiben tat sich etwas. Ein Verschwimmen von Schemen und Schatten. Schließlich eine Gestalt, die an die schwere Tür trat und sie einen Spaltbreit öffnete.

»Frau Wyler. Sie sind wirklich gekommen«, krächzte Stüter.

Er zog die Tür ganz auf. Der Hauptkommissar trug einen rot-weiß gestreiften Bademantel und Pantoffeln. Er war unrasiert, die Wangen von schwarzen Stoppeln bedeckt – das erste Mal, dass Rabea an ihm irgendeine Form von Haaren wahrnahm. Seine Augen waren rot geädert, seine Lippen entzündet und rissig.

»Sie wohnen hier?«, meinte sie, als er sie hereinbat.

»Nur vorübergehend. Aber Sie wissen ja: Nichts hält länger als ein Provisorium.«

Der muffige Geruch des Wirtshauses umfing sie – nach altem Holz, festsitzendem Zigarettenrauch und Bierdunst.

»Die Kneipe gehört einem alten Freund von mir. Ist schon seit Ewigkeiten zu. Aber der Gute kommt nicht aus dem Mietvertrag raus. Also haben wir kurzerhand aus der Not eine Tugend gemacht und ich bin hier nach der Scheidung eingezogen. Ich mag's. Hab's mir gemütlich gemacht.«

Die meisten der Tische hatte Stüter beiseitegeschoben und so Platz für ein Feldbett und eine kleine Sitzgruppe geschaffen. Überall stapelten sich Bücher und Kleider. An der Wand über dem Bett hing ein Poster von *Dirty Harry*.

»Wollen Sie was trinken?« Stüter ging hinter die Theke.

Rabea setzte sich auf einen der Hocker und legte die Unterarme auf das abgewetzte Holz. »Was haben Sie denn da?«

»Alles«, lachte er. »Das hier ist immer noch eine Kneipe.«

Über ihm hingen die Wimpel von Schützenvereinen und Stammtischen, die meisten Jahreszahlen noch aus den Achtzigern und Neunzigern.

»Eine Cola reicht mir schon«, sagte sie. »Ich hatte nicht erwartet, dass Sie so schnell aus dem Krankenhaus zurück sind.«

»Ich will es auch erst mal unter der Decke halten.« Stüter beugte sich über den Kühlschrank und holte eine 1,5-Liter-Flasche Cola und eine Flasche Hachenburger Pilsener heraus. »Das mit Daniel ... Ich hätte nicht so einen Kollaps haben dürfen.«

»Es ist nur menschlich gewesen.«

»Trotzdem.« Beim Einschütten zitterten seine Hände so stark, dass er reichlich Cola neben ihr Glas goss. Fahrig wischte er das Glas ab und reichte es ihr. »Prost! Ich bin nicht gerade gut im Smalltalk. Kommen wir gleich zur Sache.«

»Oh ja, ich bin gespannt, was es mit diesem Verschwörertreffen auf sich hat.«

»Es geht um Grall. Ich habe Informationen, die noch nicht einmal an den Rest der SOKO gedrungen sind.«

»Und was soll das sein?«

»Ich habe immer noch sehr gute Kontakte zu den Leuten in der Spurensicherung. Ich konnte einige Informationen abfangen. Verstößt natürlich gegen das Protokoll, ich weiß. Aber Sie werden es mir hoffentlich nachsehen.«

»Was immer Sie für richtig halten«, entgegnete Rabea entnervt.

»Wir reden von den Ergebnissen aus Tamara Weiß' Hotelzimmer. Wir haben eine Notiz von Ihrem Chef dort gefunden. Sie und er waren in der Tatnacht miteinander verabredet. Außerdem hat man Spermaspuren, fremde Haare und Hautpartikel an Frau Weiß' Unterwäsche gefunden. Die DNA-Analyse liegt noch nicht vor, aber wir gehen davon aus, dass sie von Jan Grall stammen.«

»Dass die beiden intim miteinander waren, haben wir schon vorher gewusst. Ich habe gesehen, wie sie ihn morgens beim Frühstück zugezwinkert hat. Ich weiß nicht, worauf Sie hinauswollen – aber es wirkte nicht gerade so, als hätte sie Angst vor ihm gehabt.«

Der Hauptkommissar holte einen Zettel aus seinem Bademantel und schob ihn über den Tresen. »Die Abschrift vom letzten SMS-Verlauf auf Frau Weiß' Handy.«

Sie faltete das Blatt auseinander und las den Schriftwechsel zwischen Tamara und einer gewissen Nisrin.

»Wer ist die Gesprächspartnerin?«, fragte sie.

»Nisrin Dasheni, ich habe vorhin mit ihr telefoniert. Eine Freundin von Frau Weiß aus Frankfurt. Projektmanagerin in einer Marketingagentur. War die ganze Unterhaltung über den Tränen nahe. Haben Sie schon zu Ende gelesen?«

Rabeas Blick glitt zum Ende der Seite. In Weiß' vorletzter Nachricht erwähnte sie Jan: »*Hab mir tatsächlich einen urlaubsflirt angelacht, glaub's oder nicht. Interessanter typ, aber pssst, topsecret, was er macht. Erzähl dir den rest, wenn ich wieder in ff bin.*«

Darauf folgten einige aufgeregte Nachfragen Nisrins, die allesamt unbeantwortet blieben. Tamara schrieb ihr erst einen Tag später. Diese letzte Nachricht stammte von gestern, 17:21:

»*Breche meinen urlaub ab. Komme schon morgen wieder. Hol mich bitte, bitte um vier am hbf ab. Muss dir so viel erzählen. Ein detail kann alles verändern, was man über einen menschen denkt.*«

Eine ganze Salve an Fragen schoss durch Rabeas Kopf. »Wieso ist Frau Dasheni nicht zur Polizei gegangen?«

»Weil sie die Nachricht nicht mit der Entführung in Verbindung gebracht hat. Ihrer Aussage nach hat Tamara Weiß eine Wochenendbeziehung gehabt, aber die muss wohl in letzter Zeit schlechter gelaufen sein. Sie glaubte, ihre Worte bezögen sich auf ihren Freund.«

Rabea zerknüllte den Zettel und schleuderte ihn ins Spirituosenregal. »Aber da haben Sie doch die ganz normale Erklärung. Was gibt es da noch hineinzuinterpretieren?«

»Gerade Sie sollten doch eine Freundin des Hineininterpretierens sein.« Stüter nippte an seinem Hachenburger. »Stellen Sie sich ein paar Fragen: Was hat Frau Weiß so in Aufruhr versetzt, dass sie früher abreist? Warum hat sie sich am letzten Abend nicht mit Jan treffen wollen?« Er lehnte sich vor. Sie spürte seinen warmen Bieratem auf ihrer Haut. »Sie muss etwas über Jan erfahren haben, das sie vollkommen erschüttert hat.«

»Vermutungen, nichts weiter!« Rabea fasste sich an die Schläfe, ein kaltes Prickeln der Wut überzog ihren ganzen Körper. »Wie können Sie darauf kommen, dass Jan etwas mit alldem zu tun hat? Ich habe ihn doch selbst aus dem Schwimmbecken gefischt, als ... als Köllner erschossen wurde. Was ist mit dem Z, das vor seinem Hotelzimmer an die Wand gemalt wurde?«

»Ich habe mit keinem Wort gesagt, dass er selbst die Entführungen oder Morde zu verantworten hat. Aber er hat eine Vorgeschichte im Westerwald. Er hat hier Wurzeln. Die können tief reichen. Und weit.«

Er stockte einen Moment, stützte sich auf den Tresen. »Ich habe keine Ahnung, was Gralls Rolle in diesem Fall ist. Aber bei all diesen Widersprüchen glaube ich, dass sie mehr ist als nur die eines Ermittlers.«

Rabea stürzte den Rest ihrer Cola herunter. Setzte das Glas ab und strich mit dem Zeigefinger über den Rand. Kannte sie ihren Vorgesetzten überhaupt wirklich?

War das hier wirklich noch eine Frage der Loyalität?

Sie entschied sich dagegen. »Lassen Sie uns einfach dieses Verdachtsmoment eliminieren, bevor er mich weiter in den Wahnsinn treibt. Lassen Sie mich eine Nacht drüber schlafen.«

Stüter leerte sein Bier. »Ich werde versuchen, den SMS-Verlauf so lange wie möglich vor Ichigawa zurückzuhalten. Am besten, wir beide schaffen das aus der Welt, bevor Jan noch weiter in Misskredit gerät.«

»Wenn wir schon von Gralls Wurzeln sprechen. Wissen Sie von der Sache mit seinem Bruder?«, meinte der Hauptkommissar.

Sie nickte. »Jan hat es mir erzählt. Er ist bei einem Autounfall gestorben.«

»Das ist alles, was er gesagt hat?«

»Wieso?«

Stüter legte einen vergilbten Zeitungsausschnitt aus einer Lokalzeitung auf die Theke.

Das Foto zum Artikel zeigte ein völlig ausgebranntes Autowrack. Als Rabea die Überschrift las, musste sie sich an der Theke festhalten:

Tödlicher Autounfall: Ein Bruder stirbt, der andere überlebt leicht verletzt.

Stüter schnaufte. »Jan hat Ihnen gesagt, dass sein Bruder bei einem Unfall gestorben ist. Aber nicht, dass er mit im Wagen saß.«

47

Ludovico Einaudi – Fuori Dal Mondo zeigte die Playlist von Rabeas iPhone an. Sie regelte die Lautstärke hoch, legte den Kopf in den Nacken und lauschte den Klavierklängen.

In der Hotellobby herrschte jetzt, kurz nach elf Uhr, absolute Leere. Nur die Rezeptionistin leistete ihr Gesellschaft und warf ihr immer wieder Blicke zu, die so etwas Ähnliches sagten wie: »Verschwinde endlich auf deiner Suite und lass mich in Ruhe Solitaire spielen.«

Rabea hatte einen Weißwein an der Bar bestellt, es sich in einem der Ledersessel bequem gemacht, die Füße auf den Glastisch gelegt und ihre Kopfhörer in die Ohren gesteckt. Jan hatte sie an diesem Abend zum Glück nicht mehr gesehen. Sie bezweifelte, dass sie noch dazu in der Lage gewesen wäre, eine normale Unterhaltung mit ihm zu führen.

Auf ihr Zimmer wollte sie noch nicht. Nicht nach letzter Nacht. Nachdem der Mörder einfach so hier hereinspaziert war. Sie wusste, dass dieses Verhalten kindisch war. Dass jetzt etwa vier Bundespolizisten das Gebäude rund um die Uhr bewachten. Gerade eben noch hatte sie einen von ihnen über die Terrasse des Restaurants laufen sehen.

Trotzdem konnte sie sich nichts Schlimmeres vorstellen, als auf ihrem Bett im dunklen Zimmer zu liegen. Nachdem damals das mit ihrer Schwester geschehen war, hatte sie es nicht ertragen können. Hatte viele Nächte im Bett ihrer Eltern verbracht oder nur mit Nachtlicht und einem Privatzoo an Kuscheltieren einschlafen können.

Ihre Mutter war Intendantin am Konzerttheater Bern gewesen, hatte sie schon früh an Klavier- und Kammerstücke herangeführt. Die Musik, in der sie nach dem Tod ihrer Tochter Trost gesucht hatte.

So hatte Rabea als Teenager nicht Linkin Park oder Britney Spears gehört, sondern lieber Bach, Chopin und Holst. Auch und gerade beim Einschlafen.

Einfach hier zu sitzen, Einaudi im Ohr und einen Chardonnay vor sich, stellte für sie absolute Entspannung dar. Sie war völlig autark. Abgeschnitten von allem, was sie belastete.

Die Alphabetmorde mit ihrem Spinnennetz aus Angst, Unwägbarkeiten und Fragen rückten in weite Ferne, fortgespült von Wein und Musik; als wären sie nicht unmittelbarer Teil ihres Lebens, sondern nur eine besonders grausige Story aus den Zwanzig-Uhr-Nachrichten.

Der Klingelton ihres Smartphones durchschnitt Einaudis Komposition und mit ihr Rabeas mentales Refugium. Es war Asim aus ihrer WG. Er war dreiunddreißig, Bassist in einer Indie-Band und arbeitete noch nebenbei als Filmvorführer in einem kleinen Kino.

»Alles in Ordnung in Mainz?«

»Können nicht klagen. Aber Ricarda und ich machen uns ein bisschen Sorgen um dich.«

»Braucht ihr nicht«, entgegnete sie voller Zuversicht und war überrascht, wie leicht ihr die Lüge über die Lippen ging. »Das Hotel wird gerade besser bewacht als Fort Knox.«

»Trotzdem, hättest du dir nicht eine andere Bleibe nehmen können? Ein Ferienhaus oder so?«

»Und du meinst, da wäre ich sicherer? Allein in irgendeiner abgeschiedenen Hütte?«

»Öhm, wenn du es so ausdrückst …«

Sie lachte kurz, wurde dann jedoch ernst. Ihr spukte nach wie vor Ichigawas Warnung vor Jan und Tamara Weiß' letzte, vieldeutige Nachricht im Kopf herum. Hier brauchte sie dringend eine zweite Meinung. »Du hast Jan bisher nur einmal getroffen, richtig?«, fragte sie. »Als er uns und Ricarda zu sich nach Hause eingeladen hatte.«

»Jep. Der mit der großen Stereoanlage und noch größeren Filmsammlung.«

»Die nur von der Ordnung übertroffen wird, die dort herrschte«, ergänzte Rabea. Ihr Chef war einer der strukturiertesten Denker, die sie kannte, und übertrug diese Eigenschaft auch auf den Rest seines Lebens.

»Was ist mit ihm?«

»Ist dir damals etwas an ihm aufgefallen? Etwas, wodurch du dich unwohl gefühlt hast?«

Er schwieg einen Moment. »Puh, er ist halt ein wenig wortkarg und sehr ernst. Aber ich denke, das ist normal. Wenn ich so höre, wie du über ihn sprichst, ist er ja eine Art Genie.« Sie hörte, wie er sich den Lockenkopf kratzte. »Eine Sache ist mir aufgefallen. In seinem Badezimmerschrank waren unglaublich viele Schmerzmittel und Psychopharmaka. Ich bin kein Experte, aber ich glaube, die Medikamente waren ziemlich stark.«

Rabea nippte an ihrem Weißwein. War es denkbar, dass ein so kontrollierter Mensch wie Jan Medikamentenmissbrauch beging? War Gras vielleicht nicht das Einzige, was er gegen seine Hypersensibilität einsetzte?

»Was hast du eigentlich in dem Schrank gesucht?«

»Zahnseide«, antwortete Asim kleinlaut. »Ich hasse es, wenn ich da irgendetwas hängen habe.« Jetzt schwang Unbehagen in seiner Stimme mit. »Warum fragst du überhaupt? Ist etwas passiert?«

»Nein, nein. Jemand hat nur etwas über ihn gesagt, was mich nachdenklich gemacht hat.« Ihre Unterhaltung mit Stüter verschwieg sie lieber. Sie wollte ihren Freund nicht unnötig beunruhigen.

»Die Leute reden viel über andere, das ist nun mal so. Will gar nicht wissen, was Ricarda so über mich erzählt.«

Die junge Philosophiestudentin und er machten sich einen Spaß aus ihren Sticheleien. Rabea ertappte sich ab und an bei dem Gedanken, dass die beiden etwas miteinander hatten. »Aber du hältst Jan nicht für jemanden, der gefährlich ist?«

»Liebe, jetzt machst du mir wirklich Angst. Du glaubst aber nicht, dass er euer Mörder ist, oder?« Er lachte nervös.

»Werd nicht albern. Am besten hätte ich dich gar nicht darauf angesprochen«, schloss sie.

Er spielte den Beleidigten. So unbeholfen, wie nur er es konnte. »Sorry!«

»Schon gut«, sagte sie. »Langsam frage ich mich nur, ob ich diesen Menschen überhaupt kenne. Ob ich überhaupt weiß, *wer* Jan Grall ist.«

E

»... ein unursprünglicher, darum auch schwankender, unbestimmter Vokal, der in unsrer Sprache allzusehr um sich gegriffen und ihren Wollaut beeinträchtigt hat. (...) solche Eintönigkeit ist kaum in andern Zungen möglich, war auch der deutschen ehemals fremd.«

Grimmsches Wörterbuch

48

7. Dezember, früher Morgen

»Om bhur bhuvah svah, Tat savitur vareniyam«, sang Jan vor sich hin. Er saß in seinen Hotelbademantel eingepackt im Lotussitz auf seinem Bett. Kurz öffnete er die Augen und ließ seinen Blick über die Wipfel des Wildparks schweifen, halb verborgen unter Morgendunst.

Er wiederholte sein Mantra, konzentrierte sich voll auf das Aussprechen der Silben. Formte Worte, deren Bedeutung er nicht einmal kannte – aber darum ging es beim Meditieren nicht.

»Die Wirkung solcher Mantras ist subversiv«, hatte ihm Vikram, sein indischer Kommilitone, mal erklärt. »Sie entsteht durch den Rhythmus, die ständige Wiederholung. Was sie bedeuten, ist irrelevant.«

Der indische Maschinenbau-Student hatte ihm den Text des Mantras während einer ihrer Nächte im Bochumer Bermudadreieck auf eine Serviette geschrieben.

Vikram hatte ihm das Meditieren empfohlen, als Jan ihm erzählte, dass nichts gegen seine innere Unruhe half – egal ob Psychopharmaka, verschiedenste Beruhigungstees oder Atemtechniken.

Doch die Meditation hatte ihn erstaunlicherweise zur Ruhe kommen lassen.

Für einen kurzen Moment vergessen. Vergessen, dass Tamara irgendwo da draußen war. Gehäutet, geschwächt, ausgeliefert.

Gestern Abend hatte er sich nach seinem Friedhofsbesuch noch der Suchaktion angeschlossen, die einige Freiwillige organisiert hatten. Zusammen mit den Leitern – einem Förster und einem Berufssoldat auf Heimaturlaub – hatte er einen Plan erstellt, um die Waldgebiete zwischen Bad Marienberg und Rennerod abzusuchen. Er fand sich in der Gegend noch immer so gut zurecht wie in Kindheitstagen. Diese Ortskenntnisse, gemeinsam mit seinem fallanalytischen Wissen, hatten sich als äußerst nützlich erwiesen.

Unterstützt von mehreren Dutzend Helfern, hatten sie bis tief in die Nacht das Unterholz durchkämmt, bis Kälte und Finsternis sie schließlich zurückgetrieben hatten. Er hustete kräftig. Die Verfolgung des Alphabetmörders vorletzte Nacht und die damit verbundenen Anstrengungen forderten ihren Tribut. Es war nur eine Frage der Zeit gewesen, bis der Sturz in den Pool mit anschließendem Herumstehen in der Kälte Folgen zeigen würde.

Im Moment war es schlichtweg keine Option für ihn, krank zu werden.

Er erhob sich von der Matratze. Als er sein Handy vom Ladekabel trennte, sah er sechs verpasste Anrufe. Alle von Miriam aus Mainz. Sein Herz, gerade noch im Stand-by-Modus, raste. Was war bei ihr los? Mit seinen flatternden Fingern vertippte er sich zweimal, bevor er sie schließlich zurückrief.

»Jan, sie waren hier! Sie waren hier!«, schrie sie ins Telefon, völlig in Tränen aufgelöst. »Irgendwie müssen die rausgefunden haben, dass ich bei dir bin.«

»Ruhig, ganz ruhig. Wer war da?«

»Dreier und seine Leute«, wimmerte sie.

»Wer?«

»Die Typen, denen ich Geld schulde.«

Seufzend ließ sich Jan auf das Bett sinken, die Hand auf die Stirn gepresst. »Oh fuck. Geht es dir gut? Haben sie dir irgendetwas getan?«

»Ich war zum Glück nicht hier, als sie da waren«, entgegnete sie. »Aber sie haben deine Terrassentür eingeschlagen ... und ... und deine DVD-Sammlung zertrümmert.«

In diesem Augenblick gab es nichts, das ihm egaler sein könnte als sein Mobiliar. Was zählte, war allein Miriams Sicherheit. »Ruf die Polizei, okay? Ich mach mich sofort auf den Weg zu dir. Weißt du, wo dieser Dreier lebt?«

»Ja, aber ich werde der Polizei nichts sagen«, entgegnete sie. »Der Kerl trägt seinen Namen nicht zu Unrecht.«

»Hört sich erst mal nicht so wahnsinnig gefährlich an«, sagte er. Sie holte tief Luft. Schniefte. »Es gibt da dieses verlassene Schwimmbad, etwas außerhalb der Stadt. Mit leerem Becken. Er ist bekannt dafür, dass er Leute dazu zwingt, dort vom Dreier zu springen. Das tötet dich nicht, beschert aber mindestens ein paar Knochenbrüche.«

»Und von solchen Typen leihst du dir Geld. Verdammt, wozu hast du es überhaupt gebraucht? Wie viel war es?«

»Tausendfünfhundert. Ich habe es nicht für mich gebraucht, sondern für meine Schwester. Für ihre Klassenfahrt. Klamotten. Einige andere Sachen. Längere Geschichte.«

»Okay, erzähl sie mir, wenn ich da bin. Ich muss hier noch eben Bescheid sagen, dann fahr ich sofort los.«

»Jan …«
»Hm?«
»Es tut mir leid.«

49

Anita Ichigawa machte einen letzten Schwimmzug bis zur Leiter. Behände stieg sie aus dem Becken, ihre dunklen Augen auf Jan gerichtet.

Ein Blick auf die Uhr hatte ihm genügt, um zu wissen, dass er sie hier finden würde. Sie funktionierte immer noch präzise wie eine Atomuhr.

Es erstaunte ihn, dass das Wildparkhotel das Bad bereits wiedereröffnet hatte. Die zerschossene Fensterscheibe war notdürftig mit Folie abgeklebt, die Scherben weggefegt worden.

»Was gibt's?« Anita löste ihren Zopf und wrang ihre feuchten Haarsträhnen aus.

Von sieben Uhr bis sieben Uhr dreißig war sie stets in einem Schwimmbad anzutreffen, seit Jahren schon. Diese Disziplin trug ihren Teil dazu bei, dass ihr Körper noch immer atemberaubend war. Die Haut so glatt und straff wie ihr dunkelblauer Sportbikini, ihre Muskelpartien definiert.

Er ertappte sich dabei, wie sein Blick ein wenig zu lang auf ihr ruhte. Wie seine Erinnerung einen Sekundenbruchteil zu lang an den Momenten hängen blieb, in denen sie ihn auf die Laken gedrückt hatte. Sich rittlings auf ihn gesetzt und von ihm geholt hatte, was sie wollte.

Am liebsten hätte er sich geohrfeigt. Das alles war längst Geschichte. Zu ihrer beider Glück, wie er sich wieder ins Gedächtnis rufen musste. Jetzt war nicht der Zeitpunkt, um sich von so etwas ablenken zu lassen.

»Ich glaube, du bist nicht nur zum Spannen hergekommen.« Sie schlang ein Handtuch um ihren Körper. »Ich kenne dieses Gesicht. Etwas stimmt nicht …«

»Es tut mir leid, aber ich muss sofort zurück nach Mainz. Nicht lange. Gib mir einen Tag. Aber ich muss dringend etwas regeln.«

»Ich bin nicht deine Vorgesetzte, also kann ich dich höchstens um etwas bitten, aber keine Anweisungen geben.«

»Klar, allerdings habe ich kein Interesse daran, es mir mit dir zu verscherzen.«

Sie wickelte ein zweites Tuch als Turban um ihren Kopf. »Okay, dann meine Bitte: Bleib hier, zumindest für die nächsten Stunden. Ich werde dich brauchen.«

»Was ist los?«

»Es gibt ein neues Opfer. E.«

Jan erstarrte. »Wo?«

»Abtei Marienstatt. In der Nähe von Hachenburg.«

»Seit wann weißt du davon?«

»Ungefähr einer Stunde.«

Sein Blick glitt zum Becken. »Und dann bist du noch seelenruhig hier geschwommen?«

»Ich unterbreche meine Routinen höchst ungern«, erklärte sie. »Außerdem hat überstürzte Hast noch nie einer Ermittlung geholfen.«

Er schüttelte kaum merklich den Kopf. Da war sie wieder. Das Enigma, das Anita so oft für ihn dargestellt hatte. »Manchmal habe ich das Gefühl, dich nie richtig verstanden zu haben.«

Einen Augenblick lang gab sie sich scheinbar ihrer sentimentalen Seite hin. Zwinkerte ihm zu. »Du bist zumindest der gewesen, der am nächsten dran gewesen ist.« Sogleich verhärteten sich ihre Züge wieder. »Also, fährst du mit zu der Abtei?«

Er verneinte. Erzählte ihr von Miriam; seiner Herumtreiberin, die in Schwierigkeiten steckte. »Du findest die ganze Aktion wahrscheinlich albern«, endete er. »Dass ich mich auf so etwas Unvernünftiges eingelassen habe.«

»Nein«, sagte sie langsam, den Kopf schief gelegt. »Das bist nun einmal du. Ein impulsiver Analytiker. Ein zynischer Gutmensch. Einfach ein Paradoxon.«

»Fast schon poetisch, wie du das sagst. Ich bleibe dabei, ich werde fahren. Rabea wird solange übernehmen.«

»Ich vertraue dir inzwischen, Jan«, sagte sie. »Wo wir gerade bei Rabea sind: Weiß sie es? Was wirklich mit deinem Bruder passiert ist?«

Sein Herz krampfte sich zusammen. »Du bist noch immer der einzige Mensch, der davon weiß.«

»All die Jahre und du trägst diesen Ballast weiter ganz alleine mit dir herum.«

»Hätte ich ihn auch dir verschwiegen, wären wir vermutlich nicht auseinandergegangen«, entgegnete er und vermied es dabei tunlichst, irgendeine Form von Wehmut in seine Stimme zu flechten.

»Das war nicht der Grund dafür, dass ich es beendet habe!« Die ihm so wohlbekannte pulsierende Ader auf ihrer sonst so makellosen Stirn erschien. »Aber ich kann nicht mit einem Mann zusammen sein, der dazu in der

Lage ist, so ein Geheimnis zu wahren. Das ist es, was dich so gefährlich macht.«

»Du hältst mich für gefährlich?«

»Es gab eine Phase, in der ich dich für einen Psychopathen gehalten habe. Aber leider braucht es einen Psychopathen, um andere Psychopathen zu verstehen.«

»Das fasst meine Zunft sehr schön zusammen.«

Er fühlte sich gerade so nackt, dass er sich nur noch in Sarkasmus retten konnte.

»Ich muss los. Die SOKO wartet«, sagte sie, mit einem Mal wieder so gefühlskalt wie stets. Im Hinausgehen wandte sie noch kurz den Kopf. »Weißt du, für einen Psychopathen bist du ziemlich in Ordnung.«

50

Der Moment war gekommen. Seit Rabea beim LKA eingestiegen war, hatte sie ihn gleichermaßen gefürchtet und herbeigesehnt. Sie musste Jan vertreten. Musste sich als Solo-Fallanalytikerin beweisen.

Sie wischte sich die schweißnassen Handflächen an der Jeans ab und lehnte den Kopf gegen die Seitenscheibe von Ichigawas Audi.

Sie folgten einer Landstraße, die aus Hachenburg hinaus und immer weiter ins Tal der Nister führte. Bis hierher war der Schneepflug noch nicht durchgedrungen. Teilweise fiel es ihnen schwer, bei all den Verwehungen

Straße und Waldboden voneinander zu unterscheiden. Die Deutschjapanerin schwieg konzentriert, tief über das Lenkrad gebeugt.

Der Wald zu beiden Seiten der Straße lichtete sich. Zum ersten Mal hatte Rabea freie Sicht auf die Abtei. Es war, als würde sich ein Fenster in die Vergangenheit öffnen. Wäre nicht der Parkplatz, die Anlage hätte direkt aus dem Mittelalter stammen können.

»Das da vorne könnte Bruder Timotheus sein«, sagte Ichigawa. »Er soll uns zum Tatort führen.«

Ihr Blick ruhte auf einem Zisterzienserbruder in weißschwarzer Kutte, der gerade eine Gruppe Schulkinder an der Bushaltestelle im Zaum hielt.

Sie stiegen aus und näherten sich dem Mönch.

»Markus, ich sehe den Edding genau!«, dröhnte der vollbärtige Ordensbruder. »Wenn auch nur ein Strich auf der Bank ist!«

Als er sie erblickte, glätteten sich seine angespannten Züge. Der kobaltschwarze Bart und die kinnlange Haarmähne ließen Timotheus älter wirken, als er es wohl in Wirklichkeit war. Rabea schätzte ihn auf Mitte vierzig.

»Entschuldigung, ich bin gerade ein wenig im Stress«, sagte er, nachdem er ihnen die Hände geschüttelt hatte. »Wir haben den Unterricht vorzeitig beendet und müssen jetzt schauen, dass die Kinder wohlbehalten von hier wegkommen.«

»Kein Problem«, erwiderte Ichigawa. Dabei warf sie einen Blick auf die Kinder, der klarmachte, dass sie niemals Mutter oder gar Hausfrau sein würde.

Timotheus sah zwischen ihnen hin und her. »Ist Jan nicht hier? Ich dachte, er würde sich um die Fallanalyse kümmern.«

Rabea hob die Augenbrauen. »Sie kennen Jan?«

»Nur flüchtig. Seinen Bruder Gero kannte ich besser«, erklärte der Mönch. »Wir waren beste Freunde. Haben damals zusammen den Jagdschein gemacht.«

Für einen Moment hielt Rabea den Atem an. Wechselte einen Blick mit Ichigawa.

»Jan musste wegen einer persönlichen Angelegenheit leider kurzfristig abreisen«, erklärte sie, darauf bedacht, sich nichts anmerken zu lassen. »Aber ich werde mein Bestes geben, um ihn adäquat zu vertreten.«

»Jagen, hm?« Ichigawa sprach betont beiläufig. »Zwischen Schießübungen und dem Leben als Gottesdiener liegt ein ziemlich weiter Weg.«

»Der Weg der Buße kann ein langer und steiniger sein, wenn Sie mir so eine abgegriffene Katholikenfloskel erlauben.«

Rabea grinste in sich hinein. Eines musste sie Timotheus lassen: Für einen Mann der Kirche besaß er ein unerwartetes Maß an Selbstironie.

»Bruder Timotheus, wer hat die Leiche gefunden – und wann?«, fragte sie.

»Bitte, nennen Sie mich Timo. Das tun auch die Schüler.« Der Mönch zwinkerte ihnen zu. »Kein Grund, förmlich zu werden.«

Ein Schulbus fuhr vor. Mit klaren, strengen Anweisungen bugsierte er seine Schutzbefohlenen in das Vehikel. Als die ganze, immerzu in ihre Handys tippende Meute im Bus verschwunden war, wanderte seine Aufmerksamkeit zurück zu ihnen.

»Einer unserer Novizen, Benedikt, hat sie morgens beim Joggen entdeckt. Direkt an der Nister.«

»Wir müssen mit ihm sprechen«, sagte Ichigawa.

»Selbstverständlich.« Seufzend bedeutete er ihnen, dass sie ihm folgen sollten. »Lassen Sie mich diese Bürde hinter mich bringen.«

Sie überquerten eine Brücke, so alt, dass sie wohl schon Ritter und Grafen betreten hatten, und folgten einem Wanderpfad. Von hier aus bot sich ein fulminanter Blick auf die strahlend weißen Klostergebäude, die im Schnee wie Eispaläste wirkten.

Timotheus wandte sich an Rabea. »Sagen Sie, wie geht es Jan?«, fragte er. »Ich kann mir vorstellen, dass es schwer für ihn ist, wieder hier zu sein. Nach allem, was damals vorgefallen ist.«

»Er kommt klar«, entgegnete sie bewusst einsilbig. »Hat sogar kurz seine Familie besucht.«

»Ich kann's verstehen«, stieß Timo aus. »Wie heißt es doch? ›Alle glücklichen Familien ähneln einander; jede unglückliche aber ist auf ihre eigene Art unglücklich.‹«

Rabea stolperte beinahe über eine Wurzel.

Der Ordensbruder umfasste ihren Oberarm. Seine Berührung hinterließ ein eiskaltes Prickeln auf ihrer Haut. »Alles in Ordnung?«

»Ja, natürlich. Ihre … Literaturkenntnisse haben mich nur überrascht.«

51

»Ich wusste, dass du wiederkommen würdest.« Katharina Grall bugsierte die Kaffeetasse auf den Küchentisch und sagte lächelnd: »Und bitte lass die hier heile. Sonst gehen mir bald die Tassen aus.«

»Versprochen«, murmelte Jan der Tischplatte entgegen.

Den Ausrutscher beim letzten Besuch bei seiner Schwägerin hätte er sich nicht erlauben dürfen. Und so was wie er nennt sich Psychologe.

Hardt lag auf dem Weg Richtung Mainz. Eigentlich wollte er so schnell wie möglich zu Miriam, aber dieser geographische Fakt hatte ihm einen Strich durch die Rechnung gemacht. Er musste hier einen Stopp einlegen. Sich entschuldigen. Reinen Tisch machen.

»Ich habe nicht viel Zeit, wie gesagt«, erklärte er, während er mit dem Zeigefinger über eine Tischmaserung strich. »Aber ich will mich einfach entschuldigen. Geros Tod ist immer noch so unfassbar schwer. Für uns alle.«

Seine Schwägerin lehnte gegen die Küchenzeile, die Arme vor der Brust verschränkt. Sie nestelte an ihren Ellenbogen herum. Ein klares Zeichen von Anspannung.

»Für mich ist er es nicht mehr, um ehrlich zu sein. Schon lange nicht mehr«, sagte sie. »Ich habe weniger Tränen an ihn verschwendet, als du vielleicht denkst.«

Er starrte sie an.

»Manchmal frage ich mich, ob du Gero überhaupt gekannt hast.« Ihr Mund wurde schmal.

»Er hatte eine Geliebte.« Kathi löste sich vom Tresen. Die Fäuste geballt, die Stimme hart. »Irgendein junges Dummchen aus Weidenhahn. Muss ungefähr ein Jahr vor dem Unfall angefangen haben. Ist dann später wohl nach Frankfurt gezogen.«

Jan nippte an seinem Kaffee. Er konnte kaum schlucken. Wie viele Geheimnisse hatte sein Bruder noch gehabt?

»Ich habe es erst nach dem Unfall erfahren. Als ich sein Handy durchgegangen bin.«

»Hast du sie jemals getroffen?«

Kathi schüttelte den Kopf. »Nach Geros Tod hat sie die Flucht ergriffen.«

»Kommt mir bekannt vor.«

Ein zögerliches Klopfen am Rahmen der Küchentür. »Mama?«

Kathi fuhr herum. »Ach, Maik. Wie lang stehst du schon da?«

Jans Neffe winkte ab. »Nicht schlimm. Keine Minute.«

Wieder irritierte ihn der Anblick des jungen Mannes. Die Ähnlichkeit mit Gero war überwältigend. Als würde man durch sein Gesicht direkt in die Vergangenheit blicken.

Maik reichte seiner Mutter einen Briefumschlag. Flüsterte ihr etwas ins Ohr.

»Ja, klar. Ist von der Versicherung. Den gehen wir gleich zusammen durch«, erwiderte sie.

Ihr Sohn errötete, und sein Blick wanderte zu Jan herüber.

Kathi legte ihm eine Hand auf die Schulter. »Maik hat

ähnliche Probleme wie du früher. Konzentration. Aber das ist nichts, wofür du dich schämen musst, richtig?«

Maik nickte missmutig.

»Schon gut. Du kannst mir vertrauen. Ich gehöre zur Familie.« Jan brachte ein Lächeln zustande. Wie komisch es doch klang. Familie. »Noten sagen nichts über Intelligenz aus. Lass dir davon nicht das Leben kaputt machen.«

Maik zog einen Mundwinkel in die Höhe. Genauso wie Gero.

Sein Herz verkrampfte sich bei diesem Anblick. Er hätte mehr Zeit mit seinem Neffen verbringen sollen. Er wandte sich ab. Stand auf: »Sorry, aber ich muss gehen.«

»Wenigstens hast du dieses Mal keine Tasse umgeschmissen.« Kathi schenkte ihm eine flüchtige Umarmung.

Ein Klopfen an der Verandatür ließ sie beide zusammenzucken. Stefan Schomar, ihr neuer Lebensgefährte, winkte ihnen zu. An seiner Outdoorjacke klebten Schneeflocken, seine Wangen waren glühend rot.

»Eine Sekunde.« Kathi löste sich aus der Umarmung, sprintete durchs Wohnzimmer und schob die Tür auf.

»Sorry, hab meinen Schlüssel vergessen«, begrüßte Stefan sie und hauchte ihr einen Kuss auf die Wange.

Er wirkte noch abgekämpfter als beim letzten Mal, wie ein Soldat, der nach einem erbitterten Kampfeinsatz nach Hause kam. Sein Blick, der von einer tiefen Traurigkeit beherrscht schien, fiel auf Jan.

»Auch wieder hier!« Er deutete ein Lächeln an. »Ich komme gerade von einer der Suchaktionen. Das Wetter spielt uns echt nicht in die Hände.«

»Musst du nicht arbeiten?«, fragte Jan.

»Hab mir freigenommen. In der Firma können wir

unsere Urlaubstage nicht mit ins nächste Jahr nehmen, also haue ich sie jetzt alle raus. Bevor es zu spät ist.«

»Papaaa!«

Poltern auf der Treppe im Flur. Ein Mädchen im lilafarbenen Schlafanzug raste mit wehenden Locken zu ihnen und warf sich auf Stefan. Jan schätzte, dass ihre Einschulung noch nicht allzu lange her sein musste.

»Prinzessin Emilia! Du trägst ja immer noch deinen Schlafanzug!« Zum ersten Mal klang Stefans Stimme entspannter.

»Sie hat den ganzen Morgen Nintendo DS gespielt«, erklärte Kathi mit hochgezogener Augenbraue.

»Oh? Und? Hast du den Endgegner geschafft?«

Emilia schüttelte den Kopf. »Du musst mir helfen.«

»Und wie sieht's bei dir aus, Großer?« Stefan knuffte Maik, der nur ein verhaltenes Lächeln hervorbrachte.

»Fahre gleich in die Stadt. Mama wollte, dass ich noch ein paar Sachen einkaufe.«

»Hilft seiner Mutter, ganz der Gentleman!«

Trotz Stefans aufgesetzter Lockerheit war die Chemie zwischen ihm und Maik nicht dieselbe wie zwischen ihm und seiner leiblichen Tochter.

Emilia beäugte Jan mit schiefgelegtem Kopf. »Und wer bist du?«

»Oh, das ist …«, Kathi stockte, als sie ihn vorstellen wollte. Sie musste mitten im Satz gemerkt haben, dass es nicht allzu leicht war, seine Rolle einem Kind zu erklären.

Jan sprang für sie ein. »Ich bin der Onkel von Maik … Jan.«

Er streckte ihr die Hand entgegen, die sie zögerlich umfasste. Beim Händeschütteln machte er spielerisch große Bewegungen. »Wow, du hast ja einen echt festen Händedruck«, sagte er und rieb sich die Finger.

Emilia kicherte.

»Ich glaube, du brauchst einen Kaffee«, meinte Kathi zu ihrem Lebensgefährten.

Stefan setzte sich an den Esstisch. »Und wie!«

Für einen Moment noch nahm Jan dieses Familienidyll in sich auf, das auch nicht mehr als ein Schauspiel war, ein improvisiertes Laientheater, dann unternahm er den nächsten Aufbruchsversuch. Er musste zu Miriam.

»Wie schon gesagt, ich muss los.«

Stefan breitete die Arme aus. »Eine Schande! Wir verpassen uns ständig um Haaresbreite. Vergiss nicht: Meine Einladung steht immer noch.«

Emilia wippte auf ihrem Stuhl auf und ab. »Zeigst du mir dein Gewehr, wenn der Mann weg ist?«

Sogleich schaltete Jans Verstand mehrere Gänge höher. »Was für ein Gewehr?«

»Ach, die Kleine hat heute Morgen gesehen, wie ich mit meiner alten Jagdflinte zur Suchaktion gegangen bin. Ich hatte ihr versprochen, es ihr später genauer zu zeigen.«

Kathi stand der Mund offen. »Sie ist vier!«

»Wollte ihr nur die Technik erklären.« Stefan zuckte mit den Schultern. Er verbarg seine Hände unter der Tischplatte, aber Jan sah trotzdem, dass sie zitterten.

»Was hattest du vor? Den Mörder erschießen?«, erhob Kathi zunächst die Stimme, erinnerte sich dann wohl an Jans Anwesenheit.

»Es ging um meine eigene Sicherheit!« Stefan hielt den Blick auf die Tischplatte gesenkt.

»Wieso hast du sie nicht wieder mitgebracht?«, hakte Jan nach.

»Hm?«

»Als du vorhin reingekommen bist … Du hattest kein Gewehr dabei.«

»Einer der anderen Helfer hielt es auch für keine gute Idee, dass ich es bei mir habe. Wir haben es im Dorfgemeinschaftshaus gelassen. Ich hab's dort vergessen.«

Man vergaß doch nicht einfach so eine Schusswaffe, dachte Jan, ließ die Worte aber unausgesprochen.

»Tut mir leid«, sagte er, »wird bei mir langsam zur Gewohnheit, ständig solche Fragen zu stellen.«

»Schon vergessen.« Stefan nahm den ersten Schluck Kaffee. »Du könntest wohl auch mal etwas Urlaub vertragen, was?«

»Der wird noch etwas warten müssen.«

Beim Hinausgehen klopfte er noch Maik auf die Schulter. »Wir müssen uns mal treffen, wenn das alles hier vorbei ist.«

Überraschung glomm in den Augen des jungen Mannes auf. »Klar, gern«, sagte er mit seiner stets teilnahmslos wirkenden Stimme.

Jan zwinkerte ihm zu. Vielleicht konnte aus ihm doch noch ein guter Onkel werden.

52

Lange Zeit bin ich früh schlafen gegangen. Manchmal fielen mir die Augen, wenn kaum die Kerze ausgelöscht war, so schnell zu, dass ich keine Zeit hatte zu denken: »Jetzt schlafe ich ein.«

Ichigawas Blick ruhte auf dem Zettel, der an eine der Eichen genagelt war. »Der Anfang eines Romans. Natürlich. Ich komme mir langsam vor wie in einem Buchclub.«

Auf der Suche nach der verlorenen Zeit, hauchte Rabea. »Proust. Zu Anfang dachte ich noch, dass die Zitate mit den Opfern zusammenhängen. Aber inzwischen glaube ich, dass sie willkürlich gewählt sind.«

»Ein Serientäter will sich doch ausdrücken. Mit uns kommunizieren. Das passt nicht zusammen.«

»Vielleicht geht es gar nicht um den Inhalt der Zitate, sondern das Schreiben, das Platzieren an sich. Unser Mörder hat Buchstaben eintätowiert. Er ist mehr am Akt des Niederschreibens interessiert.«

Rabea hatte es sich bei ihrer Ausbildung am Berner ViCLAS-Centre zu ihrem Steckenpferd gemacht, eingefahrene Denkpfade zu verlassen. Laterales Denken. Eine Fähigkeit, die sie auch damals im ersten Gespräch mit Jan angepriesen hatte: »Ich bin dazu in der Lage, auch *out of the box* zu denken.«

Daraufhin hatte Jan nur gelacht. »Außerhalb jeder Box gibt es immer eine noch größere Box.«

In diesem Moment zahlte sich ihre Denkweise allerdings aus. Verlieh ihr ein Selbstvertrauen, das zunehmend stärker durch ihren Körper rauschte.

Ichigawa und sie wandten sich wieder dem Tatort am Flussufer zu. Die Nister war fast komplett zugefroren und gurgelte geschwächt vor sich hin, wie ein Tier im Winterschlaf.

Flatterband trennte einen Uferabschnitt zu einer rechteckigen Manege des Todes ab. Die Rechtsmedizinerin

Diana Harreiter kniete über dem Toten wie ein trauriger Clown. Schon aus einigen Schritten Entfernung machte Rabea das tiefrote »*E*« auf dem Rücken der Leiche aus; die Linie so zittrig geführt, als hätte ein Kind sie gezogen.

»Können Sie mir schon sagen, wie der Tote heißt?«, fragte Harreiter, als sie bei ihr angekommen waren.

Ichigawa hockte sich neben sie. »Macht das für Sie einen Unterschied?«

»Ich kenne immer gern den Namen desjenigen, dem ich den Brustkorb aufsägen werde.« Heute baumelten kleine Todesstern-Anhänger von ihren Ohrläppchen. »Dr. Michael H. Ehrberg«, sagte Rabea, um dem Wortgeplänkel ein Ende zu setzen. »Bruder Timotheus kannte ihn. Er war Literaturwissenschaftler. Fachgebiet Bibelmystik und christlicher Aberglaube. Wollte sich hier in Marienstatt eine Auszeit nehmen.«

»Die jetzt länger als geplant wird«, endete Ichigawa gefühllos.

Rabea starrte sie an.

Die Deutschjapanerin zuckte nur mit den Schultern. »Dr. Ehrberg ist für mich Teil meiner Arbeit. Und in meiner Arbeit lasse ich keine Gefühle zu.«

Rabea hätte am liebsten die Augen verdreht.

Das Gesicht des Literaturwissenschaftlers war in das Wasser der Nister getaucht, Kopf und Hals aufgedunsen. Die Haare hingen in durchnässten, blutverschmierten Strähnen herab. Eine ovale Platzwunde klaffte auf dem Hinterkopf.

Die Haut am restlichen Körper war grau und aufgequollen. Die Gliedmaßen waren spindeldürr, fast wie bei einem Insekt. In Rabea kam kurz der absolut pietätlose Gedanke an Gollum aus *Der Herr der Ringe* auf.

»Ist er erschlagen oder ertränkt worden?«, fragte Ichigawa.

»Als ich seinen Kopf angehoben habe, habe ich bemerkt, dass noch Wasser in den Lungen ist«, erklärte Harreiter. »Der Schlag auf den Hinterkopf muss ihn kurzzeitig außer Gefecht gesetzt haben. Aber der Tod ist durch Ertränken eingetreten.«

»Todeszeitpunkt?«

»Der Färbung und Wegdrückbarkeit der Leichenflecken nach zu urteilen, ungefähr zwei Uhr nachts. Allerdings lassen die Flecken nicht erkennen, dass er bewegt wurde. Das Opfer muss also selbst hierhergelaufen sein. Entweder weil er gezwungen wurde oder aus freien Stücken.«

Rabea betrachtete die Leiche, die vor ihnen auf dem vereisten Uferkies lag. War das hier ein Treffpunkt für ihn und den Mörder gewesen? Kannte er ihn? Wenn ja, woher?

Ichigawa klopfte Harreiter auf die Schulter. »Danke, das hilft uns schon weiter.« Sie drehte sich zu Rabea. »Wollen wir uns mal wieder unserem Mönch widmen.«

Bruder Timotheus nahm sie beide erst wahr, als sie unmittelbar vor ihm standen. Die Hände in die weiten Ärmel seiner Kutte gesteckt, den Kopf demütig gesenkt, erinnerte er an eine Märtyrerstatue aus der Renaissance.

»Entschuldigen Sie meine offene Frage, aber gab es im Kloster jemanden, mit dem Herr Dr. Ehrberg etwaige Differenzen hatte?«, säuselte Ichigawa, plötzlich wieder ein ganz anderer Mensch. Als hätte sie eine Maske angelegt.

»Ich kann mich an keine Unstimmigkeiten erinnern«, brummte Timotheus unter seinem Bart hervor. »Allerdings ... unter den Brüdern hielt sich das Gerücht, er wäre homosexuell.«

Ichigawa legte den Kopf schief. »Was hielten Sie von

seiner Arbeit? Christlicher Aberglauben. Muss man so ein Thema nicht mit viel Fingerspitzengefühl behandeln?«

Rabeas Blick wanderte zwischen den beiden hin und her. Es war nur allzu deutlich, dass sich die SOKO-Leiterin auf den Zisterzienser eingeschossen hatte. Auch sie hielt das Verhalten des Mönches für verdächtig, allerdings hallte immerzu Jans Stimme durch ihren Hinterkopf, die sie mahnte, keine voreiligen Schlüsse zu ziehen.

»Ehrbergs Forschungsgebiet ist in der Tat heikel.« Timotheus räusperte sich. »Die Kirche wird dieser Tage von allen Seiten kritisiert, angegriffen, aus den eigenen Reihen untergraben. Wir brauchen nicht noch jemanden, der unser Heiligstes – das Wort Gottes – Stück für Stück auseinandernimmt.«

Mit jedem Wort hatte sich Ichigawas Miene weiter verdüstert. Sie erlaubte sich ein kaltes Lächeln. »Timo, hätten Sie etwas dagegen einzuwenden, wenn wir das Gespräch in Ihre Klosterzelle verlegen?«

53

Die Muttergottes mit Zepter und Jesuskind blickte anklagend auf Rabea herab, als sie den anderen durch das Portal des Klostergebäudes folgte. Sie war nicht besonders gläubig, trotzdem schaffte es sakrale Prachtarchitektur wie das barocke Treppenhaus immer wieder, ein gewisses Maß an Ehrfurcht in ihr zu wecken.

Timotheus grüßte zwei seiner Brüder, die die Gruppe stillschweigend und mit weit aufgerissenen Augen musterten, und führte sie dann die zweiarmige Treppenanlage hinauf in den Klausurbereich der Mönche. Eine Welt, die normalerweise völlig von der Außenwelt abgeriegelt war.

»Ich weiß nicht genau, was Sie noch von mir wissen wollen«, meinte Timotheus, während sie mit hallenden Schritten durch die Gänge liefen. »Oder was Sie in meiner Zelle finden wollen. Aber ich habe nichts zu verstecken, also bitte ...«

Er blieb vor einer schlichten Eichentür stehen und drückte sie auf. Sie war nicht verschlossen. In der Zelle gab es auch nicht viel, was man hätte stehlen können: ein schlichtes Bett, ein Schreibtisch, ein Schrank, einige Bücher, ein Brillenetui und das obligatorische Holzkreuz an der Wand. Es roch nach frischer Bettwäsche und einer unbestimmten Reinheit.

Ichigawa trat ohne Einladung ein und setzte sich auf den einzigen vorhandenen Stuhl. Ihr Blick glitt über die Bücher, die auf dem Schreibtisch aufgereiht waren. »Sie sind wirklich bewandert in Weltliteratur.«

Timotheus ließ sich auf sein Bett sinken. »Für mich gibt es durchaus noch andere Bücher neben der Heiligen Schrift.«

Die SOKO-Leiterin klopfte gegen den Kleiderschrank. »Darf ich mal reinschauen?«

»Wenn's sein muss.«

Rabea interessierte etwas anderes. »Wann haben Sie Jan eigentlich das letzte Mal gesehen?«

»Was spielt das für eine Rolle?«, meinte Ichigawa, während sie den Inhalt des Schranks betrachtete.

»Wenn es wirklich ums reine Sehen geht, dann das

letzte Mal vorgestern, in der Zeitung. Hätte ihn fast nicht wiedererkannt. Die letzten Jahre haben ihre Spuren hinterlassen.«

In der Stimme des Zisterziensers lag eine aufrichtige Besorgnis, die Rabea immer weniger glauben ließ, dass er zu irgendwelchen Gewaltakten in der Lage war.

»Frau Wyler! Schauen Sie sich das an!« Ichigawa trat vom Schrank weg.

Rabea postierte sich neben Ichigawa. Diese hatte sich Plastikhandschuhe übergestreift und ging in die Hocke.

»Der Schrank hat einen doppelten Boden.«

In der rechten unteren Ecke der Holzplatte gab es ein kleines Loch. Ichigawa steckte den Finger hinein und zog so die Platte zur Seite. Zum Vorschein kam ein handbreiter Hohlraum, in dem sich ein steinzeitliches Nokia-Handy befand.

»Sie haben also nichts zu verstecken, hmm?«, sagte Ichigawa triumphierend.

Selbst durch den dichten Bart ließ sich erkennen, wie kreidebleich der Pater war.

Ichigawa nahm das Handy und schaltete es an. »Sagen Sie uns gleich, was wir hier drauf finden werden?«

»Das Handy?«, stutzte der Mönch, und aufrichtige Verwirrung schimmerte in seinen dunklen Augen. »Das hatte ich vor ein paar Tagen verloren.«

»Wie praktisch ... Anscheinend ist es wieder aufgetaucht. Freuen Sie sich nicht? Wer hat denn außer Ihnen noch von diesem Geheimfach gewusst?«

Timotheus starrte nur mit offenem Mund wortlos zwischen ihnen hin und her.

»Gehen Sie die Nachrichten durch«, meinte Rabea atemlos.

Ichigawas Finger huschten über die Tasten. Kurz darauf reichte Ichigawa ihr das Handy.

1 uhr an der nister. warte auf dich. dein timo.

»Wer ist der Empfänger?«, fragte Rabea.

»Michael. Wie Dr. Michael Ehrberg.« Ichigawa wandte sich an den Mönch. »Bruder Timotheus, aufgrund dringenden Tatverdachts sind Sie hiermit vorläufig festgenommen.«

Sie löste die Handschellen von ihrem Gürtel und marschierte auf ihn zu. Von seiner Ruhe war nichts mehr übrig. Mit ausgebreiteten Armen stand er von seinem Bett auf.

»Ich ... das, das ist unmöglich ...«

Rabea verfolgte die Entwicklung des Geschehens, als würde sie ihm über den Fernseher beiwohnen. Zum tatenlosen Zusehen gezwungen.

Das war zu einfach. Das konnte nicht sein.

Sie machten gerade einen riesigen Fehler.

54

»Fertig?«

Die Augen von Tugbas Peiniger blitzten in der Dunkelheit. Seine Lederhandschuhe knackten, *als er die Bretter ihres Verschlages umklammerte.*

Er hatte sie aus einem unruhigen Dämmerschlaf gerissen. Der Art von Schlaf, die einem keine Ruhe schenkt, sondern raubt. Zum Glück hatte sie mit dem Rücken zur Wand gelegen. So sah er nicht, dass sie bereits die Hälfte des Gs auf ihrem Rücken weggekratzt hatte. Keine Ahnung, was er dann tun würde. Sie wollte es nicht herausfinden.

Er trat gegen den Verschlag.

»Bist du fertig?«, wiederholte er. Diesmal in noch schärferem Ton.

Sie nickte heftig. »Ja ...« Über ihre aufgesprungenen Lippen bekam sie kaum ein Wort. Ihre Zunge fühlte sich wie ein ausgetrockneter Schwamm an, der in ihrer Mundhöhle steckte.

Sie bewegte ihre von der Kälte steifen Hände, indem sie sie öffnete und wieder zusammenballte. Griff unter ihre Matratze und holte das Übungsbuch hervor. Die Erstklässler-Aufgaben, die irgendjemand in verschmierter Kinderschrift gelöst hatte, hatte sie ganz normal bewertet. Häkchen gesetzt, Fehler korrigiert, Noten vergeben. Was hatte er damit vor? Wer hatte es ausgefüllt? Sein Kind?

Als sie es ihm zitternd reichte, riss er es ihr sofort aus der

Hand. Schlug das Buch auf und blätterte ungeduldig darin herum. Er schien sie vom einen auf den anderen Moment völlig vergessen zu haben.

Sie wollte sich schon auf ihre Matratze zurückziehen, als er plötzlich die Hand hob. »Der Stift!«

Tugbas Kehle schnürte sich zu. Also doch. Er hatte es nicht vergessen. Wieder glitten ihre Finger unter den rauen Stoff der Matratze.

Jegliche Erschöpfung fiel von ihr ab. Adrenalin pumpte durch ihre Venen. Der billige Plastikkugelschreiber lag kühl und leicht in ihrer schweißnassen Handfläche. Kurz glitt sie mit dem Daumen über die Stelle, an der sie den Metallclip abgebrochen hatte.

»Hier.« Sie streckte den Arm aus.

Ungeduldig nahm er ihr den Kugelschreiber ab. Besah ihn. Hielt inne.

Tugba krabbelte panisch zurück auf ihre Matratze. Nein, nein, nein! Sie bekam keine Luft mehr. Er hatte es bemerkt. Sofort gespürt, dass etwas fehlte. Wie konnte sie nur so leichtsinnig sein?

Er steckte den Kugelschreiber in die Innentasche seiner Windjacke und wandte sich ab. Den Blick weiter auf das Übungsbuch gerichtet.

Tugba wagte es erst wieder auszuatmen, als er aus der Falltür gestiegen war. Er musste doch so tief in die Korrekturen versunken gewesen sein, dass ihm die fehlenden Teile nicht aufgefallen waren.

Sie nestelte in dem schmalen Loch herum, das sie in die Matratze geritzt hatte. Strich über den Metallclip und eine abgebrochene Hälfte der Kugelschreibermine, die sie darin versteckt hielt.

Sie würde wieder Tageslicht sehen. Würde wieder mit ihrer

Schwester Eis essen. Mit ihren Schülern lachen. Weiterleben. Wie ein Mantra ließ sie sich diese Bilder durch den Kopf gehen. Noch hatte sie Zeit. Noch war ihre Stelle im Alphabet nicht gekommen.

55

»Kennen Sie das Lincoln-Kennedy-Mysterium, Frau Wyler?«

»Ich bin nicht für eine Geschichtsstunde zu Ihnen gekommen.« Rabea stand von ihrem Barhocker auf. »Ich brauche eine zweite Meinung zu der Festnahme.«

Stüter hockte auf seinem Bett, nur in ein Unterhemd und eine schlabbrige Trainingshose gehüllt. Über seinen Schultern lag eine karierte Wolldecke. Rabea war das Wort »verwahrlost« durch den Kopf geschossen, als sie ihn an der Eingangstür zu *Heinos Klause* gesehen hatte. Aber das traf es nicht richtig. Er war frisch geduscht, roch nach Rasierwasser und seine Kleidung war sauber. Sie musste sich nur daran gewöhnen, einen so kontrollierten Menschen wie Stüter in so einem lockeren Aufzug zu sehen.

»Ich will Ihnen keine Geschichtsstunde, sondern eine Mathestunde geben. Ich habe ein kleines Faible dafür«, er deutete auf einen Bücherstapel gleich neben seinem Feldbett. Rabea legte den Kopf schief und entdeckte Titel wie *Mathematische Phänomene, Grundlagen der Statistik* und *Mysterium Pi*.

»Klingt ja noch besser. Warum interessieren Sie sich so sehr dafür?«

Er breitete die Arme aus. »Schauen Sie sich doch um! Ich lebe in einer Kneipe. Meine Tochter macht Work &

Travel in Australien. Ich höre alle paar Wochen mal von ihr. Der Sohn meines besten Freundes ist unter meiner Obhut getötet worden. Und sein Mörder ist immer noch da draußen. Die ganze Welt ist ein einziges, stetig größer werdendes Chaos. Zahlen haben mir immer Halt gegeben. Ordnung. Kontrolle. Sie sind so anders als das, womit wir uns in unserem Beruf beschäftigen. Und keine Sorge, ich werde Ihnen keinen langweiligen Vortrag halten. Meine Frage hängt mit dem zusammen, was ich über die Festnahme dieses Zisterzienserbruders denke.«

Rabea trat hinter die Theke. »Woher wissen Sie davon?«

»Wie es schon bei den Funden im Hotelzimmer von Tamara Weiß war«, entgegnete er mit einem humorlosen Schmunzeln. »Ich habe meine Quellen. Wieso kommen eigentlich Sie zu mir und nicht zu Grall?«

Sie wich seinem Blick aus. »Sie wissen warum. Außerdem ist er gerade abkömmlich.«

»Abkömmlich? Interessante Wortwahl.«

»Lincoln und Kennedy, was ist jetzt damit?«

Natürlich bemerkte Stüter ihren plumpen Themenwechsel. Er hob kurz die Mundwinkel, wodurch sie wie die Lefzen eines Wolfes wirkten.

»Beim Lincoln-Kennedy-Mysterium geht es um eine Reihe von unheimlichen Übereinstimmungen zwischen den beiden Präsidenten. Hier nur ein paar: Lincoln wurde im Ford-Theater angeschossen. Kennedy saß beim Attentat in einem Ford Lincoln. Lincoln wurde 1846 in den Kongress gewählt, Kennedy 1946. Abraham Lincoln wurde 1860 Präsident, Kennedy 1960.«

»Reine Zufälle«, kommentierte Rabea. Sie verstand noch nicht, worauf Stüter hinauswollte.

»Richtig, richtig. Man kann genauso viele Übereinstimmungen zwischen Kennedy und jedem anderen beliebigen Präsidenten finden, wenn man nur lange genug sucht. In der Mathematik nennt man das Phänomen, dass man schon in einer kleinen Personengruppe Menschen mit denselben Eigenschaften finden kann, das Geburtstagsparadoxon.«

»Davon habe ich sogar mal in der Ausbildung gehört.« Grübelnd fuhr sie mit dem Zeigefinger über den Zapfhahn aus Edelstahl. »Befinden sich in einem Raum mehr als eine bestimmte Zahl Personen, ist die Chance, dass zwei davon am selben Tag Geburtstag haben, größer als fünfzig Prozent.«

»Völlig richtig. Es sind dreiundzwanzig Personen, um genau zu sein. Bei fünfzig ist die Chance sogar schon bei siebenundneunzig Prozent. Unvorstellbar, oder?«

»Schon. Aber sagen Sie mir lieber, was das mit dem Alphabetmörder zu tun hat.«

Stüter stand auf und stellte sich an die andere Seite des Tresens. »Sie und Jan haben sich darauf versteift, Übereinstimmungen zwischen den Opfern zu suchen. Daran ist auch zunächst nichts verkehrt. Aber wie wir beide gerade erkannt haben, können solche Gemeinsamkeiten täuschen.«

»Aber die Beweggründe des Täters liegen darin verborgen.«

»Ich glaube, es führt zu nichts. Wir verlieren uns nur in diesem Netz aus scheinbaren Zusammenhängen. Der Zisterzienser ist nicht der Täter.«

Rabea warf einen Blick auf ihr Handy. Eine Armbanduhr besaß sie schon seit Jahren nicht mehr. »Ich muss gleich los zu seiner Vernehmung. Also, was glauben Sie dann?«

»Ich glaube, dass wir uns auf ein Opfer konzentrieren und seine Lebenswelt vollkommen durchleuchten müssen. Und dieses Opfer ist Tugba Ekiz. Die Alphabetisierungskurse. Der Umstand, dass es in ihrer Wohnung keinerlei Hinweise auf einen Einbruch gab. Sie muss den Täter gekannt haben. Wir hatten noch keine Gelegenheit, all dem genau nachzugehen. Dafür haben sich die Ereignisse zu sehr überschlagen.«

Rabea setzte es auf ihre gedankliche To-do-Liste. Der Hauptkommissar hatte da womöglich recht.

Er schloss seine kalte, raue Hand um ihren Unterarm. »Noch etwas: Seien Sie vorsichtig. Sie haben gesehen, was mit Daniel passiert ist.«

»Danke. Ich passe auf.« Sie setzte das zuversichtlichste Lächeln auf, zu dem sie im Moment in der Lage war.

Nicht gerade überzeugend, wie sie sich eingestehen musste.

56

Jans Apartment sah aus wie nach einem Massaker.

Überall Scherben, zerbrochene DVDs. Auch vor seinem Flatscreen hatten sie nicht haltgemacht, auf ihm prangte eine Rose aus Splittern.

Sein Leben. Ein einziger Trümmerhaufen.

Noch einmal ließ er seinen Blick über die Scherben der mehrere tausend Euro teuren Filmsammlung schweifen. Aber was könnte in diesem Moment unwichtiger sein?

»Gott sei Dank, da bist du!«, drang es unter einem Berg aus Decken und Kissen auf der Couch hervor. Jan brauchte eine Sekunde, um Miriam darin auszumachen.

Ihr Kopf tauchte auf. Die pechschwarzen Haare auf der einen Seite kurzgeschoren, auf der anderen kinnlang. Die Lippe gepierct, der Hals mit Sternen tätowiert, das Kajal vom Weinen zerlaufen.

Mit drei großen Schritten war er bei ihr. Schloss die Arme um ihre viel zu schmächtigen Schultern. »Alles wird gut.«

»Leute lügen immer, wenn sie so etwas sagen«, brachte sie mit bebenden Lippen hervor.

Er erwiderte nichts, sondern drückte sie noch ein wenig fester an sich. Als er sich von ihr löste, blickte er in ihre hellgrünen Augen. »War die Polizei da?«

Sie nickte. »Jep. Haben alle Daten protokolliert. Hab mich als deine Nichte ausgegeben, damit ich keine Schwierigkeiten bekomme.«

»Du bist mir eine.«

Seufzend blickte er sich um. Dieser Ort war einmal sein Refugium gewesen. Seine Lebensmitte. Hieraus hatte er Kraft geschöpft. Sich in alten Quentin-Tarantino-Filmen verloren, Falafel vom Türken seines Vertrauens gegessen. Viel mehr hatte er nie gebraucht. Jetzt war auch dieses Heiligtum der Stille geschändet worden.

»Du wirkst so traurig«, sagte Miriam. Auf der Straße hatte sie ein exzellentes Gespür für die Körpersprache anderer bekommen. »Es tut mir so leid, dass ich dir das hier auch noch eingebrockt habe.«

»Du kannst überhaupt nichts dafür. Nur eine Sache:

Ich will die Wahrheit wissen. Wofür hast du dir von ihm Geld geliehen?«

»Meine Schwester ...«

»Die lebt noch bei deinem Vater, oder?«, fragte er, wobei er in das Wort »Vater« all seine Verachtung legte. Er wollte gar nicht wissen, was dieser Mann Miriam alles angetan hatte.

Miriam bejahte. »Sie brauchte Geld. Für die Klassenfahrt. Sogar für Essen. Mein Vater kümmert sich einen Scheiß. Verschleudert alles für Sportwetten und seine Sauferei.«

Jan stützte das Kinn auf die Hände. »Warum bist du deswegen nicht zu mir gekommen?«

Sie senkte den Blick. »Ich würde dir niemals auf der Tasche liegen. Dafür bin ich dann doch zu stolz.«

»Stolz hilft einem aber nicht, wenn jeder einzelne Knochen im Körper gebrochen ist.«

Er war jedoch erleichtert, dass sie die Schulden für ihre Schwester und nicht wieder für Drogen gemacht hatte. Auch wenn er bei diesem Thema nicht gerade moralische Überlegenheit vorweisen konnte. Dabei fiel sein Blick auf die Schublade seines ausladenden Schreibtischs aus Walnussholz. Darin befand sich noch mindestens ein Monatsvorrat Gras.

»Schau mal«, Miriam nahm ein Bild vom Sofatisch und reichte es ihm, »sie haben die Kommode zertrümmert und dabei sind einige Bilder rausgefallen.«

Er begutachtete die Aufnahme. Sie zeigte ihn und seinen Bruder, als Jan noch ein Kind und Gero ein Teenager gewesen war. Stolz hielt der durchtrainierte Gero mit den blitzenden Augen und den Grübchen um die Mundwinkel eine Angel hoch, während Jan daneben ihren Fang – eine riesige Forelle – trug, ein schwaches Lächeln auf den Lippen.

»Wer ist das neben dir auf dem Bild?«

»Mein Bruder.« Er ließ es zurück auf den Tisch segeln.

Sie schaute ihn verdutzt an. »Du hast mir nie erzählt, dass du einen hast.«

»Er ist gestorben, als ich achtzehn war. Ein Autounfall.«

»Oh, das tut mir leid. Ich wollte keine alten Wunden aufreißen.«

»Es sind nicht die Art von Wunden, die du dir jetzt vorstellst.«

Sie schaute ihn einen Moment lang verwirrt an und sagte dann, mit einem Anflug von Flehen in der Stimme: »Ich will nicht alleine hier bleiben.«

»Das brauchst du auch nicht.«

»Was hast du vor?« Miriam sprang von der Couch auf. Noch immer total aufgekratzt. »Nur damit das klar ist: Wenn du das Jugendamt einschaltest, lauf ich weg. Denen ist das sowieso scheißegal. Ich meine, du musst doch wieder zurück in den Westerwald, oder?«

»Richtig.« Er atmete tief durch. »Aber ich werde dich mitnehmen.«

Er wusste eigentlich jetzt schon, dass das keine gute Idee war.

57

7. Dezember, Mittag

»Noch zwei Stunden bis zur PK! Wir bereiten alles vor!« Ihre Pressesprecherin klatschte in die Hände. »Und noch mal: Gute Arbeit, Ichigawa.«

Sie zeigte einen erhobenen Daumen in Richtung der SOKO-Leiterin. Diese winkte nur entnervt ab.

In der Einsatzzentrale herrschte eine Betriebsamkeit, wie Rabea sie noch nicht erlebt hatte. Sie hatte das Gefühl, als würden sie sich gerade alle ihrem Untergang entgegenarbeiten.

Timotheus war nicht der Täter. Alles sprach gegen ihn. Das erkannte sie auch ohne Jan.

»Kommen Sie mit!« Ichigawa marschierte an ihr vorbei. »Wo waren Sie? Ich musste das erste Verhör ohne Sie führen.«

Gemeinsam liefen sie in Richtung der Verhörräume.

»Tut mir leid, ich musste nur einige Fakten abklären.« Ihren kleinen Ausflug zu Stüter verschwieg sie.

»Ich werde das Jan melden müssen. So was geht nicht.«

Rabea verdrehte die Augen. Als ob Jan irgendetwas darauf geben würde!

Sie blieben vor Vernehmungsraum 002 stehen.

»Überlassen Sie mir da drin das Reden, okay? Ich habe

gerade einige Hintergrundinformationen über unseren Gottesmann erhalten, die ich zur richtigen Zeit ausspielen will«, sagte Ichigawa. »Und sparen Sie sich irgendwelche psychologischen Taschenspielertricks, verstanden?«

Rabea funkelte sie nur angriffslustig an.

Sie traten ein. Die Bezeichnung Vernehmungsraum war reichlich übertrieben. Die Polizeistelle in Hachenburg war so klein, dass es sich um ein umgebautes Büro handelte. Kein Beobachtungsraum hinter irgendeinem Spiegel, kein kaltes Licht, keine bedrückende Stimmung.

Lediglich ein einsamer Schreibtisch, an dem der Zisterzienser zusammengesunken hockte. Auf einen Anwalt hatte er bislang verzichtet. In seiner Ordenstracht wirkte er völlig aus der Zeit gefallen. Er trug Handschellen, was Rabea vollkommen unnötig fand. Auf sie strahlte er ungefähr so viele Aggressionen wie Gandhi aus.

Er schenkte ihnen ein gequältes Lächeln. »Freut mich, Sie wiederzusehen. Ich hoffe, Sie sind hier, damit wir diese Farce beenden können.«

Ichigawa setzte sich ihm gegenüber und schaltete das Aufnahmegerät ein. »Oh, ich befürchte, diese *Farce* hat für Sie gerade erst begonnen.«

Ihre Stimme war so schneidend, dass selbst Rabea ein Schauer über den Rücken lief.

»Sie kennen Ihre Rechte?«, versicherte sich Rabea. »Sie wollen wirklich keinen Anwalt?«

»Wer nichts Unrechtes getan hat, der braucht sich auch nicht zu verteidigen. Mein Anwalt, der ist da oben.« Er deutete gen Himmel. Rabea seufzte. Warum mussten sich Menschen immer Prinzipien suchen, die ihnen am Ende nur schadeten?

Die Deutschjapanerin lächelte süffisant. »Wollen wir

mal sehen, wie gut Ihr Anwalt da oben bei seinem Staatsexamen aufgepasst hat.«

Rabea sah zwischen den beiden hin und her und verschränkte die Finger ineinander.

»Gestern nach der Komplet hat keiner Ihrer Brüder Sie noch gesehen. Wo sind Sie da gewesen?«

»In meiner Zelle. Allein. Ich habe gelesen. Das hat nichts mit einem schwachen Alibi zu tun, das ist nun einmal das Leben eines Gottesdieners: Einsamkeit.«

Ichigawa zog eine Augenbraue hoch. »Und warum hat dann ein Schüler gesehen, wie Sie um zweiundzwanzig Uhr die Abtei verlassen haben? Schwer bepackt?«

Genau in die Falle gelaufen, dachte Rabea.

Timo rieb sich über den Nacken. Vermied Blickkontakt. Biss sich auf die Unterlippe.

Rabea legte den Kopf schief. Seine Körpersprache enttarnte ihn als Lügner. Hatte sie sich vielleicht doch geirrt?

»Darauf wollen Sie nicht antworten?«, hakte Ichigawa nach.

Schweigen.

»Wie Sie wollen«, seufzte die Deutschjapanerin. »Wir haben alle Zeit der Welt. Machen wir mit etwas anderem weiter. Sie haben vorhin vom Leben eines Gottesdieners gesprochen. Gehören schlüpfrige SMS auch dazu?«

Timotheus zog die Brauen hoch. »Ich weiß nicht, wovon Sie reden.«

»Das wage ich zu bezweifeln.« Ichigawa blätterte durch den Papierstoß vor sich. »Hier zum Beispiel. Vierter Dezember. Zweiundzwanzig Uhr acht. SMS an Dr. Michael Ehrberg: Hab dich heute wieder die ganze Zeit beobachtet. Hol mir jetzt einen runter und denke dabei an dich. Dein Timo.«

Selbst durch seinen dichten Bart hindurch war zu erkennen, dass der Zisterzienser rot anlief. »Ich … so was würde ich niemals schreiben.«

»Wie kommt es dann, dass so eine SMS von Ihrem Handy unter Ihrem Namen verschickt wurde? Seit sechs Tagen geht es zwischen Ihnen schon so. Ziemlich versautes Zeug, das Sie beide sich so hin und her geschickt haben.«

Timotheus warf die Hände in die Höhe. »Vor sechs Tagen habe ich mein Handy verloren. Beim Spaziergang mit einer Besucherin. Tamara Weiß. Der Frau, die entführt wurde.«

»Das soll ich Ihnen abnehmen? Wirklich?« Ichigawa pfiff durch die Lücke zwischen ihren Schneidezähnen. »Und danke, dass Sie die Verbindung zu Tamara Weiß – einem weiteren potentiellen Opfer – gleich selbst ansprechen. Das macht es für uns nur einfacher.«

Rabea legte ihr eine Hand auf den Unterarm und flüsterte ihr ins Ohr: »Lassen Sie es etwas ruhiger angehen.«

»Ruhiger angehen?«, erwiderte ihre Sitznachbarin in Zimmerlautstärke, den Blick unverwandt auf Timotheus gerichtet. »Ich habe noch gar nicht richtig angefangen. Warum hat Frau Weiß Sie besucht?«

»Sie ist … war … die Lektorin von Herrn Dr. Ehrberg. Meistens verdient sie ihren Lebensunterhalt mit Übersetzungen, aber wenn sie das Thema interessiert, arbeitet sie auch als Lektorin. Die beiden hatten im Brauhaus gemeinsam gegessen und mich danach zum Spaziergang eingeladen. Dabei muss ich das Handy verloren haben.«

»Und wie erklären Sie es sich, dass danach noch weiterhin Nachrichten damit versendet worden sind?«

»Irgendjemand muss es gefunden und benutzt haben!

Lassen Sie Fingerabdrücke nehmen – dann wird sich alles klären.«

»Das werden wir auf jeden Fall tun. Aber ich habe so eine Ahnung, dass das Ergebnis nicht gut für Sie aussehen wird.«

Noch einmal unternahm Rabea den Versuch, die Leiterin zurückzuhalten. »Bevor Sie die Pressekonferenz geben, warten Sie doch wenigstens noch die Analyse der Fingerabdrücke ab«, flüsterte sie ihr zu. »Damit wir hundertprozentig sicher sind.«

»Manchmal muss man auch mal vorpreschen. Hat Jan Ihnen das nicht beigebracht?«

»Eher das Gegenteil.«

»Typisch.« Ichigawa lehnte sich vor und funkelte ihr Gegenüber an. »Nun, Bruder Timotheus ...«

»Darf ich Sie kurz unterbrechen? Ich will nur eine einzige Frage stellen.« Rabea legte so viel Härte in ihre Stimme, wie möglich war. Zeit, sich auch mal durchzusetzen.

Ichigawa stöhnte entnervt, sagte aber: »Tun Sie, was Sie nicht lassen können.«

»Okay.« Rabea machte eine ausschweifende Geste. »Bitte beantworten Sie meine Frage so spontan wie möglich, egal wie seltsam sie erscheint.«

Timotheus nickte eifrig. Er schien zu merken, dass er in ihr eine Verbündete hatte.

»Ein Mann ist auf der Beerdigung seines Vaters. Dort trifft er eine schöne Frau, mit der er sich unglaublich gut versteht. Aber sie vergessen, ihre Nummern auszutauschen. Eine Woche später bringt er dann seine Mutter um. Warum?«

Das Gesicht des Zisterziensers war ein einziges Fragezeichen. »Hä? Warum sollte er das machen? Das ergibt doch überhaupt keinen Sinn.«

Rabea lächelte. »Alles klar. Danke sehr, das reicht schon.«

»Ist doch ganz klar, damit er die Frau auf der Beerdigung wiedersieht«, sagte Ichigawa schulterzuckend. »Was sollte dieser Test?«

Rabeas Lächeln wurde noch breiter. »Ihre Antwort zeigt, dass Sie eher wie ein Psychopath denken als Bruder Timotheus. Sie haben keinerlei Gefühl gezeigt und eine völlig skrupellose, wenn auch logische Schlussfolgerung gezogen.«

Ichigawa winkte ab. »Sparen Sie sich Ihre Kabinettstückchen. Sie sollen die Psyche dieses Mannes analysieren und sich nicht auf seine Seite schlagen.«

Natürlich war diese Testfrage nur ein wissenschaftlich höchst fragwürdiges, kleines Ratespielchen. Aber allemal genug, um die Erste Hauptkommissarin des Koblenzer K11 für einen Moment aus dem Konzept zu bringen.

Ichigawa brauchte jedoch nicht lange, um ihren Gesprächsfaden wiederzufinden: »Haben Sie Frau Weiß nach diesem Spaziergang noch einmal wiedergesehen?«

Timotheus schüttelte ermattet den Kopf.

»Wussten Sie, wo sie übernachtet hat?«

»Ja, im Wildparkhotel.«

Sie machte sich Notizen, schrieb aufreizend langsam und blickte dabei immer wieder vielsagend zu ihm auf. »Sie haben einen Jagdschein, richtig?«

»Das stimmt, aber ich besitze seit Jahrzehnten keine Waffe mehr.«

»Mhm. Und was haben Sie mit Ihren Waffen gemacht? Verkauft?«

»Abgegeben. An Gero Grall, den Bruder von Ihrem Fallanalytiker.«

Diesmal war es Ichigawa, die Rabea etwas zuflüsterte: »Gero Grall ist bei einem Unfall ums Leben gekommen. Wir müssen überprüfen, was mit den Waffen geschehen ist.«

»Ich weiß von dem Unfall.«

»Jan muss Ihnen echt vertrauen, wenn er Ihnen das erzählt hat.« Ichigawa wandte sich wieder an den Pater. Sie blätterte durch den Papierstoß und stoppte bei einer Auflistung von Datumsangaben. »Sie sind der Polizei hier ja nicht gerade unbekannt.« Sie schob eine Seite mit tabellarisch angeordneten, durchnummerierten Bildern über den Tisch. »Die Aufnahmen stammen alle noch aus der Zeit, bevor Sie dem Orden beigetreten sind. Damals waren Sie neunzehn, zwanzig, richtig? Vorsätzliche Körperverletzung. Gleich mehrmals. Ziemlich unschön, würde ich mal sagen. Sie waren das Paradebeispiel eines Schlägers.«

Rabea erhaschte einen Blick auf die Bilder und bereute es sofort. Die Porträtaufnahmen zeigten brutal zusammengeschlagene Jugendliche, die Augen waren zugeschwollen, die Wangen von Schürfwunden und blauen Flecken übersät, die Lippen aufgerissen.

Bruder Timotheus räusperte sich.

Ichigawa lehnte sich vor. In ihren Augen blitzte bereits die Hoffnung auf ein Geständnis auf.

»Ich … damals war ich noch … Ich …« Der Zisterzienser legte seine völlig verschwitzten Hände flach auf den Tisch. »Ich würde jetzt doch gern einen Anwalt nehmen.«

58

Die grausamste Kunstgalerie der Welt.

Der Gedanke überkam Rabea, als sie ihre Runden in ihrem und Jans Brainstorming-Raum drehte. Inzwischen überzogen unzählige Fotos, Notizen und Dokumente die Wände und selbst das Fenster.

Zusammen mit den Akten über Tugba Ekiz warf sie sich auf das durchgesessene Sofa. Noch einmal blickte sie auf ihr Handy. Jan hatte sich immer noch nicht gemeldet.

Zum x-ten Mal las sie den Bericht. Ihr Blick blieb an einer Notiz zu einem Tattoo auf Ekiz' linkem Oberarm hängen: *Bilmemek deðil, öðrenmemek ayýptýr.*

In den Unterlagen fand sich eine Rechnung des Tattoostudios *Purple Heart* in Montabaur. Rabea rief die Website auf. Beim Namen des Inhabers lief ihr ein Schauer über den Rücken. Enno Quester. Der Tätowierer, den sie in der Fuchskaute getroffen hatten. Zu diesem Zeitpunkt war bereits bekannt, dass Tugba als vermisst galt. Warum hatte er nicht gesagt, dass er sie kannte? Oder hatte er sich nicht an sie erinnert? Mit einem Mal erschien es ihr noch viel seltsamer, dass er sie nicht zu sich ins Studio eingeladen hatte. Rabea atmete tief durch. Zunächst wollte sie die Bedeutung des Tattoos überprüfen. Sie schmiss ihre Übersetzungs-App an: *Etwas nicht zu wissen, ist keine Schande, etwas nicht zu lernen, ist eine,* wurde ihr angezeigt.

Eine türkische Lebensweisheit. Sie passte zu dem Bild, das Rabea sich von Tugba gemacht hatte. Tugba war eine engagierte, geradezu besessene Lehrerin gewesen. Hatte ihr Examen mit Bestnoten abgeschlossen. Eine Humanistin wie aus dem Bilderbuch, vom Glauben beseelt, dass sich selbst in den größten Quadratschädel noch etwas Wissen hineinquetschen ließ.

War es diese Überzeugung, die Rabea den entscheidenden Hinweis geben und sie zum Täter führen würde? Fast alle Entscheidungen eines Menschen ließen sich von einem bestimmten Charakterzug ableiten. Von einer kleinen psychischen Basis, die jede Handlung prägte.

Auch jene, die tödlich enden konnten.

Sie ging den Lebenslauf der jungen Frau durch und überprüfte noch einmal die Teilnehmerliste der Alphabetisierungskurse, die Tugba gegeben hatte. Las konzentriert die Hintergrundinformationen zu den Kursbesuchern, bei denen es sich zum Großteil um Kinder handelte. Wie Jan schon gesagt hatte – nichts Auffälliges.

Trotzdem – ihre Theorie, der Mörder könnte ein Analphabet sein, gefiel ihr immer besser. Aber wie passten die Buchzitate dann ins Bild?

Was, wenn der Beweggrund des Täters Wut war? Wut auf all jene, die schreiben konnten? Die den Umgang mit Buchstaben gemeistert hatten?

Es passte zu den eintätowierten Buchstaben. Der Auswahl der Opfer. Eigentlich selbst zu den Buchzitaten, die nichts weiter als Demonstrationen waren – seht her, ich kann es auch! Es passte zu seinem immer brutaleren Vorgehen. Aber dieses Täterprofil deckte sich mit niemandem auf der Teilnehmerliste.

Ihr Kopf dröhnte. Ihre Gedanken drehten sich im

Kreis. Sie legte die Unterlagen auf den Boden neben das Sofa und schloss für einen Moment die Augen. Aber ihr Verstand hörte nicht auf zu arbeiten.

Mit den Füßen stieß sie gegen den Gameboy, den sie das letzte Mal hier liegen gelassen hatte. Perfekt! Sie schnappte sich das Spielgerät und spürte schon bei den ersten Klängen der *Tetris*-Melodie, wie sie ruhiger wurde.

Für die nächsten Minuten lenkte sie ihren angespannten Geist mit dem Stapeln von Blöcken ab. Erst in Level zwölf, mit siebzigtausend Punkten, scheiterte sie schließlich.

»Gottfried Stutz!«, entfuhr es ihr, ein Schweizer Fluch. Sie startete das Spiel neu, ließ ihre Gedanken fließen. Mitten in Level fünf wurde es ihr dann klar.

Sie schaltete den Gameboy aus.

Der Täter handelte aus Wut auf alle, die das Schreiben beherrschten und liebten. Und der kleine Bruder der Wut, die Vorstufe, war die Scham. Die Scham über das eigene Versagen. Die eigene Unfähigkeit. Was, wenn der Täter sich angemeldet, aber dann nie teilgenommen hatte? Sie sprang vom Sofa auf. Ihre Handflächen waren nass vor Schweiß. Ihr Herz raste.

Nach wenigen Sekunden Googeln hatte sie die Nummer von Tugbas Schule ausgemacht und rief an. Gott sei Dank nahm sofort eine gluckenhafte Verwalterin ab. Als sie erfuhr, dass Rabea Teil der SOKO war, bekam sie vor Aufregung und lauter Sorge um Tugba kaum noch einen zusammenhängenden Satz heraus. »Ja, wir haben auch eine Liste von allen Leuten, die nur angerufen haben, aber dann nie gekommen sind.«

Sie versprach, die Liste sofort zu faxen. Eine Erinnerung daran, dass Rabea hier im Westerwald war. Es grenzte an ein Wunder, dass die Sekretärin nicht gleich die Postkutsche geschickt hatte.

Mit zitternden Fingern steckte Rabea ihr Handy weg und stahl sich aus dem Denkraum zum Faxgerät, einem vorzeitlichen Ungetüm aus der Prä-Internet-Ära.

Zwei Minuten wartete sie an die Wand gelehnt, dann gab das Gerät ein durchdringendes Piepen von sich. Unter Rumpeln und Ruckeln spuckte es eine DIN-A4-Seite aus.

Rabea rieb sich die schweißnassen Hände an der Hose ab, bevor sie es ergriff. Fünfzehn handgeschriebene Namen, die meisten davon wie auch die Kursteilnehmer nicht deutsch.

Aber einer von ihnen stach ihr gleich ins Auge.

59

»Wie viele Einwohner hat Bad Marienberg noch mal?«

In Miriams Stimme klang immer noch Entsetzen mit.

»Es hat genug«, seufzte Jan.

Er packte frische Wäsche in eine Reisetasche. Keine Ahnung, wie lange er noch im Westerwald bleiben würde.

»Ich glaube, ich bin noch nie in einem Ort mit so wenigen Menschen gewesen.«

»Oh, für den Landkreis sind es sogar verhältnismäßig viele.«

Theatralisch rutschte Miriam an der Dielenwand hinunter. »Das halte ich nicht aus. Was für ein Kaff!«

Er breitete die Arme aus. »Du kannst gerne hierbleiben.«

»Machst du Witze? Dreier bringt mich um!«

»Dann wäre das ja geklärt. Kein Wort mehr über meine Heimat!«

»Na ja, vielleicht bringt mich da auch dieser Alphabetmörder um die Ecke.«

»Keine Sorge, du passt nicht in sein Schema. Nicht literarisch interessiert.«

Sie stemmte die Fäuste in die Hüften, sichtlich empört. »Was soll das denn heißen?«

Jan grinste nur und lief, die Reisetasche über die Schulter geschwungen, zurück ins Wohnzimmer. Er checkte den Anrufbeantworter.

Vier neue Nachrichten. Dieselbe Frankfurter Nummer hatte gestern dreimal versucht, ihn anzurufen, aber keine Nachricht hinterlassen. Der vierte Anruf, eine andere Nummer, stammte schließlich von heute früh. Diesmal hatte jemand aufs Band gesprochen.

»Hallo Herr Grall«, ertönte eine ernste Männerstimme. »Hier spricht Hauptkommissar Altunbas, Mordkommission Frankfurt. Es geht um den Mord an Arne Sapkowski. Er wurde heute Morgen tot in seiner Praxis gefunden. Gestern hat er mehrmals versucht, Sie anzurufen. Bitte melden Sie sich bei mir. Wir werden Sie als Zeugen befragen müssen.«

Sein Mund stand offen. Im Moment starben die Menschen um ihn herum wie die Fliegen.

Was hatte Sapkowski von ihm gewollt? Er hatte den Namen nie zuvor gehört. Er würde Altunbas zurückrufen, sobald er wieder einen halbwegs klaren Kopf hatte.

»Lass uns losfahren«, sagte er. Ihm fiel selbst auf, wie matt und abgekämpft er klang.

»Ey, du bist voll fertig«, protestierte Miriam. »Vorbildfunktion und so. Übermüdung am Steuer.«

Er stieß die Haustür auf. »Ein Vorbild bin ich sowieso nie gewesen.«

»Dann halt mir niemals irgendwelche Vorträge, wenn ich mal so was mache.«

»Bestimmt nicht. Du bist eh zu schlau, um so einen Scheiß zu machen. Und außerdem bin ich nicht dein Vater.«

Sie sah zu ihm auf. »Fühlt sich aber manchmal verdammt danach an.«

Er blickte sie an, dieses verwirrte, viel zu viele Jugendkulturen auf einmal durchprobierende Mädchen. Ihre Worte waren das Benzin, das das Feuer in ihm gerade dringend brauchte. Konnte sein, dass sie im Westerwald mehr auf ihn aufpassen musste als er auf sie.

Bevor sie sich ins Auto setzten, warf er noch einen Blick auf sein Handy. Eine SMS von Rabea:

warum hast du mir nichts gesagt?

Sofort rief er sie an. Nur Freizeichen. Seine Kehle war wie zugeschnürt. Er stützte sich am Autodach ab.

»Jan?« Miriam strich ihm über die Schulter »Alles okay?«

»Ich glaube, ich habe einen riesigen Fehler gemacht.«

60

7. Dezember, Abend

Dicke Nebelschwaden hingen in den Tälern des Westerwalds, hatten sich in ihnen gestaut wie Wasser im Rinnstein. Ein stehendes Heer aus Grau. Jan hatte das Gefühl, dass der Landstrich schon seit Tagen keine Sonne mehr gesehen hatte.

Nachdem er dafür gesorgt hatte, dass Miriam problemlos im Wildparkhotel einchecken konnte, hatte er sich gleich auf den Weg Richtung Hachenburg gemacht.

Immer noch keine Spur von Rabea. Sein Puls raste. Er hätte sie nicht alleine lassen dürfen.

Er dachte an die eine entscheidende Information, die er ausgelassen hatte. War sie darauf gestoßen? Alles, bloß das nicht.

Der Wagen rauschte an Lichtungen und Talsenken vorbei, durch die Hundertschaften von Polizisten und hilfsbereiten Westerwäldern in grellgelben Warnwesten streiften. Auf der Suche nach Tamara. Nach weiteren Opfern. Oder einfach nur nach irgendeinem Anhaltspunkt. Ein Polizeihubschrauber drehte mit kreischenden Rotoren seine Runden über den Hügeln. Wie ein Habicht bei der Ausschau nach Beute.

Jan richtete seine Konzentration wieder auf die frisch

gestreute Straße. »Im Fall der Mordserie, die Deutschland seit Tagen in Atem hält, hat sich der Verdacht auf einen Zisterzienserbruder der Abtei Marienstatt gerichtet«, hieß es im Radio. »Auf einer Pressekonferenz gaben die Ermittler bekannt, dass dringender Tatverdacht besteht. Damit könnten die Ermittlungen, die lange von Pannen und Fehlern überschattet wurden, endlich zu einem Ende kommen.«

Jan kannte Timotheus – oder Ben, wie er eigentlich geheißen hatte – von Kindesbeinen an. Der Mann hatte in jungen Jahren gleich mehrere Schicksalsschläge hintereinander einstecken müssen. Erst der Tod des Vaters, dann die Alzheimer-Erkrankung der Mutter. Hatte angefangen, sich zu prügeln. Andere zu bedrohen. Mit üblen Typen rumzuhängen. Erst Gero hatte ihn wieder in die richtige Spur gebracht. Sein Tod hatte Timo dann dazu gebracht, ins Kloster zu gehen. Es bedurfte eigentlich nicht einmal eines Fallanalytikers, um ihn als Tatverdächtigen auszuschließen.

Sein Handy vibrierte. Allein die Hoffnung, es könnte eine SMS von Rabea sein, ließ sein Herz einen Satz machen. Er nahm es vom Beifahrersitz.

Tatsächlich. Auf dem hellgrünen Display seines Steinzeit-Handys leuchtete ihr Name auf. Er öffnete die SMS, blickte nur aus dem Augenwinkel weiter auf die Straße.

Beinahe verriss er das Lenkrad.

Die SMS bestand aus einem einzigen Buchstaben.

F.

61

Eine Federmatratze. Weich und weiß.

Rabea kuschelte sich in sie hinein. Drückte ihre Wange fest darauf. Schloss die Augen. Hier wollte sie bleiben. Wollte friedlich einschlummern.

Um sie herum das Rauschen des Waldes. Das heisere Keckern einer Krähe. Sie war nackt. Frei. Befreit. Von allem. Nur ein Tattoo zierte ihren blassen Körper.

Wie war sie nur auf die Idee gekommen, sich so was stechen zu lassen?

Sie konnte sich nicht mehr erinnern. Aber gerade war sie zu müde, um danach zu sehen. Warum auch die Eile? Sie würde es jetzt für den Rest ihres Lebens tragen.

Dann war da noch etwas. Sie spürte etwas Raues, Festes auf ihrer Zunge. Vielleicht ein Stück Holz. Sie hustete es zusammen mit einem Schwall Speichel aus.

Schlafen. Wenn sie einschlafen würde, ganz tief und ganz fest, würde ihr wieder warm werden. Da war sie sich absolut sicher. Der Schlaf lockte sie. Strich mit seinen samtigen Fingern über ihre Schultern. Ein ewig säuselnder Liebhaber.

Doch da war ein pochender Schmerz, tief in ihrem Hinterkopf. Wo war sie überhaupt? Kurzes Aufblitzen von Panik. Ihr Herzschlag beschleunigte sich.

Dann wieder Mattigkeit. Der Schlaf lachte charmant.

Jetzt fielen Federn auch von oben herab. Leise rieselnd. Bei-

nahe wie Schnee. Eine weiche Matratze aus Schnee. Was für eine schöne Vorstellung.

Kurz bevor die Dämmerung über sie hereinbrach, ein letztes Aufbäumen ihres Verstandes: Du darfst nicht schlafen.

Dann die Stimme ihres Vaters: »Du musst jetzt stark sein, Kleines.«

Sie war schon viel zu lange stark gewesen.

62

»Orten Sie ihr Handy, sofort!« Jan knallte seine Faust auf den Schreibtisch des Technikers.

»Das ist nicht so einfach, wie Sie sich das vorstellen.« Der fast schon anorektische Mittzwanziger hob abwehrend die Arme in die Höhe.

»Hören Sie mir überhaupt zu? Rabea schwebt in Lebensgefahr!« Jan trat gegen den Tisch. So heftig, dass der Techniker seinen ins Schwanken geratenen Flachbildmonitor festhielt.

Panik lag auf dem aknenarbigen Gesicht des jungen Mannes. Seine Lippen zitterten. »Ich ... tut mir leid ... ich versuche ja mein Bestes.«

»Anscheinend ist Ihr Bestes nicht ...«

»Jan!« Anitas Stimme peitschte durch die Einsatzzentrale. »In welchem Ton sprichst du da mit meinen Leuten?«

Unter dem Klackern ihrer Pumpsabsätze durchmaß sie den Raum wie eine Rachegöttin.

In Jan brach etwas frei. Der letzte Staudamm, der seine Gefühlswelt zurückhielt, wurde von ihr zertrümmert. Er stellte sich ihr entgegen. »Rabea ist irgendwo da draußen!«, schrie er und deutete aus dem Fenster. In die schneedurchwobene Dunkelheit der Nacht. »Wir müssen sie verdammt noch mal finden, bevor es zu spät ist!«

»Wahrscheinlich ist es das schon längst«, sagte Anita mit gesenkter Stimme.

»Nein!«, spie er sie an. »Nein, sie ist noch am Leben. Genau wie Tamara. Wie Tugba. Er will uns drohen. Nur drohen!«

Seine Knie wurden schwach. Ächzend ließ er sich auf einen Bürostuhl sinken. Rabea stand unter seinem Schutz. Er hätte das niemals zulassen dürfen.

»Es tut mir leid, Jan, aber ich denke nur logisch.« Anita unternahm einen unbeholfenen Versuch, ihm über die Schultern zu streichen.

Ihre Finger fühlten sich durch den Stoff seines Hemdes wie Spinnenbeine an. Sich halbwegs wie ein Mensch zu geben – darin war sie noch nie gut gewesen.

»Und sie hat dir wirklich nicht gesagt, wohin sie gegangen ist? Wen sie treffen wollte?«, fragte sie.

»Kein Wort.«

Er schüttelte ihre Hand ab, stand auf und lief zu Rabeas Schreibtisch. Ihr Arbeitsplatz war völlig unverändert. Noch immer dieselbe Kaffeetasse, in der sich schon ein tiefschwarzer Bodensatz gebildet hatte. Die Fäuste auf die Tischplatte gestützt, ließ er den Kopf hängen.

»Zumindest können wir jetzt ausschließen, dass der Zisterzienser der Täter ist«, sagte er tonlos. »Das war von Anfang an ein absoluter Fehlgriff.«

Anita trat neben ihn, die Arme verschränkt. »Erinnerst du dich an die Idee, dass es zwei Täter gibt? Dass wir es mit einem Paar zu tun haben könnten?«

Er strich sich über sein stoppeliges Kinn – Rasieren hatte im Moment keine Priorität – und hing dem Gedanken für einen Augenblick nach. »Das würde zumindest die immense Frequenz erklären. Die Planung. Aber trotzdem glaube ich nicht, dass einer von diesen beiden Tätern Timotheus ist.«

»Egal wer oder wie viele, wir werden Rabea finden.«

»Das klang gerade noch anders.«

Sie setzte ein Lächeln auf. »Das war nicht so gemeint. Wir müssen jetzt funktionieren. Für Rabea.« Sie seufzte. Dachte einen Moment nach. »Weißt du, was mir gerade einfällt?«

»Mir ist jetzt nicht nach Rätselraten.«

»Die Kollegen haben erzählt, dass Stüter hier gewesen ist und nach ihr gefragt hat. Kurz nachdem Rabea gefahren ist.«

Jan stutzte. Lag der Hauptkommissar nicht im Krankenhaus? Stand vielleicht gar nicht sein Geheimnis, sondern Stüter mit ihrem Verschwinden in Verbindung? War es gar nicht seine Schuld? Warum hätte Stüter sonst nach ihr fragen sollen?

»Wir müssen sofort herausfinden, wo er ist.«

63

Der Große Wolfstein.

Mitten in der Nacht ein schattenhaftes Monstrum aus verwitternden Steinen.

Der Wäller Turmbau zu Babel, dachte Rolf Stüter.

Es hieß, der Teufel hätte hier einst mit Basaltsteinen einen Turm zum Himmel errichten wollen. Wie es in solchen Sagen üblich war, ging die Sache für den Teufel nicht gut aus. Der Turm stürzte ein – und vom Bauvorhaben blieb nur ein Haufen riesiger Steine übrig, auf dem jetzt im Sommer Kinder herumkletterten.

Den Kragen seiner Lederjacke hochgeschlagen, kämpfte er sich zu den Felsbrocken durch. Schneeflocken, so scharfkantig wie Metallsplitter, wehten ihm ins Gesicht. Der Wind blies so stark, dass er kaum atmen konnte.

Hoffentlich war sie dort. Wenn das Mädchen wirklich hier draußen war, würde sie alleine nicht lange überleben.

Von Anfang an hatte Rabea ihn an seine Tochter erinnert. An Ida, die gerade ein Jahr Work & Travel in Australien machte. Vom ersten Tag an hatte er ein beschützendes Auge auf Rabea gehabt. Hatte sich immer darum gekümmert, dass sie im Hotel und an den Tatorten so sicher wie möglich war. Diese Sorge war auch ein maßgeblicher Grund dafür gewesen, warum er sie sofort in seinen Verdacht gegen Jan eingeweiht hatte.

Als sie vor einigen Stunden von ihm weggefahren war, hatte er gleich geahnt, dass sie zu vorschnell und auf eigene Faust handeln könnte. Ein alter Bulle wie er spürte es in den Knochen, wenn Gefahr drohte.

Sofort hatte er sich zur Polizeiinspektion Hachenburg begeben, hatte sie aber gerade nur noch wegfahren sehen. Darauf hatte er sich für den nonchalanten Weg entschieden und war ihr heimlich gefolgt.

Und dabei hatte er völlig versagt.

Sie hatte Hachenburg über die Landstraße Richtung Bad Marienberg verlassen. Für zwei, drei Kilometer konnte er ihr folgen. Dann ließ sie in einem gewagten Überholmanöver einen Traktor hinter sich und trat aufs Gas.

Der Moment, in dem er sie verloren hatte.

Er hatte alle erdenklichen Ortschaften abgesucht, in die sie hätte fahren können. Sie mehrmals auf ihrem Handy angerufen. Ohne Erfolg. Als dann die Meldung durchging, dass Grall diese merkwürdige SMS erhalten hatte, befürchtete er das Schlimmste.

Aber eine Chance blieb ihm noch.

Ausgerechnet Nora Schneill, die Redakteurin der *Wäller Zeitung* und seine Ex-Frau, hatte ihm neue Hoffnung gegeben.

Sie hatte ihn angerufen, als er schon auf dem Rückweg nach Hachenburg gewesen war. »Stüter? Ich habe gerade was Beunruhigendes reinbekommen.«

»Hmm?«, hatte er nur gebrummt, das Handy zwischen Ohr und Schulter geklemmt. In diesem Moment war sie die Letzte gewesen, mit der er sprechen wollte.

»Der Dienstwagen von der Wyler, der Assistentin des Fallanalytikers ... das Kennzeichen endet doch auf neun-sechs-eins, oder?«

»Richtig.«

»Dann hat vorhin einer meiner Kontakte gesehen, wie er über einen Wanderweg tief in den Wald nördlich des Wildparks hineingefahren ist.«

Mit quietschenden Reifen hatte er sogleich den Wagen gewendet.

»Hat dieser Kontakt gesehen, wer am Steuer saß? War sie allein?«

Sie verneinte.

»Wie kommt es überhaupt, dass du die Nummernschilder der ganzen Dienstwagen kennst?«

»Ich habe meine Quellen«, entgegnete sie. »Das solltest du eigentlich am besten wissen.«

Er hatte die Zähne aufeinandergebissen. Das Gesicht

von Daniel Köllner vor Augen gehabt. Hatte sich zurückhalten müssen, um sie nicht anzuschreien. Dann hatte er aufgelegt. Im Moment zählte nur Rabea.

Tatsächlich hatte er auf einem der Wanderwege Reifenspuren gefunden, vom stetig fallenden Schnee schon fast wieder verdeckt. Ihnen war er gefolgt. Immer weiter.

Bis zum Großen Wolfstein.

Er hatte sich schon gefragt, ob er Verstärkung anfordern sollte, aber offiziell ermittelte er gar nicht mehr und würde sich nur Ärger mit Ichigawa einhandeln. Mit jedem Schritt begab er sich mehr in Richtung Gefahr. Ins Herz der Finsternis.

Als Jugendliche hatten sie am Wolfstein gezeltet. Marshmallows und Bratwürste über dem Feuer geröstet, sich in ihre Schlafsäcke gekuschelt, Gruselgeschichten erzählt und über Mädchen nachgedacht.

Das alles schien jetzt nichts mehr mit dem Ort zu tun zu haben, auf den er gerade zulief. Zum ersten Mal kam ihm der Große Wolfstein wie ein Grabmal vor. Eine riesige, archaische Totenstätte.

Die Reifenspuren wurden an einer Stelle deutlich tiefer. Hier musste das Auto geparkt haben. Mit gezückter Walther P99 und eingeschalteter Taschenlampe stapfte er auf das Felsgebilde zu. Die Basaltsteine lagen so aufeinandergestapelt, dass sich kleine Plateaus, Höhlen und Spalten gebildet hatten.

Der Lichtkegel seiner Taschenlampe schimmerte auf dem zugefrorenen Stein. Eiszapfen hingen von den Vorsprüngen.

»Polizei!«, brüllte er gegen das Heulen des Windes an. »Stellen Sie sich – sofort! Ich werde von der Schusswaffe Gebrauch machen.«

Keine Antwort. Nichts. Vorsichtig umrundete er den Wolfstein. Die zugekniffenen Augen immer auf den winzigen Ausschnitt gerichtet, den seine Taschenlampe preisgab.

Dann fand er sie.

Rabeas nackter, blasser Körper lag halb verborgen unter einem Felsvorsprung. Nur bedeckt von einer hauchdünnen Decke aus Schnee. Die Taschenlampe glitt aus seinen Fingern. Er stürzte zu ihr, stolperte über eine Wurzel. Rappelte sich wieder auf.

Ein Gemisch aus Tränen, Schweiß und Schnee gefror auf seinen Gesichtszügen.

Vor ihr sank er in die Knie. Entdeckte das F, das auf ihr Schulterblatt tätowiert worden war. Tiefschwarz und klaffend. Die Schlagwunde auf ihrem Hinterkopf, fast verdeckt von blutverklebten Haarsträhnen.

Er nahm seine letzte Hoffnung zusammen.

Griff nach ihrem Handgelenk.

Tasten. Banges Abwarten. Angehaltener Atem.

Kein Puls.

Bitte nicht. Bitte, bitte nicht …

F

»F seiner gestalt nach digamma (...) Die Römer trugen zwar bedenken in übernommnen gr. wörtern ö durch f zu bezeichnen, lieber setzten sie ph dafür, umgekehrt gaben die Griechen lat. f durch ihr ö, wie auch in urgemeinschaftlichen wörtern beider sprachen f und ö zusammenfallen. (...) alle diese andeutungen lassen genug ahnen, dasz sich f und v vielfach vertreten.«

Grimmsches Wörterbuch

64

8. Dezember, früher Morgen

Bald war er bei G.

Das Alphabet wuchs an.

Buchstabe für Buchstabe.

An der Kellerwand hingen nun auch Aufnahmen von D und E. Verwackelte Kompositionen aus nackter Haut, Blut und dem tiefen Dunkelblau der Tinte.

Nur noch ein Buchstabe stand zwischen Tugba und ihrem Tod. Sie hatte Stunden damit zugebracht, das G aus ihrer Haut zu kratzen. Bis ihre Arme vor lauter Muskelkrämpfen zitterten und ihr Rücken völlig von Blut verklebt war.

Für sie waren die Buchstaben längst keine Schriftsymbole mehr. Sie waren Zeichen des Todes. Dunkle Male. Etwas, das man sich wie einen Tumor aus dem Körper schneiden musste.

Sie hatte mehrmals versucht, mit der anderen Frau Kontakt aufzunehmen, gezischt und geflüstert, aber niemals eine Antwort erhalten. Vielleicht war sie längst tot und Teil des Alphabets geworden.

Tugbas Blick glitt über die Fotowand. War sie schon auf einem von ihnen zu sehen? War sie D oder E?

Sie dachte daran, wie sie den Teilnehmern ihrer Kurse das ABC beigebracht hatte. Mit ausgeschnittenen bunten Buchstaben, die ihre Teilnehmer zu Wörtern zusammenlegen sollten.

»Sehr gut, das ist A-P-F-E-L!«

»T-I-E-R! Absolut richtig!«

Sie schluckte. Schlang die Arme um ihre Beine. Wenn sie Worte aus den Aufnahmen an der Wand zusammensetzen sollte, fielen ihr nur T-O-D und B-L-U-T ein.

Auf dem Boden neben ihr stand noch eine Schüssel mit längst trockenem, pappigem Haferschleim. Sie zog sie zu sich herüber, griff mit den bloßen Fingern hinein und würgte die graubräunliche Masse herunter.

Stiefelschritte. Die Falltür öffnete sich. Grelles Licht flutete herein und brannte in ihren Pupillen. Sie verschluckte sich an dem Haferschleim. Hustete mehrere Brocken wieder heraus.

Ihr Peiniger war in eine dicke, schwarze Windjacke gehüllt, die pelzbesetzte Kapuze tief ins Gesicht gezogen – seine Konturen unter dem dicken Stoff nicht auszumachen. Bei jedem Schritt hinterließ er Spuren aus Schnee auf dem nackten Steinboden, die schnell in kleine Pfützen zerflossen.

Breitbeinig baute er sich vor seiner Buchstabenwand auf. Öffnete den Reißverschluss seiner Jacke.

Tugba robbte nach vorn. Ihr Herz hämmerte gegen das Brustbein. Sie atmete stoßweise. Nein, nicht jetzt! Nicht jetzt schon!

Er hängte das F an die Wand. Trat zur Seite. Entweder unbewusst oder absichtlich, damit sie freie Sicht auf seine jüngste Tat hatte. Der rotstichige Buchstabe auf einer Leinwand aus blasser Haut.

Ihr ganzer Körper verkrampfte sich. Die Essensreste auf ihrer Zunge schmeckten wie Asche.

Ihr Peiniger wandte sich um. Sie meinte zu sehen, dass seine Augen für einen Sekundenbruchteil aus dem Schatten der Kapuze hervorblitzten. Tugba genau fixierten.

Er kletterte wieder die Stiege hinauf. Donnernd knallte die Falltür zu.

Das nächste Mal würde er sie holen.

Sobald seine Schritte verhallt waren, sprang sie auf und huschte zu ihrer Matratze. Sie griff in das fingerbreite Loch, das sie hineingerissen hatte, und zog die Kugelschreiberteile hervor.

Mit ihrer zittrigen Hand umfasste sie den Clip.

Sie musste handeln.

65

»Entschuldigen Sie mich kurz.« Stüter holte sein vibrierendes Handy aus der Hosentasche und verschwand aus dem Wartezimmer.

»Wir haben verdammtes Glück gehabt.« Anita sah ihm nach. »Ein paar Minuten später, und es wäre für Rabea zu spät gewesen.«

An den Kaffeeautomaten gelehnt, nippte Jan an seinem Plastikbecher mit der viel zu bitteren Brühe. Es war bereits sein vierter. Wenn er auf eine wichtige Nachricht wartete, brauchte er immer etwas zu tun, um seine Nerven zu beruhigen.

Seit zwei Stunden warteten sie nun schon auf die Diagnose des Stationsarztes. Mit schwerer Unterkühlung und Verdacht auf ein Schädel-Hirn-Trauma war Rabea direkt ins Universitätsklinikum Siegen gebracht worden, das über eine bessere Ausstattung als das Krankenhaus Hachenburg verfügte.

»Hat die Spurensicherung schon irgendetwas am Wolfstein gefunden?«, fragte er.

»Nein«, entgegnete Anita, »bisher kein Literaturzitat. Bei diesen Witterungsverhältnissen hätte es sowieso nicht lange überlebt. Versteh mich nicht falsch, ich bin total froh darüber. Aber es wundert mich trotzdem, dass Stüter Rabea dort gefunden hat. Ich meine … ist er ihr gefolgt?«

Jan hatte sich schon seine kleine Theorie darüber zusammengebaut. »Er muss Rabea auf irgendetwas angesetzt haben. Muss im Verborgenen weiterermittelt haben. Dann muss er gemerkt haben, dass er sie damit in Gefahr gebracht hat.«

Ehe Anita genauer nachfragen konnte, flog die Tür zur Krankenstation auf. Der indische Stationsarzt, gefolgt von einer Krankenschwester, eilte mit wehendem Kittel herein. Die schütteren Haare hingen schweißverklebt an seiner Stirn.

Jan ging auf ihn zu. »Wie geht es ihr?«

»Frau Wyler ist außer Lebensgefahr, aber ihr Zustand ist weiterhin kritisch. Sie hat eine schwere Hypothermie erlitten, eine Unterkühlung, ihre Körpertemperatur ist auf unter achtundzwanzig Grad gesunken. So weit, dass kein Pulsschlag mehr zu spüren war. Eine Täuschung. Erst wer warm und tot ist, ist endgültig verloren. Wir müssen sie nun mit einer Herz-Lungen-Maschine wieder invasiv erwärmen.«

Jan atmete tief aus. Fuhr sich übers Gesicht. Die Antwort beruhigte ihn nur minimal. »Was ist mit dem Schlag auf ihren Kopf?«

»Sie hat ein Schädel-Hirn-Trauma erlitten, was in Verbindung mit der Hypothermie höchst gefährlich ist. Wir werden sie im künstlichen Koma halten müssen und ihren Kopf täglich per CT untersuchen.«

Jans Knie gaben nach. Er sank auf einen der Besucherstühle. Künstliches Koma. Er hätte niemals nach Mainz fahren dürfen. Hätte Rabea niemals hier allein lassen dürfen.

Die Tränen kamen ohne Vorwarnung, strömten so unvermittelt aus ihm heraus wie Blut aus einer frischen

Wunde. Sein ganzer Körper erbebte unter Schluchzern. Er schirmte seine Augenpartie mit der Handfläche ab. Eine letzte verzweifelte Barriere zwischen sich und der Außenwelt.

»Kann ... kann ich sie sehen?«, fragte er den Arzt, ohne aufzuschauen.

»Es tut mir leid. Nicht solange sie auf der Intensivstation liegt.«

Die Antwort hatte Jan erwartet. Trotzdem brach er wieder in Tränen aus. Er konnte sich noch nicht einmal daran erinnern, wann er das letzte Mal so hemmungslos geweint hatte. Und ob er überhaupt schon mal als Erwachsener vor anderen Menschen geweint hatte.

Seine Zusammenbrüche hatte er immer von anderen ferngehalten. Genau wie den Rest seiner Gefühlswelt.

Der sanfte Druck von Anitas Fingern legte sich auf seine Schulter. Sie streichelte ihn vorsichtig, als wäre er ein Wildtier, das nach ihr schnappen könnte.

»Sie wird schon wieder«, sagte sie leise. »Ich bin da, Jan, ich bin da.«

»Danke«, flüsterte er und meinte es aus vollstem Herzen. »Ich, ich muss ihre WG-Freunde anrufen. Ihre Familie. Sie sollen es nicht aus den Nachrichten erfahren.«

»Das hat noch ein paar Minuten Zeit. Sieh erst mal zu, dass du dich wieder gefasst hast. Ich kann das auch übernehmen, wenn du möchtest.«

Er schüttelte den Kopf. »Nein, das ist meine Aufgabe.«

»Okay, aber danach wird es deine Aufgabe sein, eine Runde zu schlafen, hast du das verstanden?«

Diesmal nickte er.

»Und dann holen wir ihn uns.«

66

8. Dezember, Vormittag

»Musstest du das Kind wirklich mitbringen?«

Jan hatte die Einsatzzentrale gerade mal für fünf Sekunden betreten. Anita hatte seine Begleitung natürlich sofort entdeckt. »Ich lasse Miriam bestimmt nicht ganz allein im Hotel.«

»Ey Leute, ich stehe neben euch!«, echauffierte sich Miriam.

»Sorg einfach dafür, dass sie keinen Ärger macht.« Anita schien sie überhaupt nicht wahrzunehmen. »Ein Rentnerpaar hat Rabeas Wagen heute Morgen auf einer Lichtung in der Nähe von Langenhahn gefunden. Die Kriminaltechnik ist dran, aber ich würde mir keine allzu großen Hoffnungen auf brauchbare Spuren machen. Die Ortung von Rabeas Handy wird uns auch nicht mehr weiterhelfen. Wir haben es komplett verkokelt im Handschuhfach sichergestellt. Das Modell stimmt überein.«

Jan ließ den Kopf hängen. Wieder zwei Anhaltspunkte weniger. Was blieb ihnen jetzt noch?

»Stüter hat mir bereits mitgeteilt, dass Rabea ihn aufgesucht hatte«, fuhr sie fort. »Sie haben über das erste Entführungsopfer gesprochen, Tugba Ekiz. Sie hat den Mörder höchstwahrscheinlich gekannt. Rabea muss dieser Spur nachgegangen sein – und ist dabei auf den Täter gestoßen. Also klopfen wir noch mal alles ab, was wir über Frau Ekiz wissen. Umfeld, entfernte Freunde, Menschen aus der Vergangenheit. Alles.« Anitas Blick fiel noch einmal auf Miriam. »Ich bin echt nicht begeistert, dass du das Mädchen mitgebracht hast.«

Mit diesen Worten rauschte sie davon, um ein paar Bereitschaftspolizisten zu briefen. Jan legte seinem Schützling eine Hand auf die Schulter. »Glaub mir, sie kann auch nett sein.«

Miriam schien ihn gar nicht gehört zu haben, sondern starrte quer durch den Raum. »Sind wir hier jetzt im *Da Vinci Code* gelandet?«

Jan folgte ihrem Blick. Bruder Timotheus stand etwas verloren in der Tür zur Einsatzzentrale, flankiert von zwei Beamten. In seiner schwarz-weißen Ordenstracht wirkte er so fehl am Platz wie ein Ministrant auf einem *Black Sabbath*-Konzert.

Er hatte die Nacht in Untersuchungshaft verbracht. Die Vorwürfe gegen ihn waren immer noch nicht fallen gelassen worden, da noch die Möglichkeit bestand, er könnte einen Komplizen haben. Jetzt sollte er wohl dem Haftrichter vorgeführt werden.

»Timo«, begrüßte Jan ihn herzlich. »Es tut mir echt leid, wie sie dich hier behandelt haben. Der Verdacht hätte niemals auf dich fallen dürfen.«

Der Zisterzienser winkte ab. »Vergebung fällt in mein Aufgabengebiet.«

Der ruhige Bariton des Mönches und seine Augen, aus denen aufrichtiges Interesse herausfunkelte, gaben Jan das Gefühl, ihm vertrauen zu können.

Es blieben noch ein paar Minuten Zeit, bis sie weitermachen mussten. Zeit, in der Jan ihm vielleicht helfen konnte, sich zu erklären. Außerdem brauchte er dringend jemanden zum Reden.

»Wäre es möglich, dass ich mir den Pater für eine Sekunde ausleihe?«, fragte Jan die beiden Polizisten, eine Hand auf die Schulter des Mönchs gelegt.

Die beiden zögerten zunächst und warfen sich unentschiedene Blicke zu.

Jan seufzte. »Ich werde mit ihm wohl kaum einen Fluchtversuch starten.«

»Okay, gut«, sagte der Ältere der beiden. »Sie haben zehn Minuten.«

»Suchen wir uns einen ruhigeren Ort und nutzen die Zeit.« Jan schenkte Timo ein zuversichtliches Lächeln.

Den ruhigeren Ort fanden sie in Jan und Rabeas Denkraum. Auf dem Sofa lag noch immer ihr Gameboy. Der Anblick versetzte Jan einen Stich.

Der Zisterzienser drehte sich einmal um die eigene Achse und stieß ein gedämpftes Seufzen aus. »Ich halte es kaum aus, die Wände anzusehen.«

»Allein deswegen glaube ich schon nicht, dass du in die Sache verstrickt bist.« Jan ließ sich auf das Sofa fallen. »Sei froh, dass es nicht deine Aufgabe ist, dir jedes Detail anzuschauen.«

»Damit bist du schon geschlagen.« Timotheus setzte sich neben ihn. Sein bulliger Körper versank tief in dem zerkratzten Stoff.

Jan holte seinen Smiley-Schaumstoffball aus der Manteltasche, warf ihn an die Wand und fing ihn wieder auf, als er zurücksprang.

»Willst du was trinken?«, fragte er.

»Nein, danke.«

»Du steckst da in einer ziemlichen Misere. Du hast kein Alibi. Ich weiß nicht, wo du in dieser Nacht gewesen bist, aber vielleicht kann ich dir helfen. Das ist jedoch nicht der einzige Grund, warum ich dich gerade entführt habe. Ich brauche jemanden, um über Gero zu reden. Jemanden, der ihn auch gekannt hat.«

Ball werfen. Ball wieder auffangen. Werfen. Auffangen.

Mit vibrierenden Lippen entließ Timotheus die Luft aus seinen Wangen. »Oh Gott, ich fürchte, diese beiden Dinge sind enger miteinander verknüpft, als du glaubst.«

Jan warf den Ball, fing ihn aber diesmal nicht auf. Die Schaumstoffkugel kullerte unters Sofa. »Wie meinst du das?«

Der Zisterzienser legte ihm eine seiner haarigen Pranken auf die Hände. »Erzähl erst mal. Vielleicht ergibt sich das gleich von selbst.«

»Ich war an seinem Grab.« Jan umrundete mit dem Zeigefinger einen Brandfleck auf der Armlehne. »Hab sogar Blumen dagelassen.«

»Das letzte Mal war ich vor drei Jahren da. Ich habe nicht viel übrig für Friedhöfe. Verstorbenen gedenke ich lieber in der Kirche. Da fühle ich mich ihnen und Gott näher.«

»Du kannst die Beichte abnehmen, oder? Dann hältst du alles, was wir hier sagen, geheim?«

Timotheus nickte. »Richtig. Solange es sich nicht um ein Verbrechen handelt, das ich der Polizei melden müsste.« Er sah sich um. »In dem Fall könnte ich das sehr schnell erledigen.«

Jan biss sich auf die Unterlippe. »Ich bin sowieso Atheist. Von daher bin ich nicht an deiner Absolution interessiert. Nur an deiner Fähigkeit zuzuhören.«

»Wenn das so ist.« Ein komplizenhaftes Lächeln schimmerte unter Timos Bart hervor.

Der Knoten, der sich zuvor in Jans Kehle gebildet hatte, löste sich. Er konnte befreit durchatmen. »Danke ... vielen, vielen Dank.«

Kurzes Schweigen legte sich über sie. Er bewunderte die Gefasstheit des Mönchs. Timo hatte einen Gott, an dem er sich festhalten konnte. Jan nur seine trostlose Rationalität.

»Außer Anita weiß niemand davon«, seufzte er. »Okay, ich muss erst mal fragen: Du warst einer der engsten Freunde von Gero. Was wusstest du über ihn, was er sonst niemandem erzählt hat?«

»Ich habe immer gespürt, dass er etwas vor mir verborgen hat. Wenn ich bei euch zu Besuch war, hat er mich nie aus den Augen gelassen. Wurde nervös, wenn ich in seinen Sachen herumgeschnüffelt habe.« Er zwirbelte eine Bartsträhne auf. »Irgendwann bin ich dieser Vorahnung nachgegangen.«

Jans Herz setzte für einen Moment aus. Jetzt fügte sich alles zusammen.

»Und dabei bist du wohl auf dasselbe gestoßen wie ich.« Jan knetete seine Finger. »Ich war am Tag des Unfalls – meinem Geburtstag – in seinem Arbeitszimmer. Hab auf seinem Rechner irgendwelche Unterlagen gesucht. Was ich gefunden habe, war etwas anderes.«

Timos Augen weiteten sich. »Du hast es auch gewusst?«

Zur Antwort vergrub Jan nur das Gesicht in den Händen. Sein Puls raste, als hätte er einen Halbmarathon hinter sich. Den ersten Schritt hatten sie getan.

»Es war unerträglich, oder?«, fuhr er stockend fort. »Folterszenen. Strangulation. Heftiges Zeug. Die armen

Kinder. Und er schien manche der Aufnahmen selbst gemacht zu haben. Ein paar von ihnen … ein paar sind sogar in seinem Badezimmer gemacht worden.«

Jans Stimme brach. Er legte den Kopf auf den Tisch. Atmen. Irgendwie weiteratmen. Timotheus' Hand legte sich abermals auf seine. Jan holte tief Luft. »Ich habe es erst nach seinem Tod erfahren. Als ich zusammen mit Stefan seine Sachen rausgeräumt habe. Habe dasselbe gesehen wie du. Alles, was ich je über ihn zu wissen geglaubt hatte, war auf den Kopf gestellt.« Timotheus lächelte traurig. »Ich hätte das niemals von Gero erwartet. Für mich war er ein Vorbild gewesen. Ein Mensch mit Idealen. Werten.« Er rieb sich über die Augen. »Diese Welt erschüttert mich immer wieder.«

Jan blickte zu ihm auf. »Wie konntest du noch an Gott glauben, nachdem du so etwas gesehen hast?«

»Diese Welt wäre für mich unerträglich, wenn ich nicht an ihn glauben würde. All die Taten des Alphabetmörders. Das Leid dieser Kinder. Ich würde es nicht aushalten, wenn es für sie keine Erlösung geben würde. Wenn das Leben mit all seiner Grausamkeit und Brutalität ohne Sinn wäre.«

Einen Moment lang hing Jan diesem Gedanken nach. Er schnalzte mit der Zunge. »Mir bleibt nichts Weiteres übrig als anzunehmen, dass wir intelligente Menschenaffen sind, deren Psyche so weit degeneriert ist, dass wir unseren Artgenossen Gräuel wie diese antun können.«

»Glauben, egal woran, kann helfen.« Timo schlug mit der Handfläche leicht auf die Tischplatte. »Wir haben beide gedacht, wir wären damit alleine gewesen. Dabei hätten wir wohl nichts dringender als jemanden zum Reden gebraucht.«

»Wieso bist du damit nicht zur Polizei gegangen?«

»Dieselbe Frage könnte ich dir stellen.«

»Ich wollte etwas tun. Ihn zur Rede stellen. Ich musste etwas tun ... und das habe ich am Ende auch.«

»Wie meinst du das?« Die Augen des Paters verengten sich zu Schlitzen. »Ich wusste nur, dass dein Bruder dir diesen gebrauchten Golf II zum Geburtstag geschenkt hatte. Du warst betrunken, als ihr beide die erste Fahrt gemacht habt ...«

»Seitdem habe ich keinen Tropfen Alkohol mehr angerührt.« Jan holte kurz Luft, als würde er sich auf einen Tauchgang vorbereiten. »Kain und Abel sagen dir sicherlich was. Meine Schuld reicht noch viel tiefer.« Er kämpfte gegen seinen Würgereiz an.

»Der Autounfall?«

Mit ausdruckslosen Augen starrte Jan zu Boden. Schüttelte leicht den Kopf.

Der Zisterzienser schluckte trocken. »Warum, Jan?«

Ja, warum? Die Frage, die sich Jan schon seit Jahren stellte. Und auf die er noch immer keine erlösende Antwort gefunden hatte.

»Wieso bist du nicht zur Polizei gegangen?«, fragte Jan noch einmal, um sich eine kurze Auszeit zu verschaffen.

»Weil ich erst noch einer Vermutung nachgehen wollte, die sich dann schnell bewahrheitete: Dein Bruder hatte einen Komplizen.«

Es war, als hätte sich eine Falltür unter Jan aufgetan. Sein Hirn konnte die Information zunächst nicht verarbeiten. »Wa-Was?«, stammelte er.

Timotheus führte aus: »Unter dem Vorwand, dass noch ein paar Dateien von mir darauf sind, habe ich Kathi Geros Rechner abgeschwatzt. Die Arme hatte in dem

Moment ohnehin andere Sorgen. Ich habe Dutzende von Festplatten voller Kopien angefertigt. Dabei habe ich auch seine Mailverläufe entdeckt. Gemerkt, dass er auf manchen Fotos selbst im Bild war und jemand anderes die Kamera halten musste.«

»Hast du einen Namen? Ein Bild?«

Timo schüttelte den Kopf. »Die Mails waren kurz und kryptisch. Und auf den Fotos waren immer nur die Kinder oder dein Bruder zu sehen.«

»Das wäre alles erst recht ein Grund gewesen, zur Polizei zu gehen.«

»Du weißt doch, dass ich damals selbst Probleme mit der Polizei gehabt habe. Ich bin ein anderer Mensch gewesen – und mein Vertrauen in deine werten Kollegen war nicht wirklich das Größte. Aber das war noch nicht einmal der einzige Grund. Dieser Komplize hat keine Ahnung, dass jemand von ihm weiß. Er glaubt, er ist völlig unbehelligt. Ich wollte das ausnutzen und eigene Nachforschungen anstellen. Ich bin heimlich in die Szene eingestiegen, habe Leute nach dem Urheber der Bilder und Videos gefragt.«

»Ergebnislos ...«, schloss Jan matt.

»Ja. Irgendwann sind meine Bemühungen versandet. Die Festplatten hatte ich weiterhin. Als Erinnerung. In der Nacht, in der Dr. Ehrberg ermordet wurde, wollte ich mich in Westerburg mit jemandem aus der Szene treffen, aber er ist nicht aufgetaucht. Meine Unfähigkeit ist die Schuld, die auf meinen Schultern lastet. Ich habe es verdient, dass sie mich jetzt in Schwierigkeiten bringt.«

»Das musst du genau so der Polizei erklären. Du kannst mich als Zeugen benennen.«

»Vielleicht finden sie endlich den Komplizen. Ich hätte

das schon längst tun sollen.« Wie ein Schleier legte sich neue Besorgnis über das Gesicht von Timo. »Weißt du, ob er seinem Sohn jemals so etwas angetan hat?«

Jan schüttelte den Kopf. »Ich vermute – ich hoffe –, dass er es bei den Bildern belassen hat. Dass er Maik in Ruhe gelassen hat.«

»Langsam bin ich mir nicht mehr sicher. Ich kannte ihn seit Jahren. Und hatte nie etwas vermutet.«

»Das ist es, was mich am meisten fertigmacht«, sagte Jan. »Die Monster lauern nicht in irgendwelchen abgeschiedenen Waldhütten. Sie sind mitten unter uns.«

»Ich bewundere dich für deinen Mut, wieder hierherzukommen.«

»Und? Würdest du mir vergeben, wenn das hier eine Beichte wäre?«

»Hier gibt es kein Richtig oder Falsch. Ich kann dir nicht vergeben, selbst wenn ich es wollte.« Timotheus stand auf. »Du bist der Einzige, der das kann. Lass die Vergangenheit endlich hinter dir. Lass sie dort, wo sie hingehört – hier im Westerwald.«

67

»Grall, warten Sie einen Moment! Wo soll's denn überhaupt hingehen?«

Stüter umfasste seine Schulter, als er gerade die Einsatzzentrale verlassen wollte.

Er hatte Miriam den Gameboy in die Hand gedrückt und sie dazu verdonnert, in der Polizeiinspektion zu bleiben. Sie hatte ein entnervtes Stöhnen von sich gegeben, war aber schon kurz darauf in die erste Runde Tetris vertieft gewesen.

»Was ist denn noch?«, blaffte er Stüter an.

»Ich will mich entschuldigen.«

»Nach der Nummer mit Rabea ist das echt angebracht, aber der falsche Zeitpunkt«, entgegnete Jan. »Ich will noch mal zu ihrem Fundort fahren. Vielleicht hat die Spurensicherung etwas übersehen.«

»Ich habe mich um Frau Wyler gesorgt. Anscheinend zu sehr. Ich habe ihr gegenüber meinen Zweifel an Ihnen, Herr Grall, geäußert. Meine Vermutung, dass Sie in den Fall verwickelt sein könnten.«

Feine Nadelstiche perforierten Jans Brustkorb. »Und das hat sie Ihnen geglaubt?«

»Zu Beginn nicht. Es hat einiges an Überzeugungsarbeit gebraucht. Letztendlich konnte ich sie anscheinend doch dazu bringen, Ihnen nicht mehr zu vertrauen.« Stüter wischte sich über das Gesicht. »Als sie gestern Abend etwas entdeckt hat, hat sie wahrscheinlich deshalb ihren Fund nicht mit Ihnen geteilt – und auf eigene Faust den Täter konfrontiert.«

»Puh.« Er ließ den Kopf hängen, rieb sich über den Nacken. Niemals hätte er gegenüber Rabea so ein Geheimnis aus seiner Vergangenheit machen dürfen.

»Jetzt konnte ich Ihre Verstrickung ausschließen«, sagte Stüter. »Sie waren nicht hier, als Frau Wyler attackiert worden ist. Es tut mir leid, dass ich es auch nur erwogen habe. Dieser Fall führt uns alle an unsere Grenzen.«

Jan seufzte. Er nahm es Rabea nicht übel, dass sie ihm

misstraut hatte. Das war allein seine Schuld. Und jetzt würde er es ihr vielleicht nie wieder erklären können.

Er streckte Stüter seine Hand entgegen, die dieser zögerlich schüttelte. »Zeit, unsere Fehde beizulegen. Für Rabea.«

»Für Rabea.«

68

Das Klettern kam aus einem Impuls heraus.

Ehe Jan auch nur einen Gedanken daran verschwenden konnte, wie gefährlich es bei dieser Witterung war, hatte er schon den ersten Felsbrocken erklommen. Mehrmals rutschte er auf dem zugefrorenen Basalt ab, schaffte es aber unbeschadet auf die Spitze des Großen Wolfsteins.

Er hockte sich hin. Schlug den Kragen seines Mantels zum Schutz vor dem pfeifenden Wind hoch. Als er die Felsformation als Kind zum ersten Mal erklettert hatte, hatte er sich gefühlt, als hätte er den Mount Everest bezwungen. Unbesiegbar.

Heute könnte seine Gefühlswelt nicht unterschiedlicher sein. Er war allein hierhergekommen, zum Fundort von Rabea. Um die Falschinformation aufrechtzuerhalten, dass er abgezogen wurde, durfte er sich nicht länger zusammen mit der SOKO in der Öffentlichkeit zeigen.

Er war isolierter als jemals zuvor. Am meisten erschütterte ihn, dass Rabea ihr Vertrauen in ihn verloren hatte.

Dass sie tatsächlich Stüters Verdächtigungen nachgegangen war.

Was hatte sie herausgefunden? Hatte sie tatsächlich eine Verbindung zwischen Tugba Ekiz und dem Täter entdeckt? Er schüttelte den Kopf. Ließ den Blick über die weiß gepuderten Wipfel der Tannen gleiten.

Warum hatte Rabea den Alphabetmörder auf eigene Faust stellen wollen? Er wusste nicht, was er sich davon erhofft hatte hierherzufahren. Die Spurensicherung hatte den Fundort von Rabea bereits Millimeter für Millimeter abgesucht. Aber diese Leute suchten nur nach einzelnen Fundstücken.

Nicht nach Zusammenhängen. Nicht nach Geschichten.

Aus den Handlungen des Täters las Jan einen Widerspruch ab. Ein Wechselspiel aus Panik und Planung. Die Entdeckung durch Rabea musste ihn zutiefst erschüttert haben, gleichzeitig wollte er aber auch nicht sein Alphabet unterbrechen.

In seiner Hast hatte der Täter es zwar noch geschafft, ihr das F auf den Körper zu tätowieren, aber dafür ein anderes seiner Markenzeichen vergessen: das Buchzitat am Fundort. Außerdem hatte er nicht wie bei den anderen Opfern ein Stück Baumrinde in ihrer Mundhöhle platziert.

Und Serientäter hassten nichts mehr, als ihre Rituale zu verändern.

Gedankenverloren blickte Jan den Wolfstein herunter, spähte auf das von kleinen Kratern durchzogene Gestein.

So oft er auch schon über die Rindenstücke nachgedacht hatte, sie wollten einfach keinen Sinn ergeben. Der Botaniker, den die Forensik hinzugezogen hatte, hatte sie lediglich als das Holz eines Bergahorns identifiziert. Mehr Erkenntnisse gab es über sie nicht.

Sie passten nicht zu den Buchstaben, nicht zu den Opfern, nicht zu den Literaturzitaten. Der Täter legte sie den Toten auf die Zunge. Das konnte eine sexuelle Symbolik haben, Jan vermutete aber viel mehr, dass es um den Mund als reines Kommunikationsmittel ging. Er hatte seinen Opfern wortwörtlich etwas in den Mund gelegt. Er wollte der Welt etwas mitteilen, genau wie mit dem Z vor Jans Hotelzimmer.

Es hat mit mir zu tun, durchfuhr es ihn. Aber was?

Er überlegte. Und hielt den Atem an.

Ein penetranter Piepston setzte sich in seinem Kopf fest. Sein Herz wummerte heftig. Das konnte nicht sein.

Er sprang auf und arbeitete sich in rasender Eile Felsen für Felsen den Wolfstein herunter. Ein Stechen im Kreuz und zunehmende Kurzatmigkeit signalisierten ihm schnell, dass er die Kraxelei in so einem Tempo besser einstellen sollte.

Er hüpfte auf den nächstgelegenen tieferen Felsblock herunter. Verlor das Gleichgewicht. Schlingerte mit den Armen. Streckte ein Bein aus, um irgendwie seinen Stand zu stabilisieren.

Dabei rutschte etwas aus seiner Hosentasche.

Und sein Herz in die Hose.

Das Handy stürzte auf den Stein unter ihm, polterte von dort auf den nächsten herunter und zerbarst schließlich auf einem der untersten Basaltsteine in ein Mosaik aus Plastik und Scherben.

Ungeschickt kletterte er dem Telefon hinterher, nur um vor den Überresten keuchend in die Knie zu gehen. Hier genügte selbst ein einziger Blick von einem Technik-laien wie ihm. Totalschaden. Dabei hieß es doch immer, diese alten Knochen wären so robust. Er holte seine SIM-

Karte aus dem Gerät und sprang den letzten Meter hinunter in den Schnee.

Er hatte keine Zeit, sich um sein Handy oder irgendetwas anderes zu kümmern. Er musste nachschauen. Musste Gewissheit haben.

Geros Worte von damals irrlichterten durch seinen Kopf: *»Alles Gute zum Geburtstag, kleiner Bruder! Wie wär's, wenn wir gleich mal eine kleine Spritztour mit dem Schätzchen machen?«*

Er wusste jetzt, was ihn mit einem Bergahorn verband.

69

Die Landstraße Richtung Rennerod.

Als Jan sie vor vielen Jahren zum letzten Mal entlanggefahren ist, war es mitten in der Nacht gewesen – und Gero hatte neben ihm auf dem Beifahrersitz gesessen.

Die dunkle Silhouette des Bergahorns thronte gleich an einer Ortseinfahrt. Ein knorriger Baumriese, der die umliegenden Hausdächer und Bäume um ein Vielfaches überragte. Je näher er kam, desto mehr schien es Jan, als würden sich die Äste wie Skeletthände nach ihm strecken.

Er parkte auf dem schmalen, schräg abfallenden Seitenstreifen und stieg aus. In Gedanken sah er noch immer den eingedrückten, ausgebrannten Golf II vor sich, der an dem Stamm zerschellt war.

Der Unfall hatte dem Giganten genauso wenig anhaben können wie alles andere in den letzten Jahrzehnten, wahrscheinlich hatte er sich nicht einmal einen Zentimeter in Schräglage bewegt. Nur eine Randerscheinung in seinem Dasein. Jan meinte nur, eine leichte Dunkelschattierung auf der Rinde zu erkennen, dort, wo die Flammen aus dem Wagen hochgeschlagen waren. Aber vermutlich bildete er sich das nur ein.

Er stellte sich vor, wie weit seine Wurzeln in den Erdboden reichen mussten. Sie sind wie die Vergangenheit, dachte er. Niemand konnte sie sich einfach ausreißen und glauben, ohne sie weiterleben zu können.

Von der Straßenseite aus konnte Jan an der Rinde des Bergahorns keine Schäden erkennen. Er stapfte um ihn herum, wobei seine längst durchgeweichten Sneaker tief im Schnee versanken. Bei jedem Schritt wurde das Ziehen in seinem Oberschenkel stärker. Die alte, längst verblasste Wunde. Nicht mehr als ein psychosomatisches Leiden, trotzdem unterdrückte er es manchmal mit Schmerztabletten.

Er hatte nie die Zeitungen von damals gelesen, aber er konnte sich nur zu gut vorstellen, wie die Schlagzeilen gelautet haben mussten: *»Familientragödie bei Autounfall: Ein Bruder tot, der andere nur leicht verletzt.«*

Schließlich blieb er stehen.

Das Z, unregelmäßig und von hellem Braun, zeichnete die Rückseite des Baums. Eine Wunde aus abgetrennter Rinde, ein weiterer Buchstabe.

Jan stolperte auf den Bergahorn zu und strich mit den Fingerkuppen über das trockene Holz, dort, wo der Alphabetmörder den mächtigen Stamm gehäutet hatte.

Seine Kehle war zugeschnürt und er entsandte stoßartige Atemwolken in die Winterluft.

Er verstand.

Das Z stand im Alphabet ihres Täters nicht einfach für den letzten Buchstaben.

Es stand für Rache.

70

Im Mittelpunkt der schockierendsten Mordserie der jüngeren deutschen Geschichte zu stecken war vor allem eines: verdammt langweilig. Miriam ließ ihren Blick durch die Einsatzzentrale schweifen. Hier herrschte dasselbe Treiben wie in jedem anderen Büro. Ein schnauzbärtiger Polizist, dessen Namen sie schon wieder vergessen hatte, hing am Telefon. Eine PR-Frau häufte gerade drei Stück Würfelzucker auf ihren Löffel und verrührte sie in ihrem Kaffee. Das Ganze war unterlegt von monotonem Tastaturtippen.

Miriam gab ein Gähnen von sich. Sie fühlte sich in die Zeit zurückversetzt, in der sie im Büro ihres Vaters ein Schülerpraktikum gemacht hatte. Eintönige Tage, in denen sie irgendwelche Zahlen in eine Excel-Tabelle eintragen sollte und meistens nur im Internet gesurft hatte. Ein halbes Jahr danach hatte ihr Vater schon seinen Job in dem Logistikbetrieb verloren, weil sein Alkoholproblem immer schlimmer geworden war.

Sie tauschte den Gameboy in ihren Händen gegen ihr Smartphone. Im Browser öffnete sie die Suchmaschine und gab »nachrichten serienkiller westerwald« ein. Wenn sie hier schon nichts Neues über den Fall erfuhr, dann vielleicht wenigstens im Internet.

Gleich der erste Link auf der Ergebnisseite war ein Volltreffer: *Enthüllt: Profiler wird von Alphabetmörder-Fall abgezogen!*

Miriam kratzte sich am Hinterkopf. Das ergab keinen Sinn. Warum hatte er ihr nichts davon gesagt?

Sie tippte auf den Link, der sie auf die Seite der *Wäller Zeitung* führte, und überflog den Artikel, geschrieben von irgendeiner Nora Schneill. Die Journalistin berief sich auf vertrauliche Quellen aus den Kreisen der SOKO. Ihren Angaben zufolge war Jan aus der SOKO entlassen und wieder nach Mainz geschickt worden. Grund dafür wären tiefgreifende Differenzen zwischen dem Fallanalytiker und den örtlichen Einsatzkräften.

Die Stimmung war angespannt, das stimmte. Aber warum sollte Jan deswegen gleich abgezogen werden? Was ging hier vor sich?

Der kahlköpfige Hauptkommissar – Schlüter oder so – fuhr aus seinem Bürosessel hoch. Er wandte sich einer Frau mit Lockenschopf zu, die sich Miriam als Pressesprecherin vorgestellt hatte.

»Ries!?«, blaffte er sie an. »Haben Sie diesen Artikel von der verdammten Schneill gesehen? Wie kann so was wieder durchgekommen sein? Das ist ja eine dreiste Falschmeldung!«

Miriam verdrehte die Augen. Was für ein Choleriker! Allerdings verblüffte es sie, dass der Beamte anscheinend auch nichts von Jans angeblichem Abzug wusste.

Die Pressesprecherin blieb völlig ruhig, was ihr gleich Miriams Bewunderung einbrachte.

»Der Kriminaldirektor hat Ihnen nichts gesagt?«, fragte sie, die Augenbrauen hochgezogen. »Wir kooperieren mit Frau Schneill. Das alles ist eine Finte, um den Täter aus der Reserve zu locken.«

Stüters Gesicht färbte sich puterrot. Durch seine kreisrunde Kopfform erinnerte er Miriam an das Wut-Emoticon auf ihrer Smartphone-Tastatur. »Wie soll bitte Kommunikation hier funktionieren, wenn ich, einer der leitenden Ermittler«, er tippte sich übertrieben theatralisch auf die Brust, »von solchen grundlegenden Vorgängen ausgeschlossen werde?«

»Machen Sie mich nicht so an! Ich habe das nicht in die Wege geleitet, außerdem hat man Sie nach Hause geschickt.« Abwehrend hob Ries die Hände. »Vielleicht hat es ja mit Ausbrüchen wie diesem zu tun, dass Sie aus solchen Angelegenheiten ausgeschlossen werden.«

Miriam kam sich vor, als wäre sie in eine Folge *Criminal Minds* geraten. Trotzdem musste sie dringend mal aufs Klo. So leise wie möglich stand sie von ihrem Sessel auf. In diesem Moment klingelte das Telefon auf dem Schreibtisch.

Miriam zuckte zusammen.

Wie erstarrt blieb sie stehen und fixierte das Gerät. Im allgemeinen Lärm ging das Klingeln völlig unter. Zweimal. Dreimal. Viermal. Wer war so derartig penetrant?

Also gut. Sie atmete tief durch. Nahm den Hörer ab.

»Ja, hallo?«

»Spreche ich da mit Frau Wyler?«, ertönte eine sonore Frauenstimme.

»Ähm, die Vertretung.«

»Ah, okay. Ich bin Frau Bischof, Schulsekretariat des Mons-Tabor-Gymnasiums. Ich wollte nur noch mal nachfragen, ob das Fax mit der Namensliste auch wohlbehalten angekommen ist.«

Miriams Herzschlag beschleunigte sich. Dass sie pinkeln musste, verlor auf einen Schlag alle Wichtigkeit.

Vorhin hatte Jan noch mit der SOKO darüber gesprochen, dass sie die Spur suchten, über die Rabea auf den Täter gestoßen war. Miriam war zwar eine völlig Außenstehende, aber eins und eins konnte sie zusammenzählen.

»Können Sie die Namen noch mal kurz vorlesen? Das wäre super! Was war das noch mal für eine Liste?«

»Ach, aber gerne!« Hilfsbereitschaft schien die grundlegende Charaktereigenschaft der Schulsekretärin zu sein. »Das sind alle, die sich bei den Alphabetisierungskursen angemeldet haben, aber nicht gekommen sind.«

Sie ratterte die Namen herunter. Keiner von ihnen rief bei ihr eine Reaktion hervor. Was hatte sie auch erwartet? Miriam wollte das Gespräch schon an einen der Beamten übergeben, als sie ihn hörte.

»Entschuldigung, können Sie den Namen von gerade noch mal vorlesen?«, sagte sie stockend.

71

8. Dezember, später Nachmittag

Zurück in die Kirchstraße. Zurück nach Hause.

Wie oft war Jan schon diesen Weg entlanggefahren?

Tausendmal? Zweitausendmal? Ganz zu Anfang bei seinen Eltern auf der Rückbank. Zusammen mit seinem Bruder. Gameboy daddelnd, dösend, mit Plastikfiguren spielend. Dann auf dem Fahrrad. Manchmal gemeinsam mit einem Mädchen, das entweder neben ihm herfuhr oder auf seinem Gepäckträger saß und die Arme um ihn schlang.

Schließlich im Auto von Freunden, die ihn von irgendeiner Party zurückbrachten. Zugedröhnt und betrunken. Er konnte sich noch genau daran erinnern, wie er sich durch die Kellertür hineingeschlichen und auf dem Sofa im Hobbyraum geschlafen hatte, nur um seine Eltern nicht zu wecken.

Er kannte jede noch so winzige Unebenheit im Asphalt. Jedes noch so belanglose Detail.

Bei all diesen Fahrten hatte er nie so viel Angst gehabt wie in diesem Moment. Er wusste nicht, was in den nächsten Minuten geschehen würde. Nur eines stand fest: Danach würde dieser Ort niemals mehr sein Zuhause sein können.

Der Mercedes holperte den Hügel zu ihrem Haus herunter. Jan konzentrierte sich aufs Ein- und Ausatmen. Er wurde das Gefühl nicht los, dass sein Mantel ihm die Luft abschnürte.

Das hier geschah wirklich.

Kathi und Maik schwebten in unmittelbarer Gefahr.

Wäre sein Handy noch intakt, hätte er Verstärkung angefordert. Aber ihm blieb keine Zeit, noch in Hachenburg vorbeizufahren. Er musste handeln.

Das ausgeschnittene Z in der Rinde des Bergahorns hatte ihm eines klargemacht: Der Grund, warum der Alphabetmörder ihn zu seinem letzten Opfer machen wollte, war noch viel tiefgreifender, als er zunächst vermutet hatte.

Die Morde drehten sich nicht um Buchstaben, um Rituale oder wirre Verschwörungen. Sie drehten sich die ganze Zeit um ihn. Halt, falsch. Nicht um ihn, sondern um Gero. Der Täter wollte ihn nach all den Jahren für seinen Tod zur Verantwortung ziehen.

Natürlich fielen ihm Geros engste Angehörige ein. Stefan Schomar, Kathis neuer Lebensgefährte, war ein enger Freund seines Bruders gewesen. Er hatte ein Motiv. Außerdem besaß er das alte Jagdequipment von Gero.

Timo hatte die Vermutung geäußert, dass Gero einen Komplizen hatte. Was, wenn Stefan nicht nur Geros Freund gewesen ist, sondern mit ihm gemeinsame Sache gemacht hat? Und wenn Stefan dazu in der Lage war, Kinder festzuhalten und zu missbrauchen, wozu war er dann noch fähig?

Er dachte an Katharina und den schüchternen Maik, die schon so viel durchgemacht hatten und nun in höchster Gefahr schwebten. Sein Magen zog sich zusammen. Er musste sie warnen, bevor es zu spät war.

Und Tamara. Tamara und Tugba. Alles war miteinander verknüpft. Ein Geflecht aus Wahnsinn und Schuld. Mit quietschenden Reifen hielt er den Mercedes vor der alten Scheune an, gleich gegenüber vom Haus seiner Familie. Schon immer hatte das Gebäude, das bereits in Jans Kindheit abrissreif gewesen war, eine düstere Faszination auf ihn ausgestrahlt.

Unter den Jugendlichen war es eine Mutprobe gewesen, sich in sie hineinzuschleichen. Immer hatten sich die Leute im Ort Horrorgeschichten über sie erzählt.

Heute schien sich eine von ihnen zu bewahrheiten.

Jan erinnerte sich daran, dass er Stefan hier draußen begegnet war.

Wie hatte er nur so blind sein können?

72

Mit einem Klicken löste sich der Bügel des Vorhängeschlosses. Tugba zog den Metallclip aus dem Schlüsselloch. Sie musste sich beherrschen, um ihn nicht einfach fallen zu lassen. Unzählige Stunden lang hatte sie mit dem nun völlig verbogenen Metallstück das Loch bearbeitet. Sie hatte längst nicht mehr daran geglaubt. Sie widerstand dem Impuls, einfach die Brettertür aufzureißen und ihr Gefängnis zu verlassen. Ihren Peiniger hatte sie seit langer Zeit nicht mehr gesehen. Trotzdem konnte er jeden Moment wieder hier auftauchen.

Inzwischen war der Schmerz längst zum bestimmenden Element ihres Fühlens geworden. Ihr ganzer Rücken brannte. Das abgeschabte Tattoo musste sich weiter entzündet haben. Wenn sie mit den Fingern über die Stelle strich, klebte jedes Mal eitriges Blut an ihnen. Seit einiger Zeit hatte sich ein rasselnder, krampfartiger Husten in ihren Lungen festgesetzt. Eine Folge der bitteren Kälte. Wenn er sie überkam, musste sie sich minutenlang krümmen. Ein konstantes Pochen ihrer Schädeldecke unterdrückte fast alle klaren Gedankengänge. Vom ständigen Kauern waren ihre Knie blutig.

So vorsichtig, wie es ihre zitternden Finger zuließen, zog sie den Bügel des Schlosses aus dem rostigen Riegel. Sie drückte die Tür auf. Die Scharniere ächzten kaum merklich.

Sie lauschte. Hielt den Atem an. Das Einzige, was sie hörte, war das Blut, das rasend schnell durch ihre Adern pochte.

Sie setzte eine erste nackte Fußsohle außerhalb des Verschlages. Verließ die sechs Quadratmeter aus Blut und Verzweiflung.

In dem Kellerraum herrschte schummrige Dunkelheit. Nur ein paar Streifen aus Licht bohrten sich durch die Ritzen in der Falltür. Quälend langsam tastete sie sich vor. Ihre ausgestreckten Hände schlossen sich um eine Tischplatte. Suchend huschten sie über die Holzplanken. Berührten ein ledergebundenes Buch. Eine Farbdose. Einen Griff. Sie packte zu. Ein Messer!

Sie hatte noch nie einem Menschen eine Verletzung zugefügt. Noch nie gekämpft. Aber wenn sie auf ihren Peiniger treffen würde, würde sie zustoßen. Ohne Zögern. Würde all ihre verbliebene Kraft in diesen einen, verzweifelten Versuch legen.

Das schartige Messer mit dem lederumwickelten Griff fest an sich gedrückt, erklomm sie die Stiege. Nur raus hier. Hilfe holen, egal woher. Hoffentlich lag der Ort, an den er sie gebracht hatte, nicht völlig abgeschieden.

Sie drückte die Falltür einen Spaltbreit auf. Das Geschoss über dem Keller schien eine Art Werkstatt zu sein. An den Wänden stapelten sich Kisten und Paletten voll von Bauteilen und Werkzeugen. Gleich vor ihr standen rostige Fässer. Von der Decke hingen Haken an langen Ketten. Hinter einer Werkbank meinte sie ein Motorrad oder einen Roller auszumachen. In der Luft hing der Geruch nach Öl und Metall, der im Keller nur schwach wahrnehmbar gewesen war.

Niemand war zu sehen. Abgesehen vom Heulen des Windes, der die Außenfassade des Gebäudes umströmte, herrschte Stille. Die Fensterscheiben waren zu dreckverschmiert, um nach draußen sehen zu können.

Sie blinzelte mehrmals, bis sich ihre Augen vollends an die ungewohnte Helligkeit gewöhnt hatten, dann stieß sie die Falltür auf. Nahm die letzten Stufen bis in die Werkstatt.

Nichts hier oben deutete darauf hin, was im Keller vor sich ging. An einer Wand hing ein schlichter Terminkalender, daneben die Poster barbusiger Frauen, die vor Autos oder Motorrädern posierten. In einer Ecke stand ein altgedienter Flipperautomat. Nirgendwo ein Zeichen eines Kampfes. Nirgendwo ein Hinweis auf die andere Frau.

Zuletzt fiel ihr Blick auf das hölzerne Tor der Werkstatt, dessen weiße Farbe sich in langen Bahnen abschuppte. Es stand einen Spaltbreit offen.

Der eisige Griff um ihren Brustkorb löste sich. Für einen Augenblick verglomm der Schmerz.

Ein Ausweg.

Sie lief auf das Tor zu.

Doch ihre Schritte waren nicht die einzigen. Hinter ihr. Er war hinter ihr. Musste die ganze Zeit dort gewartet haben.

Sie fuhr herum. Ließ das Messer vorschnellen. Stieß ins Leere. Mühelos wirbelte er an der Klinge vorbei.

Etwas legte sich kalt um ihren Hals. Sie holte mit dem Messer aus. In diesem Moment zog sich das Ding um ihren Hals stramm.

Eine Kette!

Erbarmungslos zog er sie zu. Die Glieder quetschten sofort ihre Kehle. Das Messer glitt aus ihren Fingern und landete scheppernd auf dem Betonboden. Sie strampelte mit den Beinen. Versuchte verzweifelt, ihre Finger irgendwie zwischen die Kette und ihren Hals zu bekommen. Sie schrie erstickt. Alles verschwamm.

Ihre Arme sanken herab. Ihre Lungenflügel krampften sich zusammen. Schließlich gaben ihre Beine nach. Als sich Schwärze um sie legte, spürte sie nur noch das brennende G auf ihrem Rücken.

73

»Versuchen Sie es noch einmal!«

Ichigawa verdrehte die Augen. »Das ist schon das vierte Mal gewesen. Jan geht nicht ran.«

Stüter kickte einen der Bürostühle um. Da brauchte man diesen Profiler-Heini einmal und der hatte sein Handy ausgeschaltet.

»Ich habe vorhin mit ihm gesprochen. Er wollte zum Wolfstein. Vielleicht hat er gerade auch gar keinen Empfang.«

»Oder er ist auf dem Weg zum Haus seiner Familie und läuft unserem Täter genau in die Arme.« Er lehnte sich gegen Ichigawas Schreibtisch und senkte den Blick. »So wie Rabea. So wie Daniel.«

Ausgerechnet Miriam, dieses Goth-Mädchen, das Grall weiß Gott wo aufgegabelt hatte, hatte durch einen Zufall die entscheidende Information gefunden.

»Okay, jetzt mal alle aufpassen!« Stüter atmete tief durch und blickte in die Runde. Es lag an ihm, die SOKO für den anstehenden Einsatz zu briefen. Sie hatten keine Zeit zu verlieren.

»Frau Wyler hat sich mit dem sozialen Engagement von Frau Ekiz beschäftigt«, fasste er zusammen und hob den Lebenslauf der Lehrerin in die Höhe. »Dabei ist sie auf die Interessentenliste eines Alphabetisierungs-Kurses gestoßen, den Frau Ekiz geleitet hat. Auf ihr steht auch Maik Grall – Jan Gralls Neffe.«

Ein Klangteppich aus Flüstern breitete sich über die SOKO. Stüter verdrehte die Augen, rieb sich über die Oberarme. Schließlich rief Ichigawa die anderen mit einem Klopfen auf die Schreibtischplatte zur Ordnung.

Stüter nickte ihr dankbar zu und fuhr fort: »Die ganze Zeit über sind wir von einem Täter ausgegangen, der tief in der Welt der Buchstaben und Worte verankert ist. Jemand, der vielleicht selbst im Literatur- oder Medienbetrieb gearbeitet hat.« Stüter senkte den Blick, die Hände in die Hosentaschen gesteckt. »Dabei haben wir eine Möglichkeit völlig außer Acht gelassen: Was, wenn es jemand ist, der überhaupt nichts mit alldem zu tun hat? Jemand, der von dieser Welt ausgeschlossen ist – und dadurch einen unglaublichen Hass auf sie entwickelt hat.«

Ichigawa räusperte sich. »Darf ich kurz übernehmen?«

Sie tippte auf die Akten, die sie unter den Arm geklemmt hatte. »Wir haben so viele Informationen über Maik Grall zusammengetragen, wie wir konnten. Nach dem Unfalltod seines Vaters wurde er zunehmend verschlossener. Bekam in der Schule so starke Probleme, dass er sich zu einem funktionalen Analphabeten entwickelt hat.«

»Und dann hat er trotzdem den Führerschein für seinen Roller machen können? Wie hat er denn die theoretische Prüfung bestanden?«, fragte einer der Beamten, der gerade in den Unterlagen blätterte.

»Auf Anfrage kann man in der Fahrschule auch eine mündliche theoretische Prüfung beantragen«, antwortete die Leiterin. »Maik Grall hat Probleme damit, Worte zu lesen oder zu bilden. Das heißt nicht, dass er dumm ist.«

Selbst jetzt riss das Gemurmel nicht ab. Die Worte

»Jan« und »Grall« drangen immer wieder an Stüters Ohren. Er hob die Hand.

»Bevor es weitergeht, müssen wir erst mal über den Elefanten im Raum reden«, seufzte er. »Eigentlich dürfte Grall nicht länger Teil dieser SOKO sein. Aus Gründen der Befangenheit und nicht zuletzt zu seiner eigenen Sicherheit. Aber es liegt in der Natur der Sache, dass er im Moment derjenige ist, der mit den Umständen und den handelnden Personen am besten vertraut ist. Also wird er bleiben.« Angespannt ließ er den Blick durch ihre Reihen schweifen.

Ichigawa übernahm: »Maik Grall hat nicht nur eine Verbindung zu Tugba Ekiz, er hat auch als Aushilfe im Wildpark gearbeitet. Gelegenheit genug, um mit den Tieren vertraut zu werden und an ihnen das Töten zu üben. Es erklärt auch, wie er die Leiche unseres A-Opfers im Gehege der Wisente platzieren konnte. Noch dazu hat sein Vater eine umfangreiche Sammlung an Jagdwaffen besessen. Dies alles war Grund genug, um bei der Staatsanwaltschaft einen Durchsuchungsbefehl zu erwirken.« Ichigawa verschränkte die Hände hinter dem Rücken. »Allerdings ist Gefahr im Verzug, weswegen das SEK sich bereits in diesem Moment auf dem Weg hierher befindet. Jetzt bereiten wir uns auf den Zugriff vor.«

Als sie fertig war, trat sie zu Stüter. »Wir haben's jetzt mehrmals bei Jan probiert. Entweder sein Handy ist ausgeschaltet, oder …«

Stüter gab ein Grunzen von sich.

Die Schutzschicht aus Professionalität, mit der sich Ichigawa umhüllte, bröckelte das erste Mal. »Meinen Sie, ihm ist etwas zugestoßen?«

»Nein, das will ich nicht glauben«, entgegnete er. »Sein

letzter gesicherter Aufenthaltsort ist der Große Wolfstein. Hoffen wir nur, dass er danach nicht zu seiner Familie fährt und direkt auf seinen Neffen trifft. Wenn wir ihn nur irgendwie warnen könnten.«

74

Wie der Deckel eines bleiernen Sarkophags breitete sich die Wolkendecke über das Haus. Nur das gedämpfte Donnergrollen eines noch Kilometer entfernten Gewitters durchbrach die Stille.

Jan erklomm die Stufen zur Eingangstür. Wenn seine Vermutung zutraf, dann legte Stefan es darauf an, gestellt zu werden. Die Rindenstücke des Bergahorns hatte der Alphabetmörder nicht grundlos platziert.

Ihm war klar, dass er sein Alphabet niemals beenden würde.

Er wollte die Gegenüberstellung. Die Konfrontation. Das Grande Finale.

Jan besaß keine Schusswaffe. Er konnte nur hoffen, dass er Stefan überrumpeln konnte, bevor es zu spät war. Wenn nur Maik und Kathi in Sicherheit waren. Bei Jans letztem Besuch war die Verandatür nicht verschlossen gewesen. Aber es war seine einzige Chance.

Eng an die Wand gedrückt, schlich er um das Haus herum. Vom Rand der Fensterfront aus spähte er ins Wohnzimmer hinein.

Kathi saß allein mit einer Tasse Tee am Esstisch und starrte konzentriert auf ihr Tablet. Erleichterung implodierte in Jans Brust. Vorsichtig klopfte er gegen die Scheibe.

Sie zuckte zusammen und blickte auf.

Ein stummes »Jan?«. Sie kam herüber und schob die Tür auf. »Was willst du denn hier? Warum klingelst du nicht?«

Er umfasste ihre Oberarme und flüsterte: »Wo ist Stefan?«

»Oben, glaube ich. Warum? Was ist los?«

»Ich werde dir gleich alles erklären, okay? Meine Kollegen werden auch bald hier sein.« Er blickte ihr tief in die Augen. »Du musst mir jetzt vertrauen. Bleib hier unten, und sei ganz ruhig. Ist das in Ordnung?«

Ihre Lippen bebten und ihre Augen schimmerten glasig. »Wa-was ist denn los?«

»Wie gesagt, ich werde dir alles erklären. Wo ist Maik?«

»In der Scheune. Bastelt an einem Roller herum.«

»Okay, dann wird er da erst mal bleiben. Sehr gut.«

Er löste sich langsam von ihr, machte zwei Schritte zurück, hielt die Arme beruhigend ausgestreckt. Noch hatte er das Überraschungsmoment auf seiner Seite. Sie durfte Stefan nur nicht rufen.

»Es ist alles in Ordnung. Ich muss nur mit Stefan reden.«

Er lief weiter rückwärts durchs Wohnzimmer. Erst am Anfang des Flurs drehte er sich um. Drei Stufen auf einmal nehmend, erklomm er die Treppe ins Obergeschoss. Es gab kein Zurück mehr.

Er stürmte durch den Flur aufs Arbeitszimmer zu, den Ort, den schon sein Bruder mit seiner Dunkelheit erfüllt hatte.

Die Tür stand einen Spaltbreit offen.

Jans letzte Schlägerei lag so lange zurück, dass er sich nur noch schemenhaft an sie erinnern konnte. Irgendeine Auseinandersetzung im Bochumer Bermudadreieck. Er war kein Kämpfer. Stefan war ein mächtiger, breit gebauter Typ. Wenn er eine Chance haben wollte, musste er schnell sein.

Das Schulterblatt voran, preschte Jan durch die Tür. Die Wucht seiner eigenen Bewegungen riss ihn fast von den Beinen.

Stefan Schomar fuhr aus seinem ledernen Bürosessel hoch. Ehe er auch nur eine einzige koordinierte Bewegung machen konnte, stürzte sich Jan auf ihn. Mit einer Kraft, die er sich selbst niemals zugetraut hätte, schleuderte er den Alphabetmörder gegen die Wand.

Sein Hinterkopf hinterließ einen blutroten Fleck auf der weißen Raufasertapete.

»Jan, verdammt!«, ächzte er. »Was soll das?«

»Fang gar nicht erst so an!« Er baute sich über Schomar auf. »Sag mir einfach nur, warum du es getan hast.«

»Wa... was soll ich getan haben?«

Jan drückte ihn gegen die Wand. »Du hast all diese Leute umgebracht. Hast die Rinde des Ahornbaums an den Tatorten verteilt, woher auch immer du sie hast. Es ging immer um mich, oder? Immer um Gero. Warum dann das Alphabet, Stefan? Warum?«

»Bist du völlig durchgedreht?«, rief Kathis Lebensgefährte mit weit aufgerissenen Augen, das rosige Gesicht verzerrt. »Was sollte ich von dir wollen? Und was für Scherben?«

Jan kamen nun doch Zweifel. Aber wahrscheinlich wollte sein Gegenüber genau das erreichen.

»Und was ist mit deinem Jagdgewehr? Mit der ganzen Ausrüstung? Warum hast du die Waffe nicht wieder von der Suchaktion zurückgebracht?«

Etwas in Stefans Augen zerbrach. Sein Atem beschleunigte sich. »Das kann ich dir nicht erzählen.«

»Natürlich nicht«, ätzte Jan.

Stefan seufzte und deutete zu seiner Rechten. »Es hängt mit ihm zusammen.«

Über einem Bücherregal hing ein Bild von Ernest Hemingway. Auf den Regalbrettern selbst standen mehrere Wälzer des Schriftstellers. Stefan schien ein großer Verehrer zu sein. Die erste Verbindung, die Jan zwischen ihm und dem Gewehr einfiel, war seine Todesart.

»Stehend sterben«, murmelte er.

»Ja, so hat er's getan. Sich den Gewehrlauf unters Kinn gehalten und dann abgedrückt.« Stefan biss sich auf die Unterlippe, unterdrückte Tränen. »Du darfst das niemals Kathi erzählen.«

»Keine Sorge ...«

»Du hast recht. Ich bin nicht bei der Suchaktion gewesen. Ich war im Wald. Allein. Nur mit dem Gewehr. Ich wollte es genauso machen wie er.«

»Warum?«

»Weil es nur noch wenige Tage gibt, an denen ich überhaupt etwas empfinde. Ich lebe nicht mehr, schon lange nicht mehr. Und ich weiß, was ich damit Kathi und Emilia antun würde. Aber ich kann nicht mehr, ich kann nicht mehr leben ... Als ich dann dort allein im Schnee stand, konnte ich es doch nicht.«

Depressionen, schätzte Jan. Wahrscheinlich nicht behandelt. Sie erklärten Stefans widersprüchliches Verhalten. Und sie schlossen ihn als Täter aus.

»Es tut mir leid, es tut mir furchtbar leid.« Jan streckte ihm die Hand entgegen und half ihm hoch. »Ich kenne einen Kollegen, den ich dir empfehlen kann ... Warte mal, du hast auch nichts mit den Filmen zu tun, die mein Bruder gemacht hat, oder?«

»Welche Filme?«

Jan glaubte ihm. Stefan war wirklich nur ein Jugendfreund seines Bruders gewesen, nicht sein Komplize. Und erst recht nicht der Alphabetmörder.

Aber wenn er nicht der Täter war, wer war es dann?

Sein Blick wanderte weiter durch das Arbeitszimmer, vorbei am Hemingway-Porträt und einer Karte des Westerwalds, hin zu einem ABC-Lernposter.

»Das ist für Emilia, oder?«

Stefan schüttelte den Kopf.

In diesem Moment hörte Jan die Einsatzwagen.

75

»Frag mich ab!«

Der Druck der Kettenglieder ließ ein wenig nach. Röchelnd sog Tugba Luft in ihre Atemwege. Alles drehte sich. Sie blinzelte. Was wollte er von ihr?

Er zerrte sie zurück. Sie würgte. Mit ihren nackten Füßen stolperte sie über Schrauben und Metallsplitter.

»Das Alphabet! Die Buchstaben! Frag mich ab.«

Abfragen? Wie sollte sie das tun?

Auf einer der Werkbänke machte sie einen armlangen, rostüberzogenen Schraubenschlüssel aus. Wenn sie nur einen Schritt in diese Richtung schaffte ...

Ein gezielter Schlag. Ein einziger gezielter Schlag.

»Der ...«, sie hustete, »der erste Buchstabe?«

»A!«

»A wie ...?«, röchelte sie.

»Affe.«

»Weiter, weiter!«

»B, C, D, E, F, G!«

Er rezitierte die Buchstaben inbrünstig. Ein Gebet. Ein Glaubensbekenntnis. Seine rasselnde, an manchen Stellen viel zu hohe Stimme hallte durch die Werkstatt.

Das Alphabet lenkte ihn ab. Sie brauchte nur ein paar Zentimeter. Mehr nicht. Tugba stemmte sich gegen seinen Griff. Balancierte auf den Zehenspitzen.

»H, I, J, K, L, M!«

Sie schaffte einige Trippelschritte voran. Er ließ sich von ihrer Bewegung leiten, so sehr in die Buchstaben vertieft. Jetzt. Es war ihre einzige Chance. Mehr würde er nicht zulassen.

Sie streckte ihren Arm so weit aus, wie sie konnte. Ihr Schultergelenk schmerzte. Ihre Muskeln spannten sich bis zu den Grenzen des Ertragbaren. Die Spitze ihres Zeigefingers tippte an das Ende des Schraubenschlüssels.

Es reichte nicht. Verdammte Scheiße, es reichte nicht.

»N, O, P …«

Er hielt inne. Hatte er sie bemerkt?

Sie warf all ihr Gewicht in Richtung der Werkbank. Sogleich zerrte er sie zurück. Stieß einen unverständlichen Fluch aus.

Aber seine Aufmerksamkeit galt nicht ihr. Er hielt inne. Schien etwas gehört zu haben. Sein Atem ging flach.

Tugba versuchte das Dröhnen ihres Herzschlags zu ignorieren und zu lauschen. Das Motorbrummen mehrerer Wagen. Reifen, die im Schnee knirschten. Gefolgt vom Knallen von Autotüren.

Jemand kam. Für sie?

»Hiiilf…!« Bevor das Wort vollends über ihre Lippen kommen konnte, hielt er ihr den Mund zu. Umfasste mit seiner schwitzigen, ölverschmierten Hand fest ihren Kiefer. Zerrte sie an der Kette zurück in den hinteren Teil der Werkstatt.

»G. Jetzt muss G kommen.«

76

Das SEK stürmte aus den drei Einsatzfahrzeugen. Jede einzelne Bewegung perfekt orchestriert, die HK-MP5-Maschinenpistolen im Anschlag und verstärkte Schilde aus Plexiglas gestemmt, schwärmten sie aus. Vermummte Eindringlinge inmitten des Ortes, den Jan einmal Zuhause genannt hatte.

»Jan! Erklär mir endlich, was hier los ist!« Kathis Stimme klang wie das Heulen einer Wolfsmutter, die verzweifelt ihre Jungen verteidigte.

Sie folgte ihm aus dem Haus, packte ihn an der Schulter. Stefan blieb im Flur zurück, die Arme um Emilia geschlossen.

Jan fuhr herum. »Kathi, bitte bleib drinnen. Hier ist es nicht sicher für dich!«

»Nicht sicher?« Sie versetzte ihm eine Ohrfeige. Der Schmerz prickelte auf seiner Haut, als hätte sie ihm ein Brenneisen aufgedrückt. »Hast du gesehen, was du mit Stefan gemacht hast? Und jetzt ... jetzt wollt ihr zu Maik!«

Er griff nach ihren Handgelenken. Die Situation überforderte ihn. Es war zu viel. Einfach zu viel.

»Lass! Mich! Los!«, spie Kathi, das sonst so freundliche, rundliche Gesicht zur Fratze verzerrt. »Ich will zu meinem Sohn!«

Ehe ihr Handgemenge völlig eskalierte, fuhren zwei

weitere Autos auf den Hof. Ein Streifenwagen und Anitas Audi.

Die beiden Beamten aus der Streife stürmten die Treppe zu ihnen hinauf und hielten Kathi zurück.

»Frau Grall, bitte beruhigen Sie sich, wir werden Ihnen alles erklären. Aber bitte kommen Sie wieder mit uns ins Haus«, redete die Beamtin, eine sommersprossige Mittvierzigerin mit blondem Pferdeschwanz, auf sie ein.

Ihr Kollege wandte sich an Jan: »Herr Grall, steigen Sie bitte zu Hauptkommissar Stüter in den Wagen von Frau Ichigawa. Das SEK hat angeordnet, dass sich während des Zugriffs niemand außerhalb der Fahrzeuge befindet.«

»Verstanden«, sagte Jan zähneknirschend.

Die beiden Beamten bugsierten Kathi zurück in ihr Heim, um ihr und ihrer Familie Beistand zu leisten. Jan hechtete hinüber zu Ichigawas Auto und stieg ein. Selten war er so froh gewesen, Stüter zu sehen.

»Verdammt, Grall, was ist mit Ihrem Handy los!«, blaffte dieser ihn an, legte ihm aber gleichzeitig einen Arm um die Schultern.

»Ist mir auf dem Wolfstein kaputtgegangen. Ich konnte nur das hier retten.« Er rutschte neben Stüter auf die Rückbank und zeigte ihm die SIM-Karte. Am Steuer vor ihm saß Anita, neben ihr der Einsatzleiter des SEK. »Was geht hier vor sich? Ich war mir sicher, Stefan Schomar wäre der Täter. Aber jetzt habe ich eine Vermutung, die mich noch viel mehr verstört …«

»Du hast recht«, sagte Anita tonlos. »Maik wollte einen der Alphabetisierungskurse besuchen, die von Frau Ekiz geleitet werden. Er ist uns die ganze Zeit durch die Lappen gegangen, weil wir nur nach den Teilnehmern gesucht haben. Nicht nach allen Interessenten. Er war Aushilfe im

Wildpark. Hat eine Verbindung zu dir. Alles deutet auf ihn hin.«

Jan hämmerte die Stirn gegen den Fahrersitz.

Es stimmte also. Maik war der Alphabetmörder. Wäre es anders gekommen, wenn Gero am Leben geblieben wäre?

Der Drang zum Morden war nichts Angeborenes. Er wurde erst durch Prägung herausgebildet. Vielleicht war in seinem Auto nicht nur sein Bruder gestorben, sondern mit ihm auch all die Opfer von Maik.

»Es tut mir leid. Ich kann mir kaum ausmalen, wie das für Sie sein muss«, meinte Stüter.

»Sie haben überhaupt keine Ahnung …«

»Es ist nicht Ihre Schuld«, meinte der Hauptkommissar mit aufrichtiger Anteilnahme. »Reden Sie sich das bloß nicht ein. Niemand kann ahnen, was im Kopf von so einem Jungen vorgeht.«

»Ich will nur wissen, warum er es getan hat. Normalerweise wäre es die Aufgabe von Rabea und mir gewesen, dieses Warum für euch zu ermitteln. Aber im Moment bin ich genauso ratlos wie jeder andere.«

Der Einsatzleiter unterbrach sie. Es war wieder Eller, der Mann mit den blattgrünen Augen. Wie schon bei Zanetti. »Wir gehen jetzt rein. Und wie gesagt: Egal, was passiert, Sie bleiben im Wagen.«

Ohne eine Antwort abzuwarten, schwang sich Eller aus dem Audi und klappte sein Helmvisier herunter.

Jan hatte ihm gar nicht zugehört. »Wie passt das alles zusammen? Die Buchstaben-Symbolik und das Ziel, mich als letztes Opfer zu töten. Wenn er ein funktionaler Analphabet ist, lässt sich der Grund auf ein Wort reduzieren: Hass.« Er machte eine Pause, um seinen Gedankengang auf die anderen wirken zu lassen. »Diese Mordserie ist ein Feldzug gegen alles, was Maik in seinem Leben hasst: Gegen die Menschen, die ihn immer ausgegrenzt haben und die Worte allein für sich beansprucht haben. Gegen die Buchstaben selbst. Und natürlich gegen mich. Irgendein Ereignis – ein Trigger – muss dafür gesorgt haben, dass sich sein Hass, seine Frustration, auf diese Weise freigesetzt haben.«

»Was auch immer die Sache ins Rollen gebracht hat, hoffen wir, dass wir Tugba und Ihre Flamme da drin in einem Stück finden.« Stüter presste sein Gesicht an die Scheibe. Trotz seiner Wortwahl klang aufrichtige Besorgtheit in seiner Stimme mit.

Die Sicherheit der Entführungsopfer hatte bei diesem Einsatz höchste Priorität. Jan beobachtete, wie der SEK-Einsatzleiter Eller seinen Männern mit wenigen Handzeichen signalisierte, sich rund um die Scheune zu verteilen. Bislang wirkte sie völlig verlassen; kein Licht hinter den staubverschmierten Fenstern, keine Geräusche, nichts. Sie schien so verlassen wie immer.

»Haupt- und Nebeneingang gesichert«, gab der Einsatzleiter über Funk durch. »Bereitmachen für Zugriff.«

Ein SEK-Beamter trat das Scheunentor auf. Der Kollege hinter ihm schleuderte eine Blendgranate. Brüllen. Ein ohrenbetäubender Knall. Ohrensausen. Der Lichtblitz war so grell, dass er sich nur so in die Netzhaut brannte.

Die darauffolgende Stille war genauso unvermittelt wie vorher der Lärm des Zugriffs. Das Pfeifen in Jans Ohren überlagerte alles, dämpfte selbst das heftige Pumpen seines Herzens. Aus dem Inneren der Scheune stieg Qualm auf, ansonsten war nichts zu sehen.

»Was ist da drin los?«, raunte Stüter.

Jan packte sich das Funkgerät. »Eller, bitte um Meldung. Haben Sie Sichtkontakt mit der Zielperson?«

Wie zur Antwort drang mit einem Mal chaotisches Brüllen aus dem Inneren.

»Polizei! Waffe fallen lassen!«

»Geben Sie auf! Lassen Sie die Frau los!«

Jan ballte die Faust. Tamara. Ihr durfte nichts geschehen. Er warf das Funkgerät in Stüters Schoß. Stand auf. Zog die Seitentür des Vans auf.

»Grall, was soll das werden?« Stüter wollte ihn am Arm packen, aber er riss sich los.

Wie ferngesteuert lenkten ihn seine Beine über den Schotterplatz, geradewegs auf die Scheune zu. Aus den Augenwinkeln nahm er eine Bewegung wahr. Kathi beobachtete ihn vom Küchenfenster ihres Hauses aus, ihre Gesichtszüge wirkten eingefroren. Die Beamtin von vorhin legte ihr die Hand auf die Schulter und zog sie vom Fenster weg.

»Wo willst du hin?«, rief ihm Anita zu. »Das Objekt ist noch nicht gesichert!«

Er beachtete sie nicht. Beschleunigte seine Schritte und tauchte ein in das rauchdurchzogene Halbdunkel der Scheune.

Ein SEKler war direkt am Eingang postiert. Mit seiner bulligen Statur versperrte er ihm den Weg.

Das Geschrei in der Werkstatt hielt weiter an.

»Hey, haben wir Ihnen nicht gesagt, dass Sie wegbleiben sollen?«

»Ich will wissen, was los ist.« Jan wuchtete sein ganzes Körpergewicht gegen den Beamten. Rempelte ihn zur Seite. »Wo ist sie? Tamara! Tamara, wo bist du?«

Der Qualm der Blendgranate brannte in seinen Augen.

Er blinzelte. Erkannte nichts außer Schemen. Torkelte weiter.

Der SEK-Beamte riss ihn am Nacken zurück. Sein Griff so unerbittlich wie ein Schraubstock. Jan röchelte. Schlug nach hinten aus, streifte aber nur die Hüften des Mannes.

»Tannheim, wen haben Sie da?«, drang die Stimme von Einsatzleiter Eller aus den Tiefen der Scheune. Wie schon beim Zugriff im Haus von Zanetti klang seine Stimme gelassen. Als wäre das Ganze hier nicht mehr als eine Übung.

»Diesen Fallanalytiker!«, bellte der andere.

»Schon gut, lassen Sie ihn los!« Eller gab ein gedehntes Seufzen von sich. »Herr Grall, bitte kommen Sie zu mir. Helfen Sie uns.«

Widerwillig ließ der Beamte ihn aus seinem Griff. Jan betrat die Scheune. Allmählich legte sich der Qualm. Er erkannte die Silhouetten von vier SEK-Männern. Ihre Maschinenpistolen im Anschlag, umringten sie jemanden in der Mitte der Scheune.

Maik hielt eine Frau vor sich. Es war Tugba, nicht Tamara. Ihr pechschwarzes Haar hing ihr in fettigen Strähnen ins Gesicht. Sie war barfuß, trug nichts weiter als ein fleckiges Sweatshirt und eine zerfledderte Jeans. Wunden überzogen ihren Körper, ihr Brustkorb hob sich nur schwach. Ihre Augenlider flackerten, als befände sie sich in einem Fiebertraum. Maik wirkte wie ein anderer Mensch. Das war nicht mehr der Junge, den er vor ein paar Tagen kennengelernt hatte. Sein dunkelblondes Haar, beim letzten Mal noch sorgfältig hochgegelt, stand in alle Richtungen ab. Er zitterte am ganzen Körper. Sogar noch mehr als sein Opfer Tugba, deren Kehle er mit einer Motorkette zudrückte. Was sich am meisten verändert hatte, waren seine Augen. Hatten sie Jan beim ersten Treffen noch an seinen Bruder erinnert, waren sie ihm jetzt vollkommen fremd. In ihnen schimmerte etwas, das jenseits jeder Vernunft lag. Es war nicht das, was Jan so große Angst machte. Es war die Tatsache, dass Maik es so gut vor ihm verborgen hatte.

Maik richtete seinen Blick auf ihn. »Ich hole mir die Buchstaben zurück, *Onkel*!«, sagte er und zog die Kette stramm. Tugba war so schwach, dass sie kaum noch reagierte. Nur ein jämmerliches Würgen drang aus ihren aufgesprungenen Lippen.

»Maik, hör mir zu!« Jan trat weiter vor. Er war nun auf derselben Höhe wie die Mündungsläufe der Maschinenpistolen.

»Gehen Sie keinen Schritt weiter, Grall«, raunte ihm Eller zu.

In seiner Zeit als Polizeipsychologe hatte er bereits ähnliche Situationen erlebt. Trotzdem war das hier anders. In den anderen Fällen war es darum gegangen, eine Beziehung zum Täter herzustellen. In diesem Moment allerdings war seine Beziehung zu Maik das größte Problem.

»Tugbas Schwester wartet auf sie. Es wird Zeit, dass sie nach Hause kommt«, setzte er an. »Und drüben im Haus ist deine Mama. Kathi ist außer sich vor Sorge. Sie fragt sich, ob es dir gut geht.«

Für einen kurzen Moment glomm in Maiks Zügen, in denen noch immer etwas Jugendliches lag, die Besorgnis um seine Mutter auf. Aber sein Wahnsinn gewann schnell wieder die Oberhand; ein Raubtier, das jedes noch so kleine Anzeichen von Vernunft wittern konnte.

»Du hast nicht das Recht, von Familie zu reden!« Speichel spritzte aus Maiks Mund. »Du hast ihn getötet. Du hast meinen Vater genommen. Und mit ihm das Alphabet.«

»Deswegen willst du mich, oder?« Jan machte einen weiteren Schritt nach vorne. Er musste seine Taktik ändern. »Deswegen soll ich dein Z sein.«

»Niemand hat geglaubt, dass ich es kann. Sie haben immer alle gelacht. Alle. Haben in ihrer Welt der Buchstaben gelebt.« Maik schob Tugba vor sich her, während er auf Jan zuging.

»Bleiben Sie stehen oder wir schießen!«, brüllte Eller.

Schützend breitete Jan die Arme aus. »Nein! Halt! Auf gar keinen Fall abdrücken!«

Mit zitternder Stimme wandte er sich wieder an seinen Neffen: »Du warst nie ein Teil ihrer Welt. Ihres Alphabets. Deshalb schaffst du dir dein eigenes. Aus ihnen. Aus allem, was du hasst. Aber Tugba kann nichts dafür. Genauso wenig wie Tamara.«

Maik brach in Lachen aus. Ein heiserer, freudloser Laut.

»Du hast nichts verstanden, Jan. Nichts. Du bist blind.«

»Wovon redest du? Maik, du musst dich ergeben.«

»Das Alphabet wird vollendet werden.« Maiks Miene festigte sich wieder. Er lockerte die Motorkette. »Es wird vollendet werden. Egal ob ich tot bin oder nicht.«

Er stieß Tugba von sich. Ihr lebloser Körper knallte mit den Hüften gegen die Werkbank. Sie sackte in sich zusammen.

Maik ließ die Motorkette wie eine Peitsche über seinem Kopf kreisen und rannte blindlings auf Jan zu.

Schock paralysierte Jan. Seine Beine waren wie aus Blei gegossen. Er riss die Arme hoch. »Nicht schießen!«

Zu spät.

Seine Worte gingen unter im Kugelhagel.

G

»G, der gelinde stumme kehllaut (gutturale media), die mitte einnehmend zwischen dem härteren kehllaut, K (gutt. tenuis), und dem mit hauch gesprochenen, Ch (gutt. aspirata).«

Grimmsches Wörterbuch

77

8. Dezember, später Nachmittag

Eine endgültige Stille lag über der Werkstatt.

Jan richtete sich mit zitternden Händen auf. Ein Piepsen hatte sich in seinen Gehörgängen festgesetzt und übertönte jeden klaren Gedanken.

Er verharrte in der Hocke. Alles um ihn herum geschah in Schraffuren. Blitzlichtartige Eindrücke, die gnadenlos auf ihn einhämmerten. Die zwei SEK-Beamten, die sich über die leblose Tugba beugten. Einer von ihnen fühlte ihren Puls und brachte sie in die stabile Seitenlage.

»Notarzt! Wir brauchen einen Notarzt!«, brüllte der andere.

Weitere Beamte, die an ihm vorbeieilten. Nicht mehr als schwarze Schemen. Das Klicken von Waffen, die gesichert wurden. Schließlich eine Pranke, die sich auf seine Schulter legte.

»Sind Sie in Ordnung?« Einsatzleiter Eller stand neben ihm.

War das nicht völlig egal?

»Was ist mit Maik?«

Eller blieb stumm und trat lediglich zur Seite.

Jan rappelte sich auf und blickte voller Angst auf den Körper vor sich.

Maik lag rücklings vor ihm, die Arme von sich gestreckt wie ein Gekreuzigter. Ein Oval aus Blut breitete sich über den Betonboden um ihn herum aus.

Jans Beine gaben nach. Er wandte den Blick ab und unterdrückte seinen Würgereiz. Sein eigener Neffe. Er hatte ihn nicht retten können.

Er musste an Maiks letzte Worte denken. *»Es wird vollendet werden. Egal ob ich tot bin oder nicht.«* Gab es doch einen Komplizen? Das würde zumindest die hohe Frequenz der Morde erklären. Sie konnten gleichzeitig an verschiedenen Tatorten sein.

Eller stand über Tugba, die gerade zwei Beamte notdürftig in eine Rettungsdecke einwickelten. Die junge Lehrerin war nicht ansprechbar, ihre Augen waren geschlossen, ihr Atem ging flach.

Als die SEKler Tugbas Körper zur Seite drehten, erkannte man auf ihrem Rücken ein Gewirr aus getrocknetem Blut, Eiter und eintätowierten Linien. Jan brauchte einen Moment, um die Form eines Gs auszumachen. Tugba musste mit irgendeinem scharfkantigen Gegenstand versucht haben, die Tätowierung wegzukratzen. Sie hatte sich bis zuletzt gegen den Buchstaben gewehrt.

Mit ihr war nun zumindest eines der beiden Entführungsopfer in Sicherheit. Aber was war mit Tamara?

Nicht an Maik denken. Nicht an seine Mutter denken, die im Haus die Schüsse gehört haben musste.

Ihm fiel etwas ein. »Es gibt hier einen Kellerraum, der früher als Vorratskammer gedient hat. Hinten rechts ist eine Falltür, die man erst auf den zweiten Blick sieht.«

»Den sollten wir uns mit Ihren Kollegen anschauen«, meinte Eller. Der Einsatzleiter klappte sein Visier hoch und hielt sich das Funkgerät an den Mund. »Objekt gesichert. Tatverdächtiger eliminiert. Geisel außer Gefahr. Hauptkommissar Stüter und Erste Hauptkommissarin Ichigawa, bitte stoßen Sie zu uns.«

Jans Kollegen betraten die Scheune. Ihnen folgte ein Notarzt, der die Versorgung von Tugba Ekiz übernahm.

»Oh mein Gott!«, stieß Anita aus. »Ist ... ist das Maik?«

»Ja.« Jan steckte die Hände in die Hosentaschen. Atmete tief durch, was seinen ganzen Körper erzittern ließ. »Er hat gesagt, dass das Alphabet auch ohne ihn fortgesetzt wird. Es scheint, als gäbe es einen Komplizen.«

Anita stieß Stüter an. »Schauen Sie sich seine Handgelenke an!«

Jan und Stüter traten näher. Ein Geflecht aus Narben zog sich über sie. Die Buchstaben des Alphabets. Der Hauptkommissar streifte sich Einweghandschuhe über und krempelte Maiks Ärmel hoch. A bis G, eingeritzt in seine Haut. Bis hoch zum Ellenbogen. Das A schon beinahe verheilt und ganz blass, das G noch frisch und rot.

»Er hat versucht, sich das Buchstabieren beizubringen«, meinte Jan. »Sieht so aus, als wären die Toten für ihn nichts weiter als Gedächtnisstützen gewesen, um sich das Alphabet einzuprägen.«

»Was für ein kranker Grund«, stöhnte Anita.

»Seiner Logik nach hat das Sinn ergeben. Maik hat geglaubt, all seine Probleme auf einmal lösen zu können: den Verlust seines Vaters, den Hass auf mich, seinen Analphabetismus. Die Frage ist nur: Was war die Motivation seines Komplizen?«

»Und vergessen wir nicht die zweite wichtige Frage: Wo ist Tamara Weiß?«, fügte Stüter hinzu.

»Möglicherweise haben sie sie getötet, bevor wir eingetroffen sind«, mutmaßte Anita.

»Oder sie ist in diesem Kellerraum, von dem Sie gesprochen haben, Herr Grall«, schaltete sich Eller ein. »Wir gehen jetzt rein.«

Atemlos warteten sie ab, während das SEK die Falltür aufriss und einer von ihnen durch die Luke kletterte.

Schon nach wenigen Sekunden gab der Beamte per Funk ein »Gesichert! Niemand hier unten!« durch.

Jan entließ die Luft aus seinen Lungen. Zum Glück hatten sie nicht Tamaras Leiche gefunden. Blieb die Ungewissheit, wo sie war. Hatte Maiks Komplize sie zu einem neuen Versteck mitgenommen? Verrottete ihr Körper – er wollte es sich gar nicht ausmalen – bereits in irgendeinem Waldstück?

Sie durchschritten die Werkstatt, deren Geruch nach Benzin und rostigem Metall an eine Tankstelle erinnerte. Der SEK-Beamte stieg gerade wieder aus der Falltür. »Da unten haben höchstens drei Personen Platz, also gehen Sie nur. Krasses Zeug da drin.«

Diese Vorwarnung allein löste ein mehr als flaues Gefühl in Jans Magen aus. Er nickte Anita zu. »Bitte, geh voran!«

Sie zog eine Augenbraue in die Höhe. »Ich glaube, das hier ist kein Moment für *Ladies first*.«

»Dann gehe ich halt zuerst, bevor wir hier in Höflichkeit sterben«, knurrte Stüter und stieg die Leiter herunter.

Jan wagte sich als Nächster in das Kellergewölbe hinunter. Zuletzt war er vor mehr als zwanzig Jahren hier unten gewesen. Damals waren die Wände mit Regalen zugestellt gewesen, zum Bersten gefüllt mit Eingelegtem, Äpfeln und Rumtopf, den seine Mutter wie das Familiensilber gehütet hatte.

Jetzt pflasterten Dutzende, nein Hunderte Papierseiten

die unverputzten Ziegelwände. Vollgeschrieben mit denselben Buchstaben, wieder und wieder. Wie die Übungsseiten eines manischen Erstklässlers. Dazwischen hingen Fotos der Opfer und Zeitungsausschnitte, die über den Fall berichteten. Mehrmals erhaschte Jan einen Blick auf sein eigenes Gesicht auf einer der Zeitungsseiten.

Aus einem Bretterverschlag, in dem sie früher Kartoffeln gelagert hatten, drang der Gestank nach Fäkalien. In der Dunkelheit machte Jan eine fleckige Matratze aus. Hier musste Tugba – vielleicht auch Tamara – ihr Martyrium erlitten haben.

In der Mitte der einstigen Vorratskammer stand ein Holztisch, in den ebenfalls unzählige Buchstaben eingeritzt worden waren. Darauf lagen ein Küchentuch, ein Häutemesser und Desinfektionsmittel. Hier hatte sich Maik also die Buchstaben-Wunden zugefügt. Ein letztes Regal stand noch in dem Keller, verstaubt und von Spinnweben überzogen.

»Halten Sie nach allem Ausschau, das einen Hinweis auf den Mittäter geben könnte«, sagte Stüter.

Jan untersuchte das Regal genauer. Im untersten Fach befand sich eine Jagdausrüstung. Ein Jagdmesser, ein Saumesser und Taschenwetzstahl. Fernglas, Sitzstock, Munitionskoffer. Dazu ein Webpelzfutteral, in dem zwei Gewehre mit Zielfernrohren steckten. Die Pistolentasche allerdings war leer.

»Der Jagdrevolver fehlt«, sagte Jan, »der Komplize ist vermutlich bewaffnet.«

Aus dem obersten Fach ragten die ledernen Buchrücken mehrerer Literaturklassiker. Er machte *Quo Vadis, Wem die Stunde schlägt* und *Mord im Orientexpress* aus. Auf Zehenspitzen zog er Letzteres hervor und blätterte in den vergilbten Seiten herum. Auf der ersten Seite waren mit einem Stempel der Name und die Adresse seiner Mutter verewigt worden. Wahrscheinlich hatte Maik die Bücher auf dem Dachboden gefunden. Im ganzen Buch waren fein säuberlich Buchstaben für die zusammengeklebten Zitate ausgeschnitten worden.

Im Fach darunter entdeckte er das Tätowiergerät. Tatsächlich von Rotary, so wie Quester vermutet hatte. Daneben standen mehrere Fläschchen mit Füllertinte und ein zerdellter, mit Flecken übersäter Schuhkarton.

Jan zog ihn hervor und nahm den Deckel ab. Der Karton war bis zur Hälfte mit Rindenstücken gefüllt. Mehr als genug, um das Alphabet zu beenden.

»Tamara scheint noch am Leben zu sein.« Stüter stand mit verschränkten Armen vor der Wand neben dem Regal.

Jan trat neben ihn. »Woher wollen Sie …?«

Beim Anblick der Fotowand verstummte er. Sie erinnerte ihn an die Lernposter, die in Grundschulen hingen. Mit bunten Buchstaben und niedlichen Illustrationen. A wie Affe. B wie Bär. C wie Chamäleon.

Das unvollendete Alphabet an der Wand ging nur bis F. Überbelichtete Polaroidfotos der eintätowierten Buchstaben. Jedes Bild der blutige Schlusspunkt eines Lebens. Bis auf das F. Bis auf Rabea. Jan konnte Stüters Gedankengang nachvollziehen. Maik schien jeden Buchstaben sofort nach dem Mord aufgehängt zu haben. Aber Tamara fehlte. Ein Hoffnungsschimmer.

»Ich habe etwas!«, rief Anita. Ihre Stimme hallte von den Wänden wider. »Kommen Sie her!«

Sie kniete vor einem Metalleimer, dessen Inneres rußgeschwärzt war.

»Was ist da drin?«, fragte Stüter.

»Irgendjemand hat hier versucht, Dokumente zu vernichten. Fast alles ist bis zur Unkenntlichkeit verbrannt. Bis auf das hier.«

Sie zog einen Papierfetzen aus dem Eimer, bei dem ein Viertel noch erkennbar war.

»Ein Zugticket«, murmelte Stüter.

Jan erhaschte einen Blick auf den Fetzen. *...furt a. M. nach Montabaur Bf.* Gleich darüber Datum und Uhrzeit, an denen das Ticket gelöst worden war: *6.12., neun Uhr achtundzwanzig.*

»Ein Ticket aus Frankfurt«, meinte Anita. »Tamara kam doch von dort, oder?«

Stüter zuckte mit den Schultern. »Die Täter haben wohl versucht, alles zu verbrennen, was Tamara bei der Entführung bei sich hatte.«

»Habt ihr nicht aufs Datum gesehen?«, fragte Jan.

Die beiden hielten inne und sahen noch einmal auf das Papierstück.

»Oh ...«, hauchte Anita.

»Genau«, sagte Jan. »Das Datum liegt nach ihrer Entführung. Es kann also niemals das Ticket sein, mit dem sie in den Westerwald gekommen ist.«

»Dann ist einer der Täter an diesem Tag aus Frankfurt gekommen. Aber warum wollten sie es verbrennen?«, fragte Stüter.

Ein Jucken in Jans Hinterkopf. Etwas tief in seinem Verstand drängte sich nach vorn, kämpfte sich seinen Weg ans Tageslicht. Der sechste Dezember. Nikolaustag. Dieses Datum löste etwas in ihm aus. Etwas, das in Verbindung mit Frankfurt stand.

Genau. Die Versatzstücke fügten sich zusammen. Ihm

fiel wieder die Nachricht auf seinem Anrufbeantworter ein, den er zu Hause abgehört hatte. Der Frankfurter Ermittler hatte gesagt, dass Herr Dr. Sapkowski am siebten Dezember ermordet worden war.

Konnte es sein, dass auch das mit den Alphabetmorden in Verbindung stand?

»Anita, ich brauche einmal kurz dein Handy.«

Sie reichte es ihm. »Was hast du vor?«

»Danke!« Er steckte es in seine Hosentasche und griff nach den Leitersprossen. »Ich muss die Frankfurter Polizei anrufen. Kann sein, dass wir etwas haben.«

Auf dem Schotterplatz vor der Scheune wählte er die Nummer einer Kollegin beim LKA. Dabei fiel sein Blick auf das Haus seines Bruders – und sein Gehirn schleuderte ihm die nächste Verbindung zu Frankfurt entgegen: Hatte Kathi nicht gesagt, dass Geros Geliebte nach Frankfurt gezogen war?

»Telefonzentrale LKA, wie kann ich Ihnen helfen?«, säuselte es in sein Ohr, aber er antwortete gar nicht.

Suchten sie möglicherweise gar keinen Komplizen, sondern eine Komplizin?

78

Miriam passierte den Hachenburger Marktbrunnen, auf dem ein goldener, zweischwänziger Löwe thronte. Bestimmt rankten sich darum Dutzende Geschichten und

Legenden. Aber Miriam war nicht unterwegs, um das Städtchen zu besichtigen. Ihr Magen knurrte schon seit Ewigkeiten.

Sie bog in die Zeitzengasse ein. Ihre Schritte hallten von den Hauswänden wider. Der enge Weg, an diesem Tag auch noch voller Touristen und Einkaufsbummlern, war nichts für Klaustrophobiker. Sie wechselte in die Judengasse, die sie schließlich auf die Wilhelmstraße führte.

Das hier musste so was wie die Haupteinkaufsstraße sein. Nicht nur die üblichen Ketten, sondern auch viele kleine Einzelhändler und schnuckelige Lädchen drängten sich in die Erdgeschosse der Altbauten. Die Schaufenster strahlten mit ihrem behaglichen Licht und der Weihnachtsdekoration eine Stimmung aus, die Miriam nur von kitschigen Postkarten kannte.

Hier würde sie sicher etwas finden, um das Loch in ihrem Magen halbwegs zu stopfen. Sie wich einem Typen aus, der als Nikolaus verkleidet Spenden sammelte, und entdeckte ein Café, das zu irgendeiner Galerie gehörte. Die hatten sicher Sandwiches oder so.

Als Miriam eintrat, umfing sie der Duft nach Kaffee und frisch gebackenem Stollen. Die Einrichtung des Cafés schien aus den Fünfzigern zu stammen. Blumenmuster und Plüschoptik so weit das Auge reichte.

Sie bestellte sich ein Stück Gewürzkuchen und einen Cappuccino an der Theke und ergatterte den letzten freien Tisch in dem kleinen Kaffeehaus.

Sie verschlang den ersten Bissen Kuchen und nippte an ihrem Cappuccino. Er war so heiß, dass er ihr glatt die Zunge verbrannte, aber das juckte sie im Moment überhaupt nicht. Sie lehnte sich zurück und genoss es, wie der Kaffee langsam ihren Magen aufwärmte.

Eine alte Frau mit Haaren, so weiß und bauschig wie Zuckerwatte, musterte sie vom Nachbarstisch aus mit einem pikierten Blick.

Sorry, dass meine Klamotten nicht in euren beigefarbenen Langweil-Dresscode passen, dachte Miriam sich, zwinkerte der alten Schachtel zu und hielt prostend ihre Tasse in die Höhe. »Hab ich was im Gesicht?«

Ertappt schaute die Zuckerwatten-Frau weg. Ein kleiner Triumph.

Mit einem Mal versperrte ihr jemand den Blick auf die Seniorin. Miriam schaute hoch. Eine Frau bugsierte eine Tasse Kaffee in Richtung ihres Tisches. Auf ihrer Nase thronte eine riesige Sonnenbrille.

»Darf ich mich vielleicht dazusetzen?«, fragte die Frau mit einem zuckersüßen Lächeln, das ihr sofort Miriams ungeteilten Hass einbrachte. »Der Laden ist ja dermaßen proppenvoll, nirgendwo ist noch was frei.«

Miriam verdrehte genervt die Augen und deutete widerwillig auf den Platz ihr gegenüber.

»Ich wusste doch, dass du ein nettes Mädchen bist«, schleimte die Frau, setzte sich und legte ihre Handtasche auf den Tisch. Selbst jetzt machte sie keine Anstalten, ihre Brille abzusetzen. Es gab nur zwei Sorten von Menschen, die drinnen Sonnenbrillen trugen: Blinde und Arschlöcher.

Sie begutachtete ihr Gegenüber genauer. Die Hälfte des Gesichts, die nicht von der überdimensionierten Gucci-Brille verdeckt wurde, war fast schon unnatürlich blass und von fein ziselierten Falten durchzogen. Ihr dunkler Trenchcoat entsprach dem typischen Muster dessen, was Frauen ab vierzig wohl modisch fanden. Elegant, aber unauffällig. Nur an den Ärmeln war er seltsam zerschlissen.

»Öfter hier?«, fragte die Frau.

»Sparen Sie sich den Smalltalk.«

Miriam spachtelte den Gewürzkuchen in Rekordtempo in sich hinein. Sie hatte keine Lust, mehr Zeit als nötig mit dieser Schrulle zu verbringen.

Als die Frau ihre Tasse zurückstellte, machte sie eine ungeschickte Armbewegung und traf ihre Lederhandtasche mit dem Ellenbogen. Sie plumpste zu Boden, gleich neben Miriams Füßen.

»Oh sorry, ich bin aber auch ungeschickt!«, rief die Unbekannte. »Wärst du bitte so lieb?«

Miriam seufzte, beugte sich herunter und hob die überraschend schwere Tasche auf. Trug die Frau Ziegelsteine spazieren?

»Ach, danke! Das ist lieb.« Die Frau klopfte Dreck und Krümel von der Tasche ab und nahm sie sich auf den Schoß.

Miriam stürzte den Rest ihres Cappuccinos herunter. Zeit, dass sie sich vom Acker machte.

»Hat mich meeega gefreut, Sie kennenzulernen«, säuselte sie ironisch. »Ich muss dann mal wieder los.«

»Weißt du, Jan habe ich genauso kennengelernt«, sagte die Unbekannte, gerade als Miriam sich die Jacke überziehen wollte. »Zu ihm habe ich mich auch einfach an den Tisch gesetzt.«

Miriam hielt inne. Das ungute Gefühl, das sie schon die ganze Zeit zur Eile getrieben hatte, überkam sie vollends. »Woher kennen Sie Jan? Wer ... wer sind Sie?«

»Tamara«, antwortete die Fremde grinsend. »Und es freut mich, dich endlich kennenzulernen, Miriam!«

79

»Arbeiten Sie gerade am Mord von Herrn Dr. Arne Sapkowski?«, fragte Jan den Leiter der Frankfurter Mordkommission. »Tut mir leid, dass ich so mit der Tür ins Haus falle. Wir stehen unter enormen Zeitdruck.«

Die Kollegin beim LKA hatte ihn schnell zur Dienststelle in Frankfurt durchgestellt. Immer noch hoffte er, dass er mit seiner Theorie falschlag.

»Gut, dass Sie sich melden, Herr Grall«, sagte Hauptkommissar Altunbas, dessen Stimme für seine Position erstaunlich jung klang. »Wir wollten ohnehin auf Sie zukommen, da Sie eine der letzten Personen waren, mit denen Sapkowski Kontakt hatte.«

»Ich weiß leider immer noch nicht, was der Doktor von mir wollte.« Jan atmete tief aus. »Aber deswegen rufe ich nicht an. Es besteht möglicherweise eine Verbindung zwischen diesem Fall und der Alphabet-Mordserie.«

Für einige Momente herrschte Schweigen am anderen Ende der Leitung. »Wie kann das sein?«, fragte Altunbas schließlich. »Sapkowski ist erdrosselt in seiner Praxis aufgefunden worden. Kampfspuren, auch DNA-Spuren, aber keine Übereinstimmungen in der Datenbank. Weder in der Wohnung noch auf dem Körper des Toten haben wir irgendwelche Spuren von Buchstaben gefunden.«

»Es würde jetzt leider zu weit führen, wenn ich Ihnen

den Zusammenhang erklären würde. Ich muss nur eins von Ihnen wissen: Steht auf Sapkowskis Patientenliste eine Tamara Weiß?«

»Verstehe. Warten Sie eine Sekunde, ich lasse mir eben das Dokument bringen.«

Jan senkte das Handy. Seine Lippen bebten und er konnte nicht sagen, ob vor Kälte oder Aufregung. In der Ferne zeichneten sich die Hügel des Westerwalds dunkel gegen das Abendrot ab. Er hätte niemals hierhin zurückkehren dürfen. Wenn sich sein Verdacht bewahrheitete, hatten die Alphabetmörder genau das gewollt.

»Herr Grall, sind Sie noch dran?«

Er riss das Telefon wieder an sein Ohr. »Ja, klar. Haben Sie was gefunden?«

»Der Name war Tamara Weiß, oder? Jetzt ist mir auch wieder eingefallen, woher ich ihn kenne. Sie ist das Entführungsopfer in Ihrem Fall, richtig?«

Jans freie Hand verkrampfte sich in den Stoff seines Mantels. Die Anspannung zerriss ihn fast. »Stimmt … aber steht sie jetzt auf der Liste oder nicht?«

»Ja. Ihr letzter Besuch bei Sapkowski ist am 30. November gewesen.«

Er hatte einen riesigen Fehler gemacht. Wie eine Stubenfliege war er geradewegs ins unsichtbare Netz der Spinne geflogen. Mit jedem Versuch, sich herauszuwinden oder loszureißen, hatte er sich nur weiter darin verfangen.

»Brauchen Sie noch etwas?«, fragte Altunbas nach.

»Nein, nein«, murmelte Jan. »Alles gut. Vielen Dank.«

Ohne ein weiteres Wort des Frankfurter Beamten abzuwarten, legte er auf. Mit einem Mal lag die Wahrheit so offen vor ihm wie die Landschaft des Westerwalds.

Die ganze Zeit über hatten sie nach einem Trigger gesucht, der Maik zum Morden gebracht hatte. Jetzt schien es so, als wären Trigger und Komplize ein und dieselbe Person: Tamara Weiß.

Sie war wahrscheinlich nicht nur die Komplizin von Maik, sondern auch die von Gero. Die Gehilfin für seine Videoprojekte, nach der Timotheus so lange gesucht hatte. Aber warum?

»Jan, was ist los?« Anita und Stüter waren neben ihm aufgetaucht. Der Schnee knirschte unter ihren Schuhen.

»Ich musste nur etwas kontrollieren.«

»Und? Gute oder schlechte Nachrichten?«, fragte Stüter.

»Kommt drauf an.« Jan lehnte sich an die Scheune. »Ich weiß, wer die Komplizin ist. Aber die Antwort wird euch nicht gefallen.«

Anita legte den Kopf schief. »Moment mal, *Komplizin*?«

»Richtig. Wir haben es mit einer Frau zu tun. Mit Tamara Weiß, um genau zu sein.«

Rolf Stüter stand der Mund offen. »Wie soll das gehen?«

»Sie hat uns manipuliert. Allen voran Maik und mich.« Jan fröstelte. Die Kälte kroch seine Beine hinauf. Bis jetzt war sein Körper wie betäubt gewesen.

Noch nie hatte er Anitas Gesicht so besorgt gesehen.

»Jan, bitte erklär uns, was hier vor sich geht. Das alles entwickelt ein Eigenleben, das mir Angst macht.«

Unerschrockene Ichigawa hatte er sie immer genannt, als sie noch zusammen gewesen waren. Wenn ihr etwas Angst machte, musste die Lage wirklich ernst sein.

Er atmete durch, ließ die frostige Luft durch seine Lungenflügel zirkulieren. Wenn nur Rabea hier wäre. Sie verstand sich perfekt darauf, seine Überlegungen in die richtige Bahn zu lenken.

»Ich bin mir auch noch nicht sicher, wie alles zusammenhängt«, begann er. »Aber Katharina, Maiks Mutter, hat mir erzählt, dass Gero eine Geliebte hatte. Nach dem Unfall ist sie nach Frankfurt gezogen. Ich gehe davon aus, dass diese Geliebte Tamara Weiß gewesen ist.« Er hielt kurz inne. Die Rufe der SEK-Beamten, die ihr Equipment in die Einsatzwagen einräumten, unterbrachen seinen Gedankengang. Außerdem überlegte er fieberhaft, ob er von ihrer möglichen Involvierung in Geros Filme erzählen sollte, entschied sich dann aber dagegen. Nach ein paar Sekunden fuhr er fort: »In all den Jahren hat Tamara Gero vermutlich nie vergessen. Den Schock über seinen Unfalltod hat sie niemals verarbeitet, und daraus hat sich eine Obsession entwickelt, die sie von Grund auf verändert hat.«

Jan blickte in die ratlosen Gesichter von Stüter und Anita. Was er ihnen bisher geboten hatte, war eine Interpretation von Tamaras Verhalten, keine Analyse. Manchmal war die menschliche Psyche wie ein abstraktes Gemälde; man konnte einen Sinn in sie hineindeuten, sie aber nie vollständig entschlüsseln.

»Soll ich weitermachen?«

Sie nickten.

»Irgendwann ist Tamara in den Westerwald zurückgekehrt, hat nach Spuren von Gero gesucht. Dabei ist sie auf seinen Sohn getroffen. Jetzt kann ich nur spekulieren: Die beiden sind eine Beziehung eingegangen. Sie hat in ihm ein Abbild von Gero gesehen. Einen Verbündeten. Aber auch einen Schutzbedürftigen.« Er stieß einen Seufzer aus. »Gemeinsam mit Maik konnte sie sich an der

Welt rächen. Für all die Ungerechtigkeiten, die sie ihnen beiden angeblich angetan hatte.«

»Okay, okay«, unterbrach ihn Stüter, »das ist also die Hintergrundgeschichte des Ganzen. Aber beantworten Sie mir eine Frage: Warum das Alphabet? Und wie kommt es, dass diese Tamara von ihrem eigenen Geliebten entführt worden ist?«

Anita verschränkte die Arme vor der Brust. »Und wenn wir schon dabei sind: Warum hat sie mit dir geschlafen?«

»Das Alphabet hat einen offensichtlichen Grund.« Jan hob seinen Zeigefinger. »Maiks Wut auf diejenigen, die schreiben können. Diejenigen, die es beherrschen. Tamara wird ihn in diese Richtung manipuliert haben. Wer weiß, was sie ihm eingeflüstert hat. Es gibt aber noch einen zweiten, pragmatischeren Grund.« Er streckte nun auch seinen Mittelfinger aus. »Erst durch das Ritualhafte und Groteske der Morde bist du, Anita, auf den Gedanken gekommen, einen psychologischen Fallanalytiker hinzuzuziehen. Anders wäre ich nicht hierhergekommen. Und am Ende ging es den beiden immer nur um mich. Ich bin das Epizentrum ihres Hasses. Ich bin das Z.«

Er senkte den Blick. Erinnerte sich zurück an die elegante Frau aus dem Drehrestaurant, die ihn mit ihrer Weltgewandtheit überrascht hatte. Scham und Entsetzen befielen ihn gleichermaßen. Wie hatte er sich nur so täuschen lassen können?

»Den Rest kann ich mir jetzt auch selber zusammenreimen«, sagte Anita. Sie war wieder vollkommen professionell. »Die Entführung war inszeniert, ein reines Ablenkungsmanöver. Dass sie sich dafür sogar selbst ein Stück Haut abgeschnitten hat, unterstreicht nur ihre Konsequenz. Und diese Nacht mit Jan … du siehst deinem Bruder ähnlich, oder?«

»Sehr sogar.«

»Dann wollte sie mit dir einen gemeinsamen Moment mit ihm nacherleben. Sie hat mit dir gespielt wie eine Katze mit ihrer Beute.«

»Sie halten Gralls Theorie also für korrekt?«, versicherte sich Stüter.

»Es passt alles zusammen.«

Der Hauptkommissar rieb sich über den kahlen Hinterkopf. »Ich lasse eine Ringfahndung einleiten.«

Anita klemmte die Daumen unter die Riemen ihrer schusssicheren Weste. Ihre Lippen waren so fest aufeinandergepresst, dass ihr Mund wie ein feiner Strich aussah.

Jan kannte diesen Gesichtsausdruck nur zu gut. »Dir liegt was auf der Seele. Was ist los?«

»Die ganze Zeit über ging es Tamara um dich«, entgegnete sie. »Warum sollte das jetzt auf einmal aufhören? Was, wenn sie herausfindet, dass Maik tot ist? Wie wird sie reagieren?«

»Aber an mich kommt sie im Moment nicht heran«, sagte er. »Auch nicht an Rabea. Höchstens an …«

Oh nein.

80

Miriams Handy spielte *I Fought The Law* von *The Clash.* Sie streckte ihre Hand danach aus, aber Tamara war schneller. Die gruselige Frau schaltete den Klingelton ab und blickte aufs Display.

»Unbekannte Nummer. Ui, es kommt gleich eine SMS hinterher«, flötete sie. »Es ist Jan. Möchte wissen, ob bei dir alles in Ordnung ist. Wie süß, fast schon väterlich.«

Etwas in der Mimik und in den Gesten der Fremden veränderte sich. Erinnerte nicht mehr an einen Menschen, sondern an ein Raubtier. Die Art, wie ihr insektenhafter Sonnenbrillen-Blick sie fixierte, die Geschmeidigkeit ihrer Bewegungen.

Miriams Herz wummerte. Es kam ihr vor, als würde flüssiger Stickstoff durch ihre Venen rauschen, unfassbar kalt und wabernd. Ein Piepsen zog sich wie eine Störfrequenz durch ihren Kopf. Sie musste hier weg. Der einzige klare Gedanke, den sie fassen konnte.

Sie rückte ihren Stuhl zurück. Stützte sich an der Tischplatte ab. Stand auf. Sogleich gaben ihre Beine nach. Alles drehte sich. Wie ein nasser Sack plumpste sie auf ihren Sitzplatz zurück. Was war auf einmal mit ihr los? Warum war sie so schwach?

Die Frau mit den Zuckerwatte-Haaren am Nachbartisch blickte zu ihnen herüber, die Arme hochgerissen. »Alles in Ordnung, Kind?«, fragte sie.

Nichts war in Ordnung. Jemand sollte die verdammte Polizei rufen! »Hilfe!«, wollte Miriam schreien, aber auch ihre Zunge versagte ihr den Dienst; nur ein glitschiger Lappen zwischen ihren Kiefern. Lediglich unverständliches Gebrabbel kam über ihre Lippen.

»Sieht nach einem allergischen Schock aus«, sagte Tamara mit gespielter Besorgnis. »Mein Wagen steht gleich draußen ... ich fahre sie direkt zum Krankenhaus.«

Wieder wollte Miriam schreien, die Frauen auf sich aufmerksam machen, aber nur Speichel und Stöhnen drangen aus ihrem Mund. Das Café um sie herum flackerte wie ein uralter Computermonitor, Farben flossen ineinander, und alle Stimmen klangen so dumpf.

Tamara packte sie unter den Achseln und half ihr hoch. Bei einem Fliegengewicht wie ihr eine Leichtigkeit. Trotz ihrer zierlichen Figur verfügte Tamara über einen Griff, aus dem es kein Entkommen gab.

Draußen auf der Wilhelmstraße verloren sie sich in der Menge aus Einkaufsbummlern. Tamara drückte Miriam fest an sich, während sie sie weiterschleifte. Eine Geste, die auf einen unwissenden Beobachter wie die einer liebenden Mutter wirken musste.

Sie steuerten auf den Parkplatz am Neumarkt zu. Tamara kramte einen Autoschlüssel aus ihrer Handtasche und drückte ihn. Ein schwarzer Geländewagen gleich gegenüber der Westerwald Bank reagierte darauf mit dem Blinken seiner Warnlichter.

»Nein ...«, hauchte Miriam, überrascht, dass das Wort überhaupt aus ihr herauskam.

»Oh doch, meine Kleine, wir werden eine kleine Fahrt

machen.« Tamara riss die Autotür auf und zwang Miriam auf die Rückbank. Sie selbst setzte sich hinters Lenkrad und aktivierte sofort die Zentralverriegelung des Wagens.

»Willst du wissen, warum du dich auf einmal so seltsam fühlst?« Tamara zog ihre Sonnenbrille ab und musterte sie. »Ich habe dir Rohypnol in den Cappuccino gemischt, als du meine Tasche hochgehoben hast, dir vielleicht besser als Roofies bekannt. Für die nächste Zeit wirst du erst einmal außer Gefecht sein. Ich habe Übung darin, Herumtreiberinnen wie dich zu kleinen, wehrlosen Puppen zu machen. Früher habe ich das oft getan. Zusammen mit Jans Bruder. Gero. Er hat sein eigenes Alphabet aus ihnen erschaffen.« Tamara lehnte sich vor. »Hat Jan dieselben Neigungen wie er? Ist das der Grund, warum er dich aufgenommen hat?«

Wovon redete die Frau da? Wie hatte das nur passieren können?

»Wie …«, stammelte sie schwach.

»Du hast mich endlich erkannt, was?« Tamara startete den Motor und lenkte den Wagen aus der Parkbucht. »Jetzt fragst du dich, wie ich hier sein kann. Wie ich auf einmal nicht mehr in Gefahr sein kann. Das ist einfach. Ich bin niemals in Gefahr gewesen. Ich bin die Gefahr.«

Miriams Herz raste. Abwechselnd wurde ihr heiß und kalt. Ihr Körper schien die Gefahr zu erkennen, während ihr der Verstand immer mehr entglitt. Tamara kümmerte es offenbar nicht, ob sie noch bei Bewusstsein war oder nicht. Sie fuhr fort: »In Mainz bist du mir noch entkommen. Du warst nicht da, als ich dich abholen wollte. Am Ende musste ich Jans Wohnung so aussehen lassen, als wären deine Drogenfreunde dort eingebrochen. Aber jetzt, jetzt war es fast schon erschreckend einfach, an dich heranzukommen.« Tamaras Lachen klang eher wie das Heulen einer Hyäne. »Jan ist noch nie gut darin gewesen, diejenigen zu beschützen, die er liebt.«

Tamara fuhr fort: »Wahrscheinlich haben sie inzwischen Maik. Ich wusste, dass es passieren würde. Nachdem Jans Assistentin uns fast überrumpelt hätte, war es nur noch eine Frage der Zeit. Es ist genau so, wie Maik es wollte: Er steht Jan noch einmal gegenüber. Dem Mann, der ihm das Alphabet geraubt hat.«

Irgendetwas, das auf dem Beifahrersitz lag, zog Tamaras Aufmerksamkeit auf sich.

»Wo wir gerade von Jan sprechen: Er ruft wieder an«, sagte sie und griff nach Miriams Handy. »Zeit, dass wir ihn erlösen.«

Z

»Z, der letzte buchstabe unseres alphabets, mit der benennung: zett, (...) mit dieser geltung ist z als einheitlich empfundener laut innerhalb des germanischen, von entlehnungen abgesehen, auf das hochdeutsche beschränkt.«

Grimmsches Wörterbuch

81

»Z. Du wirst unser Z sein.«

Tamaras Stimme. Für einen Moment hielt Jan das Handy weg. Brachte seinen flatternden Atem unter Kontrolle. Seine Befürchtung hatte sich bestätigt.

»Bitte sag mir, dass du Miriam nichts angetan hast«, erwiderte er.

Immer den Namen des Entführungsopfers nennen, eine persönliche Bindung zu ihm zeigen, Besorgnis ausstrahlen.

»Ist sie es?«, flüsterte Anita, die am Steuer des Audi saß.

Jan nickte der SOKO-Leiterin flüchtig zu.

Sie waren auf halber Strecke zwischen Jans Heimatort und Hachenburg. Jagten gerade eine Landstraße hinunter, die sich wie eine Schneise zwischen den schneebedeckten Tannen hindurchzog. Als sie beim Präsidium angerufen und gehört hatten, dass Miriam nicht aus der Stadt zurückgekehrt war, waren sie gleich alarmiert gewesen.

Ein unverständliches Stöhnen drang aus dem Handylautsprecher. Dann wieder Tamaras Stimme: »Hast du das gehört? Das ist sie. Keine Sorge, es geht ihr gut. Sie ist nur ein wenig betäubt.«

»Tut mir leid, aber das kann wer weiß was gewesen sein«, entgegnete Jan. »Ich muss sichergehen!«

»Gerade bist du nicht in der Position, Forderungen zu

stellen, Jan«, sagte sie kalt. »Du bist wieder im Westerwald, hm? Und ihr habt Maik.«

Jan schluckte. Wusste sie auch, dass Maik tot war? Was würde geschehen, wenn er es ihr sagte? Würde sie Miriam umbringen?

Über seinen Tod würden bald alle großen Medien berichten. Besser sie erfuhr es von ihm als aus den Nachrichten. So konnte er ihre Reaktion wenigstens kontrollieren.

»Maik ist tot. Er wurde bei der Festnahme erschossen. Ich wollte es verhindern.«

Anita starrte ihn von der Seite an. Ihr Blick sagte sehr deutlich, dass sie seine Mitteilung für alles andere als eine gute Idee hielt.

Stille. Hatte sie aufgelegt?

Nein. Er hörte noch ihren Atem. Hörte, wie er immer schneller wurde.

»Bitte, Miriam hat nichts damit zu tun!«

Sie ignorierte seine Worte. »Du hast deinen Bruder auf dem Gewissen. Und jetzt auch seinen Sohn.«

»Ich ...«

»Das Alphabet wird vollendet werden, Jan. Auch ohne Maik.« Bebten ihre Lippen? Jan konnte es nicht mit Bestimmtheit sagen. »Ich will, dass du in zwei Stunden an Geros Lieblingsort bist. Wenn er dir tatsächlich einmal etwas bedeutet hat, wirst du wissen, wo das ist. Kommst du zu spät, wird Miriam ein Buchstabe werden. Solltest du die Polizei mitbringen, wird Miriam ein Buchstabe werden. Ich will nur dich, Jan ... Du bist das Z.«

Er umklammerte das Handy noch fester. »Tamara, warte! Leg jetzt nicht auf!«

Monotones Tuten. Sie hatte den Anruf beendet. Jan

schleuderte das Handy aufs Armaturenbrett und vergrub sein Gesicht in den Händen. »Verdammte Scheiße!«

»Hat sie das Mädchen?«, fragte Stüter von der Rückbank aus.

»Ja, und sie benutzt sie als Druckmittel. Sie will mich in zwei Stunden treffen. Allein, ohne Polizei. Andernfalls wird sie Miriam töten.«

»Darauf darfst du nicht eingehen«, sagte Anita, »das ist eine Falle.«

Jan rieb sich übers Kinn. »Ich weiß. Sie will mich zum Z machen. Aber was bleibt mir anderes übrig?«

Erst Rabea, jetzt auch noch Miriam. Er hätte sie niemals hierherbringen dürfen. Woher wusste Tamara überhaupt von ihr? Hatte sie ihn schon seit Monaten, wenn nicht sogar Jahren verfolgt und überwacht? Sie wollte ihm alles nehmen, was ihm noch etwas bedeutete.

»Wo will sie dich überhaupt treffen?«, fragte Anita.

»Das ist schon das nächste Problem. Ich weiß es nicht.«

Die Erste Hauptkommissarin stutzte.

»Sie hat gesagt, am Lieblingsort meines Bruders«, führte er aus. »Keine Ahnung, wo das sein soll.«

»Dann strengen Sie lieber mal Ihre grauen Zellen an«, raunzte Stüter. »Ich habe schon mal die Stoppuhr gestellt. Wir haben noch Zeit bis sechzehn Uhr zwanzig. Das sind noch eine Stunde und fünfundfünfzig Minuten.«

»Ich überlege ja schon!« Die Zeigefinger auf die Schläfen gepresst, vergrub er sich in seinem Verstand.

Geros Lieblingsort. Wo sollte das sein? Er und sein Bruder hatten sich nahegestanden, ja, aber Gero hatte nie alle seine Geheimnisse mit ihm geteilt. Eine Lektion, die Jan auf schmerzliche Weise gelernt hatte.

Der Wolfstein? Das Dorfgemeinschaftshaus in Langenbach, wo Gero seinen ersten Kuss bekommen hatte? Der Kirmesplatz? Wie hatte er es überhaupt erst so weit kommen lassen? So sehr er auch versuchte, sich zu konzentrieren, ständig hämmerten Fragen der Schuld durch seinen Kopf und unterbrachen seinen Gedankenstrom.

»Fahr rechts ran!«, sagte er zu Anita. »Bitte!«

»Wieso?«

»Ich kann mich nicht konzentrieren. Bitte, mach es einfach!«

Sie verdrehte die Augen, kam seinem Wunsch aber nach und hielt den Wagen vor einer Feldzufahrt. Jan sprang aus dem Audi, die Hand schon in die Innentasche seines Mantels gesteckt. Er brauchte das jetzt, völlig egal, was die beiden anderen von ihm denken würden.

Mit zittrigen Fingern nestelte er den Joint aus dem Plastikbeutel. Machte sein Feuerzeug an. Aber der Wind hier auf den Feldern blies die kleine Flamme sofort wieder aus.

»Anita, kannst du mir Feuer geben?«

Beim Anblick der Tüte stieß sie ein Stöhnen aus. »Ist das jetzt echt dein Ernst?«

»Hilft mir beim Denken. Anders komme ich nicht zur Ruhe.«

»Ich dachte immer, das wäre nur eine Phase«, sagte sie, während sie eine Hand vor sein Zippo hielt. »Eine kleine Dummheit, die sich mit der Zeit auswachsen würde.«

Endlich brannte der Joint, und Jan nickte ihr dankend zu. Tief inhalierte er den Marihuanarauch. »Manche Dummheiten halten sich eben länger als andere. Aber für so was hattest du ja in deinem Leben noch nie Platz.«

»Jetzt ist wirklich nicht der Moment für Nicklichkeiten«, erwiderte sie und lehnte sich gegen das rostzerfressene Gatter, das aufs Feld führte. »Wir müssen dein Mädchen finden.«

Stüter trat zu ihnen, die Augen geweitet. »Sind Sie eigentlich völlig bekloppt? Wir haben keine zwei Stunden, um ein junges Mädchen zu finden, und Sie kiffen!«

»Ich versuche zu denken!«, rechtfertigte sich Jan zum zweiten Mal. »Meinen Sie, ich weiß nicht, wie ernst die Lage ist?«

»Dann lass ich unseren Meisterdenker lieber alleine«, grunzte Stüter und griff nach seinem Handy. »Ich ruf mal die Kollegen an. Ich will vorsichtshalber das SEK und einen Verhandlungsführer auf Abruf haben.«

»Tun Sie das nicht!« Jan sprang auf ihn zu und ließ dabei fast seinen Joint fallen. »Außer uns darf niemand davon erfahren. Wenn wir noch mehr Polizeikräfte einschalten, steigt das Risiko, dass Tamara davon erfährt und ihre Drohung wahr macht.«

»Und Sie meinen wirklich, wir drei könnten sie alleine stoppen?«, hakte Stüter nach, der kahle Schädel längst rot angelaufen. »Wissen Sie eigentlich, gegen wie viele Richtlinien wir damit verstoßen? So ein Alleingang kann uns allen den Job kosten!«

»Dann tun Sie, was Sie nicht lassen können!« Jan blies Qualm aus. »Aber seien Sie sich dabei im Klaren, dass Sie das Leben von Miriam aufs Spiel setzen!«

Zerknirscht senkte Stüter den Blick, die freie Hand zur Faust geballt. »Was meinen Sie, Ichigawa?«, fragte er.

Sie stieß sich vom Gatter los. »Ich bin dabei.«

»Also schön«, seufzte der Hauptkommissar. »Sie hat den Sohn meines Freundes auf dem Gewissen. Spielen wir Räuber und Gendarm mit ihr.«

Jan drehte den Joint zwischen seinen Fingern und schloss die Augen. Spürte, wie er schwerelos wurde. Räuber und Gendarm. Irgendetwas löste es in ihm aus. So oft hatte er es mit seinem Bruder und dessen Freunden gespielt. Aber wo war das gewesen? Vor seinem inneren Auge sah er Felswände. Mächtig und steil. Wo? Sein Bruder, der Naturfreund und Jäger, war oft an diesen Ort gegangen. Gero hatte sich dort mit seinen Kumpeln betrunken. Hatte seine Freundinnen mitgebracht. Auch Tamara?

»Stüter, Sie müssen mir kurz helfen! Wo genau liegt noch mal die Bacher Lay?«

»Zwischen Bad Marienberg und Fehl-Ritzhausen. Meinen Sie, das könnte der Ort sein?«

»Ich bin mir fast hundertprozentig sicher.« Er drückte das glimmende Ende des Joints aus und steckte ihn wieder in den Frischhaltebeutel.

»Seltsame Wahl für so eine Gegenüberstellung«, sagte der Hauptkommissar. »Um diese Zeit werden dort noch ein paar Spaziergänger unterwegs sein. Riskant für Tamara.«

»Ihr geht es ganz allein um die Symbolik«, sagte Jan.

82

Noch fünfundzwanzig Minuten.

»Bin jetzt auf dem Weg«, gab Jan über sein Headset durch.

Prompt kam Stüters Antwort. »Verstanden. Ichigawa und ich gehen aus südlicher Richtung rein.«

Anita hatte Jan unterhalb der evangelischen Pfarrkirche im Herzen Bad Marienbergs abgesetzt. Von dort aus war er bis zur Marienquelle hinabgestiegen. Die kleine Grotte, mit Marienstatue und Eichenholzgeländer ausgestattet, galt als ältester Teil des Kurortes. Es war Tradition, hier kurz innezuhalten aber dafür hatte er keine Zeit.

Anita hatte darauf bestanden, dass sich Jan in der Waffenkammer der Hachenburger Polizeiinspektion mit einer Walther P99 ausrüstete. Ein Unterfangen, das ihn eine halbe Stunde gekostet hatte.

Jetzt spürte er bei jedem Schritt, wie die Pistole in der Innentasche seines Mantels gegen seine Brust drückte.

Er stieg immer tiefer in das Waldgebiet ein. Zu einer anderen Zeit hätte er die verschneiten Baumwipfel und weißen, von nur wenigen Fußstapfen durchzogenen Pfade romantisch gefunden. Aber jetzt war dieses Winterwunderland nichts weiter als seine persönliche Eishölle.

Der Weg wandte sich in östliche Richtung, am halb zugefrorenen Bachbett der Schwarzen Nister entlang.

Schließlich erblickte er ein Schild, auf dem *Naturschutzgebiet Bacher Lay* stand. In dem stillgelegten Steinbruch hatte der Basaltabbau zu grotesken Felsformationen und Steilwänden geführt, in denen seltene Tier- und Pflanzenarten lebten. Es gab unzählige Möglichkeiten für ein Versteck. Aber nur eine, die Tamaras Hang zur Dramatik gerecht wurde.

Über eine schmale Holzbrücke überquerte er die Schwarze Nister. Die Felswände zu beiden Seiten gerieten immer steiler, durchzogen von Eiszapfen, die im schwindenden Abendlicht schimmerten.

Er warf einen Blick auf seine Armbanduhr. Zwölf Minuten. Die Zeit verrann wie frisch gefallener Schnee zwischen seinen Fingern.

Schließlich gelangte er auf eine weite Lichtung, an deren Ende sich die imposanteste Basaltwand der ganzen Bacher Lay erhob. In der Mitte durchtrennte sie ein zugefrorener Sturzbach wie eine Klinge aus purem Eis.

Er verließ den Wanderpfad und trat auf die Lichtung. Dabei fielen ihm ein Dutzend Steine in ihrer Mitte auf. Die Felsquader von der Größe eines Erwachsenenkopfes waren nicht auf natürliche Weise dorthin gekommen. Er trat auf sie zu – und erkannte, dass sie zu einem Z gelegt worden waren.

Er schluckte trocken. Aktivierte sein Funkgerät und sagte leise: »Ich bin angekommen. Es ist der Ort, von dem ich gesprochen habe.«

Hatte Tamara die Steine alleine hierhergebracht oder hatte Maik ihr noch dabei geholfen? Es spielte keine Rolle mehr. Er war rechtzeitig hier, das allein zählte.

»Du hast es tatsächlich geschafft.« Tamaras Stimme, dutzendfach von den Felswänden widerhallend. »Vielleicht hast du deinen Bruder ja doch geliebt.«

Jan blickte empor. Zwei Silhouetten auf der Spitze der Basaltwand zeichneten sich schwarz gegen das Abendrot ab. Die größere, Tamara, hielt Miriam am Arm fest, die wie benommen hin und her taumelte. In ihrer Hand hielt die Alphabetmörderin den Jagdrevolver, genau auf Miriams Kopf gerichtet.

»Natürlich habe ich ihn geliebt«, entgegnete er, den Kopf in den Nacken gelegt.

»Warum hast du ihn dann umgebracht?« Tamaras Stimme überschlug sich. »Du hast ihn nie richtig gekannt! Ich war die Einzige, die ihn verstanden hat! Die ihn so geliebt hat, wie er war!«

»Du warst damals fünfzehn! Natürlich hast du das!«, erwiderte Jan. »Er war ein Pädophiler. Du bist nicht mehr als sein Spielzeug gewesen. Er hat dich benutzt, um andere Kinder vor die Kamera zu locken.«

»Sprich nicht so von ihm!«, schrie sie, nur um ihre Stimme dann wieder sanft klingen zu lassen. »Er hat mich geliebt!«

Jan musste seine Taktik ändern. Egal was er über seinen Bruder sagen würde, ihre Meinung über ihn würde sie nicht ändern. »Was war mit Sapkowski?«

»Es gefiel mir, zu so einem Psychotherapeuten wie ihm zu gehen. Ihm von meinen Fantasien zu erzählen, von meiner Welt. Von dir. Ich habe es genossen, wie die Angst in seinen Augen aufgeglommen ist. Er fand mich faszinierend. Vielleicht lag das auch daran, dass ich mit ihm geschlafen habe. Die Faszination hat dann irgendwann ein Ende gefunden, als er vor ein paar Tagen bemerkte, was hier vor sich ging. Da musste ich ihn zum Schweigen bringen.«

Sehr gut, sprich nur weiter, dachte Jan. Mit jeder Sekunde kamen Stüter und Ichigawa weiter. Er musste nur dafür sorgen, dass ihr Redefluss nicht versiegte.

»Wieso Maik? Was hast du in ihm gesehen?«

»Maik ... Er ist seinem Vater so ähnlich gewesen, aber doch so anders. Diese Welt hat ihn verraten. Wer nicht lesen kann, wird von ihr ausgeschlossen. Also habe ich ihm dabei geholfen, sein eigenes Alphabet zu erschaffen. Ein Alphabet aus all jenen, die ihn verachtet und degradiert haben. Zanetti, einer der Autoren, den ich durch seine eingeschickten Manuskripte kannte. Ziehner wollte, dass ich es für ihn übersetze, damit er noch mehr abkassieren kann. Zanetti hat die Sprache vergewaltigt, und dieser sogenannte Verleger hat ihn sogar noch dabei unterstützt. Tugba Ekiz hat sich daran aufgegeilt, anderen helfen zu wollen. Dr. Ehrberger verfasste heuchlerische Kirchenschriften. Geros Freund, dieser Timo, sollte dafür zur Rechenschaft gezogen werden. Er war mir bei seinen Nachforschungen zu nahe gekommen. Was gibt ihnen mehr Recht auf Sprache als Maik?«

Ein tief ausgeprägter Verfolgungswahn, der deutlich an eine schizophrene Psychose denken ließ.

»Maik war der Körper, ich der Geist. Er hätte alles für mich getan. Ich habe ihm geholfen, sein Alphabet zu schaffen – so, wie ich schon seinem Vater geholfen hatte.«

»Welches Alphabet? Wovon redest du?«

»Dein Bruder hat mir immer viel über euch beide erzählt. Du hattest dich nie im Griff. Er hatte immer alles unter Kontrolle. So wie die Namen der Filme und Fotos auf seinem Rechner, streng alphabetisch geordnet. Ich kann sie noch heute. Aljoscha. Andra. Bogdana. Cedrin. Cosmin ... Seitdem hat es mich fasziniert, die Welt zu sortieren. Sie in alphabetische Reihenfolge zu bringen.«

»Was ist mit der Frau, die ich im Restaurant kennengelernt habe? Wo ist dieser Teil von dir?«, fragte Jan. Versuchte, noch eine letzte Spur von Vernunft in ihr zu ertasten.

»Sie hat es nie gegeben. Geros Verlust hat mir eines klargemacht: Die einzige Sprache, die zählt, ist die des Todes. Alles andere – die Abermilliarden Worte, die täglich gesprochen werden, die Abermilliarden Seiten voll von Druckerschwärze – ist bedeutungslos. Die Welt sollte meine Sprache sprechen. Mein Alphabet lernen. Das Alphabet von Gero und Maik.«

»Ich befürchte, die Welt hat dein Alphabet nicht ganz entziffern können.«

»Sie wird es, glaub es mir.« Tamara zerrte Miriam näher an sich heran. »Wenn du erst einmal sein Z geworden bist. Ich will, dass du es tust. Wie du deinen Bruder getötet hast, sollst du jetzt auch dich töten. Ich weiß, dass du eine Waffe dabeihast. Setz sie dir an die Stirn und drück ab. Färbe den Schnee um dich herum rot.« Ihre Stimme ging wieder in Brüllen über, für eine Frau erstaunlich tief. »Aber vorher: Erzähl mir, wie es passiert ist. Und keine Lügen.«

Jans ganzer Körper bebte. Er holte stoßweise Luft; hauchte einen Morsecode aus Atemwolken in die Kälte. Er musste Zeit gewinnen, bis Ichigawa und Stüter hier waren.

»Im Unfallbericht heißt es, dass ich durch Trunkenheit die Kontrolle über den Wagen verloren habe. Aber vielleicht wollte ich sogar die Kontrolle verlieren. Ich habe Gero mit seinen Taten konfrontiert – und er sagte einfach nur: *Wer soll dir schon glauben?* Das hat mich fertiggemacht. Die Art, wie er es einfach abgetan hat. Wir sind in diesen Ahorn gerast, genau auf der Beifahrerseite. Es ist Benzin ausgelaufen, das sich an den heißen Fahrzeugteilen entzündet hat. Ich habe mir nur das Bein verletzt und hatte eine leichte Gehirnerschütterung, konnte mich aber aus dem Wrack befreien. Aber Gero ... Gero kam nicht mehr alleine heraus. Er war zu schwer verletzt.«

Jan kam sich vor wie ein rhetorischer Bombenentschärfer. Schon ein einziges falsches Wort oder eine merkwürdige Betonung konnten dafür sorgen, dass Tamara explodierte. Er musste die Wahrheit erzählen, durfte gleichzeitig aber nicht ihre Wut entfachen.

»Er hat mich angefleht. Aber ich stand einfach nur daneben, konnte mich nicht rühren. Vor meinen Augen habe ich immer wieder den Blick dieser Kinder gesehen … *Ich bin dein Bruder! Dein Bruder! Bitte!* Das waren seine letzten Worte, bevor der Qualm ihm die Stimme genommen hat. Ich stand nur da. Ich stand einfach nur da.«

Er japste nach Luft. Er musste sich konzentrieren. Es ging um Miriam. Nicht um seinen Bruder, nicht um Tamara. Nur um Miriam. Wenigstens sie musste er retten.

Tamaras Reaktion bestand nicht aus Geschrei oder Gewalt. Sie wurde völlig ruhig, was Jan noch viel größere Angst bereitete. »Ich bin am Bergahorn gewesen, gleich am nächsten Tag. Sie hatten das Wrack schon abtransportiert. Dieser verdammte Baum. Der Endpunkt von Geros Leben. Ich habe ihn auch zu einem Endpunkt des Alphabets gemacht. Einem Z. Mir war immer klar, dass du etwas geahnt haben musst. Dass es kein Unfall war – und dass du irgendwann vor diesem Baum stehen und bereuen würdest.« Sie zeigte mit dem Jagdrevolver auf Jan. »Tu es oder sie stirbt!«

Mit zitternden Fingern holte er die P99 aus seiner Innentasche und nahm sie aus dem Holster. Er hatte gewusst, dass es darauf hinauslaufen würde. Ichigawa und Stüter würden nicht mehr rechtzeitig kommen, um ihn retten zu können. Aber wenigstens wäre Miriam in Sicherheit.

Er richtete sich den Pistolenlauf an die Schläfe und entsicherte.

»Jan, tu's nicht! Bitte!«, heulte Miriam.

Er konnte sehen, dass Tamara ihr einen Hieb mit dem Revolver versetzte.

»Ich habe Jahre auf diesen Moment gewartet, Jan. Jahre!«, rief Tamara.

Wenigstens ging er mit der Gewissheit, dass dieser Wahnsinn ein Ende haben würde. Alles in seinem Kopf dröhnte. Seine Adern pulsierten.

Er sank auf die Knie. Schloss die Augen.

Hier im Westerwald war er geboren. Hier würde er sterben.

Er drückte ab.

83

Klicken.

Jan öffnete die Augen. Sein Brustkorb war wie zugeschnürt. Oh Gott. Die Waffe war nicht geladen. Das konnte nicht sein.

»Was soll das, Jan?«, rief Tamara.

»Leer. Keine Munition drin.« Er hob beide Hände. »Lass uns reden, Tamara. Ich mache alles, was du willst!«

»Versuch nicht, mit mir zu spielen! Ich wusste immer, dass du ein Feigling bist.«

Sie zielte mit dem Jagdrevolver auf ihn. Er streckte die Arme aus. Erwartete den entscheidenden Schuss.

Mit einem Schrei warf Miriam sich mit ihrem Körper gegen Tamara. Sie taumelte, ein Schuss löste sich aus dem Revolver, aber sie verlor nicht das Gleichgewicht.

Jan sprang auf. »Miriam, nein!«

»Wir sehen die beiden! Wir sind gleich da!«, drang Ichigawas gehetzte Stimme aus dem Funkgerät. »Zu gefährlich für einen Schuss. Wir könnten das Mädchen treffen.«

Tamara und Miriam hatten sich ineinander verhakt. Während Miriam versuchte, den Revolver aus Tamaras Hand zu drücken, traten sie sich gegenseitig. Taumelten hin und her. Wirbelten herum – bis Tamara stolperte.

Einen Herzschlag lang schien die Zeit stehen zu bleiben. Jan sah genau, wie Eis- und Steinbrocken unter Tamara wegbrachen.

Wie sie Miriam schreiend an ihrer Jacke packte.

Und mit sich in die Tiefe riss.

Das berstende Geräusch des Aufpralls im Dickicht zu Füßen der Steilwand ließ sich alles in Jans Magen zusammenziehen. Sofort spurtete er auf die Stelle zu.

»Da ... da bist du ja«, murmelte Miriam. Orientierungslos blinzelte sie ihm entgegen. Sie lag bäuchlings auf Tamaras zerschmettertem Körper, der ihren Sturz wie ein Kissen abgefangen hatte. Nur ein wenig Blut klebte an ihrer Stirn.

Erleichtert atmete Jan aus. Spürte, wie sich all die Anspannung von ihm löste.

»Kannst du aufstehen?«, fragte er.

»Ich ... ich glaube schon.«

Er wollte Miriam auf die Beine helfen, doch sie konnte ihren rechten Knöchel nicht belasten. Auch wenn er gebrochen war: Sie hatte unbeschreibliches Glück gehabt. Wenigstens sie hatte er retten können.

»Tut mir leid, dass das passiert ist«, flüsterte Miriam und drückte sich an ihn.

Er strich ihr über den Hinterkopf. »Es gibt nichts, was dir leidtun müsste.«

»Hier oben!«, erklang es von der Basaltwand. Ichigawa und Stüter standen an ihrem Rand und winkten herunter.

»Die Kleine hat einen Schutzengel, der seinen Job verdammt gut macht«, meinte der Hauptkommissar.

»Jetzt können Sie auch endlich Verstärkung rufen«, sagte Jan, woraufhin Stüter den Daumen nach oben reckte.

Es war vorbei. Es war wirklich vorbei.

84

Jan sah dem Krankenwagen hinterher, der Miriam ins Klinikum Hachenburg brachte. Ein Knöchelbruch und eine leichte Gehirnerschütterung, mehr hatte sie anscheinend nicht davongetragen. Durch die Roofies, die ihr Tamara verabreicht hatte, würde sie sich wohl sowieso an kaum eines der Ereignisse erinnern können.

Als er zurück zur Basaltwand lief, an der es nun vor Bereitschaftspolizisten und Leuten von der KTU wimmelte, kickte er einen der Steine weg, die das Z bildeten.

Das Alphabet würde für immer unvollendet bleiben. Tamaras Worte schwirrten noch in seinem Kopf herum.

Die einzige Sprache, die es auf der Welt gibt, ist die des Todes.

Er steckte die Hände in die Taschen seines Mantels. Der Tod war unausweichlich. Aber alles, was davor geschah, lag in der Hand der Menschen. Bestand aus Buchstaben, die nur sie selbst aneinanderreihen konnten. Tamara hatte vielleicht den Tod verstanden, aber niemals das Leben.

Unterhalb des zugefrorenen Sturzbaches lieferten sich Stüter und Ichigawa ein heftiges Wortgefecht. Schon von Weitem machte Jan die tiefe Falte auf Anitas Stirn aus.

»Dass die Aktion erfolgreich war, bestreitet er ja gar nicht«, sagte sie.

»Wer?«, fragte Jan, als er zu ihnen trat, obwohl er sich die Antwort schon denken konnte.

»Der Kriminaldirektor. Er hat bei der Staatsanwaltschaft Rapport erstattet und dann gleich seinen Frust an mir ausgelassen.« Sie seufzte. »Das zu erwartende Blabla. Wir haben gegen ein ganzes Register an Dienstvorschriften verstoßen. So sehr sie es auch bedauern, sie werden ein Disziplinarverfahren einleiten müssen.«

Stüter zuckte mit den Schultern. »Sollen die machen, was sie wollen! Ich bleibe dabei, dass wir das Richtige getan haben.«

»Das bestreite ich ja auch gar nicht«, entgegnete Anita mit stumpfer Stimme. »Trotzdem freue ich mich nicht gerade darauf, das Ganze der Presse zu erklären.«

»Wieso war meine P99 eigentlich nicht geladen?«, fragte Jan den Hauptkommissar.

»Denken Sie wirklich, ich gebe jemandem wie Ihnen eine geladene Waffe?«, sagte Stüter. »Das sollte nur dazu dienen, damit Sie sich sicherer fühlen. Im Nachhinein ist es wohl Ihr Glück gewesen. Nichtsdestotrotz, es tut mir leid. Es war leichtsinnig und dumm von mir.«

»Anscheinend muss ich mich bei Ihnen trotzdem für die niedrige Meinung bedanken, die Sie von mir haben.«

»Rolf, übrigens. Ich heiße Rolf.« Stüter streckte ihm die Hand entgegen.

Er schüttelte sie verdutzt. »Jan.«

»Damit wäre das Kriegsbeil endlich begraben«, sagte Anita. »Ich werde in einer Stunde zusammen mit dem Innenminister und der Staatsanwaltschaft eine Pressekonferenz geben. Danach geht es für mich zurück nach Koblenz. Das Aufräumen hier bleibt Ihnen überlassen, Herr Stüter.«

»Sie dürfen mich übrigens auch Rolf nennen«, erwiderte er.

»Wie ihr euch denken könnt, bin ich keine Freundin großer Abschiede«, sagte Anita, umarmte beide steif und drückte Jan noch einen trockenen Kuss auf die Wange. »Das hier war der unorganisierteste, grauenhafteste und unrühmlichste Fall, an dem ich je gearbeitet habe. Aber ich bin froh, ihn angenommen zu haben.«

»Ich glaube, damit sprichst du uns allen aus der Seele«, meinte Jan.

»Also, schon mal frohe Weihnachten.« Sie wandte sich zum Gehen und warf dabei noch mal Jan einen Blick über die Schulter zu. »Melde dich mal, wenn du Zeit hast.«

Stüter knuffte ihn, als sie gegangen war. »Bahnt sich da wieder etwas an?«

»Zwischen Anita und mir?« Jan lachte amüsiert. »Das Einzige, was sich da anbahnt, ist ein Waffenstillstand.«

»Jetzt hast du endlich Frieden mit deiner Heimat gemacht«, meinte Rolf. »Vielleicht kehrst du ja sogar mal wieder zurück.«

Ja, dachte Jan. Vielleicht konnte er nun endlich Frieden mit der Vergangenheit schließen und gelegentlich sogar in den Westerwald zurückkehren.

Nochmals schüttelte er Stüter die Hand und verabschiedete sich von ihm. Gemessenen Schrittes machte er sich auf den Weg zurück durch die Bacher Lay. Lauschte, wie der Schnee unter seinen Stiefelabsätzen knirschte und der Wind in den Ästen knackte.

Ihn überkam das Gefühl, schon immer hierhergehört zu haben. Ein Ort, den er Zuhause nennen konnte.

85

21. Januar

Universitätsklinikum Siegen. Jan war seit Dezember nicht mehr hier gewesen, hatte aber ständig mit Rabeas Ärzten telefoniert. Schnellen Schrittes durchmaß er die endlos scheinenden Flure der Intensivstation.

In den letzten Wochen hatte er keine Zeit gehabt, vorbeizukommen. Das Disziplinarverfahren verlangte ihm all seine Kraft ab. Noch dazu besuchte er regelmäßig Kathi im Westerwald, um ihr dabei zu helfen, über Maiks Tod und seine wahre Identität hinwegzukommen. Eine Therapie, nicht nur für sie, sondern auch für ihn selbst. Auf einer seiner Fahrten hatte er auch einen Abstecher zu Tugba gemacht. Seit sie aus dem Krankenhaus entlassen worden war, lebte die junge Lehrerin bei ihrer Schwester. Sie hoffte, im Februar wieder ihren Unterricht aufnehmen zu können. Ihr beim Reden über ihre Schüler zuzuhören, hatte Jan wieder daran erinnert, dass es all dies wert gewesen war.

Weihnachten und Silvester hatte er mit Miriam verbracht. Beide Male ruhige Feste, die sie genutzt hatten, um wieder zu Atem zu kommen. Danach hatte er ihr und der Mainzer Polizei dabei geholfen, den Kerl namens Dreier festzunehmen, der sie so lange verfolgt hatte.

Er hatte auch die Praxis von Dr. Sapkowski in Frankfurt besucht und dort Einblick in die Akten über Tamara erhalten. Ihr Psychiater hatte anscheinend zu viel über ihr Leben herausgefunden. Wohl der Grund dafür, warum sie auch ihn getötet hatte.

In ihrer Wohnung hatten sie die Unterlagen sichergestellt, die Tamara nach Geros Tod vor den Augen seiner Witwe gerettet hatte. Eine ganze Bibliothek aus DVDs und Filmkassetten, alphabetisch sortiert nach den Namen der Kinder. Kinder aus Osteuropa und aus schwer überschaubaren Verhältnissen. Das erste Alphabet. Bis heute wusste Jan nicht, ob Maik auch zum Alphabet von Gero gehört hatte.

Der Geruch der Desinfektionsmittel brannte in seiner Nase. Seine Sneaker quietschten auf dem Linoleumboden. Er hasste Krankenhäuser. Jetzt noch einmal rechts abbiegen. Drei Türen, dann war er bei Rabeas Zimmer.

Heute Morgen war sie zum ersten Mal kurz ansprechbar gewesen, aber deutlich verwirrt. Ihre Familie, die in diesem Moment bei ihr gewesen war, hatte ihn sofort angerufen.

Er klopfte an ihre Tür, ohne eine Antwort zu erwarten, und trat ein. Im Zimmer setzte er sich auf den Besucherstuhl gleich neben dem Beistelltisch voller Genesungskarten und Blumensträuße. Rieb die Hände aneinander. Senkte den Blick.

Ihr Gesicht war immer noch blass, ein wenig eingefallen. Das aschblonde Haar war säuberlich gekämmt, aber stumpf. Um ihre Mundwinkel zeichnete sich immer noch der rebellische Zug ab, der ihm schon bei ihrem ersten Aufeinandertreffen gefallen hatte.

Er musste daran denken, was ihn damals dazu bewogen hatte, sie einzustellen. Es war das unerklärliche, bis heute ungelöste Verschwinden ihrer Schwester Marie gewesen. Vor fast genau zwanzig Jahren.

Ihre Schwester. Sein Bruder.

Rabea und er hatten früh jemanden an die dunkle Seite der menschlichen Psyche verloren. Sie waren anders als der Rest der Welt, und einander ähnlicher, als Außenstehende glauben mochten.

Er griff nach ihrer Hand, strich über ihre feingliedrigen Finger. »Ohne dich hätte ich es nicht geschafft«, flüsterte er.

»O... ohne wen?« Ein Hauchen. Nicht mehr. Blinzelnd öffnete sie ihre verklebten Augen.

»Oh mein Gott!« Er rückte auf seinem Stuhl weiter nach vorn. »Ganz ruhig, du bist in Sicherheit.«

Sie schluckte trocken. Hustete. Ihr Körper krümmte sich zusammen. Das EKG schlug aus.

»Jan, bist du das? Das Alphabet... Du, du bist Z!« Sie versuchte sich aufzurichten.

»Alles gut.« Er drückte ihre Hand fester. »Das Alphabet wird niemals beendet werden.«

D wie Danke

Was bietet sich bei einem Roman wie diesem mehr an als eine Danksagung in alphabetischer Reihenfolge? Hier folgen also – von A bis Z – die Menschen, die dieses Buch erst möglich gemacht haben. Weil sie mir ihre Zeit, ihr Vertrauen, ihr Wissen oder einfach nur die Ruhe für die vielen, vielen Stunden des Schreibens geschenkt haben.

F wie Familie und Freunde: Adil, Brigitte, Carissa, die Leute beim DSFo, Klaus, Moritz, Renate und Roger.

P wie Polizeidirektion Montabaur. Mein Dank geht an die Pressestelle, vor allem an Andreas Bode für die freundliche Auskunft.

U wie Ullstein. Hier danke ich Heide Kloth, Ingola Lammers, Katrin Fieber und Lara Gross. Die Eule auf dem Buchdeckel löst bei mir immer noch Demut aus. Vielen Dank für die tolle Zusammenarbeit.

V wie Vierbeiner: Felix. Ein Leckerchen gibt's auch noch.

W wie Wort-Union. Tausend Dank an meine Agentin Ilona Jaeger, an Jeannette Wistuba und Patrizia Barth. Ihr habt einem ewigen Zweifler den Glauben zurückgegeben.

Und, nicht zuletzt, **W** wie Westerwälder:
Astrid, Filou, Henrike, Niklas, Simone, Thomas und Tristan.

Das Profiling und den Westerwald habe ich so authentisch wie möglich darzustellen versucht. Trotzdem bleibt das hier Unterhaltungsliteratur. An den Stellen, an denen es mir nötig erschien, habe ich deshalb immer der Dramaturgie den Vorzug vor der Faktentreue gegeben. Sollten mir dabei Fehler unterlaufen sein, gehen sie einzig und allein auf meine Kappe.

Lars Schütz
Düsseldorf, November 2017